PALABRA
DE
LADRONES

PALABRA
DE
LADRONES

MARY E. PEARSON

Traducción de Cristina Macía

ALFAGUARA

Papel certificado por el Forest Stewardship Council®

Título original: *Vow of Thieves*
Primera edición: enero de 2023

© 2019, Mary E. Pearson
© 2023, Penguin Random House Grupo Editorial, S. A. U.
Travessera de Gràcia, 47-49. 08021 Barcelona
© 2023, Cristina Macía, por la traducción

Printed in Spain – Impreso en España

ISBN: 978-84-19191-71-7
Depósito legal: B-20.304-2022

Compuesto en Punktokomo, S. L.
Impreso en Romanyà Valls, S. A.
Capellades (Barcelona)

AL91717

Para Dennis, por lo que juró y cumplió

Los más pequeños me hacen preguntas.

Quieren saber cosas del mundo de antes.

Yo soy el mayor. Tengo que saber las respuestas.

«¿Volaste, Greyson? ¿Por el cielo? ¿Como un pájaro?».

«Sí. Con mi abuelo».

«¿Cómo?».

No lo sabía. Solo tenía cinco años, y recuerdo haber mirado hacia abajo, hacia el suelo que se alejaba, mientras mi abuelo me tenía en brazos y lloraba.

Nunca lo vi llorar otra vez.

Primero cayó una estrella. Luego, seis más.

Y ya no hubo tiempo para llorar, ni para explicar cosas, como volar.

Solo hubo tiempo para huir.

Tai y Uella se me sientan en el regazo.

«¿Nos vas a enseñar a volar?».

«No. Os voy a enseñar otras cosas».

Cosas que os servirán para seguir con vida.

Greyson Ballenger, 15 años

Capítulo uno

Kazimyrah de Brumaluz

Un rayo de luz cargado de polvo se abrió camino a través de la piedra y me incliné hacia él para robarle un poco de calor. Soy una ladrona. Me tendría que resultar fácil. Pero el calor me esquivó. ¿Cuánto tiempo llevaba allí? ¿Cinco días? ¿Un mes? ¿Once años? Llamé a mi madre, y luego me acordé. «Eso fue hace toda una vida. Ya no está».

El fino haz de luz solo llegaba tras largos periodos de oscuridad, ¿una vez al día? No estaba segura. Y, cuando llegaba, no se quedaba mucho tiempo. Pasaba de largo como un mirón curioso. «Anda, ¿qué es eso?». Me apuntó al vientre, a la camisa con costras de sangre seca. «Caray, qué mala pinta. No sé, que te lo vean». ¿Se oyó una carcajada mientras se iba? ¿O era un señor de los barrios que se reía de mí?

Aún no estaba muerta, así que sabía que el cuchillo que me habían clavado en el vientre no había acertado en ningún órgano vital. Pero la herida supuraba amarilla y tenía la frente ardiendo, se me colaba dentro el hedor de la celda.

Y se me escapaban los sueños.

Las ratas corretearon invisibles por un rincón. Synové no había dicho nada de las ratas. Recordé que me había contado su sueño. «Soñé que estabas encadenada en una celda… cubierta de sangre». Recordé su cara de preocupación. Recordé cómo calmé sus temores. «A veces los sueños no son más que sueños».

Y a veces los sueños eran más, mucho más.

«¿Dónde está Jase?».

Oí un ruido, un traqueteo, y alcé la vista. Tenía visita. Estaba en un rincón, de pie, mirándome.

—Tú —dije. La voz me sonó extraña, débil, quebradiza—. Vienes a por mí. Te estaba esperando.

Negó con la cabeza.

«No. Todavía no. No será hoy. Lo siento».

Y se marchó.

Me quedé tirada en el suelo, con las cadenas contra las losas, hecha un ovillo para tratar de calmar el dolor de las entrañas.

«Lo siento».

¿La Muerte me pedía perdón?

Ahora ya lo sabía. Me esperaban cosas peores que la muerte.

Capítulo dos

Kazi

Dos semanas antes

Jase entró por la puerta, desnudo como una naranja pelada.

Me empapé del espectáculo cuando cruzó la habitación y cogió los pantalones del suelo. Se los empezó a poner, vio que lo miraba y se detuvo.

—Si quieres aprovecharte de la vulnerable posición en que me encuentro, esto puede esperar.

Arqueé una ceja con gesto de haber entendido.

—Creo que ya me he aprovechado bastante esta mañana. Vístete, *patrei*, hoy tenemos que hacer muchos kilómetros.

Puso cara de abatimiento.

—A tus órdenes.

Sabía que él también quería ponerse en marcha. Íbamos a buen ritmo, pero, entre el viaje a Marabella y el camino de vuelta, llevábamos más de dos meses fuera de la Atalaya de Tor. Se puso la camisa, con la piel caliente todavía desprendiendo vapor al aire fresco. El ala tatuada del pecho le brillaba en la suave neblina. Aquel alojamiento nos había dado acceso a un manantial caliente. La noche anterior, a remojo, nos habíamos quitado el polvo de kilómetros y kilómetros de viaje, y luego otra vez por la mañana. Era un lujo que no nos apetecía dejar atrás.

Mientras Jase terminaba de vestirse, me dirigí hacia la ventana. La mansión estaba casi en ruinas, pero quedaban atisbos de su grandeza pasada, intricados suelos de mármol de vetas azules que conservaban cierto brillo en los rincones, columnas imponentes, un techo que alguna vez estuvo pintado, fragmentos de una nube, el ojo de un caballo, una mano bellamente trazada, pero sin rastro de cuerpo alguno, en el yeso agrietado. ¿Habría sido el hogar de un gobernador Antiguo? ¿Tal vez del propio Aaron Ballenger? La opulencia susurraba como un cisne moribundo.

En los alrededores había edificios auxiliares, muchos, que parecían ocupar kilómetros. No habían resistido la devastación de la caída de las estrellas y del tiempo, y los bosques se los habían vuelto a llevar a la tierra envueltos en dedos esmeralda. La mansión se alzaba en una cornisa rocosa, pero también lucía una diadema verde de árboles y lianas. En algún momento debió de ser muy bella y majestuosa. Seguro que los que recorrieron sus salones creyeron que aquella perfección duraría para siempre.

Antes de partir de Marabella, Sven, el ayudante del rey, nos había trazado una ruta norte que discurría en paralelo a Infernaterr. El mapa incluía refugios y hasta algunos manantiales de agua caliente. Era un trayecto algo más largo, pero nos dijo que el clima nos afectaría en menor medida. Se acercaba la temporada de las tormentas, y en Infernaterr el calor era permanente. Habíamos recorrido un buen trecho en tres semanas. A aquel ritmo, en unos días más llegaríamos a la Atalaya de Tor. Cuanto más nos acercábamos a casa, más subía la emoción en la voz de Jase. Estaba eufórico con los cambios que pensaba hacer.

Teníamos un plan. Jase iba a hacer cosas. Yo iba a hacer cosas. Íbamos a hacer cosas juntos. Yo albergaba ciertos temores, pero también estaba eufórica. Por fin podía reconocer que adoraba la Boca del Infierno. Me vibraba en la sangre como el primer día, cuando llegué a caballo, solo que ahora no sería una intrusa que iba a causar problemas. Los problemas cabalgarían junto a mí, y yo iba a ser parte de aquello, contribuiría a que la Atalaya de Tor se convirtiera en algo más grande.

No hablamos de otra cosa durante la primera semana de viaje: las marcas de las fronteras del diminuto nuevo reino, la revisión de las normas del comercio. Cualquier sueño de apoderarse de la arena y la Boca del Infierno quedaría desterrado para siempre en cuanto se supiera que la Alianza iba a reconocer de manera formal la soberanía de la Atalaya de Tor. Se convertiría en el decimotercer reino. O en el primero. Sonreí al recordar la audacia de Jase ante la generosidad de la reina al insistir en lo de que eran el primero.

Mi posición como enlace no era un puesto honorífico. Yo seguía siendo una rahtan y, más importante todavía, seguía al servicio de la reina. Me había encomendado que asegurara una transición pacífica. También creía que una representante de un reino importante daría peso y estabilidad al cambio, y me advirtió que la resistencia podía llegar de donde menos me lo esperase.

También me había encomendado una misión adicional, mi prioridad en cuanto llegara. Le había contado las últimas palabras cargadas de culpa del erudito más joven: «Lo siento… Destrúyelos». Pensábamos que habíamos quemado todos los documentos, pero, si quedaba la menor duda, era muy preocupante.

«Necesitamos tener controlados esos papeles, Kazimyrah. Si no me los puedes hacer llegar con garantías, destrúyelos. No tenemos ni idea de qué información se llevaron los eruditos cuando escaparon tras la caída del komizar, o qué han estado desarrollando desde entonces. No podemos permitir que caigan en malas manos si hay la más remota posibilidad de que se repita una carnicería… o algo peor».

¿Qué podía haber peor?

Solo una cosa era peor que la Gran Batalla. La devastación.

Apenas hubo un puñado de supervivientes, y las cicatrices habían dejado marcado el mundo.

Le aseguré que sería lo primero que haría.

También me pidió que le mandara algún libro de historia si era posible.

«Quiero leer más sobre esas tierras. Greyson Ballenger fue un líder valeroso. Tan joven y tan decidido a proteger a los demás de los carroñeros… No siempre se necesita un ejército para salvar al mundo. A veces basta con una persona que no permita que el mal triunfe. Los héroes como Greyson y aquellos veintidós niños son los que me sirven de inspiración».

Los que le servían de inspiración a ella, a la reina. No entendía que ella inspiraba a casi todo el continente. Me inspiraba a mí. Había hecho que me viera a mí misma de manera diferente. Pese a los harapos, pese a mi pasado, consideró que merecía que me salvara. Me inspiró para ser mejor de lo que otros esperaban de mí. La reina creyó en mí, y eso me hizo creer en mí misma. No me retiró su confianza ni cuando hice que todo mi grupo acabara entre rejas.

Y ahora contaba conmigo, y eso me llenaba de orgullo.

Me imaginaba que, a aquellas alturas, Gunner ya habría dado con los papeles misteriosos y estaría tratando de descifrar sus secretos. Pero, dijeran lo que dijeran, me los tendría que entregar, tanto si quería como si no. Si los Ballenger no cumplían las condiciones, la Atalaya de Tor perdería el reconocimiento. Y yo sabía cómo hacer que me los entregara. Nada me iba a impedir cumplir la promesa que había hecho a la reina, ni ver a la Atalaya de Tor ocupar su puesto entre los reinos. No era solo el sueño de Jase: también era el mío. Y lo más probable era que, a aquellas alturas, los papeles ya estuvieran olvidados, porque Gunner había tenido que ocuparse de otras cosas, como preparar el regreso de Jase.

Jase había enviado un mensaje a Gunner para decirle que estaba de vuelta y que llegaría con buenas noticias. No quiso decirle nada más. La perspectiva de que la Atalaya de Tor fuera reconocida como reino tras tanto tiempo era muy emocionante, pero quería explicarlo todo en persona, en lugar de dejar que Gunner anunciara de manera impulsiva cosas que Jase y la reina aún no querían hacer públicas. Tampoco había mencionado que yo iba con él. Eso también requería explicaciones en persona, más de las que se podían transmitir en una nota breve. Pero, al menos, la familia de Jase sabía que estaba en camino de regreso.

El mensaje enviado con un valsprey llegaría a los Ballenger por la ruta indirecta del mercado negro por la que recibían siempre los mensajes: primero, al entrenador de valspreys, en las oficinas de mensajes de Parsuss, donde los Ballenger tenían un colaborador secreto. La reina había arqueado las cejas al enterarse, y Jase tuvo que prometer que también pondría remedio a aquella pequeña ilegalidad. Y, claro, el nuevo reino pronto dispondría de sus propios valspreys entrenados, así que ya no tendría que hacerse con ellos por medios más que dudosos. El rey dijo que contáramos con que el entrenador de valspreys llegaría en pocos meses.

Oí el roce de unos pies contra el suelo sucio de mármol y sentí el calor de Jase contra mi espalda. Aún irradiaba la calidez del manantial. Me puso las manos en los hombros.

—¿Qué miras? —me preguntó.

—La belleza perfecta. Las cosas perdidas. A nosotros.

—¿A nosotros?

—Estas últimas semanas han sido…

No sabía cómo terminar la frase, pero sí que los últimos días que habíamos pasado juntos tenían algo que no quería perder, algo inmaculado, casi sagrado. Nada exterior se había interpuesto entre nosotros. Tenía miedo de que eso cambiara.

—Lo sé, Kazi. Lo sé mejor que nadie. —Me apartó el pelo y me dio un beso en el cuello—. Pero esto no es el final. No es más que el principio, te lo prometo. Con todo lo que hemos pasado juntos, nada podrá separarnos. Lo siento, pero tendrás que cargar conmigo.

Cerré los ojos y me dejé inundar por su tacto, su olor, por cada palabra que me decía. «Te lo prometo».

Las cosas entre nosotros habían cambiado de una manera que no me parecía posible.

Ahora entendía el peso intolerable de los secretos. No sabemos la carga que representan hasta que no nos la quitamos de encima. Las últimas semanas habían pasado volando con la ligereza casi vertiginosa de la verdad.

Lo compartimos todo en libertad, sin elegir ya las palabras. Creía saber mucho sobre Jase, pero aprendí mucho más, los detalles cotidianos que habían dado forma a su personalidad, desde los más banales a los más atormentados. Descubrí su lado vulnerable, la preocupación durante la agonía de su padre, las nuevas responsabilidades que le habían caído encima. Había pensado que pasarían años antes de que le tocara cargar con el peso de ser el *patrei*, pero de pronto, a los diecinueve años, todas las decisiones recaían sobre él.

Me contó un secreto que nunca había compartido con nadie. Era acerca de su hermana Sylvey, lo que le había suplicado, lo culpable que se sentía por habérselo negado, por no haber creído lo que Sylvey ya sabía, que se estaba muriendo. Habían pasado cuatro años, pero la herida seguía abierta, y se le rompió la voz al contármelo. Me ayudó a conocerme mejor a mí misma, a entender las elecciones imposibles tomadas en un momento fugaz, los remordimientos que enterramos en lo más hondo, las cosas que haríamos de otra manera si volviéramos a tener la ocasión, si pudiéramos dar marcha atrás, devolver la prenda a su estado de ovillo de lana y tejer algo diferente. «Corre, Kazi, agarra el palo. Pégale en la entrepierna, en la nariz, rómpele la tráquea». ¿Por qué no lo hice? Una elección diferente y todo habría sido de otra manera. Pero la voz de mi madre seguía sonando con fuerza. «No te muevas. Ni una palabra».

En el caso de Jase era al revés. No había escuchado. La última mirada en los ojos vidriosos de Sylvey antes de que los cerrara para siempre aún lo perseguía. Titubeó al compartir el que tal vez fuera su secreto más oscuro: que se había llevado el cadáver del mausoleo para enterrarlo al pie de las Lágrimas de Breda, en las montañas Moro. En la Boca del Infierno, en toda Eislandia, profanar una tumba era un sacrilegio, un crimen castigado con la muerte. Ni su familia sabía lo que había hecho. Me imaginé la tortura que había supuesto aquel viaje a solas, con el cadáver envuelto cruzado en la silla de montar, por el sendero oscuro de la montaña.

Otras verdades fueron más difíciles de compartir y afloraron por capas. Algunas estaban enterradas tan profundas que no eran más que un dolor vago al que no hacíamos caso. Nos ayudamos el uno al otro a sacarlas a la luz. «¿Cómo sobreviviste sola, Kazi?». No me estaba preguntando por el día a día, por cómo comía o cómo conseguía ropa. Eso ya se lo había contado. Se refería a la soledad cotidiana de no poder contar con nadie. Para él, era inconcebible. No supe responderle, porque ni yo lo sabía. Algunos días me parecía que lo único que quedaba de mí era una sombra hambrienta, que iba a desaparecer sin que nadie se diera cuenta. Tal vez eso me había ayudado a pasar desapercibida con tanta facilidad.

La sinceridad era un elixir embriagador y yo quería cada vez más, pero, a medida que nos acercábamos a la Atalaya de Tor, fui sintiendo el peso de unos secretos nuevos. Me preocupaban muchas cosas sobre la familia de Jase y no se lo quería decir, porque sabía que les quitaría importancia. Él era el cabeza de familia, el *patrei*, le iban a hacer caso. Pero ¿de verdad se podía borrar el odio con una orden? Y el odio de su familia hacia mí había sido visceral. Arraigado hasta los huesos.

«Te voy a sacar los ojos y se los voy a echar a los perros».

Esa era la «familia» a la que estaba volviendo. No se trataba solo de las amenazas de Priya, sino del abismo de la confianza que se había roto, tal vez de manera irreparable, por mucho que quisieran a Jase. Recordé el gesto de dolor de Vairlyn cuando me llevé a su hijo a punta de cuchillo. Para ella yo sería siempre la chica que invadió su hogar, la chica que había mentido y robado en su casa.

Hasta la dulce inocencia de Lydia y Nash se habría enturbiado ya. No les habrían podido ocultar los detalles de la desaparición de Jase. Además, estaba el tema de Gunner y sus crueles comentarios cuando supo lo que Zane le había hecho a mi familia. Por muy hermano de Jase que fuera, el odio que sentía hacia él no se había mitigado en las últimas semanas. No podía olvidar aquella noche. Y ellos tampoco podrían.

—Ya sé que tu familia significa mucho para ti, Jase. No quiero que te veas atrapado en medio ni que tengas que elegir bando.

—Ahora mi familia eres tú, Kazi. No hay elección. Tienes que cargar conmigo, ¿recuerdas? Y ellos, también. Así funciona esto de la familia. Confía en mí, te aceptarán. Ya te querían, y volverán a quererte. Y más importante todavía, te estarán agradecidos. Los Ballenger habíamos bajado la guardia. No me cabe duda de que, sin ti, a estas alturas todos habríamos muerto.

No era la primera vez que me lo decía, y me había contado detalles de otras masacres que habían sufrido los Ballenger. En ese sentido, yo tampoco albergaba la menor duda. Habrían ido a por Jase en primer lugar para matar al más fuerte y luego seguir con los demás. ¿Cómo habría sido? ¿Un cuchillo inesperado por la espalda cuando fuera a examinar los progresos de Beaufort? Sabíamos que era inminente. Antes de mi intervención, Beaufort había calculado que sus planes darían fruto en tan solo una semana. Ya habían pedido más suministros e iba a empezar la producción. Estaban buscando otros herreros para ayudar a Sarva a crear dos docenas más de lanzadores. Pero la familia de Jase solo sabía lo que habían visto, no lo que podría haber pasado, y lo que habían visto era mi traición, no la de Beaufort. No tenían más prueba que mi palabra acerca de su plan para dominar los reinos, y mi palabra competía con las promesas que él les había hecho. Sí, Jase iba a estar de mi lado, y sí, tal vez bastaría con eso, pero no estaba segura. Yo no comprendía bien las emociones y complejidades de una familia, y tenía miedo de que fuera demasiado tarde para aprender.

—Nunca he tenido familia, Jase. No se me da bien…

—Tienes a Wren y a Synové. Son como una familia.

Sentí un aguijonazo cuando las mencionó. Ya las echaba de menos, y mucho más de lo que había imaginado. Estábamos acostumbradas a separarnos durante periodos cortos de tiempo, cuando nos encontrábamos en misiones diferentes, pero al volver siempre nos esperaban los camastros juntos, en una fila bien ordenada. Y en esta ocasión yo no iba a volver. Durante las pasadas semanas me había preguntado a menudo qué tal les iría. Sí, Wren y Synové eran lo más parecido que tenía a una familia. Habrían dado la vida por mí, y yo por ellas. Nos habíamos convertido en hermanas en un sentido muy real, aunque nunca lo dijimos en voz alta. La familia era un riesgo del que tal vez nunca te recuperaras, y la vida que llevábamos, la vida que habíamos elegido, era peligrosa. La justicia ardía en nosotras, la llevábamos grabada a fuego en la piel desde el día en que nos arrebataron a nuestras familias. Las palabras que no habíamos pronunciado eran una red de seguridad. La familia de Jase era una unidad sólida, todos iguales, siempre juntos. Yo no sabía si podía formar parte de una familia así.

—Y tuviste a tu madre —añadió—. Pasasteis poco tiempo juntas, pero fue tu familia.

Ya habíamos hablado de mi madre. No nos reservamos ni los secretos más antiguos, los más dolorosos. Cuando se lo conté, se le formaron arrugas profundas en torno a los ojos. Sufrió tanto como yo mientras se lo decía, y se arrepintió de que su familia hubiera dado refugio y empleo a los previzios.

—Todo saldrá bien —me prometió, y me dio un beso en la oreja—. Y no tiene que ser de un día para otro. Tenemos tiempo. Nos iremos adaptando a los cambios.

Así que sabía que nos esperaban momentos difíciles.

—¿Lista para ponernos en marcha?

Me di la vuelta para quedar frente a él y lo miré de la cabeza a los pies antes de dejar escapar un suspiro.

—¿Ya te has vestido? Menos mal. En cuanto ocupe mi posición como justicia, te voy a atar muy corto, *patrei*.

—¿Hoy toca justicia? Ayer ibas a ser la embajadora Brumaluz.

—La reina ha dejado el puesto a mi criterio. Dependerá de cómo te portes.

—¿Piensas arrestarme? —preguntó, con más ganas de las que correspondían.

Entrecerré los ojos.

—Si no te comportas…

—Si no fueras tan impaciente, no tendrías que cargar conmigo ahora.

Me eché a reír.

—¿Impaciente, yo? El que desató el cordel del paquete de Synové fuiste tú.

Jase se encogió de hombros con cara de inocencia absoluta.

—El paquete casi se abrió solo. Yo no sabía qué había dentro ni a dónde nos iba a llevar una sencilla cinta roja.

No había pasado ni un día de viaje antes de que se empeñara en abrir el regalo de despedida de Synové.

—Nunca confíes en los regalos de una rahtan —le advertí—. Lo que no sabes no te puede causar problemas, *patrei*.

—Los problemas se nos dan de maravilla cuando estamos juntos. —Me cogió entre sus brazos. Le brillaban los ojos, pero de pronto se puso serio—. ¿Lo lamentas?

Sentí que me sumergía aún más en el mundo que era Jase Ballenger.

—Jamás. No lo lamentaré ni en mil mañanas. Los problemas contigo me alegran. Te quiero con todo mi aliento. Te quiero, Jase.

—¿Más que a las naranjas? —me preguntó entre besos.

—Tampoco te pases, *patrei*.

Las palabras que antes me negaba a pensar me salían ya con una facilidad sorprendente. Las repetía a menudo y de mil maneras. Cada vez que nuestros labios se rozaban, cada vez que le pasaba los dedos por el pelo. «Te quiero». Tal vez fuera por miedo, miedo a los dioses celosos, a las oportunidades perdidas. Sabía mejor que nunca que las posibilidades se pueden desvanecer, te las pueden arrebatar en un instante, entre ellas las oportunidades de decir una última cosa, y si algo tenía que ser lo último que le dijera a Jase quería que fuera eso.

Las últimas palabras que me dirigió mi madre iban cargadas de miedo desesperado. «Shhh, Kazi, ni una palabra». Eso era lo primero que oía cuando pensaba en ella. El miedo.

Bajamos a donde estaban Mije y Tigone, en la estancia que tal vez fue en el pasado un gran comedor. De hecho, aún lo era. El suelo estaba alfombrado de tréboles, que los dos caballos habían devorado. Nos dirigíamos hacia una llanura azotada por el viento donde les costaría más encontrar pastos, así que me alegré de que se hubieran saciado.

Ensillamos y nos pusimos en marcha. Mientras cabalgábamos, reviví la magia de cada día, decidida a no permitir que aquellas semanas quedaran en el olvido. Recordé de dónde habíamos venido y a dónde íbamos para que ningún giro inesperado nos cambiara el rumbo de nuevo. Y, a lo largo de los kilómetros, memoricé cada palabra que decíamos para no olvidarlas jamás.

—¿Y nosotros qué, Jase? ¿Alguien escribirá nuestra historia?

—¿Qué quieres decir?

—Como las que hay en las paredes de la cripta y las de tus libros.

Se le dibujó una sonrisa en los labios, como si fuera una idea nueva e intrigante.

—La escribiremos tú y yo, Kazi. Escribiremos nuestra historia. Y harán falta mil tomos. Tenemos toda la vida por delante.

—Eso son muchos árboles.

Se encogió de hombros.

—Por suerte, nosotros tenemos una montaña entera.

Nosotros. Ahora, todo era nosotros.

Tejimos juntos nuestros sueños como una armadura. Nada podía detenernos.

Capítulo tres

Jase

—¿Un botón?

Me había reído a carcajadas con la descripción de Kazi del señor de los barrios, gordo, congestionado, al final del callejón, gritando como si le hubieran cortado la nariz.

—¿Por qué corriste tanto riesgo para robar un botón inservible? —insistí.

La sonrisa se le borró. Tenía la mirada serena y movía los dedos como si aún tuviera en la mano el preciado botón.

—No era inservible —respondió—. A veces me tenía que recordar a mí misma que no estaba impotente. Que aún podía controlar algunas cosas. Que mis capacidades no solo servían para llenarme el estómago, sino para recordarles las suyas a otras personas. Si una ladrona le podía robar un botón a plena luz del día, ¿cuánto más podrían quitarle en la oscuridad de la noche? —Se mordió el labio y entrecerró los ojos—. Sé que aquella noche no durmió, y eso me hizo dormir a mí mejor que nunca. En ocasiones, hay que ser dueño de todo un día. Eso te da valor para enfrentarte al siguiente.

Yo seguía tratando de comprender su mundo, lo que había sufrido, la resolución que había necesitado para seguir con vida.

—¿Valor? Eres la persona más valiente que he conocido jamás. —La miré de reojo—. Y la más maquinadora, también.

Le sacó el hueso al dátil que iba mordisqueando y me lo tiró, y me acertó en la barbilla. Me la froté.

—Una maquinadora con buena puntería.

—Y lo dice el maquinador supremo. Me lo tomaré como un piropo —replicó, y volvió a mirar hacia el frente, mecida por el paso de Mije. Guardó silencio largo rato antes de añadir—: ¿Les vas a decir que fui ladrona?

Mi familia. Sabía que se refería a ellos, pero me hice el tonto.

—¿Cómo que fuiste? Lo sigues siendo. Antes de dormir me cuento los dedos cada noche. Pero no les diremos que te llamen Diez.

—Jase…

Suspiré. La verdad entre Kazi y yo era una cosa, pero, con mi familia, eso cambiaba. Los iba a tener que aplacar mucho antes de contarles nada. Sabía que al final me harían caso, pero no iba a ser fácil que pasaran de la rabia a los brazos abiertos, y no bastaría con unas pocas palabras. Habían invadido su hogar, les habían robado su inversión más preciada y a su *patrei*, y había sido alguien en quien confiaban.

—Sí, se lo diré. Cuando estés preparada. Pero será mejor ir desvelándoles las cosas una a una. Despacio.

Kazi sonrió.

—Claro. No hace falta echarles encima todo a la vez.

—Supongo que sabrás que, en cuanto Lydia y Nash se enteren, querrán que les enseñes todos los trucos.

—Nos limitaremos a los juegos malabares y a sacar monedas de las orejas por el momento. Dominar las sombras es más complicado.

—Y no te olvides de las señas silenciosas —le recordé—. Eso les va a encantar para las cenas.

Sonrió.

—Ya lo había puesto en la lista, al principio.

Antes de quedarse sola, su madre y ella habían desarrollado un lenguaje silencioso para sobrevivir en las calles de Venda.

Abundaban los momentos de peligro en los que no podían hablar. Mi gente y yo teníamos unos cuantos gestos sutiles, pero me sorprendió el número de señas que habían creado su madre y ella. Un movimiento de los dedos significaba «sonríe», levantar la barbilla era «atención, alerta» y la mano rígida, «no te muevas».

Yo también le conté anécdotas de mi infancia, de los líos en los que nos metíamos siempre los niños mayores. Se rio con una mezcla de diversión y horror. Le hablé del verano caluroso durante el que, cuando nos aburrimos, montamos un sistema de cuerdas y poleas entre las ramas de los tembris para robarles el sombrero a los transeúntes que iban por las pasarelas.

—Vaya, así que haciendo tus pinitos como ladrón. No me extraña que aquel tendero dijera que erais incontrolables.

Me encogí de hombros.

—Devolvimos los sombreros y aun así nuestra madre nos echó la bronca. Dijo que, si dedicáramos la mitad de esfuerzo a los estudios, seríamos verdaderos genios. Pero, cuando creía que no la estábamos mirando, vi como hacía un gesto de aprobación a nuestro padre. Pensaban que éramos muy listos.

—Sí —reconoció Kazi—. Tan listos como una camada de zorros robando huevos en un gallinero.

———

El bosque era cada vez más denso, y cada vez más habituales los ladridos agudos de las ardillas sobresaltadas por nuestra presencia. Cabalgamos en silencio y, como tantas otras veces, volví a pensar en Beaufort. Kazi y yo lo habíamos hablado muchas veces, pero sin llegar a ninguna conclusión.

«Someteremos a todos los reinos».

¿Cómo?

Sí, Beaufort estaba desarrollando armas muy poderosas, pero no tenía ejército que las utilizara. Había llegado a la Atalaya de Tor con lo puesto. Su grupo y él daban pena. Aunque estuviera confabulado con una de las ligas, aunque proporcionara a todas los lanzadores, no podría acabar con un reino y mucho menos con todos.

¿Tenía delirios de grandeza? ¿Hablaba en voz alta de sus sueños de poder para que se hicieran realidad? Si era así, Kardos y los demás también estaban locos. Pero el valle del Centinela no era un delirio. Las fosas comunes eran una espantosa realidad. Tal vez hacían falta locos para planear cosas como aquellas.

—Esto debe de ser Dientes del Ogro, ¿no? —preguntó Kazi.

«Me preguntaste por qué me daba miedo el cielo abierto, Jase. Es porque no hay donde esconderse».

Según el mapa, pronto íbamos a llegar a otra zona de cielo abierto. Creo que estaba más preocupado que ella. Yo estaba acostumbrado a resolver problemas, a arreglarlo todo de una manera u otra, y aquello no lo podía arreglar. No podía deshacer el pasado, dar marcha atrás. Su miedo me pesaba. Había estudiado el mapa para dar con una ruta alternativa, pero no la había.

Al doblar una curva pronunciada, las montañas y el bosque desaparecieron de repente. Nos vimos en un camino alto desde el que se dominaba una llanura infinita de un extraño color rojo oscuro. Al norte, a lo lejos, las tierras de Infernaterr centelleaban como un mar plateado que lamiera sus orillas.

—Eeeh, Mije. —Kazi se detuvo y contempló la vasta nada. Era la tercera vez que cruzábamos un paisaje desierto que no ofrecía refugio alguno. La vi escudriñar kilómetros y kilómetros de llanura, con la respiración acelerada.

—Ya no tienes nada que temer de Zane, Kazi. Mi familia lo tiene bajo custodia. No lo dejarán escapar.

Soltó un bufido de incredulidad.

—¿Cómo estás tan seguro? La última vez que lo vi, Gunner se moría de ganas de hacer un intercambio.

—Te prometo que Gunner no lo soltará. —Me habría gustado decirle que era por lo que le había hecho a ella y a su madre hacía una década, pero si Gunner lo retenía no era por eso. Zane tenía algo que ver con los cazadores de brazos que habían actuado en la Boca del Infierno, los que me habían secuestrado a mí y a más gente. Esa era la razón por la que Gunner no lo dejaría salir de la Atalaya de Tor… Al menos, con vida.

La vi concentrada en el horizonte, en un punto diminuto a lo lejos. Seguro que se estaba imaginando que era una ciudad bulliciosa, llena de sombras en rincones oscuros, y que solo un paisaje llano la separaba de aquel lugar. Alzó la cabeza.

—Ya no soy una niña indefensa, Jase. No tengo miedo de Zane. Te aseguro que ahora mismo es él quien tiene miedo de mí. Es el que mira hacia atrás pensando que se va a abrir una puerta y voy a aparecer yo. Es el que no se atreve a dormir por las noches.

De eso no me cabía la menor duda. Yo había visto su expresión cuando la vio, aquella última noche en la Atalaya de Tor… Y cuando vio que ella lo miraba. Los ojos de Kazi habían brillado con un hambre primigenia, con la ferocidad de un oso de Candok. Pero también sentí cómo le latía el corazón bajo mi brazo cuando la atraje hacia mí y el cielo abierto se cernió sobre nosotros.

—Pero todavía te…

—¿Me cuesta dormir al descubierto? —Se le ensombreció la cara y frunció el ceño, desconcertada. Suspiró—. No me lo puedo quitar de encima. Al menos por el momento, sigue siendo parte de mí. Mi mente razona que no hay nada que temer, pero en mi interior hay algo que no puedo controlar y reacciona de otra manera.

La noté confusa. Se volvió hacia mí.

—No sé cuánto tardaré en convencer a mi corazón para que no se acelere cada vez que me veo en un lugar donde no tengo sitios para esconderme. Puede que toda la vida. ¿Lo resistirás?

—Hummm, te va a costar muchos acertijos.

—Me sé unos cuantos.

Yo también sabía varios. Por ejemplo, ¿cuántos hermanos míos iban a hacer falta para que no me echara encima de Zane cuando volviera a verlo? O ¿cómo iba a responder a mis preguntas mientras le apretaba el cuello? Se había llevado a la madre de Kazi. Había dejado a una niña de seis años para que muriera en las calles de Venda. Me hirvió la sangre al pensar en él, pero sabía que no me correspondía a mí acabar con Zane. Yo solo había cultivado unos meses de odio contra él. Kazi había tenido once años. Su rabia superaba con mucho a la mía.

Zane quedaría en manos de Kazi.

Después de responder a sus preguntas.

Viajamos a toda velocidad por la llanura de tierra tan roja que parecía empapada de cerezas maduras… o de sangre. Cada lugar de aquella parte del continente albergaba sorpresas nuevas. Habíamos atravesado paisajes espectaculares y tediosos, y algunos, terribles. El peor fue el Cañón de Piedra, que Sven nos había marcado en el mapa. «Dad un rodeo y evitadlo si podéis. Es lo que hace casi todo el mundo. Por aquí la ruta es más corta, pero no es un lugar que se olvide con facilidad». Kazi y yo optamos por la ruta más corta, pero lo cruzamos con todos los nervios a flor de piel. Tigone y Mije bufaron y protestaron. Hasta los caballos se daban cuenta de que las piedras no eran simples piedras, de que el viento que silbaba escalofriante por el cañón traía un río de voces.

La leyenda decía, según Sven, que las estrellas de la devastación habían hecho brotar roca fundida como una fuente. Los Antiguos quedaron atrapados donde estaban, mientras corrían para escapar. Los grupos se fundieron juntos para formar rocas enormes, atrapados para siempre en los barrancos que se alzaban sobre ellos. En la masa se distinguían claramente rostros individuales llenos de espanto. Esa parte de la historia no se podía borrar. Las caras congeladas en el tiempo nos flanquearon el paso a modo de sombrío recordatorio de lo deprisa que había cambiado el mundo de los Antiguos. De lo deprisa que podía cambiar también nuestro mundo.

La llanura roja que estábamos cruzando parecía casi tranquila en comparación, y, si para atravesarla nos hacían falta unas docenas de acertijos de Kazi, o más leyendas de los Ballenger, perfecto. Mientras cabalgábamos, tenía la sensación de que estaba concentrada en la próxima adivinanza. Siempre tenía una a punto cuando se la pedía. Yo, por el contrario, no tenía talento para aquello, y el único acertijo que había compuesto me resultó muy difícil. Pero para ella era suficiente, y me pedía que se lo repitiera una y otra vez.

«Dímelo otra vez, Jase».

«¡Pero si ya sabes la respuesta!».

«De esa respuesta no me voy a cansar jamás».

Y yo no me iba a cansar de decírselo. Acaricié con un dedo la cinta roja que llevaba atada a la silla de montar.

«¿Para qué es, Kazi?».

No la había visto sonrojarse desde aquella primera vez en que la descubrí mirándome el torso desnudo. «Dímelo». Pero,

31

para mis adentros, creo que ya lo sabía, y, si aquella cinta era un problema, era de esos problemas que yo quería.

Kazi carraspeó para llamarme la atención.

—Venga, *patrei*, ahí va —dijo—. Atiende bien, que no te lo voy a repetir.

Había estado componiendo un acertijo. Lo sabía.

> Tengo dos brazos y ni un solo hueso.
> La flecha no me hiere, no me afecta el beso.
> Nada me detiene, todo traspaso,
> no necesito pies para seguirte el paso.

> Soy sutil, soy un ladrón,
> soy un truco de los ojos,
> más ligera que un plumón,
> no me paran los cerrojos.

> Todo, nada, gruesa, flaca, baja, alta,
> soy todo misterio, soy mentira,
> soy lo que ve aquel que delira.
> Si llega la noche, me echas en falta.

—Déjame pensar. —En esta ocasión no estaba ganando tiempo para que me besara. Me había desconcertado. ¿Brazos sin huesos? ¿Gruesa, flaca, alta y baja? Le estaba dando vueltas cuando algo diferente me llamó la atención.

Hicimos parar a los caballos y escudriñamos el cielo.

—Un valsprey —susurró Kazi. Casi era una pregunta.

Lo habíamos visto a la vez. Era una mota blanca en el cielo de un azul cegador y volaba hacia nosotros planeando con las inmensas alas, a la vez majestuoso y sobrenatural. ¿Un ejemplar salvaje? En aquella zona, no parecía probable que fuera un pájaro mensajero entrenado. Se acercó muy deprisa, volando tan bajo que vi el penacho de plumas negras sobre sus ojos. Era un espectáculo increíble allí, en medio de la nada, y no pudimos dejar de mirarlo. Entonces, de pronto, salió catapultado con violencia hacia atrás, como si algo lo hubiera golpeado. Una explosión de plumas cayó hacia el suelo sin control.

—¡Al suelo! —grité, y salté sobre Kazi para derribarla.

Alguien había disparado contra el pájaro.

No estábamos solos.

Capítulo cuatro

Kazi

Jase no se apartó de mí, con una mano protectora contra mi espalda. Mije y Tigone patearon, nerviosos, a ambos lados de nosotros. Jase se levantó a toda prisa y agarró los arcos y las flechas que llevábamos en las sillas antes de volver a dejarse caer al suelo junto a mí. Escudriñamos la llanura. No había lugar donde esconderse. ¿De dónde había salido el proyectil? Ningún ave cambiaba de rumbo de manera tan brusca ni caía al suelo sin causa externa.

—Yo no he visto ninguna flecha —susurró Jase—. ¿Y tú?

—No. Nada.

Pero, si no había sido una flecha, ¿qué acertó al ave? ¿Una piedra lanzada con honda? También la habríamos visto. ¿Un depredador? Los valspreys eran grandes, de metro y medio de envergadura. Para derribarlo, el depredador tendría que haber sido enorme, del tamaño de un racaa. Y lo habríamos visto.

Nos incorporamos sobre los codos por si algo asomaba por un agujero de la llanura, pero no pasó nada. Al final, nos pusimos de pie, espalda contra espalda, los dos con flechas preparadas y sincronizando los movimientos, a la espera de ver algo. Lo único que nos acogió fue el susurro sereno de una brisa suave que soplaba sobre la llanura.

Fuimos hacia donde había caído el pájaro. Era una forma blanca retorcida en el paisaje escarlata. Tenía un ala rota doblada hacia el cielo, como si pidiera una segunda oportunidad. Estaba muerto, y eso no era ninguna sorpresa. Pero, cuando nos acercamos para examinarlo más de cerca, vimos al instante que algo no encajaba.

—¿Qué...? —empezó Jase.

Nos lo quedamos mirando.

Estaba muerto, sin duda. Pero era obvio que llevaba semanas muerto.

Los ojos eran pozos hundidos, correosos; las costillas se le marcaban contra la piel fina y medio podrida, y apenas tenía plumas en el pecho. Miramos a nuestro alrededor. Tenía que haber otro pájaro por allí cerca. Pero no, no lo había. Aquel era el que habíamos visto caer del cielo.

¿Nos habían engañado los ojos?

¿Tal vez una corriente extraña lo había llevado hasta allí?

Sopesamos todas las posibilidades, pero ninguna era lógica.

Jase movió el cadáver reseco con la bota para darle la vuelta al pájaro. Tenía un tubo para mensajes en la pata. Así que era un valsprey entrenado. Me agaché para coger el tubo y solté el cordel que lo cerraba, y saqué un trozo de pergamino que se me desenrolló en la mano.

Las palabras que leí me dejaron sin aire en los pulmones.

—¿Quién lo manda? —preguntó Jase.

—No lo sé.

—¿Para quién es?

Me quedé mirando la nota. ¿Cómo era posible? Pero, para mis adentros, lo sabía. A veces los mensajes conseguían llegar a las personas. «Los fantasmas te visitan en momentos inesperados». No era un mensaje enviado por valsprey. El mensajero era muy diferente. Lo agarré con fuerza, sin querer dárselo a Jase.

—¿Qué es, Kazi?

«No más secretos», nos habíamos prometido.

Le tendí la nota.

—Es para nosotros —dije.

Jase la cogió y la leyó con atención, varias veces, al parecer, porque no dejó de mirarla. Negó con la cabeza. Se le habían puesto los labios blancos. Parpadeó como si tratara de enfocar la vista, como si tratara de reorganizar las palabras para que dijeran algo lógico.

Jase, Kazi, quien sea,
¡venid! ¡Por favor! Samuel está muerto.
Están dando golpes en la puerta.
Tengo que...

Su expresión pasó del desconcierto a la ira en un segundo.

—Es un fraude —dijo—. Es un fraude de algún canalla. —Arrugó el papel en el puño y se dio la vuelta, buscando al perpetrador—. ¡Da la cara! —gritó.

La única respuesta fue el gemido del viento.

—¿Reconoces la letra? —pregunté.

Era un mensaje desesperado, escrito a toda prisa. No parecía un fraude.

Jase miró el mensaje de nuevo.

—No estoy seguro. Puede ser la de Jalaine. En la arena tenemos valspreys. La puerta de las oficinas está... —Caminó de un lado a otro sin dejar de negar con la cabeza—. Puse a Samuel a trabajar allí mientras se le curaba la mano. Me pareció... —Hizo una mueca. Era obvio que sus pensamientos daban vueltas en círculos enloquecidos, sin control, mientras que los míos caían como el plomo hacia una conclusión...

»Samuel no está muerto —rugió Jase como si me leyera la mente—. Jalaine exagera siempre. Una vez creyó que yo estaba muerto porque me había caído de un árbol y me quedé aturdido un momento. Corrió a decírselo a mis padres y les dio un susto espantoso. —Volvió a escudriñar el paisaje sin dejar de pensar en voz alta—. Puede que lo escribiera Aram, o alguien a quien no conocemos. Alguien que quería engañarte para que me soltaras. Quizá no recibieron el mensaje de que ya estábamos de vuelta y piensan que aún me llevas prisionero. O puede que... —Se detuvo a mitad de la frase y se estremeció. Apoyó los brazos en Tigone, como si la yegua fuera lo único que lo mantenía en pie—. Samuel no está muerto —repitió, pero esta vez tan bajo que solo lo oyeron los fantasmas.

Miré más allá de Jase, hacia donde había caído el pájaro, y vi a la Muerte. Estaba acuclillada, con la espalda encorvada, levantando un cuerpo tendido en el valle. Volvió la cabeza para mirarme, y luego los tres, pájaro, cadáver y Muerte, desaparecieron.

¿Quién había escrito la nota? ¿Cómo nos había llegado? ¿Y decía la verdad? De pronto, eran cuestiones secundarias. Lo único importante era llegar a casa. Nos paramos lo justo para abrevar a los caballos. Para nosotros no hubo descanso hasta la noche, cuando la oscuridad se hizo más cerrada.

Miré hacia atrás y vi el largo camino que habíamos dibujado en el suelo arenoso, una línea irregular en el paisaje rojizo. Los rayos moribundos del sol bañaban de luz nuestras huellas.

En silencio, encendimos una hoguera con palos y ramitas de un arbusto seco. Jase forcejeó rabioso con una rama que no se dejaba arrancar.

—¡Maldita sea! —gritó al tiempo que tiraba, furioso.

Me acerqué y le puse una mano en el brazo.

—Jase...

Se detuvo con la respiración entrecortada, las fosas nasales dilatadas, los ojos clavados en el arbusto.

—No sé cómo ha podido ser —dijo—. Aparte de la mano…
—Se volvió para mirarme—. Samuel era fuerte y perspicaz,
pero con la mano herida… —Se le entrecortó la voz.

Era. Samuel «era».

—Todo se resolverá, Jase. Lo resolveremos juntos.

Cada palabra que me salía sonaba vacía, insuficiente, pero
no sabía qué otra cosa hacer. Me sentía patética, inútil.

Apartó la vista y respiró hondo, despacio. Se echó el pelo
hacia atrás e irguió los hombros, y vi cómo volvía a coser lo que
se le había destejido por dentro, cómo se negaba a ceder a la
desesperación. Fui a decir algo, pero negó con la cabeza y se
alejó, buscó entre su equipaje y sacó un hacha. Y, con un golpe
violento, cortó la rama del arbusto.

—Ya está —dijo, y echó a la hoguera la madera conseguida.

Las chispas bailaron en el aire. Volvió a concentrarse en el
arbusto seco y le dio hachazos feroces. El sonido aterrador po-
bló la oscuridad y cada golpe me retumbó en los huesos.

—Dime algo, Jase, por favor. ¿Me culpas por esto? ¿Por no
haberte dejado allí?

Se detuvo en mitad de un movimiento y me miró sin ira alguna.

—¿A ti? Pero ¿qué dices? —Soltó el hacha—. Esto no es
culpa tuya, Kazi. Es culpa nuestra. Es la historia de los Ballenger. Esto es lo que he intentado contarte. El lobo siempre ha
estado ante nuestras puertas. La historia de la familia está salpi-
cada de violencia desde el principio, pero no porque nosotros
queramos. Ahora por fin tenemos la ocasión de ponerle fin. Se
acabó el juego de poder, se acabó el mercado negro. Se acabó
pagar impuestos a un rey que no hace nada por los que viven en
la Boca del Infierno. Lydia y Nash van a crecer en un mundo
diferente al mío. Van a llevar otra vida y no tendrán que estar
siempre en guardia. No tendrán que ir siempre con sus *strazas*.

Nuestra historia está a punto de cambiar. Vamos a cambiarla juntos, ¿recuerdas?

Asentí, y me abrazó, olvidándose del arbusto.

«El lobo ante la puerta». No pude dejar de pensar en Zane.

Mi historia también estaba a punto de cambiar.

Para que no se repita la historia,
que las historias se cuenten,
que pasen de padre a hijo, de madre a hija,
porque basta una generación
para perder la verdad, la historia.

Canción de Jezelia

Capítulo cinco

Jase

Los vientos aullaban por la llanura como una fiera desesperada.

Kazi y yo nos juntamos todo lo posible en el petate y nos tapamos la cabeza con las mantas para darnos calor. Cuando se durmió, noté su aliento húmedo contra mi pecho.

«¿Me culpas por esto?».

Yo sabía lo duro que podía ser el silencio, el miedo, la duda que era capaz de sembrar. Lo había utilizado de manera calculada con los prisioneros, de modo que los largos periodos de silencio tejieran algo horrible y doloroso en su imaginación. Lo había utilizado con mercaderes y embajadores para conseguir ventaja en las negociaciones y hacerles pensar que estaba a punto de renunciar al acuerdo. Lo utilicé con Zane hasta que me dio el nombre de Devereux. Nunca había tenido intención de usarlo con Kazi, pero me había consumido, había sentido cómo la capacidad de negación se me esfumaba kilómetro tras kilómetro de viaje. Luché contra el hecho de que tal vez la nota dijera la verdad. El silencio que oía Kazi no era más que miedo atrapado en mi interior. Pero eso ella no lo sabía. Y yo era muy consciente de cómo el silencio me había llevado al borde de algo terrible cuando mi padre se negó a hablarme.

«Dale tiempo, Jase —me había dicho Tiago—. No lo dijo de verdad. Está ciego de dolor».

Las palabras de Tiago no habían significado nada.

Mi padre había entrado por la puerta llamando a gritos a mi madre. Le había llegado la noticia de la muerte de Sylvey. Había estado ausente, en busca de los que habían atacado una de nuestras granjas. Entró en el salón embarrado, chorreando tras cabalgar bajo la tormenta. Traté de detenerlo al pie de las escaleras, de explicárselo, pero me apartó de un empujón. «¡Quita de en medio!».

Durante los días siguientes, todas las energías se concentraron en el resto de mis hermanos que todavía estaban enfermos. Micah murió. Los demás se recuperaron. Los temores que había querido compartir con mi padre se quedaron encerrados dentro de mí, sobre todo después de llevarme el cuerpo de Sylvey. Mi padre no se habría imaginado la culpa que avivaron sus silencios. Tiago sí se dio cuenta. «Dale tiempo», me repitió días más tarde cuando la casa entera oyó discutir a mis padres.

«Si yo hubiera estado aquí...».

«¡No habrías podido hacer nada!».

«Habría...».

«¡No eres un dios, Karsen! ¡Deja de fingir que sí! ¡No tienes la cura para la fiebre! ¡La cura no existe!».

«¡Deberíamos tener más curanderos! ¡Más...!».

«¡Eso ya ha quedado atrás, Karsen, por todos los dioses! ¡Lo que importa es lo que tenemos todavía!».

Sus gritos me habían llegado, cortantes, más fríos que el viento gélido que aullaba en el exterior. Era verdad. Mi padre no habría podido cambiar lo que pasó. Pero ¿y yo? ¿Habría podido evitar lo que le había sucedido a Samuel? Tal vez no debí asignarlo a la arena, pero pensé que la oficina de la arena era segura. Teníamos guardias bien armados apostados allí, ya que mucho dinero cambiaba de manos a diario. ¿Quién lo había atacado? ¿O tal vez fue en otro lugar? ¿Un mercader furioso en un callejón oscuro? ¿Otro grupo como el de Fertig en un camino desierto? ¿Dónde estaban sus *strazas?*

—Estás despierto —susurró Kazi con voz somnolienta.

—Shhh —dije—. Duérmete.

—¿En qué piensas?

La estreché más contra mí.

—Pienso en lo mucho que te quiero.

—Entonces, me alegro de que estés despierto. Cuéntamelo otra vez, Jase. Cuéntame el acertijo…

Murmuró unas pocas palabras incoherentes y se volvió a dormir con la mejilla contra mi hombro. Le di un beso en el pelo. Mi aliento, mi sangre, mi calma.

———◦◦◦———

Llegamos al pie de las colinas y el sol me acarició el rostro. Sentí una cierta esperanza, como si hubiéramos recuperado el rumbo: estábamos en terreno conocido. Allí no caerían del cielo pájaros muertos sobre una tierra yerma y ensangrentada. Nos encontrábamos en un mundo de cordura, que yo entendía. Por si acaso, cambiamos de camino para llegar a la Atalaya de Tor por detrás, por el Túnel de Greyson. Era una ruta más larga, pero, si los problemas los estaba causando alguna liga, lo más probable era que se encontraran en la ciudad, y no contábamos con la protección de los *strazas*.

De pronto, Kazi dejó escapar una exclamación.

—¿Qué pasa? —pregunté, y escudriñé el paisaje de inmediato.

Sonrió con expresión maravillada.

—Acabo de caer en la cuenta de una cosa. La Boca del Infierno no será la única ciudad dentro de las fronteras de tu nuevo reino. Hay otra.

Yo conocía cada colina, valle y desfiladero de la Atalaya de Tor.

—No —respondí—. La única ciudad es la Boca del Infierno. No hay ninguna más.

—¿Y la colonia?

Me quedé boquiabierto. No era una ciudad de pleno derecho, pero estaba incluida en las nuevas fronteras que yo había declarado. Solté un bufido de preocupación.

—No sé qué le parecerá a Caemus.

—No creo que le parezca mal. Todo lo contrario. En cambio, Kerry… Cuando se entere de que eres su nuevo soberano igual te intenta romper la otra rodilla.

—La próxima vez que vaya me pondré las botas altas. ¿Y qué va a decir tu reina?

—Te está agradecida por lo que hiciste, Jase. Ya lo sabe.

Sí, lo sabía. Me había expresado su gratitud de nuevo cuando cenamos con ella y con el rey.

—Pero eso fue antes de saber que la colonia quedaría bajo mi control. No quiero ninguna complicación que ponga en peligro…

—Habrá que ponerle nombre. ¿Se te ocurre alguno?

—Eso mejor se lo dejamos a Caemus.

—Es verdad.

Pero, pese a todo, empezó a decir en voz alta los que se le ocurrían para ver qué tal sonaban. Soñaba tanto como yo.

Capítulo seis

Kazi

En los árboles se veían destellos de otoño que sacudían las hojas ya escasas a modo de despedida. El invierno, impaciente, cubría de escarcha blanca las primeras horas de la mañana. ¿Cómo sería la Atalaya de Tor en invierno? Las torres oscuras debían de resultar admirables contra el paisaje nevado.

Íbamos a llegar aquel mismo día. Jase pensaba que sería antes del anochecer, pero ni la oscuridad podía detenerlo. Casi saltaba en la silla a medida que aparecían nuevos paisajes y escudriñó el horizonte como si esperase ver un rostro conocido. La proximidad de su hogar le picaba en la piel. Aquella noche dormiríamos en camas, en la Atalaya de Tor. Cenaríamos con la familia en el gran comedor. Empezaría nuestra nueva vida.

Tanto anhelo me sorprendió a mí misma. Tal vez se me había contagiado la fe inquebrantable de Jase en que aquello no era más que el principio. Estaba deseosa de que llegara lo que nos esperaba, pero, al mismo tiempo, notaba en el pecho un enjambre de abejas nerviosas. Iba a tener que encajar en una familia muy unida que compartía una historia, unas tradiciones. Y no era lo único que me preocupaba.

«Pronto obtendremos respuestas», había prometido Jase, porque la incertidumbre era el gusano que nos corroía a los dos. Estábamos desesperados por saber qué significaba la nota, qué le había pasado de verdad a Samuel, pero se me hacía un nudo en el estómago al pensar en Zane. No era que tuviera miedo de él; o no era miedo ya de lo que pudiera hacerme. Natiya y Eben me habían enseñado mil maneras de matar, hasta sin armas. Tenía mucho más entrenamiento que Zane. Lo que me daba miedo era lo que pudiera contarme.

La noche en que le pregunté por mi madre estaba muerta de miedo. Volví a ser una niña. Se me fundieron los huesos, y cobró vida la inseguridad que me había atenazado durante años. E iba a tener que revivir ese momento cuando me enfrentara a él. Ese miedo había dado forma a una pregunta nueva: ¿serían peores las respuestas que el hecho de no saber?

«Mátalo y ya está, Kazi —me dije—. Ese ha sido tu plan toda la vida. Mátalo y acaba con todo de una vez. No necesitas respuestas para nada». Había vivido hasta entonces con la duda, y podía vivir con ella para siempre. Lo único que me importaba era la justicia. Las respuestas no iban a cambiar nada. Mi madre ya no estaba.

«¿Por qué estás tan segura de que ha muerto?».

La pregunta de Jase había sido tan frágil como un huevo de petirrojo en la palma de la mano. Me lo tendió con cautela, como si la cáscara estuviera ya agrietada. Claro que no podía estar segura de que había muerto. Era imposible. No había visto su cadáver. En algún momento había cogido un sueño y le había dado forma de conclusión, había tallado la pieza del rompecabezas que encajaba en el agujero que había en mi vida.

Durante mucho tiempo estuve segura de que mi madre conseguiría volver conmigo, o de que la encontraría si la buscaba con más ahínco. Y, de pronto, durante un duro invierno, cuando muchos vendanos ya habían muerto, estaba acurrucada y tiritando en mi choza, azul por el frío, y segura de que iba a ser la siguiente, cuando oí un ruido.

«Shhh».

Me dije que no era más que el viento.

«Kazi».

Solo era el rugido de mi estómago.

«Shhh».

Tenía un frío atroz, estaba helada hasta la médula, pero salí corriendo al exterior, buscando, desesperada por no estar sola, mientras los copos de nieve me atacaban como navajas, los charcos me helaban los pies y el viento me abofeteaba el rostro… Y, de pronto, se hizo una extraña calma. Vi algo contra el blanco deslumbrante que hacía irreconocibles las calles desiertas de Venda.

¿Fue un sueño fruto del frío? ¿Fue un delirio del hambre? Nada me pareció real, ni siquiera en aquel momento. ¿Cómo podía explicarle a Jase lo que ni yo misma entendía? Vi a mi madre, con la larga melena negra al aire en una trenza suelta que le caía por la espalda, con una corona de lianas verdes, frescas, como las que solía tejer para mí en los días festivos. Era primavera en medio del peor invierno. Se volvió y me miró con ojos como pozos de ámbar, como si tratara de hacerme una de sus señas silenciosas mientras sus labios formaban mi nombre, «Kazi, mi amor, mi *chiadrah*», antes de darse la vuelta y alejarse de mí, pero ahora con alguien a su lado. Alguien que también me miró. La Muerte. Se cogieron del brazo y desaparecieron, pero la Muerte se demoró un instante más. Me miró y dio una patada contra el suelo a modo de advertencia, y corrí de vuelta a mi choza.

«Tal vez viste lo que necesitabas ver para seguir adelante», sugirió Jase.

Había acariciado esa posibilidad infinitas veces desde entonces. Tal vez solo se había tratado de la soledad desesperada de una niña que por fin soltaba el último hilo de esperanza. Mi madre llevaba meses, años, alejándose de mí, y me sentía cada vez más culpable cuando notaba que se me borraba del recuerdo, y esa culpa hacía que la buscara con energías renovadas.

Tal vez verla aquella noche era su manera de decirme que dejara de aguardar su regreso. Que dejara de buscarla.

Excepto que, poco después, empecé a buscar a otra persona.

De una manera u otra, era incapaz de cortar aquel hilo.

Desde entonces había visto muchas veces a la Muerte, y no habían sido sueños. Tal vez siempre había estado cerca de mí y, ocupada en sobrevivir, no me había dado cuenta. O tal vez era imposible cerrar la puerta oscura una vez que se abría. Ahora, en momentos inesperados, oía el susurro de advertencia de los fantasmas, y la Muerte se divertía burlándose de mí. Se convirtió en algo así como un señor de los barrios al que quería derrotar, y la recompensa era mi vida.

—¡Manzanas! —exclamó Jase de repente.

Ya había encaminado a Tigone hacia las ramas bajas de los árboles e iba cogiendo frutas rojas y maduras a su paso. Tiró unas cuantas al suelo para los caballos y cogió más entre los pliegues de la capa antes de desmontar. Mordió una y se llenó la boca de dulce frescor.

—Las he visto yo primero, pero no me niego a compartirlas contigo —dijo.

Lo miré desde arriba.

—Tanta generosidad tendrá un precio, me imagino.

Sonrió.

—Todo tiene un precio.

Puse los ojos en blanco.

—Claro, claro. —Me bajé de Mije y caminé hacia él—. ¿Hasta para una embajadora?

—Al principio es una manzana, y antes de que me dé cuenta querrás un despacho y todo.

Arrugué la nariz.

—¿Un despachito de nada para una embajadora? Ni hablar. Le tengo echado el ojo a una de esas estancias elegantes de la arena. De las más altas.

—Lo siento, pero son muy caras.

Me rodeó la cintura con un brazo, me dio un mordisco de su manzana y luego me besó. El jugo dulce nos corrió por los labios.

—Dime, *patrei*, ¿qué me va a costar?

Nos besamos de nuevo y la sonrisa aún nos bailaba en los labios cuando me tendió en el suelo. Sabía que la alegría, el juego, la risa eran regalos que me hacía. Eran una promesa: por cerca que estuviéramos de la Atalaya de Tor, por muchos desafíos y objeciones que nos presentara su familia, no íbamos a perder la belleza perfecta de aquellas últimas semanas. Nada iba a cambiar entre nosotros. No tenía que decírmelo: lo oí en cada beso. Aquello era solo el principio.

<hr/>

Era como si Mije supiera que estábamos cerca. No hizo falta alentarlo para que trotara ansioso del descanso y del heno fresco que siempre abundaba en los establos de los Ballenger. Jase había acertado con la hora. El cielo lucía una franja púrpura y el ocaso se aproximaba cuando llegamos a la entrada trasera del Túnel de Greyson. Una nube negra y vibrante de murciélagos que buscaban cena pasó sobre nosotros.

Jase me miró. El cielo nocturno daba una luz suave a sus ojos castaños.

—No te alejes de mí —dijo—. No quiero que Priya te haga nada. Por si no lo has notado, tiene muy mal genio.

—¿Priya? ¿Mal genio? Anda ya… —me burlé—. Nunca lo habría imaginado.

Priya no era rival para mí, pero no quería enfrentarme a ella. Deseaba que el regreso a la Atalaya de Tor fuera lo más suave posible, sin más enfrentamientos con la familia.

—Seguro que, para cuando crucemos el túnel, la noticia ya ha llegado a la casa. No me extrañaría que toda la familia nos estuviera esperando en la entrada.

Lo dijo en tono de queja, pero yo sabía que nada le gustaría más. Toda la familia, Samuel incluido. Que, si Jalaine había escrito la nota, fuera fruto de la precipitación, no de la verdad. Yo también lo esperaba, aunque la perspectiva de enfrentarme a la familia entera en pocos minutos me tenía paralizada. Sabía que debía hacerlo, que era mejor enfrentarme a la ira cuanto antes. Teníamos un plan, y ellos iban a formar parte de él.

Rodeamos el último grupo de árboles y salimos a la ladera que llevaba al Túnel de Greyson. La imponente silueta negra de la Atalaya de Tor se alzaba ante nosotros, recortada contra el cielo del anochecer.

Pero algo iba mal. Algo iba muy muy mal.

Jase tiró de las riendas de Tigone y se quedó mirando. Yo también me detuve, sin entender lo que veía.

La silueta había cambiado. Era diferente.

Entre las torres de Meandro y la Casa de Rae había una ausencia, un agujero, como si un monstruo inmenso le hubiera dado un mordisco. El torreón central negro del edificio principal había desaparecido y, mientras mis ojos se acostumbraban a la sorpresa, advertí que no era lo único que faltaba.

El muro.

La pared delantera de la fortaleza, cerca de la entrada a la Atalaya de Tor, el muro de roca de casi metro y medio de grosor, presentaba un boquete enorme, y los cascotes se habían derramado por la ladera de la montaña. Las torres de la guardia también habían desaparecido.

—No es posible…

Las palabras se le helaron en los labios. Superó la conmoción y se lanzó al galope hacia la zona destruida.

—¡Espera, Jase! —grité—. ¡Puede que…!

Un zumbido poderoso hendió el aire. Luego, otro. Flechas. Di la vuelta para tratar de ver de dónde venían.

Jase también las oyó y tiró de las riendas. Iba a dar la vuelta en Tigone cuando una flecha se le clavó en el muslo. Hizo una mueca, todavía en pleno giro, y otra le perforó el hombro y lo lanzó hacia atrás. Tigone se levantó sobre las patas traseras.

Yo seguía sin ver de dónde venían las flechas. Parecía que de todas partes. Galopé hacia Jase.

—¡*Baricha!* —ordené a Tigone—. ¡*Baricha!*

Era la orden para correr, pero las flechas seguían silbando, y Tigone volvió a alzarse sobre las patas traseras, sin saber hacia dónde ir.

Jase me estaba gritando lo mismo.

—¡Corre, Kazi! ¡Atrás!

En aquel momento, otra flecha le acertó en el pecho, y una fracción de segundo más tarde se le clavaron otras dos en el costado. Se derrumbó hacia delante.

—¡Jase! —grité, y corrí hacia él.

A mí no me había acertado ninguna flecha. Solo apuntaban al *patrei*. Nuestras miradas se encontraron. Tenía los ojos vidriosos.

—Vete, vete de aquí.

Fueron sus últimas palabras antes de desplomarse sobre Tigone.

Unas figuras con capas negras corrieron hacia nosotros desde todas las direcciones y nos rodearon como hienas aullantes que se gritaban instrucciones: «¡Cogedlo!». Tomé un cuchillo con una mano y la espada con la otra y salté de Mije, caí de pie, giré y derribé al primero que había llegado a Jase e intentaba bajarlo del caballo. Giré de nuevo, blandí la espada y le corté la cabeza al que se me estaba acercando por detrás.

—¡*Baricha*! —grité de nuevo, esta vez a Mije.

Me obedeció y cabalgó hacia el bosque. Jase yacía inerte contra la cruz de Tigone. Rodé para esquivar la espada de un tercer atacante y moví el cuchillo en un arco para cortarle los tendones de las corvas y luego apuñalarlo entre las costillas cuando cayó. Aparté el cadáver de un empujón y le di un golpe a Tigone en los cuartos traseros con el plano de la espada.

—¡*Baricha*! —grité otra vez, y recé por que siguiera a Mije antes de que llegaran más atacantes para hacerse con Jase.

Dio resultado. Tigone arremetió contra las figuras y derribó a tres al pasar. Pero, en aquel momento, me atraparon por detrás y me echaron una capucha sobre la cabeza, y el mundo quedó en negro. Me quitaron las armas de las manos, y aun así seguí peleando y oí un crujido como el de un melón contra el suelo cuando acerté con una bota en el cráneo de alguien. Me saqué el cuchillo que llevaba en la bota y lancé una puñalada hacia atrás, por encima de mi hombro, contra la cara del que me estaba agarrando por el cuello. Un grito rasgó el aire y el brazo me soltó, pero, cuando intenté quitarme la capucha, un puñetazo me acertó en el estómago y el dolor me hizo doblarme. Me tiraron al suelo y me pusieron una rodilla en la espalda para inmovilizarme contra el terreno rocoso.

Las voces sonaron frenéticas. ¿Cuántos eran? Nos habían estado esperando. Era una emboscada. Sabían que íbamos a llegar. ¿Quién más conocía que Jase estaba en camino, aparte de Jase?

—¡No te muevas, zorra!

—¡A por él!

—¡Ha matado a Lersaug!

—¡Por allí! ¡Deprisa!

—¡Maldita sea!

—¡No llegará lejos!

—¡Quédate con la chica! ¡Voy a por él!

—¡Registrad los alrededores por si hay más!

Oí un galope que se alejaba. Iban a por Jase. Forcejeé contra el peso que me estaba aplastando. «Corre, Mije. Métete en el bosque, donde esté oscuro. Por favor, por todas las bondades de los dioses, corre. No pares. No puedo perderlo».

Me dio vueltas la cabeza y sentí una arcada cuando me tiraron de los brazos para sujetármelos a la espalda. Me ataron las muñecas y las piernas. Debajo de mí, la tierra estaba caliente y húmeda, y olí algo…, algo fuerte, salado. Sangre. ¿Mi sangre?

Solo entonces me di cuenta de que el puño que me había golpeado iba armado con un cuchillo. Y, justo antes de que el caos se difuminara y la oscuridad se hiciera más densa, me percaté de una cosa más.

Conocía una de aquellas voces.

Era la de Paxton.

Capítulo siete

Jase

Lo veía todo borroso. La cabeza me daba vueltas, o tal vez era que Tigone seguía moviéndose, encabritada. Vi atisbos de Kazi, luchando, de Mije, al galope, de la muralla lejana de la fortaleza, de un bosque, mientras el mundo giraba a mi alrededor. Y luego ya no vi nada.

¿Así?

¿Así acababa todo?

Tal vez ya había acabado. Pero mi mano. Mis dedos. Sostenían algo. Kazi. «¿Dónde estás?».

Me dolían los dedos. Los brazos. Me ardían con fuego. «Aguanta, Jase». Estaba agarrando algo. ¿Las crines de Tigone? ¿Las riendas? Apreté más fuerte.

—Kazi…

No conseguí respirar. Mi pecho. De pronto, todo se volvió frío. Helado.

Me resbalaron las manos. Caballo, silla, aire, todo pasó entre los dedos. Caí al suelo. La flecha que tenía en el pecho se me clavó más honda. Una sacudida me recorrió como un cuchillo. Me ardió todo el cuerpo. El aliento gorgoteante me traqueteó en los pulmones. Me salió un grito de la garganta, el grito de un animal moribundo. Oí un galope, un caballo que se acercaba. Pisadas, crujidos. Estaban cerca. Traté de rodar, de ponerme de costado, de arrastrarme, de escapar, hinqué los dedos en el lecho de hojas húmedas, pero ya no pude respirar. Tosí sangre y la sal me llenó la boca. Así. Así acababa todo.

«Huye, Kazi, corre…».

«Kazi…».

«El invernadero. Por favor…».

«Te quiero…».

El dragón conspirará
y lucirá muchos rostros,
engañará al oprimido, reunirá a los malvados,
poderoso como un dios, invencible.

Canción de Venda

Capítulo ocho

Kazi

«Así, Kazi. Pon aquí las manos».

Siento sus manos en las mías, cálidas contra el frío. Jase me está enseñando el paso tal como lo bailan los Ballenger. Tiene el rostro iluminado mientras giramos en un salón de baile vacío, en ruinas, donde alguna vez danzaron los reyes, las reinas, los poderosos del continente. Y esta noche vuelve a ser así. Es como si nuestros pies no rozaran el suelo. Nos vigilan como fantasmas, quieren que aquello no acabe nunca, se inclinan hacia nosotros con anhelo, con recuerdos.

«¿Lo oyes, Jase? Nos están aplaudiendo».

Alza la vista hacia los palcos desiertos y sonríe como si él también los viera y los oyera.

«Te están aplaudiendo a ti».

¿Bastarían unos pasos memorizados para impresionar a su familia? ¿Consideraría suficiente mi ligereza? ¿Considerarían suficiente mi gracilidad? ¿Me considerarían suficiente a mí? Porque quería impresionarlos. Lo deseaba con todas mis fuerzas. Anhelaba demostrarles que era capaz de hacer muchas cosas aparte de robarles a su *patrei*. Querían que supieran que podía aprender a ser parte de una familia.

Me hace girar, me levanta por los aires, los músculos de sus hombros se flexionan bajo mis manos, y luego permite que me deslice hacia abajo entre sus brazos hasta que nuestros labios se encuentran. La música que hemos imaginado juntos late en nuestra piel, en el aire, en los murmullos de los que nos miran. Las botas de Jase marcan el paso de las promesas, eternas, inexpugnables...

Un estrépito me trajo de vuelta al mundo consciente. Un portazo. El salón de baile se desvaneció. Volvía a estar en la celda pequeña, oscura. El sueño se disolvió en una ráfaga de aire y volví a tener los brazos helados. Sonaron unas pisadas en las losas del corredor, ante la puerta de mi celda. Traté de utilizarlas para medir el paso de los días. Llegaban con la misma regularidad que el tentador rayo de luz, pero seguía sin saber cuánto tiempo había pasado. Unos días eran peores que otros, y el delirio se asentó, se instaló en mi alma. Traté de combatirlo. A veces, Jase me traía de vuelta del abismo. Su voz me llegaba en la oscuridad. «Déjate llevar por la corriente. Solo un poquito más. Sigue, sigue. Tú puedes».

¿Habían pasado cinco días? ¿Diez? ¿Tal vez muchos más? Cada jornada oscura se fundía con la siguiente, sin principio, sin fin. Las pisadas sonaron más fuertes. No tardaría en oír un golpe sordo y luego el corretear de las ratas cuando alguien metiera un panecillo duro por la abertura en la parte superior de la puerta. Tenía que apresurarme para hacerme con la escasa ración de comida antes que las ratas. Era lo único que me daban de comer. Un panecillo al día. Era extraño, pero querían mantenerme con vida. Y débil. También me querían débil.

Me tenían miedo.

Había matado a tres, eso sí lo sabía, y tal vez a uno más después de que me capturaran. Las lecciones de Natiya, Eben, Kaden y Griz habían sido mi segunda naturaleza en el momento caótico del ataque. La desesperación por salvar a Jase me había estallado dentro como una llamarada ardiente. Todos mis nervios se tensaron con un único objetivo. Lo único que importaba era salvarlo. ¿Lo había conseguido? ¿Había escapado? No podía volver a fallar. Esta vez, no.

«¿Dónde estás, Jase?».

Me dije que había conseguido llegar a la protección del bosque. Me dije muchas cosas, cada día me di fuerzas con una posibilidad nueva cuando el miedo y la lógica me atenazaban con manos frías. «Cinco flechas. Una, en el pecho. Las posibilidades de sobrevivir a eso…».

Me dije que ni cien flechas lo detendrían, ni una flecha en el corazón, que habría conseguido llegar con alguien que lo ayudaría. Me aferré a la idea con todas mis fuerzas, como a una cuerda que me impedía caer de un acantilado. Pero ¿quién lo iba a ayudar? ¿A dónde podía ir? ¿Habían entrado los atacantes tras los muros de la Atalaya de Tor?

El sonido sordo de las flechas aún me vibraba en la garganta. El acero le volvía a perforar la carne, el hueso. La sangre corría por todas partes. Una voz familiar me asaltó, la mía, susurrando ideas crueles que me habían perseguido toda la vida. «A veces las personas se esfumaban y no había manera de encontrarlas. No volvías a verlas jamás».

«¡No!». Me rebelé contra mí misma y conseguí ponerme de pie. Aparté la tapa del tonel de agua y bebí con las manos. El agua sabía a tierra, dulzona, como si fuera un barril de sidra. No lo habían rellenado en todo el tiempo que llevaba allí. Tal vez, el fin del agua marcaría el fin de mi vida. Me apoyé contra la pared y volví a deslizarme hacia el suelo. El pequeño esfuerzo me había dejado sin aliento. La herida infectada me palpitaba. La frente me ardía, pero estaba tiritando de frío. No entendía mucho de heridas, cosa que no dejaba de ser sorprendente, considerando la vida que había llevado. Ni los dos meses que pasé en la celda de Reux Lau me provocaron lesión alguna. ¿Sería eso lo que mi madre le había pedido a la hierbadeseo? ¿Protección para mí? ¿Cuántas veces lo había deseado? Quizá se me habían agotado ya. «Mi *chiadrah*». «¿Viene a buscarme? ¿Son sus pisadas las que oigo?». Me pasé la mano por la frente sudorosa. «No, Kazi, eso fue antes. Ahora estás en una celda, y Jase ha…».

Las pisadas se detuvieron ante la puerta y el carcelero abrió el cerrojo de la mirilla. Pero esta vez se escucharon dos sonidos. Primero, el sordo y suave del panecillo. Luego, uno más seco. Algo pesado cayó al suelo. Conseguí respirar, junté fuerzas y fui a cuatro patas hacia la puerta, con las cadenas de los tobillos tintineando. Me apreté la herida húmeda, pegajosa, y me empapé los dedos.

—¡Cobardes! —grité, y golpeé la puerta antes de que las huellas se alejaran.

Mi respuesta diaria era la prueba de que no estaba demasiado débil, de que aún no había muerto. De que los iba a matar a todos. A Paxton, el primero.

Pero el arranque de rabia contra la puerta me había costado más fuerzas de las que tenía, y me derrumbé contra ella, mareada de dolor, antes de caer al suelo hecha un ovillo. «Un día más, Kazi. Resiste un día más». ¿Cómo iba a robarles la llave a los carceleros si nunca abrían la puerta? ¿Qué podía hacer si me debilitaba por momentos? «¿Dónde estás, Jase? Necesito saberlo». Quizá esa necesidad de saber era lo que me hacía resistir. Debía seguir adelante por él. Así que tenía que comer.

Palpé el suelo en busca del panecillo y lo agarré. Podía sobrevivir mucho más tiempo del que imaginaban con una ración tan escasa. «Tanto tiempo como haga falta». Estaba acostumbrada al hambre. Había tenido años para practicar. Me metí el panecillo entre la ropa y palpé en busca del segundo objeto que había oído caer. ¿O habían sido imaginaciones? En aquel lugar infernal, los sueños y las alucinaciones eran mi compañía constante.

Toqué algo blando, lo cogí y lo estudié con los dedos. ¿Una tela atada? ¿Un pañuelo? Dentro había algo que se podía doblar. Lo olfateé. Dulce. ¿Comida? ¿Una golosina azucarada? ¿Una trampa? Desaté los nudos de la tela, metí el dedo en la pasta espesa, pegajosa, y me lo llevé a la lengua. Miel… ¿y algunas hierbas? Aquello no era comida. Era medicina. Una cataplasma para absorber la infección.

«¿Medicina? ¿Me están dando medicina?».

Tal vez había al menos una persona al otro lado de la puerta que me quería con vida. Alguien que también tenía miedo.

Al día siguiente me llegó más medicina, y al otro, y al otro. Me comí una parte. Daño no me iba a hacer, y tal vez me sirviera de ayuda. La herida dejó de supurar. La fiebre bajó. Se me despejó la mente. La herida se estaba encogiendo y la piel se tejía, se cerraba en torno a ella. También me llegó un panecillo adicional al día… con un trozo de queso escondido dentro. Lo devoré con ansia, pero los días de hambre aún me tenían débil. Y la oscuridad. La oscuridad total que te drenaba el alma. Se me metía en los huesos como un licor entumecedor.

Mi benefactor o benefactora no descubrió su identidad, pero cada día sentía su miedo al otro lado de la puerta. Miedo de que dijera algo y lo delatara. Tuve la sensación de que estaba corriendo un gran riesgo por mí. ¿Quién me daba a escondidas medicinas y comida adicional? ¿Quién quería que siguiera con vida?

Oí la señal diaria de que la comida se acercaba, las pisadas, y me arrodillé cerca de la puerta para recoger el panecillo y la medicina, pero oí un ruido. Un sonido diferente. Muchas pisadas. El ruido se acercó y la puerta se abrió de golpe. Levanté la mano para protegerme los ojos de la luz cegadora. Los entrecerré y parpadeé para acostumbrarme a lo que no había visto desde hacía días, tal vez semanas. Al final, vi que tenía delante a un pelotón de guardias que bloqueaban la puerta. Todos armados.

—Ponte pie —ordenó uno—. Vamos a dar paseo.

—Si mucho débil para andar, llevamos a rastras.

—Por pelo.

—Decide tú.

Miré a la media docena de soldados uniformados, todos con la cabeza afeitada, altos, recios, musculosos. Parecían árboles gigantes tallados con forma humana, no seres de carne. En concreto, tres les sacaban una cabeza a los otros. Había algo antinatural en ellos. Tenían la piel tensa y los ojos como platos de peltre usados, apagados. ¿Soldados? Hablaban landés con un acento muy marcado que no identifiqué.

Hice una mueca mientras me ponía en pie al tiempo que me sujetaba el costado, y traté de insuflar fuerzas a unos músculos y unos huesos que temblaban de debilidad. Me apoyé contra la pared.

—Andaré.

Capítulo nueve

Kazi

Clinc. Clinc. Clinc.

La cadena iba arrastrándose por las losas detrás de mí y la monótona nota musical vibraba en el aire. Los guardias me hicieron caminar por delante de ellos. Noté el suelo frío y húmedo contra los pies descalzos. El corredor largo y polvoriento no me sirvió de pista para saber dónde estaba.

—Dioses, qué mal huele —se quejó el guardia que iba detrás de mí.

«Bien —pensé—. Respira hondo, cerdo. Puede que sea la última vez».

Me llevé las manos al pelo para sacudírmelo y liberar más perfume a celda. De inmediato, me dieron un golpe en la espalda con una alabarda y caí rodando. Me encogí para protegerme el vientre.

—¡No movimientos bruscos! —gritó el hombre—. ¡Las manos, a los lados!

Otro guardia se burló de él por estar tan nervioso.

—¿No ves que casi no puede ni andar?

—¡Y abulta mitad que tú! —apuntó entre risas.

—Es una rahtan. No puedes fiar de ellos.

Recuperé el aliento y absorbí todos los indicios que pude. Nerviosos. Olfato sensible. Desconfianza del rahtan. Así que no eran idiotas del todo. Pero eran altos como árboles. Ninguno de mis trucos iba a servir para tumbarlos. Me las arreglé para ponerme en pie de nuevo, apoyándome contra la pared. Las manos me temblaban del esfuerzo y el sudor me corría por el pecho. Me volví hacia ellos y los miré de uno en uno. No tenían ninguna prisa en presentarse, así que los catalogué por sus rasgos más característicos: nariz rota, dientes negros, marca en la frente, sin cuello, nudillos peludos y cicatriz en ojo. También me fijé en los pertrechos que llevaban: las armas habituales, pero también otras únicas, de alguna zona concreta, aunque no sabía de cuál. Aquellos soldados no eran de Eislandia.

Ninguno llevaba unas llaves a la vista, pero con el hacha que Sin Cuello portaba a la cintura podría romper las cadenas. ¿Cuál había disparado contra Jase? Tal vez todos, pero entonces recordé… No, las voces que había escuchado durante el ataque no tenían un acento especial. Y el hombre al que le había cortado la cabeza tenía el pelo blanco y también barba. Estos no eran los que me habían apuñalado, pero sin duda eran sus aliados. ¿A cuántos asesinos me enfrentaba? ¿Y qué querían?

—Siento el olor —dije para intentar que hablaran—. Esta mañana se me ha olvidado bañarme, y ha sido un día muy largo. ¿O dos semanas muy largas?

Nariz Rota, el más menudo del grupo, sonrió. Marca en la Frente le lanzó una mirada.

—Yo me llamo Kazi. Encantada de conoceros. ¿Y vosotros quiénes sois?

No les hizo gracia.

—¡Calla! —me espetó Dientes Negros.

Me tendría que conformar con los nombres que les había puesto.

—¡Mueve! —ordenó Sin Cuello—. El general quiere interrogar. Pero, antes, baño. No le gusta oler.

Aquel acento… De repente, supe de qué me sonaba. Dos hombres del grupo de atacantes de Fertig hablaban como aquellos soldados. ¿Qué acento era aquel? ¿Y quién era su general? ¿El que había atacado la Atalaya de Tor? Llegamos a la sala de baño. Cicatriz en Ojo se sacó una llave de lo más hondo de un bolsillo del chaleco y me quitó la cadena de las piernas antes de mandarme al interior de un empujón y decirme que me diera prisa. Tenía cinco minutos, y más me valía salir oliendo a rosas. Dientes Negros se echó a reír como si fuera imposible. Cicatriz en Ojo no sonrió. Nunca cambiaba de expresión.

La sala estaba iluminada con la luz cálida de unos candelabros de alabastro. No era lo que me había imaginado. ¿Jabón? ¿Toallas suaves? ¿Ropa limpia doblada en un asiento? ¿Una bañera de cobre llena de agua caliente? ¿Zapatos? ¿Qué era aquello, un soborno? ¿Quién era el general de nariz delicada? Me sentía casi como si me estuvieran cortejando…, aparte de la herida del puñal y los guardias ceñudos. No, lo más probable era que me estuvieran preparando para algo, y no iba a ser nada bueno.

Me quité la ropa y luego, con mucho cuidado, la cataplasma pegajosa de la herida de un par de centímetros, y me la examiné bien por primera vez. La piel estaba arrugada, enrojecida, y una zona todavía supuraba. Seguía teniendo pegotes de hierbas y miel. El agua caliente me picó cuando me metí en la bañera. Me froté deprisa, con suavidad, aunque la zona alrededor de la herida seguía doliendo. Al mismo tiempo, registré con los ojos hasta el último rincón de la estancia en busca de cualquier cosa que pudiera utilizar como arma. No había nada. Solo se me ocurrió arrancar una pata del asiento para usarla a modo de garrote, cosa que requería un esfuerzo considerable y además no me serviría de mucho contra las alabardas. Entonces, me fijé en el tapizado del asiento, sujeto con clavos decorativos. Tampoco valían para nada contra espadas y alabardas, pero en algún momento me podían resultar de utilidad.

—¡Te queda un minuto! —gritó Sin Cuello desde el otro lado de la puerta.

Salí de la bañera a toda prisa, me sequé y me puse la camisa y los pantalones que me habían dejado allí, y luego tiré de la tela del asiento para sacar los clavos.

—¡Se acabó el tiempo!

La puerta se abrió de golpe.

Me senté de espaldas al guardia con los clavos sueltos entre las piernas.

—Me estoy calzando —dije.

—¡Deprisa! ¡Y nada de movimientos bruscos!

Me guardé dos clavitos en el dobladillo de la camisa y me incliné para calzarme.

No me volvieron a poner cadenas en los pies. Tal vez les parecía que estaba tan débil que no era una amenaza.

—¿Vamos a ver a Paxton? —pregunté cuando echamos a andar, otra vez yo al frente.

—¡Silencio!

—¿El general?

—¡He dicho que nada de preguntas!

Ni movimientos bruscos. Eran desconfiados. No había manera de distraerlos con juegos malabares, al menos con naranjas. Llegamos a una escalera estrecha de piedra y uno de los hombres se puso delante de mí cuando empezamos a subir. Yo llevaba días sin moverme, no digamos ya hacer ejercicio, y a mitad de la subida me empezó a dar vueltas la cabeza. Si no fuera por la comida adicional y los medicamentos, no habría llegado hasta allí. Me temblaban las rodillas. Al dar un paso, me tambaleé y tuve que apoyarme contra la pared para no caer. El soldado que iba detrás tuvo que detenerse bruscamente y soltó un taco cuando chocó contra mí. Me eché hacia atrás, contra él, y me dio un empujón. Los demás se rieron. Me tenían como me querían: débil y a su merced.

—¡Estúpida zopenca!

—Como soldado no gran cosa.

—Enclenque y canija.

—¡No te pares! —gritó el último.

No me paré. Puse un pie delante del otro, respiré, volví a respirar. La debilidad no me impedía ser una soldado. Tal vez me hacía mejor soldado. Sabía cómo sacar partido de cualquier cosa, hasta de un tropezón.

La diminuta daga de puño del soldado me pesaba en el bolsillo.

———✦———

Salimos a una estancia amplia y bulliciosa. Había soldados inclinados ante las mesas y seguían con los dedos las líneas en lo que supuse que eran mapas desplegados. Otros empujaban carros con recipientes humeantes hacia más soldados que aguardaban en fila. El olor a comida de verdad hizo que me dolieran las mejillas. Gachas calientes, panecillos dulces, carnes ahumadas… Los aromas que flotaban por la habitación hicieron que me temblaran las rodillas, como si hasta mis huesos los reconocieran. Vi un jamón en una mesa, cerca de los recipientes humeantes, y tuve que controlarme para no saltar hacia él. Nudillos Peludos era fuerte, había comido y la abundancia de alimentos lo dejaba indiferente. Siguió avanzando sin aminorar la marcha.

Recorrí la estancia con los ojos para ver si identificaba a alguien, como Paxton, o alguno de sus musculosos *strazas*. Luego, me fijé en la sala en sí, en los detalles. Los identifiqué de repente, todos fuera de lugar. El techo alto con vigas de madera, los enormes candelabros de hierro, los tapices pesados de las paredes con escenas de caza y pícnics en el campo, racaas, tembris. Era una estancia hermosa y bien amueblada, con sillones mullidos junto a las paredes y alfombras bonitas en los suelos. No eran unos barracones para soldados.

Al fondo había aparadores con vajilla delicada y, en la pared, un blasón pintado: el escudo de los Ballenger. Se me secó la garganta. Aquello era la posada. Estábamos en el enorme comedor de la posada Ballenger, pero no había nadie de la familia. Ni Gunner, ni Priya, ni clientes; solo más soldados semejantes a los que me habían escoltado hasta allí. Eran más de cien. «Estoy en la Boca del Infierno». ¿Qué locura era aquella? ¿Quiénes eran esos hombres? No me enfrentaba solo a Paxton y a su liga de rufianes. ¿Tal vez había unido fuerzas con otros? ¿Se habían apoderado de toda la ciudad?

No dejaba de ver los torreones desaparecidos en la Atalaya de Tor y el boquete quemado en el muro de la fortaleza. Sentí un sabor agrio en la boca. ¿Qué había sucedido durante mi ausencia? Recordé lo que decía la nota. «Están dando golpes en la puerta».

Debí de caminar más despacio, porque Sin Cuello me pegó un empujón, clavándome los nudillos en la espalda. En el barullo de voces, distinguí un grito concreto.

—¡Estaba acribillado a flechazos, por todos los dioses! ¡Basta ya de excusas! ¡Localizadlo! ¡Hoy mismo!

Jase. Quien quiera que fuese estaba hablando de Jase. Así que había escapado. Me llené los pulmones de aire por primera vez en muchos días.

Marca en la Frente gruñó y meneó la cabeza. Dientes Negros soltó un suspiro. Ninguno de los dos tenía muchas ganas de llegar hasta la voz airada, pero íbamos hacia ella. Pasamos junto a la enorme columna central y nos dirigimos hacia un comedor más pequeño, adyacente al principal. El amplio arco de la entrada dejaba ver a los hombres que había dentro, entre ellos el que gritaba. Estaba de espaldas a mí y agitaba las manos en gesto de ira. Vi a Oleez en el centro de la estancia, con la característica trenza plateada a la espalda. Iba con Dinah, una chica tímida que ayudaba a la tía Dolise en la cocina. Estaban recogiendo los platos sucios de la mesa larga que ocupaba el centro de la estancia. Oleez también me vio. Inclinó la cabeza un poco y me lanzó una mirada afilada antes de apartar la vista. ¿Qué había en sus ojos? ¿Miedo, odio? El mensaje estaba claro: «No me hables». ¿Me veía como un enemigo más entre muchos?

—¡Fuera! ¡Tú, también! ¡Largo de aquí! —rugió el hombre—. ¡Y no volváis hasta que...!

—¿General Banques? —dijo Nariz Rota en tono sumiso—. Le traemos a la prisionera que pidió.

Dejó de gritar, todavía de espaldas. Irguió la espalda y sacudió la cabeza como si le doliera el cuello, o como si quisiera controlar la ira. Permaneció inmóvil durante unos segundos hasta que, al final, se volvió con la expresión tranquila, gélida, un contraste brutal con lo que había sido hacía unos instantes. A aquel hombre no le gustaba que lo pillaran desprevenido, rabioso. Quería presentar otra imagen ante mí, una imagen de control absoluto, pero el sudor de la frente pálida lo traicionaba. Lanzó una mirada casi imperceptible a Nariz Rota, una advertencia. «No te vuelvas a acercar sin aviso». Otra pista. Uno de los dos, Nariz Rota o el general Banques, o tal vez ambos, eran nuevos.

Los fríos ojos grises me recorrieron para tratar de intimidarme antes de decir nada. Cada parpadeo estaba calculado. Frunció el labio superior. Era alto, treinta y tantos años, o quizá las arrugas que tenía en torno a los ojos no eran de la edad, sino de la furia arraigada. Llevaba el pelo espeso, negro, peinado hacia atrás con pomada.

Le devolví la mirada. Tenía algo que me resultaba extrañamente familiar. Tal vez fuera la voz, el tono...

—Así que tú eres la que… —Dejó la frase a medias. ¿La que qué?—. No eres como me esperaba —dijo, y se acercó.

Hizo un ademán, y Dientes Negros y Sin Cuello me agarraron por los brazos. ¿En serio? Estaba débil, muerta de hambre, recuperándome de una cuchillada, y aun así pensaba que iba a lanzarme contra él, cuando se me habían ido las fuerzas solo en caminar para llegar hasta allí. Hasta los rahtan éramos humanos con limitaciones. De manera deliberada, observé las manos que me sujetaban, y luego lo miré a él con las cejas arqueadas. Cobarde, ¿eh?

—Doy por hecho que eres uno de los secuaces de Paxton —dije.

Sonrió.

—Yo estoy al mando.

—¿Quién eres?

—No importa quién soy. Sé quién eres tú. Has conspirado con los Ballenger…

—¿Conspirado para qué? No tienes…

Me agarró por el cuello. La rabia le palpitaba en los dedos.

«Muere mañana, Kazi. Juegue a lo que juegue, aprende a jugar. Jase te necesita». Y, por lo visto, otros Ballenger, también.

—Presta atención —ordenó—. Si no me dices lo que quiero saber, te enfrentas a la soga igual que los conspiradores que ya hemos ahorcado. ¿Entendido?

¿Ya ahorcados? La mente me iba a toda velocidad tratando de entender lo que decía. ¿Estaba loco? ¿Había ejecutado a algún Ballenger?

—Ya me imaginaba que eso te iba a interesar.

Hice un esfuerzo por no tragar saliva. Por no respirar hondo. Lo miré fijamente. «La última en parpadear, Kazi». Presiona un poco. Intenta devolverlo al mundo real. Empecé a recitar el protocolo del reino.

—Estás violando los tratados de la Alianza según…

Me arrancó de las manos de los guardias y me estampó contra la pared, apretándome más el cuello.

—¿Dónde está? —siseó. La estancia quedó en silencio, y traté de respirar. Todos nos estaban mirando—. ¡Le gritaste una orden a su caballo! ¡A los dos caballos! ¿Qué les dijiste?

—Corre —conseguí jadear.

Aflojó la mano.

—¿Corre a dónde?

—A donde sea. Corre, nada más. Vete lejos. No sé en qué dirección.

Cosa que era verdad. Me di cuenta de que sabía que decía la verdad, pero no estaba satisfecho. Era como si yo fuera su última esperanza de localizar a Jase. Tal vez por eso me habían sacado por fin de la celda. Todos sus intentos habían fracasado. Tenía las fosas nasales dilatadas y los ojos muy abiertos. Parecía un loco. Me apretó otra vez el cuello. No podía dar con Jase, así que yo lo iba a pagar. Pensé que podía derribarlo, pero solo iba a tener una oportunidad, y me costaría la vida. Estaba demasiado débil, rodeada por demasiados hombres armados.

—¡Lo hemos encontrado! —gritó una voz.

El general me soltó y luché por recuperar el aliento. Su atención estaba centrada en otro punto de la estancia. Reconocí la voz y me volví. Paxton y otros tres hombres se estaban abriendo paso entre los soldados. Paxton había cambiado mucho de aspecto. No iba como de costumbre, pulcro e inmaculado. Tenía la coleta, por lo general tan limpia, grasienta y enredada, y la ropa, arrugada y sucia. Una película de sudor y mugre le cubría la cara. Cuando consiguió atravesar la barrera de soldados que se habían congregado para mirarme, me vio. Se detuvo un instante, pero luego también pasó de largo junto a mí. Tiró una saca sobre la mesa.

—O por lo menos hemos encontrado lo que queda de él. Parece que cayó por un barranco y los animales dieron con él antes que nosotros.

Otro hombre confirmó lo que había dicho Paxton, y explicó que parecía que lo había devorado una manada de hienas.

Banques fue a examinar la saca de la mesa.

—¿Esto?

La cogió y volcó el contenido sobre la mesa. Una mano hinchada y manchada de sangre cayó con un golpe sordo. Oleez se dio media vuelta entre arcadas. Varios soldados se pusieron blancos.

Me apoyé contra la pared. Me sudaban las manos.

—No —dije—. No es él. No es su mano. Esa no es la mano del *patrei*.

Las palabras me resonaron una y otra vez en la cabeza. «No es él».

—¿De verdad? ¿Cómo estás tan segura? —replicó Banques, con voz repentinamente empalagosa de puro dulce—. Acércate, mírala bien. —No me moví. Él inclinó la cabeza hacia un lado para examinarla—. Sí, lo entiendo, no está en buenas condiciones, pero es de esperar si los animales se han peleado por ella. —Se sacó un pañuelo del bolsillo para dar la vuelta a la mano mutilada. Luego, sonrió a Paxton—. Por fin. Bien hecho.

Paxton se concentró en mí, inexpresivo, silencioso, sin rastro de sus habituales respuestas ingeniosas. Pero recordé lo último que le había oído hacía ya meses, en la arena. «Ve con cuidado, prima. Recuerda, no todos son lo que aparentan». ¿Se había vuelto contra su propia sangre? ¿Era aún más canalla de lo que me había imaginado?

—No —dije con firmeza—. Te equivocas. Responderás ante el *patrei*. Él es la ley en la Boca del Infierno, y además…

—Ya no. —Con cuidado, Banques cogió la mano con el pañuelo y tiró de un dedo—. Toma. Para mí es una baratija, quédatela de recuerdo.

Tiró de nuevo del dedo hinchado y me lanzó algo, que rodó tintineando por el suelo y quedó a mis pies. Era dorado. Me agaché para recogerlo y ya no me pude volver a levantar.

Sostuve el anillo en la palma de la mano.

Un sello de oro.

El anillo de Jase.

«Esto es solo el principio, Kazi».

«Te lo prometo».

«Tenemos toda la vida por delante».

El sabor a sal me inundó la boca. Había apretado tanto los dientes que me había mordido la carne suave del interior de las mejillas. El suelo de la estancia se meció. Caí de rodillas. «Los animales dieron con él». Las luces se oscurecieron. Las voces se distorsionaron, las palabras ininteligibles me retumbaron en los oídos. Alcé la vista hacia Paxton, pero no conseguí enfocar la mirada. Su rostro era un borrón, y de pronto unas manos me cogieron por debajo de los brazos, me levantaron, me llevaron a rastras, pero no vi a dónde. Todo estaba envuelto en una neblina fría, como si hubiera caído a lo más hondo de un río, sin palabras, sin aliento. Me hundí. No sabía dónde estaba la superficie, y nadie trató de sacarme.

Greyson escribe nuestros nombres, los de los veintitrés, en letras grandes en la pared. Parece una cosa importante y para siempre. También escribe nuestra edad. El más pequeño de nosotros solo tiene tres años.

«Somos fuertes, pero juntos somos aún más fuertes», dice Greyson. Cada día miro todos nuestros nombres juntos, y me siento más alto, más listo, más fuerte.

Razim, 12 años

Capítulo diez

Kazi

«Relájate contra mí. Te tengo. Déjate llevar por la corriente».

Jase me rodea con los brazos, me estrecha con fuerza, me sube cada vez que me hundo bajo la superficie. «Te tengo, Kazi. Los pies hacia delante. Tú puedes».

«No puedo, Jase. Sin ti, no».

Siento que me hundo, más y más, no me importa, no quiero respirar. Abandono. Es más fácil abandonar, rendirse, estoy entumecida, me siento pesada. Veo las burbujas de aire que me salen de la nariz, de la boca. Son esferas luminosas en la oscuridad, que ascienden como sartas brillantes de perlas blancas.

«Tú puedes, Kazi. Déjate llevar por la corriente».

—No sin ti, Jase —susurro—. No sin ti.

—¿Estás despierta?

Las perlas desaparecieron y me incorporé, sobresaltada. Una mujer de mejillas sonrosadas estaba sentada en una silla, en un rincón de la habitación. Se levantó y cogió una bandeja que había en la mesa.

—Caldo —me dijo, y se me acercó—. Órdenes del rey. Quiere que comas y recuperes las fuerzas.

Miré a mi alrededor. Estaba en una habitación de muebles hermosos. ¿Dónde? ¿Había sido un sueño? De manera instintiva, examiné a la mujer y el entorno. La mujer estaba desarmada y allí no había más guardias, pero la voluntad de huir me había abandonado. Me toqué con la punta de la lengua la carne lacerada en el interior de la mejilla. No era un sueño. ¿Qué más daba? ¿Huir? ¿A dónde? ¿Hacia quién? ¿A qué otra pesadilla?

Las palabras acabaron por calarme.

—¿El rey? ¿El rey está aquí?

—Él te lo explicará. Voy a decirle que estás despierta.

Dejó la bandeja y salió de la habitación.

Me palpé el bolsillo en busca de la daga de puño y los clavitos que había sacado del asiento. Ya no los tenía. ¿Me los había quitado ella? Me senté en la cama con dosel, entre sábanas lujosas de lino. ¿Estaba en una habitación de la posada? Miré el cuenco de caldo y, en vez de hambre, noté el sabor de la bilis en la garganta. Bajé de la cama, pero no había dado ni un paso cuando me fallaron las piernas y caí de bruces contra el suelo. El anillo de Jase rodó por el suelo y el tintineo me resonó en los oídos. Era un sonido agudo, un cuchillo bajo la piel. «Más hondo, corta más hondo», pensé. Quería morir. Quería hundirme en el suelo y desaparecer, pero las viejas costumbres y normas tomaron el control.

«Mañana, Kazi, muere mañana».

—No —dije, atragantada—. Esta vez, no.

El dolor me rugía en el pecho y respiré hondo para tratar de contenerlo. «No, Kazi. No. No está muerto». Si sollozaba sería como reconocer que era verdad, pero pese a eso el pecho se me desgarró y brotó un torrente de sonidos agónicos, y me pareció que no había duda, «me estoy muriendo». Había corrido un riesgo y había perdido. Todo lo que por fin me había permitido a mí misma sentir en los últimos meses se derramó por la estancia, desapareció. No había mañanas, no habría mañanas que me importaran. Estaba vacía y no volvería a llenarme.

«Piensa un deseo, Kazi. Uno siempre se hará realidad».

Mi deseo se había hecho realidad y los dioses, celosos, me lo habían arrebatado, igual que me habían arrebatado a mi madre. No habría más deseos, ni más estrellas, ni más nada. Me quedé tirada en el suelo, mirando el anillo que había rodado fuera de mi alcance, con las losas frías contra la mejilla, con miedo a levantarme. No podía volver a hacerlo. No podía recuperar el deseo de seguir adelante.

El anillo refulgía en el suelo reflejando toda la luz que había tenido el mundo, la luz de sus ojos, el brillo de su pelo al sol. Era un anillo que no era solo un anillo. El general había dicho que se trataba de una baratija, pero se equivocaba. Era el oro al que cada *patrei* había ido dando forma. Su valor no residía en el metal arañado, sino en su historia, en su honor. En su promesa. «Hice un juramento de sangre, Kazi. Y el juramento de un *patrei* es el juramento de su familia».

Me puse de pie con esfuerzo y lo recogí. Me tembló la mano cuando me lo puse en el dedo.

—También me hiciste una promesa a mí, Jase. Me prometiste una vida entera de…

Se me quebró la voz. Yo le había dado mi palabra de que lo protegería. Y había fracasado.

La puerta se abrió y entró el rey. Tal como había dicho la mujer. El rey Montegue, el inepto gobernante de Eislandia, incapaz de distinguir la Boca del Infierno de su propio culo. Pero por lo visto había descubierto la diferencia.

Me miró fijamente con ojos oscuros, profundos, reflexionando. Su paso era dubitativo. Ya no lucía la sonrisa idiota, y tampoco era el rey torpe que había visto en la arena. Iba con los hombros encorvados y parecía muy cansado. Llevaba peinado hacia atrás el pelo alborotado con el que lo había conocido, y unos mechones sueltos le caían sobre la frente.

—Estas no son las circunstancias en las que esperaba volver a verte —dijo—. Lo siento, de verdad. Sé que has pasado por una situación terrible. El general Banques puede llegar a ser muy brusco y duro, y más después de lo que has sufrido. Te pido perdón por la manera en que te ha tratado, pero corren tiempos difíciles.

Yo tenía la mente abotargada y todavía trataba de atravesar marañas de pensamientos densos, asfixiantes. Di vueltas al anillo en el dedo. Me quedaba enorme. ¿Tiempos difíciles? Al final, alcé la vista.

—¿Por qué corren tiempos difíciles? —pregunté—. ¿Qué has hecho? ¿Por qué está ahorcando gente Banques? ¿A quién ha ahorcado?

«¿Por qué habéis matado al *patrei*?». Pero no podía preguntarlo en voz alta. Porque la sola idea era imposible.

El rey miró el cuenco de caldo intacto y suspiró.

—Tienes derecho a recibir respuestas, y te las daré. Pero, antes, debes comer.

—No puedo...

—Por favor. —Se acercó a mí, me cogió de la mano—. Tengo que contarte muchas cosas, pero necesitas estar fuerte para escucharlas. Cuando comas algo, te sentirás mejor. Te lo prometo. Tengo entendido que te hirieron. He llamado a la curandera para que te vea.

Me llevó hasta la mesa y la silla del rincón, y luego me trajo la bandeja con el cuenco, como si fuera un sirviente. Se sentó en un taburete frente a mí con los ojos entrecerrados de preocupación y esperó a que me llevara la cuchara a la boca.

«Necesitas estar fuerte para escucharlas».

No quería estar fuerte. No sabía lo que quería. Antes siempre lo sabía. Quería lo mismo que Jase. Un hogar. Una familia. Respuestas. ¿Qué importaba ya? ¿Acaso las respuestas me iban a devolver a Jase? Había creído que necesitaba certidumbre, que eso me liberaría, pero de repente la certidumbre era el ancla que me arrastraba hacia el fondo. Miré el caldo, todavía ahogándome, perdida, otra vez una niña que vagaba por las calles, débil, sin saber hacia dónde ir.

—Por favor —repitió el rey.

«Déjate llevar por la corriente, Kazi. Mantén la cabeza sobre el agua».

Cogí la cuchara y comí.

Ya casi había terminado el contenido del cuenco y estaba preparada para escuchar las explicaciones que me había prometido cuando alguien llamó a la puerta. El rey se levantó.

—Lo siento. Debe de ser la curandera. Os dejaré a solas. Seguro que querrá que te desnudes.

—Pero me has dicho…

—Volveré. En cuanto se marche.

El rey era lo contrario al general Banques. Hablaba con calma, se movía con delicadeza. Meditabundo. Pesaroso. ¿Por qué había cambiado tanto desde nuestro primer encuentro? «Corren tiempos difíciles». ¿Sabía de verdad lo que estaba pasando? Había un tirano que ahorcaba gente. ¿Tan ignorante era de lo que pasaba en su reino?

Salió para dejar paso a la curandera, una mujer a la que no había visto antes en la Boca del Infierno. Sin saber por qué, había pensado que sería Rhea, la que me había tratado cuando me mordieron los perros.

Aquella mujer era angulosa, llena de arrugas, y llevaba una bolsa de cuero en la mano. Me di cuenta de que iba a sospechar cuando viera lo bien que se me estaba curando la herida… a no ser que fuera ella la que me había hecho llegar la medicina. Una curandera. Claro. ¿Quién si no sabría cómo preparar una cataplasma para una herida supurante? ¿Quién más se imaginaría cómo debía de estar la herida sin examinar al paciente?

—Gracias —dije, con la esperanza de arrancarle una confirmación.

—¿Por qué?

—Por venir, claro. Por tratarme.

Me miró desde arriba con los labios apretados.

—Órdenes del rey —dijo, cortante.

Siseó y empezó a rebuscar en el contenido de la bolsa.

¿No le gustaba yo? ¿O no le gustaba el rey? O tal vez era la situación fuera de la posada. ¿Hasta dónde se había extendido aquella locura?

—¿A quién han ahorcado? —pregunté.

—A traidores —respondió—. Venga, enséñame la herida. Tengo cosas que hacer, aparte de tratar a gente como tú.

¿A gente como yo? Me miró como si yo fuera una cucaracha en su camino, y ella, la reina suprema del mundo. ¿Lo llevaba escrito en la cara? ¿Basura callejera? ¿Alimaña? ¿O detestaba a todos los vendanos, esos bárbaros misteriosos que se colgaban de la cintura sartas de huesos? Estaba acostumbrada a los insultos, a veces me despreciaba mi propia gente. Cuando te encuentras en el peldaño más bajo de la sociedad, sirves de recordatorio reconfortante para los que se encuentran a un nivel superior: tu presencia les dice que la vida puede ser mucho peor, y que al menos no están en tu lugar. La curandera se movió con brusca eficiencia. Estaba allí de mala gana, y desde luego no era mi benefactora.

Me levanté la camisa y la mujer me examinó la herida sin mucho detenimiento antes de aplicarme una tintura que escocía y ponerme una venda. Era brusca, y la herida aún era reciente, pero apreté los dientes para disimular. Garabateó algo en un papel, y luego frunció el ceño como si cayera en la cuenta de algo.

—Preferiría no tener que volver —dijo—. ¿Sabes leer?

Erguí la espalda.

—Solo en tres idiomas, lo siento —repliqué—. Bien, claro. Para defenderme, en cinco. —Era un tiro a ciegas—. *Caz ena, zoorrah?* —añadí.

Le cruzó una sombra por la cara. No sabía lo que había dicho, pero la desconcertante familiaridad de al menos una palabra bastó para dejarla confusa. Dejó el papel sobre la mesa junto con un frasquito de la tintura y se marchó. La vi alejarse hacia la puerta, sin darse cuenta de que su bolsa de remedios pesaba menos.

Cuando la puerta se cerró, examiné el escalpelo que tenía en la mano, sin saber siquiera por qué se lo había quitado de la bolsa. ¿Por costumbre, por supervivencia? En las calles de Venda, nunca había pasado de largo ante un robo fácil. Todo sumaba para el objetivo de sobrevivir un día más. Aunque fuera algo que no quería, siempre me serviría para comerciar. Pero el escalpelo no era de ninguna utilidad, y ni cortar mil cuellos me iba a devolver a Jase.

El dolor me roía bajo las costillas como un animal que tratara de escapar. Recordé los últimos segundos frenéticos con Jase, pero no eran más que atisbos inconexos que no podía juntar en una sola imagen. ¿Qué había sido lo último que le había dicho? ¿Para? ¿Corre? Habían sido unos minutos de miedo y rabia. «Da marcha atrás, Kazi. Hazlo diferente». Una oportunidad más. Pero el momento había pasado. Alguien había robado las últimas palabras que quería que Jase oyera de mis labios. «Te quiero. Siempre te querré». Había tratado de salvarlo. Había luchado con todas mis fuerzas, y no había sido suficiente.

Examiné el escalpelo, le di vueltas. Tenía un brillo afilado, letal. Estaba hecho para cortar carne con tanta facilidad que casi ni te darías cuenta. Me pinché la yema del dedo, y una perla roja brillante brotó en la piel.

«Un juramento de sangre. Y el juramento de un *patrei* es el juramento de su familia».

La perla fue creciendo como un rubí rojo, luminoso. Me llevé el dedo a los labios, me los froté con la sangre caliente, probé su sabor en la lengua. El sabor salado, los siglos de juramentos, las promesas. Y Jase.

«Ahora mi familia eres tú, Kazi».

Limpié la sangre del escalpelo y lo escondí bajo el cojín de la silla. Esa arma no me la iban a quitar.

El juramento de sangre del *patrei* era mi juramento. Proteger a cualquier precio.

Y ya no tenía nada que perder.

Capítulo once

Kazi

En vez de volver a verme, como había prometido, el rey hizo que me llevaran ante él, pero no sin antes proporcionarme otra muda de ropa, extraña por lo completa, con chaleco de cuero, botas altas, cinturón para las armas…, aunque sin armas. Volvía a parecer una soldado de verdad. Mi escolta tampoco portaba armas. El rey tenía una imagen de mi habilidad muy diferente a la de Banques y sus rufianes. Avancé en medio de una extraña neblina. No era hambre ya, sino recuerdos, palabras que no conseguía quitarme de la cabeza. Entrecerré los ojos para intentar borrar las imágenes más espantosas. «Los animales dieron con él». Me obligué a concentrarme en un punto lejano, al final del pasillo. Aquel punto lejano era todo lo que importaba. Lo que impedía que el mundo se volviera del revés.

El guardia se detuvo ante la puerta y entré en lo que parecía el comedor privado del rey. Las cortinas estaban corridas para que no entrara la luz del día. La mesa había sido preparada para dos, con velas altas encendidas en los candelabros dorados.

El rey se dio media vuelta cuando entré. Tenía la mano contra un costado. ¿Un bolsillo en el chaleco con algo valioso? ¿O simplemente le dolían las costillas? «Corren tiempos difíciles». ¿Había resultado herido? Me examinó con la mirada y sonrió.

—Veo que esta vez te han proporcionado ropa adecuada. Bien. Te mereces vestir como la soldado de élite que eres.

—¿Como una soldado de élite apuñalada y encerrada en una celda oscura muriéndose de hambre durante no sé cuántos días?

Hizo una mueca.

—Tienes razón, pero si me permites explicarme...

Me apartó una silla para que me sentara, pero rechacé el ofrecimiento.

—Fue un error —dijo—. No sabían quién eras.

—Lo grité mil veces.

Me miró y suspiró, consternado.

—Lo malo es que los prisioneros gritan muchas cosas.

—¿Por qué tienes prisioneros? ¿Qué haces aquí?

Rodeó una silla para acercarse a mí. Era más alto de lo que recordaba.

—Sin ánimo de ofender, eso mismo quería preguntarte yo. ¿Qué haces aquí? En la arena, te vi darle un puñetazo en la mandíbula al *patrei*, y luego lo arrestaste a punta de cuchillo y te lo llevaste a Venda para que lo juzgaran por dar refugio a fugitivos.

—¿A punta de cuchillo? ¿Cómo lo sabes?

—Oleez, una criada que lo vio todo, se lo contó al general Banques.

¿Había estado allí Oleez aquella noche? No recordaba haberla visto, pero tal vez estuviera entre las sombras. Eso explicaría la mirada que me había echado.

Examiné al rey. Era un enigma. Diferente. Seguía siendo el hombre alto y de hombros anchos que había conocido en la arena, aunque ahora iba más aseado, y tenía una presencia de la que antes carecía. No era cosa de la ropa, ni del comportamiento. Lo que había cambiado era la actitud. El rey que tenía delante era taciturno, pensativo, hablaba de manera pausada y tranquila. Inteligente. ¿Qué había sido del bufón ignorante que se encogía de hombros, sonreía y daba golpecitos con los dedos como un niño? ¿Eran los tiempos difíciles que mencionó los que habían cambiado al rey?

—Estoy aquí porque la reina de Venda me ordenó escoltar al *patrei* de vuelta a su casa —respondí. Aún no sabía hasta qué punto podía decir la verdad—. Dijo que me había excedido en mis atribuciones al detenerlo. No había pruebas de que supiera quiénes eran los fugitivos. Contra algunos ni siquiera había una orden de búsqueda.

—Así que tu viaje siempre fue para dar con unos fugitivos, no por violaciones del tratado.

Asentí.

Se le puso rojo el cuello.

—¿Y no se te ocurrió decírmelo? —Sus ojos eran de acero duro clavados en los míos. Mordía las palabras al hablar—. Soy el rey, ¿o no? Pero, claro, tú solo viste a un granjero que quería comprar ganado suri.

Apartó la vista y respiró hondo como si tratara de controlar el resentimiento que se le había filtrado en la voz. Pero, si había resentimiento, era que había conocimiento. No era ningún ignorante. Sabía cómo lo veían los demás, a él y a su reinado.

—Por favor —dijo, y volvió a la silla. La apartó un poco más—. He pensado que necesitas una comida más sustanciosa. Tienes que recuperar las fuerzas.

Miré la silla. Luego lo contemplé a él. Recordé el baño de lujo y las sábanas finas, y no me moví.

—¿Por qué tengo la sensación de que soy un ganso y me están engordando para el banquete?

Dejó escapar un suspiro.

—¿Te has parado a pensar que yo también quiero compensar mis errores? Por haber roto el protocolo, por haberme excedido, por estar demasiado ocupado en otras cosas y no prestar atención a los prisioneros y a cómo los trataban…

¿Había estado haciendo juegos malabares… y se le habían caído unas pocas naranjas? Jase me había contado que Montegue llegó al trono de manera inesperada hacía pocos años, cuando un caballo aplastó a su padre. Tenía algunos años más que Jase, o sea, unos…

Un puño rabioso me estrujó el corazón. Seguía pensando que Jase entraría en cualquier momento por la puerta. No podía dejar de pensar que estaba vivo, atareado, enérgico, ocupándose de todo lo que había que hacer, examinando ya las fronteras, redactando las nuevas normas de comercio, hablándole a su familia de mí. Nada de todo eso iba a suceder ya. Me sentí de nuevo arrastrada bajo la superficie, sin nada a lo que agarrarme, sin poder respirar. Me palpé el anillo que llevaba en el dedo.

«Déjate llevar, Kazi. Tiéndete, estira los pies».

Su voz me sonaba tan clara en la cabeza. Tan decidida. Tan cerca.

El rey no dejó de mirarme con curiosidad. Y, por extraño que pareciera, con paciencia.

Me dirigí hacia la silla y me senté, aunque más bien me derrumbé en ella. Cada palabra, cada esfuerzo, era agotador. Jase no iba a entrar por la puerta. No iba a cruzar ninguna puerta más. «Está vivo, Kazi. Tiene que estar vivo». Me dolía la cabeza de la batalla que tenía lugar en ella. Ya había pasado una vez por aquella lucha. No lo podía soportar de nuevo. ¿Qué importaba lo que dijera el rey?

«Levanta la cabeza. Respira». Jase volvía a tirar de mí hacia arriba, una y otra vez.

—Explícate —dije.

—Primero, come algo.

Quitó la cúpula de plata que había sobre un plato y me sirvió unas patatas asadas diminutas, perfectas, con un delicado encaje de hierbas, y luego, tres huevos de codorniz cocidos. Echó por encima una salsa dorada, con lo que el plato pareció más una obra de arte que una comida. Casi me dieron ganas de reír. Era un contraste increíble con las negras noticias.

Volvió a poner la tapa sobre el plato y titubeó un instante al ver mi mano en el brazo de la silla.

—¿Llevas el anillo, el sello?

—Tu general se lo quitó a… —Parpadeé para que dejaran de escocerme los ojos—. Me lo dio. Dijo que me lo quedara de recuerdo.

Frunció el ceño y meneó la cabeza en gesto de negación.

—No debió hacerlo. Si quieres, te libro de él.

Miré el anillo. ¿Librarme de él? «Para mí es una baratija». «Lleva generaciones en la familia. Cuando te lo pones, no te lo vuelves a quitar». Le di vueltas en torno al dedo.

—¿Estás bien? —El rey me miró, a la espera de mi respuesta.

—Prefiero quedármelo.

Sentado frente a mí, me explicó que, hacía algo menos de dos meses, unos malhechores habían tomado la Boca del Infierno como objetivo: asaltaron negocios, quemaron casas, atacaron a los ciudadanos… El rey se encontraba en Parsuss y, para cuando le llegó la noticia, la violencia estaba fuera de control. Una liga bajo el mando de un tal Rybart había iniciado los ataques para controlar la ciudad y la arena. El pánico había cundido entre los ciudadanos. Muchos murieron. Y lo peor era que los Ballenger no hacían nada para evitarlo: todo lo contrario, exigieron por anticipado más dinero a cambio de proteger la ciudad.

«Imposible». Jase nunca habría hecho nada por el estilo…, pero tal vez Gunner… Era impulsivo y temperamental.

A él se le había ocurrido la idea de chantajearme para que escribiera una carta a la reina. Y tampoco se me olvidaría lo bajo que había caído cuando me ofreció a Zane como soborno. Pero… ¿llegaría al punto de romper el juramento Ballenger de proteger la ciudad? El resto de la familia no se lo habría permitido.

—Por lo visto, necesitaban fondos para financiar sus proyectos ilegales —siguió el rey—. Como ya sabes, llevaban mucho tiempo dando cobijo a unos fugitivos, y con un objetivo muy concreto: conspirar con ellos para construir armas. Se habían hecho con todo un arsenal.

—No es posible. No había armas. Beaufort dijo…

—Había armas, sin duda. Por suerte, una avanzadilla del general Banques las encontró en un almacén de los Ballenger y las confiscó. La ciudad sufrió daños durante la batalla para recuperarlas, pero las utilizamos para acabar con Rybart y sus rufianes. Son las que el ejército está utilizando ahora mismo para proteger la ciudad.

La verdad que yo conocía era muy diferente. Sabía bien lo que había oído. Kardos se había quejado de que Jase se había llevado la única arma funcional, y los habíamos detenido antes de que el arsenal se hiciera realidad. No había más armas que el prototipo de Sarva, una, solo una, y Jase se la había llevado. ¿Quién tenía armas adicionales? Tal vez la liga de Rybart había conspirado desde el principio con Beaufort para aterrorizar a la ciudad y hacer que se volviera contra los Ballenger. Y ahora había todo un ejército con…

Eso era otro detalle que no tenía lógica.

—Pero tú no tienes ejército —dije—. ¿Cómo has…?

—Ahora sí lo tengo. Lo necesitaba cuanto antes, así que contraté una milicia privada. Mis consejeros me lo recomendaron y…

—¿Mercenarios? ¿Tienes a un ejército de mercenarios por las calles de la Boca del Infierno?

—Me han garantizado que se trata de un ejército profesional, muy cualificado, y tampoco tenía alternativa. No entiendes lo que estaba pasando aquí. Ya te lo he dicho, estaban destruyendo propiedades. Varios ciudadanos habían muerto. Tenía que hacer algo. Me está costando una fortuna, pero Paxton me ha garantizado que los beneficios de la arena me permitirán recuperar parte del gasto. Si no, no tendré campos que sembrar la próxima estación.

Todo estaba fuera de control.

—¿Te has apoderado de la arena también?

—Alguien tenía que hacerlo. Es la fuente de ingresos de muchos ciudadanos. Si la arena se hunde, la ciudad, también.

—¿Y los Ballenger? ¿Dónde están? —pregunté—. ¿Son los prisioneros de los que hablabas?

Negó con la cabeza.

—En cuanto supieron que los habíamos descubierto, el clan entero se refugió en esa cripta que tienen para que no los detuviéramos. Se niegan a salir, y no hay manera de llegar a ellos sin utilizar armas que harían que se les desplomara la montaña encima. No sabemos bien quién está ahí dentro, y no quiero que mueran inocentes.

—No puedes derrumbar una montaña de roca maciza.

—Las armas que confiscamos son muy potentes. Unas se llevan en la mano, pero otras son semejantes a balistas. Nunca habíamos visto nada igual. No sabemos qué pretendían hacer los Ballenger con ellas. Mi gran temor es que han desaparecido ciertos papeles. Puede que los Ballenger los tengan y los utilicen para construir más armas. Tenemos que encontrarlos.

—Esos papeles los quemé yo.

Soltó el tenedor y alzó la cabeza.

—¿Fuiste tú? Vi el taller quemado.

—¿Cómo sabes que era un taller? ¿Te lo dijo Oleez?

—No, fue otro criado. Cuando huyeron, los Ballenger dejaron a buena parte del servicio atrás. Les hemos dado trabajo para ayudarlos a recuperar la normalidad. Es lo que intentamos hacer con toda la ciudad. Ya la tenemos casi bajo control. —Suspiró y bebió un trago largo del vino que se había servido. Luego, añadió más a la copa que yo aún no había tocado, con lo que me la llenó hasta el borde—. El problema es que los Ballenger tienen unos cuantos partidarios —explicó—. Están causando problemas y hacen que sea más difícil. El comercio se resiente. Todo el mundo se empobrece. Hay ciudadanos que tienen miedo de trabajar como de costumbre, y es comprensible. Un puñado de partidarios de los Ballenger tienen a la ciudad entera como rehén. Comprendo su lealtad. Nunca han conocido otra cosa. Pero los Ballenger sellaron su propio destino. Su dominio ha terminado, y mi deber es para con la Boca del Infierno. Quiero que vuelva a ser como era. La gente de esta ciudad necesita poner punto final, cerrar esta etapa terrible, para poder seguir adelante.

Bajó la vista y persiguió una patata por el plato, estudiándola como si fuera la respuesta a todos sus problemas.

—Más vale que lo diga de una vez. Necesito tu ayuda. Siento no habértelo dicho de entrada. —Alzó la vista y me miró a los ojos. La luz de las velas le bailaba en las pupilas. Era como si cargara con un gran peso, con algo que lo hacía parecer más infantil, un rey niño abrumado por las circunstancias—. Todo esto es nuevo para mí —reconoció al final—. Intento estar a la altura y hacer lo que debí haber hecho hace tiempo, dirigir a mis súbditos, hasta los más lejanos, como los de la Boca del Infierno. Si lo hubiera hecho antes, no habríamos llegado a esto.

En ningún momento dejó de mirarme, de escudriñar mi rostro como si tuviera la clave para arreglarlo todo.

—¿Qué quieres de mí?

No se anduvo con rodeos.

—Di a la ciudad que el último *patrei* ha muerto. Pero diles que Jase Ballenger fue condenado y ejecutado en Venda, por orden de la reina, por sus crímenes contra la Alianza de Reinos. Que se ha hecho justicia.

Capítulo doce

Kazi

Me lo quedé mirando fijamente. ¿Que dijera que Jase había sido ejecutado en Venda? ¿Iba en serio? Él también me miró sin parpadear. Durante largos segundos, traté de comprender por qué quería que dijera una mentira tan absurda y cruel.

—Pero los dos sabemos que no fue así —respondí al final.

—¿Es mejor la verdad? ¿Que los animales salvajes lo despedazaron? ¿Quieres que digamos a la ciudad que acabó como carroña en su último y valeroso esfuerzo por volver? No quiero que se convierta en un mártir como el primer Ballenger, ese hombre mítico que murió salvando al último remanente de la humanidad. Eso haría que los partidarios o cualquier otro Ballenger sientan que deben seguir adelante con más violencia, que está justificada. La guerra no acabaría nunca. ¿Y eso a quién beneficia? Por el bien de la ciudad, lo mejor es que se cierre para siempre esta etapa de la historia. Lo conseguiremos si lo ven como un criminal convicto sobre el que recayó la justicia de la Alianza, sobre todo si la cuenta una guardia de la reina que presenció su ejecución. Todo habrá terminado. Es la mejor versión de la verdad, y así la ciudad podrá entrar en una nueva era. Te lo estoy pidiendo por la gente. Han sufrido mucho, y la vidente ha predicho que viene una estación de amargura. Lo que menos falta nos hace es un invierno de hambruna. La gente necesita cerrar una etapa. —Me cogió una mano y me la apretó—. ¿Me ayudarás?

Miré la mano con la que sostenía la mía. Grande, cálida, amable. Me solté muy despacio.

—Cerrar una etapa —repetí para tener un punto de anclaje en la tormenta que se había desencadenado dentro de mi mente.

Asintió.

—Lo que no entiendo es… ¿cómo supiste que el *patrei* venía de vuelta?

—Mandó un mensaje.

—Un mensaje que interceptaste.

—Nos lo entregó el hombre de la oficina de mensajes, que llevaba mucho tiempo a sueldo de los Ballenger. Él también quería que acabara el derramamiento de sangre.

—Y por eso ordenaste la emboscada.

—Lo que menos falta nos hacía era que provocara más violencia en la ciudad. O que volviera a interrumpir el comercio. Los ingresos estaban empezando a estabilizarse de nuevo. Ya ha resultado herida demasiada gente. No sabíamos que vendrías con él.

No lo estaba negando, solo lo justificaba. Él había asesinado a Jase.

Me levanté y paseé por la estancia. Tenía las rodillas débiles y casi no podía respirar. La herida del vientre me volvió a doler, recordándome que estaba débil. No era nada. El rey tenía razón. Comida. Necesitaba comida. Fuerzas.

Sentí el brazo de Jase en torno a mí. Me sostenía la cabeza por encima del agua.

«Tranquila».

«Te tengo, tranquila».

Me volví hacia el rey.

Le sonreí.

Barajé las palabras mentalmente para ordenarlas y las presenté en una serie perfecta. Eso sí sabía hacerlo. Era mi segunda naturaleza cuando todo parecía fuera de control.

Control. Tenía que tomar el control.

—Entiendo lo que quieres decir. La ciudad necesita seguir adelante. Entrar en una nueva era. —Volví a la mesa. El plato del rey estaba vacío. El mío todavía seguía lleno. Sin sentarme, pinché un huevo de codorniz y me lo comí. Luego, pinché una patatita, y también me la comí. Lo pasé todo con un largo trago de vino que dejó la copa medio vacía. La calidez y la temeridad me llegaron hasta las yemas de los dedos, hasta los pies—. Pero hay una cosa que me sorprende, majestad. Te gusta apostar, ¿no? No me lo habría imaginado.

—No —respondió, inseguro—. Nunca apuesto.

—He matado al menos a tres soldados, pero aun así has apostado, te la has jugado a que no te mataría cuando viniste a mi habitación. —Miré a mi alrededor, el comedor desierto, y alcé las manos en gesto interrogador, todavía con el tenedor en la mano—. ¿Y aquí? ¿Desarmado? Y sin guardias, aunque acabas de reconocer que has asesinado al *patrei* de la Boca del Infierno, el legítimo gobernante al que mi soberana me encargó traer de vuelta. Sí, te gusta apostar. Hacer apuestas idiotas. —Me incliné sobre la mesa—. A lo mejor porque eres idiota.

Alzó la barbilla. Inclinó la cabeza hacia un lado.

Ah, el rey taimado estaba de vuelta. Había salido de las sombras. Solo había hecho falta empujarlo un poco.

Lo miré fijamente.

—No eres más que un oportunista que se ha aprovechado de una situación inestable con la ayuda de lobos como Paxton y Truko. Lo único que te importa son las riquezas que acabas de conseguir en la arena. ¿De veras crees que puedes decirme que organizaste el asesinato del *patrei* sin juicio previo, y que yo mentiré para apoyarte?

Se apoyó en los brazos de la silla y se levantó muy despacio. El rey taimado salió a la luz, alto, imponente, al mando de la si-

tuación. Expuesto por completo, sin titubeos ni pretensiones.
Fue como si se le tensara la piel sobre la cara, como si se le afilaran los pómulos, se le oscurecieran los ojos.

—Te había concedido el beneficio de la duda. Tanto cambio, besando al *patrei*, luego atacándolo, al final la detención…
No sabía de qué lado estabas. ¿Soldado vendana o traidora a la
Alianza en complicidad con los Ballenger? En fin, ahora ya tengo la respuesta.

Dio un paso hacia mí y moví el tenedor hacia arriba en gesto
de advertencia.

Se le iluminaron los ojos con una sonrisa.

—¿Crees que me puedes matar con un tenedor para aceitunas?

—Ni te imaginas la cantidad de lugares creativos donde
puedo clavar un tenedor tan pequeño. No digo que vayas a morir de inmediato. Todo lo contrario. Será lento y desagradable.
Un poco como si te despedazaran los animales.

Tragué saliva. Las últimas palabras me habían arañado la
garganta.

—Eso no fue por orden mía —replicó—. Fue el destino, así
que lo ordenaron los dioses. —Dio un paso más hacia mí—.
Suelta el tenedor. Sabes que soy más fuerte y te puedo dominar
con facilidad.

—¿De veras? —repliqué—. El tenedor lo tengo yo, y se te
están hinchando las venas del cuello. Se te acelera el pulso. Hay
muchas clases de fuerza, majestad. Harías bien en aprender sobre ellas, en vez de centrarte en los bíceps y en ese músculo inservible que tienes entre las orejas.

La puerta del comedor se abrió de golpe y sus secuaces entraron a toda prisa.

—Me lo tendría que haber imaginado —dije—. Estaban escuchando, ¿eh?

Se detuvieron cuando me vieron con el tenedor en la mano y se desplegaron en abanico.

—No quiero a nadie detrás de mí —avisé—. Delante, donde pueda veros... A no ser que queráis que le clave el tenedor en el cuello al rey ahora mismo.

Estaba más cerca de él que ellos de mí, y seguía siendo un factor letal, aún desconocido, que había matado a tres soldados.

—Quedaos donde la chica os vea —ordenó el rey.

Mis planes no iban más allá de ese momento. Wren no lo habría aguantado. Sin posibilidad de huir. De distraer a nadie. Pero, si iba a morir, el rey iría por delante de mí. Eso era lo único que sabía a ciencia cierta.

Formaron un semicírculo enfrente de mí, y los examiné a todos con cautela. Banques, Truko, Marca en la Frente. Y Paxton. Fue al que más tiempo miré. Lo único que sentía era no poder matarlos a todos.

—Suelta el tenedor —repitió el rey—. No saldrás de aquí con vida.

—Ese ha sido tu error de cálculo más grave. Pensar que pretendía salir con vida.

—No seas idiota —dijo Paxton. Se acercó un poco más—. El rey puede ofrecerte un puesto aquí. Un puesto bastante lucrativo. Es muy generoso. No lo estás enfocando bien. Te estás precipitando.

Miré a Paxton echando chispas por los ojos.

—El peor de todos eres tú, montón de estiércol. Tú también eres un Ballenger.

—No exactamente —replicó—. A mi familia la expulsaron hace generaciones.

—Vamos a enseñárselo —dijo Banques—. Vamos a enseñarle por qué debería aceptar tu propuesta.

Sentí la calidez entumecedora del vino en el estómago. Ojalá me entumeciera mucho más.

—No pienso aceptar ninguna propuesta.

Banques sonrió.

—Sé de algo que te hará cambiar de idea.

—Puede que sí me guste apostar —dijo el rey. Dio un paso adelante sin el menor temor—. Y, para apostar bien, siempre hay que guardarse algo en la manga. Oro para negociar.

Miré sus ojos, duros como el cristal, y unos dedos de hielo me recorrieron la espalda. ¿Su apariencia de torpe inútil era una fachada que se había creado a lo largo de los años? «Suri. Así es la vida del rey granjero». Recordé cómo se había encogido de hombros, su sonrisa de payaso. Aquel hombre no se parecía en nada al que tenía delante. Tenía la mirada penetrante; el porte, arrogante. Sabía lo que yo estaba pensando. El rey taimado, que por fin se había revelado por completo, disfrutaba con ello.

—Mira por la ventana —dijo—. En la posada hay otros huéspedes; puede que los conozcas.

Hizo un ademán en dirección a Truko.

Truko, un hombretón de pelo revuelto y cejas gruesas y desiguales frunció el ceño. Cuando le conté a Jase una de mis reglas de supervivencia, «la última en parpadear», le hizo mucha gracia, y comentó que eso era lo que peor le caía de Truko, que nunca parpadeaba. No había manera de saber qué le pasaba por la cabeza. Le miré a los ojos gélidos, y no me reí. Se dirigió hacia la ventana con pasos pesados y apartó las cortinas.

No era ningún engaño. Lo supe antes de bajar el tenedor o dirigirme hacia la ventana. El rey había ganado. La Muerte lo había visto venir, y por eso me había mirado meneando la cabeza.

—Mira por la ventana —repitió el rey—. Te vas a llevar una sorpresa.

Capítulo trece

Jase

Fue el sonido del agua que corría sobre las piedras. Un sonido borboteante, un rumor como el de la marea al subir. Me llegó una vez más. Y otra. Subía y bajaba junto con el dolor punzante del pecho, y entonces me di cuenta de que lo que oía no era el agua contra las piedras. Era mi respiración, líquida, húmeda. Era yo tratando de llenarme los pulmones.

También se oían otros ruidos, voces lejanas, confusas, pero no importaban.

Solo importaban las piedras, el agua, el siguiente aliento.

«Escríbelo», me dijo.

Y eso hacemos cada día.

Pero solo podemos escribir acerca del Ahora.

El Antes ya está olvidado, solo lo vemos en las pesadillas.

Todas las noches hay que consolar a los pequeños.

Lo único que saben del Antes es el Después.

Tienen miedo de que vuelva a suceder, de que nuestra nueva familia se haga pedazos.

«Por eso nos escondemos aquí», dice Nisa, y llora.

Tiene razón.

Yo también tengo miedo.

Mi abuelo creía en mí.

Intento creer como él creía, pero algunas noches, cuando Nisa se ha dormido, yo también lloro.

Greyson Ballenger, 14 años

Capítulo catorce

Kazi

La ventana daba a un patio pequeño, cerrado. Había un guardia en cada esquina, con una espada larga al costado. En el centro, dos niños jugaban a lanzarse un aro. Oleez estaba sentada a un lado. Me vio mirar por la ventana, pero permaneció inexpresiva.

Alguien, creo que fue Paxton, me quitó el tenedor de la mano. No opuse resistencia. El mensaje estaba claro, y el rey tenía la carta ganadora: «Haz lo que digo o habrá consecuencias». No había manera de que cambiara de idea. Me sentí atrapada: el señor de los barrios había dictado sentencia y me iban a cortar un dedo. Nada de lo que dijera lo podía cambiar.

El rey se acercó y se colocó detrás de mí, muy cerca. Su pecho era de fuego. Abrió aún más las cortinas.

—Parecen felices, ¿no? Me han cogido mucho cariño. Les hago caso, les doy regalos. Estoy más pendiente de ellos de lo que él estuvo nunca. Sí, están satisfechos. Te lo aseguro.

Casi no comprendía aquella sarta de tonterías. Me imaginé sus rostros mientras decía a una multitud que Jase era un criminal, que lo habían ahorcado.

—No me obligues a decirlo delante de ellos. No quiero que lo oigan.

—Tarde o temprano lo tienen que saber —dijo Banques—. Ya casi se han olvidado de él. Se lo tomarán bien.

—Por favor —dije.

El rey se apartó.

—Explícale las reglas del juego —dijo a Banques—. Cuando las entienda, que vuelva a su habitación.

¿El juego? Aquello no era ningún juego. El resultado ya estaba escrito. Solo había un vencedor.

Una vez que salió, me volví hacia el general.

—No podéis seguir. Esto viola todo lo que la Alianza…

—Esto no viola nada —replicó—. Te recuerdo que estás en el reino de Eislandia, y Montegue es el rey legítimo. No solo tiene que gobernar y proteger a sus súbditos como le parezca más conveniente, es que tiene el deber moral de garantizar la paz para los ciudadanos. Está haciendo su trabajo y lo está haciendo muy bien. No le hacen falta los consejos de una ladrona, de una soldado bárbara, y menos si simpatiza con los Ballenger, que son los que han provocado esta masacre. Aún estamos tratando de poner fin a una guerra y recuperar el orden, y para ello utilizaremos todos los medios necesarios.

«¿Todos los medios?». Echó una mirada a los niños, y luego me miró a mí con el puño apretado, como si quisiera romperme la cara. Me ordenó que guardara silencio y me lo explicó todo. Las reglas eran fáciles de recordar. Casi todas consistían en lo mismo.

1. Si le haces el menor rasguño al rey…

2. Si le haces el menor rasguño a uno de sus soldados o consejeros…

3. Si sales de la habitación sin escolta previamente aprobada…

4. Si robas, aunque sea una horquilla…

5. Si alguna vez le mientes al rey…

Uno de los niños morirá, y tendrás que elegir cuál.

—¿Entendido? —preguntó.

Asentí. Pero antes me cortaría el cuello que elegir entre Lydia y Nash.

Capítulo quince

Jase

La marea tenía un ritmo.

Llega.

Se va.

Estaba ganando. Sentí que me llevaba hacia el fondo.

Oscuridad. Era todo lo que veía. Y silencio. ¿Había dejado de respirar? Pero el dolor seguía allí. El dolor estaba por todas partes.

Así que estaba vivo.

Ardor. Humedad. La piel, los labios. Todo me quemaba.

El infierno. Estaba en el infierno. Y no encontraba la salida.

«Parece que despierta».

«Por los santos. Ahora no. Que no haga ruido».

Intenté levantar las manos, llevármelas a los ojos, comprobar si los tenía abiertos, porque solo veía oscuridad, pero el ligero movimiento me clavó una lanza al rojo vivo en el hombro. Gemí, y una mano me tapó la boca.

—Shhh —siseó una voz—. ¡Si no quieres morir!

Estaba quieto porque no podía moverme. No podía apartar la mano. Oí algo que crujía por encima de mí. ¿Un tablón del suelo? Voces amortiguadas.

«Nunca nos llevamos bien con los Ballenger...».

«... nos explotaban...».

«Si hubiera alguno aquí, seríamos los primeros en entregarlo...».

«Si no vuelven nunca, mejor».

«Si lo veis, informad de inmediato».

Oí el ruido de unos cascos de caballos que se alejaban. La mano me dejó de presionar la boca.

Sentí que me hundía de nuevo, que volvía a una caverna oscura.

—¿Quién eres? —susurré.

—Kerry.

—¿Kerry de Traganiebla?

—¿A cuántos Kerrys conoces?

Solo a uno. Un niño pequeño me había inmovilizado con una mano.

───◈───

El olor denso del sebo quemado me despertó. Cuando abrí los ojos, la vela parpadeaba en la lámpara de cristal y las sombras se movían por las paredes. Había barriles contra la pared y juncos secos en el suelo. Estaba tendido en un camastro. A mi lado, sentado en un taburete para ordeñar, vi a Caemus. Las sombras le bailaban en la cara. Nada tenía sentido. ¿Cómo había llegado allí? ¿Qué me había pasado? Y entonces, poco a poco, la niebla negra se disipó. Nos habían atacado. Kazi y yo...

Intenté levantarme, pero empecé a toser y el dolor me recorrió el pecho.

103

—Quieto, quieto —dijo Caemus al tiempo que me hacía tenderme de nuevo—. No has hecho más que sacar un pie del otro mundo, no tengas tanta prisa en volver.

—¿Dónde estoy?

—En la bodega para las patatas. Menos mal que la cavaste. Si no, no sé dónde te habríamos escondido. —Llenó una taza con agua de una jarra—. Bebe —dijo, y me la acercó a los labios.

Hice lo que pude. Me dolía hasta la lengua. La sentía seca, dura, salada. Tenía los labios agrietados y el esfuerzo de levantar la cabeza, hasta con la ayuda de Caemus, me hizo temblar.

Dejó la taza a un lado.

—Suficiente por ahora. Pensábamos que no ibas a salir adelante. Llevas días sin conocimiento.

No recordaba nada.

—¿Dónde está Kazi? ¿Por qué no está aquí?

La niebla se despejó un poco más. *«Baricha».* Le había gritado que se fuera, que corriera, pero lo que hizo fue saltar del caballo y enfrentarse a ellos, para apartarlos de mí, y ordenó a los caballos que corrieran. Mató a uno, luego a otro, después un puño, un puñetazo en el estómago… Y yo no me podía mover. No podía llegar hasta ella. No podía hacer nada. En la vida me había sentido tan impotente. *«Baricha».* Tigone galopó hacia el bosque. Relámpagos de metal, gritos, el mundo se desvaneció y volvió a aparecer. No recordaba más que fragmentos… Caí al suelo, pisadas, alguien que me recogió.

—El hombre solo te trajo a ti.

—¿El hombre? ¿Alguien me trajo aquí? ¿Quién era?

—No lo sé. Estaba oscuro, era medianoche. No dijo quién era y casi no lo vimos. Creo que no quería que lo reconocieran. Me dijo que te cuidara. Que hiciera todo lo posible, pero sin llamar a una curandera, que ellos las tenían vigiladas a todas y las estaban siguiendo. Intentó pagarme, pero no acepté sus monedas. Antes de irse, te quitó el anillo. Dijo que le hacía falta, y, como te estaba intentando salvar la vida, no discutí.

Ellos.

Ellos tenían vigiladas a todas las curanderas.

—¿Quiénes son «ellos»?

—No lo sé.

—Desde los incendios, no hemos vuelto. Nos las arreglamos con lo que tenemos aquí. La ciudad es demasiado peligrosa.

Tuvo que contármelo dos veces. Puede que fueran tres. Seguía perdiendo y recuperando el conocimiento y me costaba entender lo que me decía. Bebí sorbos de agua. Tosí. Aún sentía que tenía un pie en el otro mundo, y no quería dejarme llevar.

Me contó que, hacía unos dos meses, había habido un incendio terrible. La caballeriza norte ardió hasta los cimientos. Murieron todos los caballos. A la noche siguiente hubo otro incendio, y luego, un ataque contra una caravana. Después, se sucedieron los problemas, pero los colonos se mantuvieron al margen por miedo a recorrer los caminos, y también porque al *patrei* se lo habían llevado cinco soldados de Venda, y los vendanos no eran precisamente populares en la ciudad. Solo habían vuelto en una ocasión, a comprar medicinas en la botica. Caemus no había hablado con nadie para que no se fijaran en él, pero, por los pocos comentarios que oyó en la botica, los Ballenger habían estado tratando de controlar la situación y de detener a los causantes del caso antes de que llegara un ejército para hacerse cargo de todo.

—¿Un ejército? —Cada nueva información que me proporcionaba era un paso más allá en lo imposible—. ¿Qué ejército?

—Ni idea, pero son muchos soldados. Vi a unos cuantos en el camino.

¿Un ejército de dónde? ¿De un reino cercano? ¿O era que las ligas habían unido sus fuerzas? Recordé la banda de Fertig y lo que había dicho Kazi, que estaban bien entrenados.

—¿Y la Atalaya de Tor?

Ya sabía la respuesta. Había visto las torres caídas, los muros derrumbados. Pero aún no entendía cómo. Nuestras defensas eran impenetrables. Las murallas, los guardias, la posición elevada, la pendiente empinada que llevaba a la Atalaya de Tor... Ni un ejército con una docena de balistas sería capaz de destruir los muros. Nuestros arqueros se encargarían de ellos antes de que pudieran acercarse lo suficiente.

—¿Cómo derribaron el muro?

Me dijo otra vez que no estaba seguro, pero que tenían armas como nadie había visto jamás.

—Se dice que volaron toda la nave del templo con una sola explosión. Según la mujer del boticario, fue para que lo viera todo el mundo. Y dio resultado. Nadie les hace frente.

Ese ejército no había acudido para rescatar la ciudad. Era una invasión. Paxton, Rybart y Truko. Seguro que eran ellos. Habían unido fuerzas.

Me daba miedo preguntarlo, pero me atemorizaba más aún no saber.

—¿Cómo eran las armas?

—Eso es lo más extraño —dijo—. No muy grandes. Las llevaban al hombro.

Me dio detalles. Eran como las que Beaufort nos estaba diseñando..., las que nunca nos llegó a entregar.

—¿Y Kazi? ¿Sabes dónde está? ¿La tienen prisionera?

Meneó la cabeza.

—No lo sé. El hombre que te trajo no dijo nada, y ya te lo he explicado, no hemos vuelto a la ciudad.

Pero yo sí lo sabía. La tenían. La habían cogido prisionera. Era la única explicación de que no estuviera a mi lado. A menos que...

Recordé el enjambre que nos había caído encima, las sombras negras que habían bajado por la ladera.

—Tengo que...

Me incorporé sobre un codo para tratar de levantarme, y volví a caer en el camastro, sin respiración. Caemus soltó un taco y me dijo que me iba a abrir las heridas que Jurga me había cosido.

—No vas a ninguna parte. Aunque Kazi esté en la ciudad, en tu estado no le servirías de nada. Y solo eres uno, mientras que ellos son cientos.

—Pero está mi familia. Podrían...

—Tampoco sirven de nada. Se han escondido dentro de la montaña. De eso también me enteré.

La cripta. Así de grave era la situación.

—Tengo que ir con ellos. Sabrán decirme a qué nos enfrentamos. Me ayudarán a encontrar...

Pero la niebla negra volvió a cubrirme, y los ojos se me cerraron contra mi voluntad. Tuve miedo de no poder abrirlos más, de que esta vez el otro mundo me arrastrara hacia el fondo y no me soltara.

La bodega, el aire húmedo, el dolor... Todo desapareció.

Capítulo dieciséis

Kazi

Me llevaron de vuelta a mi habitación y me dejaron sola dos días enteros en los «aposentos». Me dijeron que me harían llamar cuando todo estuviera preparado. La puerta no estaba cerrada con llave. Era una prueba. Aunque no había riesgo de que saliera. La entreabrí y miré por la rendija, pero no me atreví a dar un paso afuera. Me trajeron comida en abundancia. Más ropa. Más medicinas. Pero nadie se acercó a hablar conmigo… ni a informarme sobre más reglas. La espera, la duda, la incapacidad para hacer nada estuvieron a punto de volverme loca. «¡Por los dioses, llamadme de una vez!».

Mil preguntas llenaron las horas. ¿A quién habían ahorcado? ¿Cuántas personas habían muerto? ¿Cómo podía haber un almacén de armas? ¿Era Gunner el responsable de aquel desastre? ¿Había exigido más dinero a la ciudad al tiempo que permitía que Rybart la saqueara?

Pero el juramento del *patrei* era el juramento de su familia. Por mucho que detestara a Gunner, no me podía creer que hubiera hecho nada así. Aunque, claro, era muy impulsivo. Había mentido a la ciudad, diciéndoles que la reina iba a visitarlos.

Por otra parte, aunque la idea le resultaba aborrecible, había colaborado en la reconstrucción de la colonia. La promesa de Jase era también su promesa. Y Vairlyn jamás habría permitido…

Una nube de langostas me revoloteaba dentro de la cabeza. Los detalles chocaban entre ellos en desorden. No era capaz de distinguir la verdad. Busqué soluciones entre los pensamientos encontrados, pero al final lo que quedaba siempre arriba, una y otra vez, era que tenía que arrancar de sus garras a Lydia y a Nash. Eso era lo más importante. Lo malo: mis habilidades como ladrona y como soldado no me servían de nada. Robar un tigre, capturar a Beaufort eran una cosa, pero poner a salvo a dos niños pequeños, siempre vigilados, era otra muy diferente. ¿Y a dónde los iba a llevar? La ciudad era un hervidero de soldados enemigos. La Atalaya de Tor estaba destruida, abandonada. Era una contra cientos. Además, nada garantizaba que quisieran venir conmigo. Recordé las últimas palabras que había oído de labios de Gunner y Priya. ¿Qué les habrían dicho a Lydia y Nash sobre mí? Todos los caminos conducían al fracaso, y el precio del fracaso era demasiado alto. Si pudiera enviar un mensaje a la reina…

Pero también se habían apoderado de la arena. «Los mercaderes». Podía entregar un mensaje a una caravana. Pero ¿cuándo? Estaba vigilada constantemente, y cualquier caravana podía ser partidaria del rey, y si se descubría mi traición…

«No es una violación de las normas. Estoy en mi derecho».

Sentí el mismo pánico que cuando le había escupido a la reina, inútil, perdida, un pájaro sin plumas en las alas. El mundo en el que sabía moverme había desaparecido. Tenía que seguir las reglas de Banques. Era mi única opción.

Las preguntas y el pánico eran malos, pero a veces también eran lo único que me salvaba de una locura aún peor. Jase. Ya no estaba. Era un concepto demoledor que me caía encima sin previo aviso y me arrebataba la poca cordura que me quedaba. Lo único que me permitía apartar a un lado la locura era pensar en maneras de salvar a Nash y a Lydia.

El tercer día, después del mediodía, los guardias llamaron a la puerta y me dijeron que el rey requería mi presencia y me hacía llamar. Me indicaron con todo detalle qué debía ponerme. La mente me empezó a funcionar a toda velocidad mientras Dientes Negros y Nariz Rota me escoltaban hacia otra zona de la posada.

—Estamos llegando —dijo Nariz Rota.

Se detuvo ante una puerta abierta y me empujó hacia el interior.

Las estancias del rey eran un bullicio de actividad, como si se estuvieran haciendo preparativos de última hora. Estaba rodeado por una nube de criados nerviosos que le ajustaban el cinturón ancho, le ataban las botas, le ponían la coraza y le metían cuchillos y espadas en las vainas. Parecía encantado con tanta atención, y me di cuenta de que todo aquello le resultaba nuevo. Pero también era obvio que allí había urgencia, prisa por presentar otra imagen del rey.

Se volvió hacia mí, me hizo un ademán para que me acercara y ordenó a más criados que me «prepararan». Me metieron una espada larga y una daga en el cinturón. No había riesgo de que desenvainara. Ya habían dejado muy claro lo que pasaría si hacía el menor movimiento agresivo. Ningún arma me servía de nada. De todos modos, me di cuenta de que los filos estaban embotados. Muy embotados. Eran más útiles para sacudir el polvo de una alfombra que para atacar a nadie, pero bastaban para darme una apariencia de fuerza.

—¿Qué miras? —me preguntó, como si no fuera obvio. Iba ataviado con todo el uniforme ceremonial. La hombrera de cuero negro estaba lustrosa—. No te sorprendas tanto. Claro que soy un soldado. Llevo años bajo la tutela de Banques, y no es exagerado decir que se trata del mejor espadachín del continente.

¿Un granjero tutelado por un espadachín? ¿Durante años?

Hizo una pausa para mirarse al espejo, se tiró de la camisa y se ajustó mejor el cinto.

—Y también se puede decir que el alumno ha superado al maestro. —Se volvió hacia mí con expresión solemne—. Soy el líder y el protector de mi reino. Mi imagen tiene que transmitir eso para inspirar confianza.

Sin duda, la imagen era impresionante. Seguro que Synové, y tal vez cualquier chica de la Boca del Infierno, se quedaría arrebatada ante aquella transformación. Llevaba el pelo oscuro bien cortado y peinado, con solo un mechón hacia delante, como si acabara de blandir la espada. Las mejillas le relucían, recién afeitadas, y la coraza de cuero le acentuaba los hombros anchos. Todos los detalles sugerían fuerza, autoridad, la idea de que se trataba de un rey apto para el cargo.

No dije nada, y se detuvo. Indicó a un sirviente que se apartara y se acercó a mí.

—No soy el monstruo que crees. Soy un gobernante justo y tengo que escuchar a mis consejeros. Para eso les pago.

—Es una canallada utilizar a niños como rehenes. Tus consejeros son unos canallas. Y, si tú les haces caso, también eres un canalla.

—Se dice fácil, desde tu posición. Las palabras y las acusaciones son baratas si no tienes que ver morir a tu gente. Tú no estás al mando de un reino atormentado, acosado por atacantes, donde hay que tomar decisiones difíciles a diario. Y, sí, he tomado una. A veces hay que hacer sacrificios por el bien de la mayoría.

Puse los ojos en blanco sin poder contenerme.

—¿Eso qué es? ¿Otra joya que te han vomitado en las manos tus muy bien pagados consejeros?

Parpadeó con los ojos echando chispas.

—Lo siento —me apresuré a añadir—. ¿Un rasguño a tu delicado ego también cuenta como agresión? ¿Lo van a pagar caro los niños?

Se acercó un paso más, con el rostro a centímetros del mío, la respiración acelerada.

—Rybart atacó la ciudad, la saqueó, la incendió, mientras los Ballenger y sus sicarios exigían a los ciudadanos más dinero a cambio de protegerlos. ¡Esos son los hechos! Y yo soy el rey de Eislandia. —Bajó la voz para que solo yo pudiera oírlo—. Me vas a mostrar respeto —siseó entre los dientes apretados—. ¿Entendido?

Aquello no era ningún espectáculo. El hombre que había apartado la silla para que me sentara hacía unos días estaba rabioso. Se había metido en el papel de monarca poderoso de una manera voraz.

—Sí, majestad —respondí con cautela.

Le miré a los ojos oscuros. En aquel momento, me temí que el rasguño en el ego fuera lo que más le importaba. Por lo general, se me daba bien calcular hasta dónde podía presionar a una persona, pero aquel rey era muchas personas diferentes, y yo no comprendía a ninguna.

Apartó la vista, cogió un papel de una mesa y me lo tendió.

—Banques ha preparado esto. Es lo que vas a leer a la ciudad. Palabra por palabra. Tenemos que salir pronto, antes del último toque de campana.

Los criados volvieron a arremolinarse para hacerle los últimos arreglos en el uniforme. Una joven revoloteó en torno a él quitándole hilos imaginarios de la ropa. Yo no sabía si le tenía miedo o estaba prendada de él, pero, cuando el rey le dio la espalda, se ahuecó el pelo con los dedos y se estiró el corpiño, lo que respondió a mi pregunta.

Una vez satisfecho con su aspecto, la apartó con un ademán, junto con el resto de los criados, y me examinó a mí, desde la espada colgada del cinto a la chaqueta ajustada que me habían puesto los criados. Fue una inspección pausada, detallada. Al final, asintió, complacido.

—Sí, parece que acabas de llegar a caballo, tal vez un poco demacrada tras un viaje tan largo. Luego te pondremos un poco de carne sobre los huesos con una celebración. De verdad, esto es todo para bien. Vamos a comunicar las noticias que traes.

Me subió la capucha para cubrirme la cabeza y me cogió del brazo con firmeza, pero también con amabilidad, para llevarme a la puerta, de pronto en el papel de rey soldado que acompañaba a la respetada mensajera de una monarca extranjera para que compartiera la importante noticia de la ejecución del *patrei*. Era el comienzo de una nueva era.

***

La comitiva se reunió en el amplio recibidor de la posada. Justo antes de que saliéramos a las calles para caminar en procesión hasta la plaza, me hicieron adelantarme para caminar con Banques y dos soldados, mientras que el rey se quedaba un poco atrás. El espacio entre nosotros lo ocuparon varios soldados, pero vi que le llevaban a Lydia y a Nash. Nash corrió alegre a sus brazos. El rey lo levantó y se lo apoyó contra la cadera con una mano, y le dio la otra a Lydia. La sonrisa de Lydia era más reservada, pero real, y sentí un aguijonazo de celos. Tendría que estarle sonriendo a Jase. Oleez iba a un lado. Sonrió al rey, e intercambiaron unas palabras en susurros. Evitó mi mirada llameante, pero supe que la había sentido.

Banques dio una orden y la comitiva se puso en marcha. Salimos por la puerta de la posada Ballenger. Mientras caminábamos, miré a Banques. ¿De verdad había sido el tutor del rey durante años? ¿Qué le había enseñado, aparte de manejar la espada? Pero lo que más me habría gustado saber era quién estaba de verdad al mando, ¿Banques o el rey?

Creía que sabía lo que podía esperar: una ciudad confusa por el cambio repentino de poder. Una ciudad que se preguntaba dónde estaba su *patrei*. Una ciudad a la espera de que pasara algo, cualquier cosa.

Pero ya había pasado.

Lo primero que me saltó a la vista fueron los daños. Los restos del edificio que antes era una taberna con viviendas encima parecían abandonados, y del suelo sobresalían entre los cascotes tablones astillados como huesos rotos. Poco más allá, un cráter de tres metros había devorado la mitad de la calle. Los carromatos tenían que maniobrar para esquivarlo, haciendo como si no existiera.

Pero los daños no eran lo peor. Alcé la vista y vi soldados por todas partes. Patrullaban por las pasarelas y los tejados como aves de presa, con las capas negras ondeando al viento. ¿Cuántos mercenarios había contratado? ¿De dónde estaba sacando el dinero? Tanto poder me dejó estupefacta.

A nivel de suelo, los soldados llevaban las armas habituales: espadas, alabardas, lo acostumbrado. En cambio, los de los tejados y las pasarelas iban equipados de manera diferente. Cada uno llevaba al hombro un instrumento metálico, brillante, de más de un metro de largo. Nunca había visto nada semejante, pero sin duda eran los lanzadores que me había descrito Jase. Los soldados lo dominaban todo desde las posiciones elevadas, y estaban fuera del alcance de cualquiera que pudiera atacarlos para hacerse con esas armas formidables. Aquella ciudad no estaba protegida. De Rybart y sus hombres no quedaba ni rastro. Ahora era una ciudad invadida, y el objetivo de los soldados era aplastar cualquier posible oposición.

El ambiente era torvo, sombrío. El invierno había pintado de gris el cielo. La escarcha nublaba las ventanas y las losas del suelo. Hasta los transeúntes eran grises, bien arrebujados en las capas para protegerse del frío, todos los rostros ocultos tras pañuelos, capuchas, sombreros. Unas cuantas cabezas se volvieron a mi paso con curiosidad, pero no consiguieron verme la cara bajo la capucha.

Sonó una campana. El último toque. El tañido me retumbó en los dientes. La gente se detuvo y cambió de dirección para ir a la plaza. ¿Por orden del rey? ¿O por un deseo sincero de conocer las últimas noticias? ¿Albergaban alguna esperanza? Una esperanza que yo no iba a darles.

Doblé la esquina y me detuve bruscamente al ver el templo, otro boquete en medio de la ciudad. Solo quedaban en pie la torre de la campana y el altar. El resto eran escombros. Las estatuas caídas de los santos miraban hacia el cielo. Se me cortó la respiración. Contemplé la escena, incrédula. El templo había sido el punto focal de la plaza, con unos muros de mármol blanco que proyectaban un fulgor etéreo sobre todo lo demás. Ahora ya no era un santuario. Era un camino hacia el infierno. Jase me había contado lo que podían hacer los lanzadores... y no era aquello. A menos que Beaufort hubiera mentido también en eso. Y Beaufort mentía siempre, claro.

—El templo era un nido de partidarios de los Ballenger. Había que destruirlo —dijo Banques—. Cuando acabemos con todos ellos, hasta el último, lo reconstruiremos.

Me había concentrado tanto en el templo que no vi lo que tenía encima... hasta que Banques alzó la vista. Seguí la dirección de su mirada, y de inmediato bajé los ojos entre arcadas. Me agarró por el brazo.

—Calma, calma —susurró—. Recuerda, te observan, y eres la mensajera que trae noticia de que se ha hecho justicia. —Bajó la voz—. Y lo más importante, recuerda quién viene detrás de ti. Respira hondo y sube por esos peldaños con la cabeza bien alta. Representa tu papel, como tendrías que haber hecho desde el principio.

Con el estómago revuelto, subí por la escalera que llevaba al estrado desde donde se dominaba la plaza. Me sorprendió encontrarme allí a Garvin, de pie, que escudriñaba las calles y a los ciudadanos que se iban acercando.

—¿Trabajas para ellos?

Hizo un breve ademán de asentimiento.

—No es nada personal. Ahora me pagan otros, nada más.

—¿Es el único requisito? ¿Un sueldo?

Se encogió de hombres.

—Son negocios.

—Claro, qué otra cosa se puede esperar de alguien que vende un tigre muerto de hambre a un carnicero.

Sonrió.

—Así que me reconociste, después de tantos años.

Asintió, como satisfecho de que no lo hubiera olvidado.

—Le hablé de ti a la reina. Me dijo que era una pena que no te hubiera llevado a ti también. No sé qué de que intentaste cortarle el cuello.

Se encogió de hombros.

—Eso también eran negocios. Me contrataron. La reina se lo tomó como si fuera algo personal.

Volvió a concentrarse en las calles. ¿A quién buscaba? ¿A los Ballenger, a cuyo servicio había estado? Me tuve que contener para no tirarlo por encima de la barandilla de un empujón.

Banques me hizo adelantarme, y me encontré al nivel de al menos una docena de cadáveres ahorcados que colgaban de las ramas altas del tembris. Tragué saliva para quitarme la bilis de la garganta. El cadáver más cercano era gris, con la cara cubierta de escarcha y carámbanos en la barbilla. No lo identifiqué y traté de apartar la vista de los demás, pero tardé demasiado. La saliva se me volvió salada en la boca. Al lado había un cadáver que sí reconocí. Drake. Un *straza* de Jase. ¡Claro que era leal a él! ¡En eso consistía su trabajo!

Recorrí con la mirada los otros rostros. Tenía miedo de a quién más podía ver allí colgando, pero más miedo aún de no mirar. Tres cadáveres más allá del de Drake, reconocí a otro. Era la modista que me había tomado medidas para la ropa. Aún tenía los ojos abiertos, ciegos. Me clavé las uñas en las palmas de las manos.

—Tenía escondidos a unos rebeldes —explicó Banques, como si eso lo justificara—. Hemos dado a todos los ciudadanos la oportunidad de cooperar y cumplir la ley. Ella eligió no hacerlo, lo que la convirtió en cómplice de los Ballenger y en un peligro para el resto de los ciudadanos. Nuestra misión es restaurar el orden y que todo el mundo vuelva a sentirse seguro.

Me volví para mirarlo. De nuevo me sonaba conocida aquella voz. Cada sílaba hacía que se me erizara el vello. Lo conocía y, a la vez, no lo conocía. Siguió desgranando las justificaciones. Era la misma historia que me había contado el rey casi punto por punto, como el punzón que trabaja la madera y va ahondando en cada muesca hasta que le da la forma que quiere. «Estamos protegiendo la ciudad».

¿Pensarían que sería cierto si lo repetían muchas veces? ¿Que me iban a engañar, que les iba a lavar la sangre de las manos?

—Esto no es proteger la ciudad —dije—. No sois más que unos oportunistas que queréis haceros con sus riquezas.

Hizo un ademán con la mano para rechazar mis palabras.

—Vamos a terminar de una vez. Hace frío y se hace tarde. La gente quiere irse a casa. No hagamos esperar a los buenos ciudadanos.

El rey subió por los peldaños, con Nash en brazos y Lydia de la mano. Nash y Lydia no parecieron ver los cadáveres ahorcados, o tal vez se habían acostumbrado a ellos. ¿Qué más horrores habían tenido que presenciar? Ninguno de los dos me miró, como si les hubieran dado instrucciones de no hacerlo. O tal vez la familia les había dicho quién se había llevado a Jase antes de que empezaran los problemas en la ciudad. Tal vez no me miraron porque no soportaban verme.

Los tres se dirigieron hacia el otro lado de la plataforma. El rey dejó a Nash en el suelo, delante de él, y puso una mano en el hombro de Lydia. Se dirigió a la multitud y les dijo que una soldado de élite de la reina de Venda había llegado con noticias que los ayudarían a pasar página, noticias que ponían punto final a los tiempos de angustia que habían atravesado. Se acercaban días mejores. Tenía la voz segura; el timbre, prometedor; la expresión, sincera, con una arruga de preocupación en la frente. Al final, hizo un ademán para invitarme a adelantarme.

Banques me dijo que fuera a la pasarela, donde los ciudadanos podrían verme mejor. Los tablones de madera crujieron cuando los pisé. Al llegar al centro, me volví y me eché la capucha hacia atrás. Un murmullo recorrió la multitud. «Esa soldado. La que se llevó al *patrei*». Tal vez me habían visto por última vez haciendo juegos malabares con naranjas ante el mercado, o besando al *patrei* delante de la botica. O cuando le di un puñetazo en la arena. No sabían qué pensar de mí.

El viento me revolvió el pelo y el aire me empañó la voz. No era la ciudad de hacía unos meses, colorida, bulliciosa, luminosa, cálida. Era un mar lúgubre de capas largas de lana. Las bufandas cubrían la parte inferior de los rostros, y solo veía rendijas de ojos alzados hacia mí. ¿Era por el mal tiempo o querían ocultar su identidad? ¿Cuántos partidarios había allí que aún esperaban el regreso del *patrei*? Vi los hombros caídos, los portes cabizbajos. El papel que me había dado el rey me temblaba en las manos. ¿Cómo podía hacer aquello? ¿Cómo iba a mentir acerca de Jase? ¡Y delante de Lydia y Nash!

Lancé una última mirada suplicante en dirección al rey. «No les hagas esto». Inclinó la cabeza hacia un lado, implacable. Puso una mano en el hombro a Nash y lo atrajo hacia él. ¿Era para reconfortarlo o para advertirme?

Me volví hacia la multitud. Leí el texto.

—Ciudadanos de la Boca del Infierno, os traigo noticias de Jase Ballenger. —Las palabras quedaron flotando en el aire, irreales, mentirosas, imposibles, pero habían salido de mi boca. «Jase, te necesito». Aquello no era posible. Pero estaba sucediendo—. El que fue *patrei* de vuestra ciudad no va a regresar —seguí—. Fue arrestado y entregado a la reina de Venda, y juzgado ante un tribunal por crímenes contra la Alianza de Reinos. Lo declararon culpable y lo sentenciaron a morir en la horca. Yo presencié su confesión, sus plegarias a los dioses para pedir perdón por los crímenes, y su ejecución. Jase Ballenger está muerto.

Un murmullo ahogado, imposible de localizar, recorrió el gentío, y una persona se dejó caer de rodillas. Los soldados de las pasarelas y los tejados prepararon los lanzadores. Los soldados a nivel de suelo cerraron el círculo.

Banques me hizo un ademán para que siguiera.

Hablé más alto para hacerme oír por encima del murmullo.

—El gobernante legítimo de la Boca del Infierno es el rey Montegue, y está aquí para que vuelva a haber orden y para que la ciudad sea aún más grande. La Alianza y yo os pedimos que colaboréis con él, que contribuyáis a una ciudad más segura entregando a cualquier traidor. Bajo su mando, como podéis ver, los inocentes no tienen nada que temer.

Hice una pausa y miré a Nash y a Lydia, y a los guardias armados que estaban tan cerca de ellos. El rey asintió para que continuara.

—Solo se castigará a los culpables que os han puesto a todos en peligro —dije—. Si sabéis de cualquier otro Ballenger, o de algún simpatizante, y dónde están escondidos, entregadlos so pena de que se os acuse a vosotros de crímenes contra los reinos. Ya es hora de que la Boca del Infierno siga adelante, hacia un futuro nuevo y prometedor.

Se hizo un silencio denso en la plaza y, de pronto, un grito.

—¡Canalla!

Al mismo tiempo, algo me acertó en la cabeza, y hubo un estallido de dolor. Caí hacia atrás y me tuve que agarrar a la baranda. La piedra rodó por los tablones.

Hubo más gritos, y al momento un siseo clamoroso cuando la multitud ocultó al que había gritado. Los soldados avanzaron para tratar de dar con el culpable, pero el mar de gris lo envolvió todo.

Me llevé la mano a la cabeza y me palpé, y cuando me la miré vi sangre en los dedos. Me volví hacia Lydia y Nash. Estaban inexpresivos. Si mis palabras les habían provocado alguna emoción, la habían enterrado bajo una armadura nueva, desconocida hasta entonces. El rey volvió a coger en brazos a Nash y de la mano a Lydia, y les dijo que era hora de volver. Nash se acurrucó contra el hombro del rey, pero me miró a mí. El hambre que vi en sus ojos me desgarró las entrañas. ¿Era hambre de venganza? Tenía un fuego en las pupilas muy parecido al de Jase. Los vi alejarse escaleras abajo, muy juntos. Lydia no me miró, pero supe que lo había oído todo. Había escuchado cada palabra que había dicho sobre su hermano.

Banques me dio un pañuelo para que me limpiara la sangre.

—Bien hecho. Lo creas o no, ha ido sorprendentemente bien. Puede que haya sitio para ti en este reino. No tardarán en olvidarse del *patrei* y su familia de criminales.

Me apreté el pañuelo contra la sien y me imaginé mil maneras de matarlo. Algunas, muy lentas. Eben nos las había descrito en las noches oscuras, en torno a un fuego de campamento. Eran métodos que el rahtan ya no podía emplear. Los había aprendido del komizar, y eran mucho más lentos que un tenedor para aceitunas. Nunca había soñado con hacer nada así, porque me parecía demasiado depravado. Pero estaba cambiando de opinión.

Miro las lanzas. Hemos desmontado las camas y hemos afilado las puntas. Hoy he lanzado una hacia el otro lado de la puerta, contra un carroñero que estaba gritando. He fallado, y ha cogido la lanza. Ahora, él tiene una lanza que puede utilizar contra mí. Y mejor puntería que yo, seguro.

Greyson, 15 años

Capítulo diecisiete

Jase

Me senté al borde del camastro y me preparé para levantarme por primera vez. Era todo un hito.

—No seas llorica —me regañó Kerry—. Deja de hacer muecas. ¿Quieres levantarte para ir a mear solo o no?

Sí que quería. Me esforcé por poner cara inexpresiva.

—¿Mejor así?

Soltó un gruñido.

Kerry se había convertido en mi enfermero, siempre sentado a mi lado, lavándome, dándome de comer… y regañándome sin cesar. Era despiadado. En ocasiones me parecía que era su manera de vengarse por todos los agujeros que le había hecho cavar. Hacía cuatro días que me había empezado a dar pesos para que los levantara y fuera recuperando fuerzas. Los sacos de patatas solo pesaban un par de kilos o tres, pero el esfuerzo me provocó un dolor abrasador en el muslo, donde se me había clavado una flecha. Me temblaban las manos al levantarlos. «Todo pellejo y nada de músculo», me reprochó al tiempo que me apretaba el brazo. Si Caemus lo oía, le soltaba un «Déjalo en paz, que vaya a su ritmo», mucho más compasivo que mi carcelero. Pero la falta de progresos me resultaba frustrante y, en cierto modo, agradecía sus exigencias implacables. Debía salir de allí y dar con Kazi. Si la tenían prisionera…

No quería pensar en aquello, pero seguíamos sin tener noticias. Caemus había corrido el riesgo de ir a la ciudad, aunque tal vez fuera solo para evitar que me arrastrara yo hasta allí. Había soldados en cada esquina y tuvo que ir siempre con la capucha echada sobre la cara y la cabeza gacha, y casi no pudo hablar con nadie, pero no encontró ni rastro de ella. Ni de mi familia. Le pregunté qué había visto y me dijo que nada aparte de soldados de gesto torvo. En cuanto a noticias, por lo visto nadie abría la boca. Tenían miedo de hablar. La ciudad se había vuelto muy callada. No quiso hacer preguntas por miedo a llamar la atención, pero oyó a un tendero quejarse de que Paxton y Truko estaban dirigiendo la arena.

Fue como si me clavaran otra flecha, y eso que no debería haberme sorprendido. Sabíamos que alguien estaba desafiándonos, y siempre sospeché que los incendios y los asaltos eran cosa de alguna de las ligas. Pero, de pronto, tenían nombre. Nunca había pensado de verdad que fueran a hacer algo semejante. Pensaba que no se atreverían ni a intentarlo. Sí, protestaban. Nosotros protestábamos. Pero todos sacábamos provecho, y nos habíamos instalado en una rutina cómoda, aunque inestable. Hasta que empezaron a trabajar con Beaufort. Los Ballenger habían financiado su asalto al poder. Zane debió de ser su contacto. ¿Cuánto tiempo llevaban planeándolo? Si le habían hecho daño a Kazi, iba a matarlos, a Paxton y a Truko, a los dos. Y no sería rápido. No requería un arma potente para…

La descripción de Caemus hizo que me parara en seco. ¿Había dicho que un solo impacto bastó para derribar la nave del templo? Tenía que ser un error. ¿Solo uno? El lanzador que había probado era potente. Podía tumbar a un hombre a doscientos metros. A tres, si estaban muy juntos. Pero no un templo. Recordé la destrucción que había visto en el valle del Centinela, las fanfarronadas de Beaufort sobre someter a los reinos. ¿La Boca del Infierno era su punto de partida? Las historias de los Ballenger describían con todo detalle las ruinas sobre las que se había levantado la ciudad. Siglos de reconstrucción transformaron la desolación en la maravilla que era en la actualidad, pero Beaufort y sus conspirados se habían apoderado de ella y la podían volver a transformar en escombros. Y tenían un ejército de su parte. Eso seguía sin entenderlo.

—¿Preparado?

Kerry me tendió una muleta que me había hecho.

Yo había tardado más de una semana en poder incorporarme. No llevaba camisa, y los vendajes me cubrían la mitad inferior del cuerpo. Paxton y los suyos se habían tomado muy en serio lo de matarme.

—Aguanta la respiración, te ayudaré a levantarte.

Hice palanca con la muleta, y Kerry metió los dedos bajo una venda para tirar de mí. La presión fue como si se me sentara un toro en el pecho. Apreté los dientes.

—¡Kerry! ¿Qué haces? —gritó Jurga.

Se había parado en seco en mitad de la escalera que bajaba a la bodega. Kerry y yo nos habíamos metido en un buen lío.

—Tarde o temprano tiene que levantarse.

—Es verdad —lo defendí—. Necesito recuperar las fuerzas. —Me salieron las palabras como un torrente, desesperadas, sin control—. Kazi está sola, puede que herida, la tienen retenida contra su voluntad, mi familia se ha escondido, la ciudad está invadida, y ahora que me necesitan más que nunca estoy aquí, impotente. Tengo que ganar fuerzas. Debo hacer algo.

Jurga me escuchó con los ojos muy abiertos. Me sentí como un niño que pedía imposibles, aunque sabía que ni Jurga ni Kerry me los podían dar.

Parpadeé para aclararme los ojos.

—Tengo que ir a buscarla.

Jurga me miró con los labios fruncidos como si hubiera mordido un limón. Luego, clavó en Kerry una mirada cargada de reproche.

—Vamos, ayúdame a llevarlo arriba. Le vendrá bien un poco de sol.

———————

Los primeros días no me alejé del cobertizo que hacía de almacén, siempre alerta para esconderme dentro si daban la señal de que se acercaban jinetes, pero no vino nadie. Habían dejado de buscarme, así que, probablemente, me daban por muerto.

Kerry no era el único que me acompañaba. El resto de los colonos también se turnaron para caminar conmigo en círculo en torno al cobertizo, y ayudarme a sentarme en un banco cuando me agotaba. Con el tiempo, me llevaron un poco más lejos para que visitara sus casas terminadas, que no había llegado a ver. Me enseñaron los cimientos, los suelos de madera que nunca habían tenido, los estantes cargados de provisiones. Me invitaron a entrar, me dieron de comer, me pusieron más huesos en la tira de cuero que llevaba, igual a la de ellos. «*Meunter ijotande*», me decían. Nunca olvidamos. Día tras día fui aprendiendo su idioma. Me avergonzaba recordar que me había opuesto a la reconstrucción de la colonia, y me complací de haberle dedicado luego tanto esfuerzo adicional. Me alegré del juramento de sangre y las limosnas. Por aquel entonces no sabía muchas cosas que estaba empezando a entender. Cosas que nunca habría sabido de no ser por Kazi.

—Otra serie —ordenó Kerry.

Le brillaban los ojos. Le encantaba verme sufrir. Pero estaba recuperando las fuerzas. Ya podía levantar cubos de agua (medio llenos), aunque el dolor en el abdomen era tolerable, o quizá era que me había acostumbrado a él. ¿Cuándo estaría listo para ponerme en marcha? No iba a tener una segunda oportunidad. Debía conseguirlo a la primera, y para eso necesitaba estar fuerte. Volqué la frustración en el esfuerzo: más series, más comida, más caminatas.

Cuando terminábamos la rutina diaria, solía sentarme en un banco, al sol, y le leía historias a Kerry. La maestra que les había enviado les llevó libros. Algunos eran de leyendas de otros mundos, muy lejos de la Atalaya de Tor, pero los que más le gustaban eran los que hablaban de la historia de los Ballenger y de Greyson, que era poco más que un niño cuando recayó sobre él la misión de proteger a los demás. A Kerry le brillaban los ojos de admiración y curiosidad, quizá igual que me habían brillado a mí cuando mi padre me contó las historias por primera vez. No las adorné. No hacía falta. La verdad ya era asombrosa.

—¿Cómo es que sabes todas esas historias? —me preguntó.

—Las he escrito. Todas y cada una. Así aprendemos en mi familia. En casa tengo una biblioteca entera con la historia de los Ballenger. Algún día te la enseñaré.

«En casa». Si todavía existía.

Si quedaba algo.

«¿Quién escribirá nuestra historia, Jase?».

«La escribiremos tú y yo, Kazi. Y harán falta mil tomos. Tenemos toda la vida por delante».

La noche anterior, parte de la niebla se había despejado. Un atisbo. Un puño contra el vientre de Kazi…, pero también un destello. ¿Qué era? No podía dejar de angustiarme con lo que no había visto, con lo que no sabía.

—Cuando vayas a buscarla, te acompañaré —dijo Kerry, como si supiera hacia dónde habían vagado mis pensamientos.

Levantó la barbilla, arrogante, decidido. Sin miedo. Se rozó las cicatrices de las quemaduras del brazo. Tal vez los monstruos que acechaban no podían ser peores que los que ya había visto. No era de extrañar que le gustaran las historias de Greyson. Kerry, igual que el primer *patrei*, no dejaba que su corta edad le impidiera hacer lo que había que hacer.

—Ya veremos —le dije.

Mi ejército era de dos soldados, y uno tenía siete años.

Capítulo dieciocho

Kazi

Muchos años antes, cuando robé el tigre, tuve que utilizar una táctica diferente a la de mis robos habituales. Necesité ayuda y precisé procurarme favores. Por supuesto, no permití que nadie supiera exactamente para qué me servía su ayuda. Era muy importante que no se implicaran. Pero sabía que muchos se lo habían imaginado. Así fue como empezaron a correr los rumores. «Ha sido Diez. Diez ha robado el tigre». Otros se burlarían de la sola idea. «¿Esa cría enclenque se ha peleado con un tigre? Imposible. A estas alturas no sería más que un bocado en la barriga de la bestia. Además, ¿para qué?». Y también hubo quienes especularon sobre culpables alternativos, todos malignos. «Me han dicho que en el almacén solo quedaba un círculo de polvo del diablo. Un demonio devoró a la fiera».

Lo primero era sobornar al tigre, y resultó que también fue lo más fácil. No me costó ganarme su confianza. A la cuarta tarde, empezó a mover la nariz cuando me vio llegar con un bocado de carne escondido en una bola de masa. Pero el resto de los elementos, desde carromatos de señuelo a trifulcas de distracción, pasando por elixires del sueño profundo y polvo negro del diablo, se multiplicaron. «Cambia esto por eso, y aquello por lo otro», y siempre había alguien que decidía que no era suficiente y querían más. A veces tenía que negociar con gente que detestaba, sonriendo, bailando a su son. Si lo conseguí fue porque nunca perdí de vista el objetivo, por qué lo hacía: por una fiera encadenada con ojos de color ámbar.

Acabé escondiendo al tigre ante las narices del carnicero, en un almacén al que solo iba una vez a la semana para afilar los cuchillos y las hachuelas. Luego, regresé a medianoche y me llevé al animal por las calles desiertas. Una distracción bien planeada atrajo la atención del carnicero, y la de casi toda la *jehendra*, durante medio minuto, como mucho. Solo se alejó un par de pasos de su mostrador, pero no me hizo falta más. El tema al que dediqué más tiempo fue la ruta de escape: dar con los callejones más oscuros y desiertos, los lugares donde encontraría escondite si fuera necesario, y por fin recorrer la misma ruta siete noches seguidas para comprobar que no me depararía ninguna sorpresa, algo que pudiera sobresaltar al tigre y provocar un rugido.

En el presente, aquel día no dejé de escudriñar las calles, los árboles, las sombras, pero solo sirvió para desanimarme más y más. No había en el mundo suficientes sobornos y favores para esquivar a los soldados que patrullaban todas las calles y tejados, por no mencionar que no tenía favores que ofrecer y, peor aún, nadie a quien ofrecérselos. Excepto quizá a la persona que me había pasado medicinas en secreto cuando estaba en la celda, pero le daba miedo presentarse.

En cuanto volvimos a la posada, me curaron la herida de la cabeza y luego me llevaron al comedor privado para la cena de «celebración» que el rey había prometido. Por lo visto, coincidía con Banques en que todo había ido bien. Supuse que una pedrada en la cabeza era irrelevante para ellos, igual que el dolor que sentía entre los oídos, pero tal vez otro discurso habría provocado una avalancha de rocas. Mi herida, en comparación, era trivial, o tal vez el objetivo era buscar otro objeto de la ira popular: yo. Si era así, el éxito había sido arrollador. La palabra «canalla» me seguía reconcomiendo, y lo que había dicho de Jase me había dejado un sabor espantoso en la boca, pero no tuve elección. Lo habría vuelto a hacer, y no dudaba de que Banques me tenía planeados más discursos hasta que acabaran por completo con la resistencia.

Los invitados también parecían muy satisfechos con cómo había ido el día. Por lo visto, a ninguno le molestaban los cadáveres que colgaban de los árboles en medio de la plaza. No reconocí a nadie. Tal vez venían de Parsuss y eran leales seguidores del rey. O quizá eran ciudadanos de la Boca del Infierno tan mutables como Garvin.

Todos se sentaron a una larga mesa y se dedicaron a adular al rey y a Banques, a los que trataban como sus verdaderos salvadores. Las cuatro mujeres iban vestidas con elegancia, como si asistieran a una fiesta, con los rostros empolvados de una manera que no había visto nunca, y el cuello y las muñecas adornados con joyas deslumbrantes. Aquella sala era el paraíso para una ladrona… de no ser por las reglas que tenía que obedecer.

Todos los invitados rieron, sonrieron y acariciaron cada palabra que salía de los labios de Montegue. En mitad de la cena, una mujer que había bebido demasiado se dedicó a bailar en torno a la mesa, y tropezó y cayó de manera muy conveniente en el regazo del rey. Se le soltó el pelo recogido, y se embarcó en más adulaciones, con su majestad esto y su majestad aquello, seguidas por una falsa disculpa mascullada y un largo beso en los labios. Montegue lo absorbió todo como una esponja seca y prolongó el beso medio minuto largo sin dejar de palparle las caderas, hasta que Banques acabó por carraspear para recordarle que los demás estábamos allí.

Durante la cena, Montegue me miró varias veces. No supe qué esperaba. ¿Que participara en el coro de alabanzas? Se me

131

pasó por la cabeza. En algún momento iba a tener que dar marcha atrás para conseguir su confianza, fingir que me había ganado para su causa y que estaba preparada para ocupar «mi sitio» en su nuevo reino, tal como había dicho Banques. Tendría que fingir ser una de sus admiradoras. Sabía cómo hacerlo. Era mi especialidad. Ni los más desconfiados eran inmunes a la adulación. Al fin y al cabo, se la merecían, ¿no? Todo consistía en conseguir que me creyeran. Pero tenía que ser en el momento adecuado. Era una cuestión delicada que había que manejar con sutileza, como quien mueve el cuchillo afilado bajo la fina piel del pescado para separarla de la carne. Y en aquel momento no me sentía sutil ni delicada. Más bien era un caos de dudas y suposiciones.

¿Por qué era todo tan diferente? Recordé cómo temblaba de miedo la primera vez que me enfrenté a un señor de los barrios. Estaba segura de que mis planes de robo se me veían en la cara. Tuve que apretar las rodillas para que no me temblaran. El señor de los barrios era corpulento, poderoso, intimidante, y yo, todo lo contrario, una mocosa de seis años, un insecto que aplastar y olvidar. Pero no permití que eso me detuviera. El hambre ya me había dado filo. A pesar del miedo y del temblor en las rodillas, conseguí que dejara de desconfiar, y salí de allí con dos higos grandes y jugosos. Alcé la vista hacia Banques y Montegue. «Trátalos como a señores de los barrios, Kazi. Juega con ellos. Adúlalos. Gánate su confianza. Tírales unas migas y, cuando abran la boca, engánchalos por las agallas».

Y córtales el cuello.

Pero el riesgo era diferente en aquel juego. En los viejos tiempos, lo único que podía perder era la vida. Tal vez eso me había dado valor. En cambio, ahora había en juego mucho más que una golfilla callejera. Estaba en juego la libertad de Lydia y Nash, así como su vida. Estaba en juego Jase, las promesas que le había hecho a él y, por tanto, a su familia. Su juramento de sangre era el mío. Y había otra promesa más: la que hice a la reina. Tenía que dar con los papeles y destruirlos. «Haz juegos malabares con todo eso, Kazi. Pero no se te puede caer ninguna naranja. Ninguna. O es el fin».

La mesa estalló en carcajadas. Por lo visto, Montegue había dicho algo gracioso, y me lo había perdido. Mi actuación era un fracaso. Me lanzó otra mirada. Tenía los ojos cargados de expectación. ¿Le estaba insultando mi silencio? «Rebájate, Kazi. Sonríe. Haz juegos malabares. Halaga a ese cerdo. Que te crea. Tú puedes».

«Qué uso tan creativo del tembris, majestad. ¿Cómo has conseguido poner las horcas en esas ramas tan altas?».

«Ese templo ha sido demolido a la perfección».

«Es una suerte que los cadáveres no huelan. El clima ayuda, ¿no? Los dioses deben de estar contigo».

—El guiso está muy bueno —comenté—. Felicita a la cocinera. —El tintineo de risas cesó en toda la mesa. Eran las primeras palabras que decía. Establecí contacto visual con Montegue—. Y felicito a su majestad por elegir tan excelente menú.

Aquello era patético, y lo sabía. No lo estaba haciendo bien.

El cumplido pareció distraerlo. Pasaron unos minutos, y al final se echó hacia atrás en la silla y dejó la servilleta junto al plato, dando la comida por terminada.

Cuando las tonterías en torno a la mesa se volvieron aburridas, el rey anunció que habíamos terminado y que íbamos a la arena. Nos trajeron un carruaje, porque la tarde era fresca. El «nos» incluía a Banques. También llamaron a Oleez y los niños, que estaban en sus habitaciones, para que se reunieran con nosotros. A donde iba él, iban ellos.

—¿Qué te ha parecido?

Tenía el aliento cargado con el dulzor del vino; el pelo, revuelto; los ojos, turbios.

Estábamos a solas en las estancias de los Ballenger. Había mandado a Banques, Oleez y los niños a ver otras con las que se había hecho. Paseó sin rumbo con la copa de vino en una mano, mientras acariciaba con la otra las columnas de mármol y contemplaba los techos altos y los candelabros. Sus pisadas eran estrepitosas, como si quisiera dejar claro con cada paso que aquello era suyo.

—Esto es mucho más elegante y adecuado para un rey que la posada —dijo como si hablara solo—. Y más seguro. En cuanto terminen las reformas en los dormitorios, nos trasladaremos aquí.

Nos trasladaremos. No lo entendí.

Al ver que no le respondía, se detuvo a media inspección de unos cortinajes y se volvió hacia mí.

—¿Sigues disgustada por lo de los niños? Se lo he dicho, te lo prometo, pero se niegan a hablar contigo.

—Si me permitieras…

—Les preguntaré mañana otra vez. Puede que hayan cambiado de opinión, aunque mucho me temo que los Ballenger les han contado cosas horribles sobre ti en tu ausencia. Esto va para largo. Tienes que darles tiempo. Son niños.

Su preocupación por ellos parecía sincera, pero los estaba utilizando como palanca contra mí. Tal vez la amenaza de hacerles daño era un invento de Banques para obligarme a hacer lo que querían.

—¿De verdad piensas matarlos si hago algo contra tus planes?

Arqueó las cejas, interesado.

—¿Piensas hacer algo contra mis planes?

—No.

—Entonces, la pregunta es irrelevante.

—Puede, pero es una presión terrible, no se puede vivir así. No dejo de pensar que, sin querer, puedo hacer algo que los afecte.

Sonrió como si le hiciera gracia y soltó los brocados para luego volverse directamente hacia mí.

—El rahtan está bien entrenado, y no me parece que hagas nada «sin querer». Así que no te preocupes.

—No me lo quito de la cabeza.

—Me amenazaste con matarme, ¿recuerdas?

—Con un tenedor para aceitunas.

La sonrisa que le bailaba en las comisuras de los labios pasó a iluminarle los ojos.

—Pero dijiste que sabías manejarlo.

—No lo niego —respondí en tono alegre para seguir divirtiéndolo.

Bebió un sorbo de vino y se encogió de hombros.

—Ya me entiendes. —Se dirigió hacia la ventana para ponerse a mi lado y dejó la copa en la repisa de mármol.

—Siento lo de la pedrada. Ha sido un alborotador trastornado. Daremos con él.

—¿Para ahorcarlo?

—Eso es cosa de Banques.

—¿No te haces responsable de nada? Eres el rey.

No contestó. Eso era suficiente respuesta. Se inclinó hacia delante y se apoyó en los codos para contemplar la arena iluminada con antorchas titilantes. Sus nuevos dominios.

—Al final de la semana iremos a la Atalaya de Tor —dijo—. Quiero que hables con los Ballenger y los convenzas para que salgan.

—¿A través de la puerta de la cripta? No se oye nada.

—Pero...

—La he visto. La puerta de la cripta tiene casi un metro de grosor y es de acero macizo, rodeado de roca maciza. Por ahí no pasa ni un fantasma.

—Tiene que haber alguna manera. ¿Cómo les llega el aire fresco?

Desconocía cuánto sabía ya, pero recordé una de las reglas: «Si alguna vez le mientes al rey…». Evité mentir y elegí con cuidado las verdades.

—Hay un sistema de ventilación, obra de los Antiguos. No me explicaron cómo funciona. Solo me enseñaron aquello por encima.

Me miró con los ojos entrecerrados.

—¿Quién? ¿El *patrei*?

Tenía la voz cargada de resentimiento, como si Jase le hubiera arrebatado lo que le correspondía por derecho.

—Sí —dije.

Tardó mucho en asimilar una información tan sencilla.

—¿Y otra salida? —preguntó al final—. ¿Hay más puertas?

—No, no tiene…

De repente, sin previo aviso, la voz de Jase me resonó en la memoria. «Toda fortaleza tiene más de una salida, o estaríamos atrapados». ¿Cómo no lo había pensado antes? Tal vez con la cripta de los Antiguos era igual. Tal vez era la cripta lo que les había dado la idea.

—Nunca vi ninguna otra puerta —respondí.

Y era cierto, pero ¿cómo estaban consiguiendo alimentos? Llevaban más de un mes encerrados. El agujero en el techo de la cueva que llamaban «el invernadero» estaba a más de treinta metros de altura. A veces caían por allí osos de Candok o serpientes, pero nada podía salir. ¿Se estaban alimentando de lo que encontraban en el invernadero y de los animales atrapados, como los primeros Ballenger?

Cambió de postura, incómodo, dejó la copa y, de pronto, se volvió hacia mí y puso las palmas de las manos contra la pared, encerrándome entre sus brazos. Me miró fijamente. ¿Quería besarme? ¿Quería matarme? Vi en sus ojos un fuego extraño. La batalla que tenía lugar en su mente era casi visible. «Aguanta firme. La última en parpadear, Kazi». El corazón me latía al galope, pero le devolví la mirada, a la espera de que hiciera algo.

Se me acercó aún más.

—Estoy un poco desconcertado acerca de lo que había entre el *patrei* y tú —dijo—. La última vez que te vi en la arena, le diste un puñetazo en la cara, y no fue en broma. Tenía sangre en la boca. Aquello no fue una pelea de enamorados. Parecía que querías matarlo. Tengo entendido que, después, lo detuviste, y hubo violencia. Pero, cuando te enteraste de su muerte, reaccionaste como si te importara. ¿Qué relación tenías de verdad con el *patrei*?

¿Qué relación teníamos de verdad? Me controlé para que el pánico no se me reflejara en la cara. Si se enteraba de lo que había entre Jase y yo, de lo que éramos el uno para el otro, me metería en la celda y no me dejaría salir nunca más. La cabeza estuvo a punto de estallarme mientras trataba de no pensar en él. Tenía miedo de que me lo leyera en los ojos.

Montague se adelantó, me presionó, con los muslos contra los míos. Su cuerpo irradiaba calor.

—¿Ni tú misma lo sabes?

Traté de recordar todo lo que podía haber visto, todo lo que le habrían contado Garvin o Paxton.

—Pasé tiempo con él por necesidad. Era la manera de entrar en la Atalaya de Tor.

Inclinó un poco la cabeza y se acercó más, me devoró con los ojos oscuros.

—Así que lo utilizaste, ¿es eso?

—Era mi trabajo. No me arrepiento.

—Una rahtan leal. ¿Nada más?

—Fue un pasatiempo entretenido mientras buscaba a Beaufort.

—Pero luego intentaste salvarlo, a riesgo de tu propia vida.

Alguien le había informado de todos mis movimientos. No podía decirle por qué me lo había jugado todo con tal de salvar a Jase, así que me sumergí en la mentira, dejé que me llenara por completo, un juramento escrito en sangre. Permití que una chispa de rabia me encendiera los ojos.

—La reina estaba muy enfadada cuando me ordenó devolver al *patrei* a su casa —le espeté.

Le aparté el brazo a un lado para liberarme, fui hasta el aparador y me serví la copa de vino que había rechazado antes, y luego me volví de nuevo hacia él.

—El viaje de vuelta fue una tortura —dije con la voz cargada de resentimiento—. El *patrei* no perdió ocasión de recordármelo a cada kilómetro. Le pareció divertidísimo que mi reina me reprendiera a mí por excederme en mis atribuciones. Y más de una vez. Me faltaban minutos contados para cumplir con mi misión y librarme de él para siempre, y entonces nos atacaron. ¡Claro que luché por él! Si fracasaba en lo que me había encomendado la reina…

Bajé la vista para que las palabras surtieran efecto.

—¿Qué pasaría si fracasabas?

Cada vez que tragaba saliva, cada chispa de rabia que veía en mis ojos, era una pincelada más. Cada palabra era vital, cada inflexión. Una puntada más. Montegue tenía la mirada clavada en mí. Se había olvidado del resto del mundo. «Tómate tiempo, Kazi. Está esperando. Mirando. Se acerca a la orilla».

—Si fracasaba, más me valía no volver. Me enfrentaría a las consecuencias. Consecuencias graves. —Carraspeé para despejarme la garganta como si tuviera un recuerdo atravesado como una espina—. La reina y yo empezamos ya con mal pie —seguí—. Hemos tenido varios… encontronazos. Siempre ha pensado que soy demasiado independiente. —Bebí un trago de vino—. Así que, sí, claro que luché con valor y arriesgué la vida. Y no se te olvide que me hirieron, me encerraron, me mataron de hambre. Cuando sacaron la mano del *patrei* de la bolsa, fue la confirmación de que mi carrera como soldado, el trabajo para el que me he entrenado tanto, por el que he sufrido media vida, se había terminado. Se acabó. Ya no puedo volver al rahtan. La reina me lo dejó muy claro. Ahora que sabes lo que estaba en juego, me imagino que tú también habrías luchado de haberte encontrado en mi posición.

El rey sabía muy poco sobre Venda, pero hasta él conocía el rahtan y su condición de élite. Asintió como si estuviera de acuerdo, aunque se detuvo de repente.

—Pero tu reina se equivocaba. El *patrei* era culpable. Sabía que estaba dando refugio a un fugitivo y conspirando con él.

—La reina necesitaba pruebas contundentes, y yo no las tenía. Además, ya le había llevado lo que quería de verdad, a Beaufort, el hombre que considera culpable de la muerte de sus hermanos.

Apretó los labios como si estuviera haciendo un cálculo mental a ver si todo encajaba.

—Pero, pese a tu traición, el *patrei* seguía interesado en ti…

Me miró, expectante. Garvin le debía de haber contado algo. Tal vez una conversación que había tenido con Jase acerca de mí. Tal vez Jase le había dicho a Garvin que me quería.

—Vaya si seguía interesado. El engaño inicial funcionó demasiado bien, o quizá yo era otro desafío para él. Como ya sabrás, el *patrei* tenía el ego del tamaño de una montaña, y nunca reconocía la derrota.

Se acercó a mí, me cogió la copa de la mano y la puso en la mesa, detrás de nosotros. Sus pupilas eran lunas de ónice.

—¿Qué puntuación me das, comparándome con el *patrei*? —preguntó con voz ronca.

Se me puso el estómago en la garganta.

—¿Qué quieres decir?

—¿Soy más inteligente? ¿Más deseable? —Se acercó más—. Si para ti no era más que una misión, no te importará que te bese. De hecho, te encantará. Un rey está muy por encima de un *patrei*, ¿no?

«Bésalo, Kazi. Venga. Hazlo. Solo es una puntada más para atraerlo más cerca. Gánate su confianza». Pero algo protestaba en mi interior. ¿Era el recuerdo de los labios de Jase contra los míos? «Haz lo que tienes que hacer, Kazi». Las protestas sonaron más altas. Un susurro familiar. «Escucha el idioma que no se habla, Kazi». Me sentí como si me estuviera observando desde lejos un señor de los barrios, a la espera de que me metiera algo en el bolsillo para saltar sobre mí. Algo no terminaba de encajar. El rey no estaba nadando hacia mí como un pez atraído. Nadaba a mi alrededor. «Él es el que tiene el anzuelo en la mano, listo para capturarme». Acercó la cara hacia la mía, descendió sobre mí, su boca se me acercó, pero, en el último segundo, giré la cabeza. Sus labios me rozaron la mejilla. Le oí reírse.

—Bien hecho, soldado —susurró, todavía pegado a mí—. No espero que tus sentimientos hacia mí cambien al instante, y menos considerando que por mi culpa has perdido el trabajo de tus sueños. Hasta lo respeto. No quiero que me utilices como lo hiciste con él… —dijo con voz insinuante. Dio un paso atrás y me dejó sitio para respirar—. Y, la verdad, los dos sabemos que esta noche el guiso no pasaba de mediocre, ¿verdad? No vuelvas a mentirme. Ni siquiera sobre un guiso. —Me paralizó con

140

la mirada. No era el rey torpe que había creído. Ni mucho menos. Pero ¿qué era?

Volvimos a la posada, y me detuvo con un ademán antes de ir a su habitación.

—¿Los rahtan pueden renunciar a su puesto?

—Sí —respondí, insegura—. Me imagino.

—Bien. Entonces, el tema de tu puesto queda resuelto. Ahora trabajas para mí. Y te garantizo que tendrás una carrera mucho más ilustre en las filas de Montegue. Tu carrera como soldado no ha terminado. Acaba de empezar.

El anuncio se hizo dos días más tarde, después de que Banques me repitiera las normas. No quería que se me ocurrieran ideas «independientes», como las que, en teoría, me habían enfrentado a la reina. En esta ocasión, cuando llegamos a la plataforma de la plaza, Montegue no se apartó de mí. Banques permaneció a un lado, junto a los niños, y el rey me atrajo hacia él y me puso la mano en el hombro, aunque luego la deslizó hasta mi cintura. ¿Quería sugerir algo a la multitud? ¿O estaba poniendo a prueba mi lealtad absoluta?

Los cadáveres que todavía colgaban del tembris me miraron desde el otro lado de la plaza. La cabeza vuelta hacia mí, atentos, los ojos expectantes. ¿Era amiga o enemiga? Parpadeé, y los ojos volvieron a ser negros, muertos, pero seguí oyendo los corazones, el latido al unísono, a la espera.

Montegue dijo a los ciudadanos congregados que me iba a quedar en la ciudad para contribuir a la recuperación, que mi ayuda sería valiosísima, aunque no entró en detalles sobre cuál iba a ser exactamente mi función. Yo tampoco lo sabía. Me empujó para que lo apoyara y corroborara sus palabras, y lo hice.

141

La multitud recibió el anuncio con un murmullo sordo que, en mi imaginación, era la palabra «canalla» repetida una y otra vez. A sus ojos yo era peor que un carroñero, peor que una alimaña, pero Montegue recibió bien la reacción. En su imaginación, era otra palabra. Vi que relajaba los hombros de alivio: en los murmullos, oyó aprobación, y no hubo pedradas ni gritos. Se quedó allí un momento, mirando a la gente congregada, con la cabeza muy alta, como si estuviera disfrutando del momento, de su logro.

—Se están olvidando del *patrei* —susurró casi para sí mismo—. Siguen adelante con sus vidas. Pronto solo me recordarán a mí. Así debería haber sido siempre.

Pero me di cuenta de que no se conformaba con que siguieran adelante. Que seguía detestando a Jase, aunque una fracción de él quería ser Jase. El poder solo era una parte. Quería que lo amaran como habían amado a Jase. Como aún amaban a Jase.

—No es natural —dice Greyson.

—Es un truco —responde Fujiko.

Contemplamos el círculo de árboles que crecen entre los escombros.

Estamos lejos, en la cima del risco desde donde se domina el valle, y aun así los vemos cambiar a diario.

—Magia —digo yo—. Es cosa de magia.

Miandre, 15 años

Capítulo diecinueve

Jase

Noto una tensión extraña en el estómago. ¿Cómo puedo estar tan nervioso? Pero lo estoy. Es una sensación curiosa. Tengo muchas sensaciones que nunca pensé que iba a sentir. Quiero que el momento sea perfecto.

—No tenemos que hacerlo ya. A menos que estés preparada.

—He estado preparada desde la primera vez que te besé, Jase Ballenger.

Sonrío.

—Mira que lo dudo.

—Vale, casi desde la primera vez —acepta—. Pero ahora estoy preparada. Iremos despacio.

Me saca la camisa de la cintura de los pantalones. La ayudo a quitármela.

Me pasa los dedos por el pecho, como si notara el relieve de las plumas del tatuaje.

Trago saliva. No sé si podré ir muy despacio.

Alza la vista hacia mí y me pierdo en las lagunas doradas.

Recuerdo las palabras que me ha dicho hace solo unos minutos.

«Quiero envejecer contigo, Jase.

Todos mis mañanas son tuyos».

Me inclino hacia delante, mis labios rozan los suyos.

Unidos por la tierra,

unidos por…

—Ya estamos listos, cuando quieras.

Me desperté, sobresaltado. Caemus me estaba mirando.

—¿Todavía tienes que echar cabezadas?

Era su manera de decirme que no me consideraba preparado todavía.

—No estaba durmiendo. Estaba pensando.

Soltó un bufido.

—Sí, ya te he visto.

—Subo ahora mismo —dije.

Se dio media vuelta y subió por la escalera de la bodega. Puede que no estuviera listo al cien por cien, y a veces me cansaba a media tarde, pero si me tenía que pasar un día más preguntándome por el paradero de Kazi me iba a volver loco. Los sueños no me bastaban. La necesitaba a ella. Necesitaba saber que estaba a salvo.

Me quité la camisa para no mancharla de tinte sin querer. La colonia había hecho un gran esfuerzo para conseguirme ropa. No quería destrozar una camisa de la que alguien había tenido que prescindir.

Caemus se detuvo en mitad de la escalera y se volvió hacia mí.

—Hablas en sueños —dijo—, pero ya me lo había figurado. Lo supe cuando estabais construyendo la colonia. Lo vuestro era inevitable. Algunas parejas son así.

No aparté la vista de la camisa que tenía entre las manos. No podía hablar de aquello.

—Subo ahora mismo, de verdad.

Conseguí dejar de mirar la camisa y la doblé, estiré las mangas, coloqué el cuello, me aseguré de que todo estuviera perfecto. Luego, la desdoblé y empecé de nuevo.

«A veces me tenía que recordar a mí misma que no estaba impotente. Que aún podía controlar algunas cosas. Eso te da valor para enfrentarte al día siguiente».

—Sé lo que sientes, chico —dijo Caemus—. Hace tiempo, estuve casado. No fue lo mismo. La tuve muchos años, hasta que una serpiente de agua la mordió. Murió en cuestión de horas. Dio igual que la abrazara con todas mis fuerzas y me volví loco deseando que volviera. Dio igual. A veces, las personas nos dejan para siempre y no las podemos recuperar.

Me subió una ráfaga de calor por el cuello. Sus palabras se parecían demasiado a una cosa que me había dicho Kazi acerca de su madre. «Está muerta, Jase. No va a volver». Pero vi en sus ojos una diminuta rendija de esperanza que ni ella podía cerrar. Le daba miedo creerlo, pero estaba allí, como un tallo de hierbadeseo que llevara escondido en el bolsillo.

Negué con la cabeza. Lo que decía Caemus era imposible.

—Cuando estuve en la ciudad, nadie la había visto ni había oído hablar de ella —dijo con voz aún más sobria—. Y una vendana llamaría la atención en la Boca del Infierno. Te lo digo yo. Especialmente, una soldado vendana.

—Está viva, Caemus. Lo sé. Es una superviviente.

Se pasó los labios por los dientes como si estuviera mascando la idea.

—De acuerdo. —Suspiró—. Si tú lo crees, verdad será. Solo quiero recordarte que hay más gente que te necesita. Tienes que pensar con la cabeza. No hagas ninguna locura para que te maten. Así no la recuperarás.

Asentí.

—No pienso dejar que me maten.

—Nadie lo piensa, nunca.

Subió el resto de las escaleras y me quedé mirando la camisa doblada sobre la cama, con los ángulos mal alineados. Ya sabía que había más gente que me necesitaba. Eso me roía por dentro, día tras día. La ciudad, mi familia. Cientos de personas a las que había jurado proteger. Dioses benditos, vaya si lo sabía. Mi padre me lo había machacado en la cabeza desde el día en que nací. El deber. Pero, si para salvar a Kazi tenía que hacer alguna locura, la haría.

Capítulo veinte

Kazi

—No es justo. ¡Dile que tiene que compartir!

Lydia alzó el puño cerrado por encima de su cabeza, y Nash saltó tratando de alcanzarlo al tiempo que se quejaba a gritos a Oleez.

Yo estaba junto a la baranda del Pabellón de Dioses, cerca de la entrada del cementerio, viendo cómo se peleaban. Montegue había decretado una parada allí de camino hacia la Atalaya de Tor para mojarse un rato los pies. Había un manantial de agua caliente, burbujeante, en torno al que se había alzado un pabellón de mármol. En el centro, tres peldaños circulares descendían hacia la fuente del agua rosada de la que salía una nube de vapor. Parecía un cielo nuboso al anochecer. Se decía que aquella agua tenía propiedades beneficiosas para la salud, y que inhalar los vapores te hacía partícipe de la bendición de los dioses. Aunque Montegue prefería decir que era la fuerza de los dioses.

Lo había oído hablar en voz baja con Paxton y Truko acerca de los ingresos que llegaban de la arena y cómo incrementarlos. Quería más dinero, y rápido. Truko le explicó que los ingresos siempre se reducían durante los meses de invierno, porque había menos cosechas y el clima dificultaba los viajes. Me extrañó su insistencia, su manera de bajar la voz y sisear las palabras entre dientes. «Incrementad los beneficios». Tenía una fortuna a su disposición, ¿para qué necesitaba más dinero, y con urgencia? ¿Para ayudar a los ciudadanos, como decía? ¿O tenía miedo de la predicción de la vidente, el invierno de amargura?

Banques me había dado órdenes de no hablar con Nash y Lydia por el camino. Por lo visto, no querían ni estar a mi lado, y tuve que cabalgar varios pasos por delante de ellos, entre Paxton y Truko, separada de los niños por un grupo de soldados. Pero, al doblar un recodo, vi que los dos me estaban mirando fijamente.

Nash iba en el caballo de Montegue, delante de él, mientras que Lydia montaba con Banques. Eran muy pequeños, pero también buenos jinetes. Sabía que antes tenían cada uno su caballo. De pronto, me resultó evidente el motivo de que Banques y Montegue los llevaran montados con ellos. «Los utilizan para protegerse». La repugnancia me ardió en el pecho.

Iban rodeados de soldados, y aun así tenían miedo de que algún partidario de los Ballenger acechara desde detrás de un peñasco o junto al camino. Nadie se arriesgaría a herir a uno de los pequeños con una flecha. Y también había una amenaza implícita: si al rey le pasa algo, algo les pasará a los niños. Yo no era la única que tenía que seguir las reglas.

¿Cuánto tiempo haría falta hasta que sometieran al último partidario y el rey dejara de necesitar protección? Me estaba utilizando como parte de su plan para someter a la ciudad. Cuando Lydia y Nash dejaran de ser un recurso, ¿se convertirían en un problema, en una amenaza para la monarquía? ¿En unos Ballenger que algún día se levantarían y exigirían venganza?

Pero luego vi reír a Montegue cuando bajó a Nash del caballo. Le alborotó el pelo y le dijo que fuera a jugar con su hermana. «Me han cogido mucho cariño. Les hago caso, les doy regalos. Estoy más pendiente de ellos de lo que él estuvo nunca».

No habían pasado ni quince minutos cuando empezaron a pelearse.

—¡Dámelo, Lydia!

No era propio de Nash protestar tanto, y menos por una piedra, un rocaojo común, ni de Lydia no compartirlo. Siempre habían sido buenos amigos. Observé el enfrentamiento con interés. Oleez trataba de calmarlos, pero sin mucho entusiasmo, como si no le importara gran cosa, y Montegue estaba cada vez más irritado con el alboroto. La careta fraternal se empezaba a desmoronar.

—Si queréis os ayudo a buscar otro —dije sin poder contenerme—. Seguro que hay alguno parecido cerca del agua. —Los niños dejaron de pelearse y me miraron con un brillo fiero en los ojos. Banques se giró de golpe, sobresaltado. Había hablado con ellos, contra sus órdenes. —Si su majestad da permiso, claro —añadí.

Montegue se lo pensó un momento, y miró a Lydia y a Nash. Sabía que mandarlos con sus jaleos a donde no lo molestaran era tentador.

—¿Eso resuelve el problema? —les preguntó.

Nash asintió con entusiasmo. Lydia frunció el ceño.

—Vale, pero que no nos toque —dijo con una mueca de asco muy convincente.

Se me hizo un nudo en la garganta. Entendí lo que se le veía en los ojos: los malabarismos, el odio, el espectáculo, la representación perfecta en cada aliento, en cada pestañeo. La reconocí. Era una superviviente.

Montegue tenía ganas de volver a la conversación con Paxton y Truko. Hizo un ademán a dos soldados que había asignado para vigilar a los niños mientras jugaban en el cementerio.

—De cerca —les indicó, y me lanzó una mirada de advertencia para recordarme las reglas del juego. Todavía no me incluía en el círculo íntimo de su confianza.

Pero me estaba acercando.

El rey se me había vuelto a pegar aquella mañana, tras un anuncio. Me miró los labios. Los labios que Jase había besado. Los labios que creía que el *patrei* había deseado y no había conseguido de verdad. Era un acertijo, y la respuesta se le escapaba.

—¿Tú lo amabas? —me había preguntado.

Por primera vez en mi vida, di las gracias por los años en que fui una huérfana muerta de hambre, por haber aprendido a sonreír y hacer malabarismos cerca de una manzana, al alcance de la mano, mientras un señor de los barrios me miraba con atención. Agradecida por los ademanes arteros y los bufidos de indiferencia que sabía lanzar. Agradecida por ser capaz de calcular las reacciones de mi víctima, de alimentar su fantasía con paciencia.

Por dentro, sentía a Jase como una herida inmensa. Nunca iba a dejar de quererlo. Pero respondí al rey con una mueca burlona. Me reí de su pregunta como quien se ríe de un niño que pregunta si la luna está hecha de queso, no tanto para insultarlo como para quitarle la idea de la cabeza. Y él estaba encantado de que se la quitara. Era como cuando se negó a oír la palabra «canalla» susurrada por la multitud, y en su lugar oyó «larga vida al rey».

<hr />

Nos arrodillamos entre los guijarros, cerca del río. Oleez vino con nosotros. Lydia y Nash siguieron discutiendo, pero, cuando los guardias se aburrieron y se alejaron, Lydia bajó la voz.

—Lo siento —dijo en un susurro.

—Y yo —dijo Nash.

—No lo sintáis —susurré yo también—. Os voy a sacar de aquí y os llevaré con vuestra familia, prometido. Pero tenéis que ser pacientes y seguir haciendo lo mismo que hasta ahora.

—No les ha quedado más remedio —explicó Oleez también en voz baja, y sin dejar de mirar a derecha e izquierda para asegurarse de que nadie nos oía.

Me contó que, cuando se produjo el ataque, estaba con los niños en la ciudad. Los soldados cayeron como un enjambre y acabaron con sus *strazas*. Los capturaron a los tres. Los niños eran el objetivo de Hagur, un empleado de la arena que los había seguido porque sabía que el ataque era inminente. A los niños les habían enseñado que, en caso de caer en manos enemigas, tenían que seguirles la corriente a sus captores hasta que los rescataran, tenían que hacer lo que fuera para sobrevivir. Oleez reconoció que nunca pensó que llegaría el momento de poner ese plan en práctica. Le apartó un mechón de la frente a Lydia con gesto protector.

—¿Y lo de Rybart? —pregunté—. ¿Estaba atacando la ciudad, como dice el rey?

—Si no era él, era otro. Pero las cosas nunca habían ido tan mal. Tiendas incendiadas, caravanas asaltadas… Los Ballenger no daban abasto. Demasiados frentes a la vez.

—¿Por eso tuvo que mandar soldados Montegue?

—Eso dice él, pero lo de las tropas fue una sorpresa. Mason acababa de contratar a más hombres para patrullar. Llevábamos unos días en calma, y por eso bajé a la ciudad con los niños. En ese momento llegaron los soldados. Todo estalló a nuestro alrededor. Dicen que la familia consiguió llegar a la cripta. Les echan la culpa de todo. Dicen que…

—¡Eh, ahí, acabad ya! —gritó Sin Cuello—. ¡El rey se está calzando!

Oleez lanzó una mirada de preocupación a Sin Cuello.

—Algunos soldados no son de este mundo —dijo—. Como ese. Tienen algo que no es normal.

Yo también estaba intrigada.

—¡Ya vamos! —grité.

—Odio al rey —siseó Nash.

—Algún día lo mataré —corroboró Lydia.

—No —repliqué con firmeza—. Cuando llegue el momento, yo me encargaré. Vosotros seguid haciendo lo mismo que hasta ahora. Y eso que dije de vuestro hermano…

Se me hizo un nudo en la garganta. Fue el turno de Nash de reconfortarme.

—El rey te obligó a decir mentiras. Ya lo sé. —Tenía una vocecita aguda y cargada de sabiduría, y me clavé las uñas en la palma de la mano para no llorar.

—Sabemos que no es verdad —asintió Lydia—. Nuestro hermano no está muerto. Es el *patrei*. Y nadie se muere tan joven.

Respiré hondo y traté de no desmoronarme. Eran supervivientes, pero también eran niños.

—¿Dónde está? —preguntó Nash—. ¿Cuándo va a venir?

Miré a Oleez. Ella había visto conmigo la mano mutilada con el anillo del sello.

—¿Kazi? —insistió Lydia.

Carraspeé para que no me temblara la voz.

—En cuanto pueda —respondí—. Jase vendrá en cuanto pueda.

Ya se había dado la orden de partir. El tiempo estaba cambiando y había empezado a nevar. Lydia y Nash echaron a correr por delante de mí, con Oleez pisándoles los talones y muchos rocaojos en las manos.

Al pasar junto al mausoleo familiar de los Ballenger, me detuve y miré las columnas con volutas. Me acerqué un poco más. Fantasmas… Percibí su sopor, el de los que ya descansaban.

Percibí el latido pausado de sus corazones, su calma…, pero también percibí a los otros, los fantasmas que eran un suspiro en torno a mi cabeza, inquietos, un aliento intemporal todavía anclado a este mundo. Los que, por cualquier motivo, no podían descansar.

Eran reverberaciones de luz, dedos fríos que me rozaban los brazos, me levantaban un cabello, otro, curiosos, recordando, esperanzados, reviviendo los momentos y anhelando una segunda oportunidad… igual que los vivos. «Shhh». Para quien no lo sabía, solo era una brisa que susurraba entre los pinos. Si nunca habías visto a la muerte cara a cara, no la ibas a reconocer.

En el mausoleo había numerosos nichos, pero sabía que uno de ellos llevaba el nombre de una ocupante que no estaba allí. No oí su aliento. Estaba enterrada al pie de las Lágrimas de Breda, con la compañía de la luna y el sol. Yo era la única a la que Jase había confiado el secreto de la tumba vacía. Había ido contra todo lo que le habían enseñado, contra las leyes, para cumplir el último deseo de su hermana.

Me fascinó el gigantesco y fastuoso monumento funerario, el que tanto había atemorizado a Sylvey a las puertas de la muerte. A ambos lados de la entrada había ángeles de cuatro metros, imponentes, intimidantes, con expresión severa y espadas del tamaño de hombres. Los ojos de piedra te seguían allá donde fueras. En la parte superior había un águila esculpida con todo lujo de detalles, con las garras cerradas en torno al borde de la cornisa, la mirada fija a modo de advertencia intemporal para los que se acercaban. En medio, abundantes frutas esculpidas entre guirnaldas de hojas de mármol. Los detalles eran intricados, hasta los hoyuelos en la piel de los limones. En Venda, la costumbre era enterrar a los muertos en tumbas sin identificación, como mucho con un manojo de thannis encima, aunque el viento se lo llevaba enseguida.

«Entra de una vez o lárgate».

La voz repentina me sobresaltó. Di un paso atrás.

No había manera de entrar. La puerta de piedra tenía dos metros y medio de altura. Recordé que, en el funeral de Karsen, habían hecho falta dos hombres fuertes para cerrarla. ¿Cómo se las había arreglado Jase, a los quince años, solo y a medianoche? ¿La desesperación? Tal vez. La desesperación te puede volver muy idiota o muy fuerte, o ambas cosas.

Pegué la mejilla contra la puerta, con la piedra fría y dura contra la piel y un extraño picor en los ojos. «Jase». El corazón me decía que no estaba muerto. No se encontraba allí. «Está vivo». Pero la cabeza me decía otra cosa. El tintineo del anillo contra el suelo cuando Banques lo tiró todavía me hacía un nudo en la garganta. Cerré los ojos para espantar el dolor, el recuerdo del anillo, y elegí recordar la promesa que había hecho a Jase.

«Kazi...».

Abrí los ojos de golpe. El sonido era muy cercano. Lo notaba cálido en el oído, como si estuviera a caballo entre dos mundos. Me aparté de la puerta e incliné la cabeza para tratar de escuchar más.

«No lo sabía... Te juro que no lo sabía. Lo siento».

El viento se llevó la voz.

«Shhh».

—¡Al caballo! ¡El rey esperando!

La orden de Sin Cuello me hizo dejar atrás las voces, y fui a enfrentarme a las que me aguardaban en la Atalaya de Tor. ¿Cuántos de ellos estarían muertos también?

Capítulo veintiuno

Jase

Jurga, Eridine y Hélder no se apartaron ni un segundo mientras Caemus me pintaba otra línea en la frente.

—Un poco más por aquí. —Jurga me señaló la sien.

Era un trabajo en equipo. Tenían que seguir con fidelidad el dibujo que les había hecho. Los diseños kbaakis eran muy específicos, y había mucha gente que los conocía. Tenía que resultar creíble. Me cubría la mitad de la cara.

—Sigo pensando que es demasiado pronto —gruñó Caemus al tiempo que me ponía un punto de tinte en el rostro.

—Puedo caminar. Puedo montar a caballo. Ya es hora —respondí.

Y tenía al menos un arma y una bolsa de munición, si conseguía llegar hasta donde estaban. Con eso conseguiría que Paxton me prestara atención. Y, si podía hacerme con esa arma, podía hacerme con más.

—Mira para allá —ordenó Caemus.

No había persona más conocida que yo en la Boca del Infierno, así que tenía que alterar mi aspecto de manera drástica. La gruesa capa de pieles, las botas y un sombrero eran un buen principio. La amplia bufanda que me iba a cubrir la parte inferior del rostro también ayudaría, pero tenía que seguir pareciendo otra persona si me la quitaba. Los diseños kbaakis eran muy llamativos. Nadie se fija en una cara cuando está mirando una voluta en torno al ojo.

—Muy bien —dijo Hélder en tono de aprobación al comparar la obra de Caemus con mi diseño.

—Ahora, el anillo —dije.

Caemus hizo una mueca como si le doliera a él.

—¿Estás seguro? —preguntó Eridine.

Iba a atravesar los cerros donde sin duda habría soldados de ese supuesto ejército. Los kbaakis siempre llevaban alguna joya en la ceja izquierda. Era su protección contra espíritus hostiles. Jurga tenía un anillo diminuto que nos podía servir. Era un detalle más para convencer a quien me viera, y una distracción adicional que haría que no me mirasen a la cara.

—Yo me encargo —dijo Jurga, y le cogió la aguja a Caemus.

No me avisó de antemano. Se limitó a perforarme la ceja, a atravesármela con la aguja. Un trueno me retumbó en el pecho cuando me la sacó por el otro lado. Ya había descubierto que, tras la apariencia mansa de Jurga, había buen hierro, y acababa de descubrir que no sabía lo que eran los remilgos.

Eridine me limpió la gota de sangre.

—Yo creo que ya estás —dijo—. Ni tu madre te reconocería ahora mismo. Mientras no te vean el pecho…

Hacía un frío intenso, así que no era probable que nadie me viera sin camisa, pero tenía razón. El tatuaje del pecho me delataba inmediatamente como Ballenger. También me dijo que no me lavara la cara, o el tinte se me iría antes. Me iba a durar, con suerte, dos semanas. Esperaba no necesitarlo tanto tiempo.

Jurga me puso delante un espejito. Me vi la mitad de la cara con volutas en tinte azul oscuro, mientras que, en la otra mitad, una voluta solitaria me rodeaba el ojo. Casi no me reconocí ni yo. Empecé a practicar mi mejor acento kbaaki.

—¡Fuerrra de aquí, hombrrres de los valles! ¡Dejadme airrre! ¡Dadme sitio parrra rrrespirrrarrr!

Eridine y Hélder se rieron.

—Puede que salga bien —aceptó Caemus.

Iba a ensayar unas frases más cuando la puerta del cobertizo se abrió del golpe. Kerry entró y la cerró de inmediato, y se apoyó contra la pared para recuperar el aliento.

—¡Jinetes! —consiguió decir—. ¡Deprisa!

Ya estaba medio disfrazado, pero un cazador kbaaki en una colonia vendana iba a llamar la atención, y eso sin mencionar el blasón Ballenger que se me veía en el pecho. Me levanté de un salto. Hélder corrió a retirar la plancha que llevaba a la bodega, pero, antes de que pudiera bajar, la puerta se abrió de nuevo con estrépito. Me volví para mirar a los intrusos armados. Su sorpresa al verme a mí también fue enorme.

—¡Maldito mentiroso! ¿Qué demonios le has hecho? ¿Dónde está?

Wren me saltó encima, me lanzó contra la pared y me puso el *ziethe* contra el cuello.

—¡Te dije que le guardaras las espaldas o vendríamos a por las tuyas!

—¡Deja que se explique, Wren! —razonó Synové. Me miró con los ojos azules echando chispas—. ¡Explícate, serpiente! ¡Y más vale que nos guste lo que dices!

—No sé dónde está —dije—. Nos atacaron. Voy a buscarla, así que mátame o quítate de mi camino.

Todo el mundo empezó a hablar a la vez para calmar a Wren y a Synové. Había llegado a las ruinas del bosque donde teníamos escondidos a Mije y a Tigone. Vieron la sangre en la silla de montar de Mije y se imaginaron que era de Kazi.

—¡Les tendieron una emboscada! ¡Baja el arma! —ordenó Caemus.

Wren tenía los ojos brillantes clavados en los míos. La mano le temblaba de la tensión. Por fin, bajó el *ziethe* y se dio media vuelta.

Synové se echó a llorar.

—Yo sé dónde está. Está encadenada en una celda.

Y, entre sollozos, nos contó el sueño.

«Estad siempre unidos, porque eso os salvará.
Erais muchos y ahora sois uno. Sois familia».
Contemplo a nuestra familia.
Ninguno quería estar aquí. Yo, tampoco.
Todos somos diferentes. Discutimos. Nos peleamos.
Pero estamos unidos.
Crecemos juntos, fuertes, como el círculo de árboles
del valle.

Greyson, 16 años

Capítulo veintidós

Kazi

La Atalaya de Tor no había sido mi hogar. Todavía no. Había estado antes allí, sí, pero como intrusa, como impostora. Había entrado con engaños. Entonces, era una soldado con una misión que ocultaba sus intenciones. Solo vi una fortaleza llena de secretos. Para mí, cada habitación era un escondite en potencia. Y, aun así, pese a que intenté con todas mis fuerzas impedirlo, vi lo hermoso que era aquello, cómo reflejaba la entrega y dedicación de los Ballenger, lo que hacía de ellos lo que eran. Parecía una gema tallada a la perfección, y a veces, sin querer, me había preguntado qué se sentiría siendo parte de todo aquello. Más de una vez, cuando nadie miraba, me senté en una silla, en el comedor desierto, y me imaginé que estaba siempre reservada para mí. Una silla al lado de Jase.

Cuando recorrí los pasillos y pasé las manos por las paredes, sentí los siglos acumulados en cada bloque de piedra, me pregunté qué generación lo había tallado para luego colocarlo allí. Ya había visto la historia laboriosa reflejada en los estantes de Jase. En las paredes de la cripta, vi los garabatos desesperados de la familia original, de aquella colcha compuesta de retales cosidos, de niños unidos en circunstancias atroces que, contra todo pronóstico, habían conseguido sobrevivir. Me había sentido muy unida a ellos.

Eran el hogar y la historia que Jase amó, que juró proteger. Y, por eso, la destrucción que tenía delante era aún más devastadora. Me dio vueltas la cabeza al ver los torreones caídos a la luz del día, el espantoso agujero que...

«En el tercer piso hay una habitación con vistas que abarcan todo el horizonte, y está apartada de las demás. Debería ser la nuestra. Decídelo tú».

La que habría sido nuestra habitación.

Ya no existía.

Aparté el pensamiento y lo enterré muy hondo por miedo a que su peso me quebrara como una ramita. Lo enterré con todas las cosas que ya nunca serían nuestras.

Una línea de piedra irregular marcaba como una cicatriz el centro del edificio principal. A ambos lados, los torreones estaban intactos. Y, una vez pasada la entrada, toda la Atalaya de Tor se había transformado. El invierno había desnudado la pérgola que en el pasado estaba cargada de flores, y los que la recorrían eran soldados armados. El rey ordenó a Paxton que llevara a Oleez y a los niños a la Casa Rae, y fue conmigo a la cripta. Lancé una mirada acusadora a Paxton. Lydia y Nash llevaban su sangre. Pero era una amenaza hueca. Él conocía igual que yo las reglas que estaba obligada a obedecer. Me sostuvo la mirada, impasible, indiferente, probablemente pensando en la lucrativa recompensa que lo aguardaba. Obedecía de inmediato las órdenes del rey como un adulador cobarde. Dentro de mí ardía una brasa al rojo, y tuve que echar mano de todas mis fuerzas para no estallar. Tenía que ganarme la confianza del rey, hacerle creer que sus palabras, su lógica, me estaban convenciendo. Y, para ganarme la confianza del rey, no podía sacarle los ojos a Paxton con mis propias manos. Cuando se fue, le sonreí. Me imaginé que eso le iba a dar más miedo que una mirada.

Casi me sentí agradecida cuando bajamos al túnel. Era lo que menos había cambiado. Allí no había verano o invierno, ni me tropecé con bloques de piedra caídos: solo la oscuridad iluminada por antorchas y el olor polvoriento de la desesperación, al que ya estaba acostumbrada.

Un grupo de hombres armados nos precedió hacia la cripta, levantando ecos en la cueva de piedra con las pesadas botas. ¿Qué habría sido de los perros venenosos que había al final del túnel? ¿Los habrían matado los hombres del rey? ¿O tal vez la familia los había metido con ellos en la cripta? Era una idea deliciosa. Habría dado cualquier cosa por que los soltaran contra mis acompañantes, aunque me mordieran también a mí.

¿Por qué pensaría Montegue que mi voz iba a cambiar algo? ¿Creía que las palabras de un reino poderoso sí penetrarían el grosor inimaginable del acero? ¿O estaba dispuesto a aferrarse a lo que fuera? La desesperación puede erosionar la lógica más impecable. En cada paso que daba se leía la impaciencia.

Me pasé diez minutos llamando a cada uno de los Ballenger, pero la única respuesta fue, como era de esperar, el silencio. Montegue gritó, golpeó la enorme puerta. Tenía la frente perlada de sudor. Tanta rabia me sorprendió. Cuando se apartó y se quitó el pelo de los ojos, su rostro era una máscara de rabia.

Miré las expresiones estoicas de los guardias que vigilaban con alabardas largas y puntiagudas en caso de que salieran los Ballenger. No daban muestras de sorpresa. Me imaginé que aquella escena se había repetido muchas veces. ¿En cuántas ocasiones había aporreado la puerta, cuántas amenazas había gritado ya? Si estaban atrapados, ¿por qué le importaba tanto? No iban a ir a ninguna parte. Los podía dejar allí hasta que se murieran de hambre.

—Soy el rey de Eislandia —rugió, casi para sí mismo—. Se van a arrepentir.

Se alejó a zancadas tras ordenar que la comitiva y yo lo siguiéramos.

Para cuando llegamos a la bifurcación del túnel, se le había calmado la respiración y había recuperado la compostura.

—Necesitamos esos documentos —dijo con calma.

—¿Los planos de las armas? Ya te he dicho que los destruí.

—Hay otros, unos diferentes. Estaban en las habitaciones de los eruditos. No aparecen.

Se me pusieron los pelos de punta. ¿Unos papeles en las habitaciones de los eruditos? ¿Los que Phineas me había dicho que destruyera? ¿Cómo sabía de su existencia, y más si había desaparecido? ¿Cómo era posible que…?

Noté un nudo helado en el estómago y traté de hablar con naturalidad.

—La Atalaya de Tor está llena de papeles y documentos. ¿Cómo sabes que falta alguno?

—Me lo dijo una persona del servicio.

Lo miré de reojo y se me aceleró el corazón.

—¿Oleez? —pregunté tratando de que no me temblara la voz. Sentía el pulso como un tambor con solo preparar una mentira insignificante—. Creo que era la que les limpiaba las habitaciones.

—Sí, Oleez me dijo que habían desaparecido. Lo vio cuando estaba ordenando un estudio.

Oleez trabajaba en el edificio principal todo el día. Nunca iba a Punta de Cueva, y mucho menos para ordenar papeles. Estaba segura. Entonces, recordé otro papel, el que le había quitado del bolsillo al rey en la arena. Me mordí el labio y decidí correr el riesgo de lanzar las redes un poco más lejos.

—¿Qué te hace pensar que esos papeles son importantes? ¿Qué dice Devereux?

Aminoró el paso y me miró con las cejas arqueadas.

—Vaya, qué familiaridad con el general Banques. Parece que le empiezas a caer bien. Tienes suerte.

Hice un gesto de indiferencia, pero mi mente corría desbocada. ¿Devereux era Banques? Había sido un tiro a ciegas, pero nunca pensé que mi presa estaría tan alta en la cadena de mando.

Zane había dicho que Devereux le había dado el dinero para contratar a los cazadores de brazos. Devereux Banques. Así que el general estaba haciendo el trabajo sucio de agitación. Hacía meses que sus hombres se escondían en los callejones y capturaban a los ciudadanos de la Boca del Infierno y a los Ballenger. Antes de ser un general todopoderoso, no era más que un rufián con una bolsa llena de dinero.

Y trabajaba para el rey.

Las imágenes pasaron ante mis ojos a toda velocidad. Las dudas, las piezas, encajaron en su sitio: cazadores de brazos e incendios para provocar inestabilidad y tener ocupados a los Ballenger, la elección del emplazamiento de la colonia para provocar a la familia, el asalto contra los colonos a medianoche para implicar a los Ballenger y provocar las iras de la Alianza, el ataque de Fertig y el grupo de hombres bien entrenados que hablaban como los mercenarios, y, claro, las constantes miradas hacia atrás de Beaufort, como si esperase que alguien fuera a rescatarlo. Estaba esperando al rey, al rey artero que fingía inocencia, el rey que quería respeto y no se iba a involucrar en el rescate de un criminal. El rey que mentía con más astucia que Beaufort y Banques juntos. El nudo frío en el estómago me corrió como hielo por las venas.

Nos habíamos equivocado de dragón.

Montegue se detuvo y me miró. Sus ojos me dijeron que lo sabía.

Era demasiado tarde para dar marcha atrás, para fingir que no lo había deducido. Sería una mentira, y él lo sabría.

—Fuera —ordenó a los guardias.

Los observó alejarse. Cuando estuvimos a solas, se concentró en mí. Su atención era asfixiante.

—Siempre fuiste tú —dije—. Tú eras el que conspiraba con Beaufort, no las ligas. Nadie sabía nada de los papeles en las habitaciones de Phineas. Ni siquiera Beaufort. Él creía que el fuego que provoqué lo había destruido todo.

Una llamita se encendió en los ojos de Montegue. Estaba orgulloso.

—Pero Phineas tenía un secreto —dije—. Un trato aparte contigo… Copias de los planos.

—No. No eran copias —dijo en voz baja, en tono críptico—. Y no era un simple trato aparte. —Se apoyó contra la pared del túnel y me miró con la cabeza un poco inclinada, como si tratara de escudriñar en mi interior—. Beaufort me había ofrecido el continente…, mientras que Phineas me ofreció el universo. —Se apartó de la pared y se dirigió hacia mí. Todo en él había cambiado: tenía los hombros más anchos; los ojos, de un negro líquido que me arrastraba hacia la oscuridad—. El pobre sufría mucho por ser el más joven, el menos importante del grupo. Los demás lo trataban mal, y era, de lejos, el más inteligente. Una mente creativa como la suya solo se presenta una vez cada muchas generaciones. Yo lo supe ver, y él habría hecho cualquier cosa por demostrar su valía. Y le di la oportunidad.

Retrocedí ante su aproximación, pero me encontré con la pared del túnel contra la espalda.

—Y todo esto, todo lo que has hecho, no ha sido para restaurar el orden —dije—. Todo lo contrario. Eres el arquitecto.

Se detuvo delante de mí. Muy cerca.

—¿Qué te parece? —preguntó—. ¿Impresionada?

La luz de una antorcha cercana le bailaba en el rostro. Las pestañas espesas le proyectaban sombras bajo los ojos.

¿Horrible? ¿Nauseabundo? Pero tenía que darle la respuesta que quería escuchar.

—Impresionada, claro, es inevitable. Pero sobre todo me parece que he sido una idiota al no verlo antes.

Era la respuesta correcta. Sonrió.

—Si fuera obvio, no sería muy buen arquitecto, ¿no?

El despacho de Priya se había convertido en el despacho del rey. Por lo visto, se había apoderado de todos los espacios privilegiados de los Ballenger. Era un lobo que marcaba su territorio: la posada en la ciudad, las estancias en la arena, y allí, en la Atalaya de Tor, el tranquilo y ordenado despacho de Priya, el corazón de tantos negocios de la familia.

Me dio más información sobre el trato que había hecho con Phineas, el que le iba a entregar «el universo». Phineas tenía una teoría, pero no quería compartirla con los demás. Si todo iba bien, su acuerdo con el rey lo sacaría de la sumisión a Torback y a los otros. Sería libre para concentrarse en los estudios que le interesaban.

—Tenía una curiosidad infinita, y los demás lo asfixiaban. Su mente no descansaba nunca. Yo le prometí la libertad.

—Pero Beaufort lo mató para que no hablara.

Se encogió de hombros.

—La fuerza de Phineas estaba en su mente. De valor andaba escaso.

No le conté que, mientras agonizaba, Phineas me había suplicado que destruyera sus papeles.

—Antes de morir, Phineas me dijo: «Los tembris nos lo enseñaron». ¿A qué se refería?

Se le iluminaron los ojos.

—¿No te intrigan los tembris? ¿Los árboles más altos del continente, que tratan de llegar al cielo? A Phineas, sí, igual que a mí desde la primera vez que los vi. Son antinaturales. No vienen de este mundo. Parecen ideados para los dioses. Y esa manera de crecer, en círculo, casi como si les hubieran marcado el lugar... ¿Tal vez se lo marcó una estrella de fuego al estallar contra la tierra?

Se dirigió hacia la ventana desde la que se veían los jardines de los Ballenger.

—¿Y los racaa? ¿Te has fijado en que son iguales que los gavilanes, aparte del tamaño? —Se volvió para mirarme—. Phineas, sí. Luego está el tema de los gigantes de dos metros y medio que hay en el continente, hombres y mujeres el doble de anchos y dos cabezas más altos que los demás. Pero no es solo cuestión de tamaño. Se trata también de pasión. Todos hemos oído historias sobre la devastación, los mares furiosos que no se calmaban, la tierra que tembló y engulló ciudades enteras, la furia de las montañas que lanzaron humo hasta el sol. Una pasión que llegó a lo más hondo del vientre de la tierra.

Se metió la mano en un bolsillo y sacó un frasquito diminuto. Quitó la tapa y se echó una pequeña cantidad del contenido brillante en la palma de la mano, y sopló al tiempo que hacía con esa misma mano un movimiento circular. El polvo luminoso no cayó, sino que pasó algo muy diferente. Los cristales se arremolinaron, y el soplido se convirtió en una fuerte ráfaga de viento que recorrió la estancia. Los papeles se agitaron y cayeron al suelo. El pelo me azotó los hombros, y unos dedos de aire cálido me tocaron los brazos, los labios, de repente ardientes. Montegue extendió la mano y los cristales se condensaron sobre la palma, siguiendo el movimiento circular. El viento cesó y los cristales le cayeron en la mano como si obedecieran sus órdenes. Con mucho cuidado, volvió a introducirlos en el frasquito.

Me sentí como una niña que presenciara un espectáculo y tratara de entenderlo. ¿Qué había pasado? Aquello no era un truco corriente.

—¿Qué ha sido eso? —pregunté.

Sonrió y miró la chispa solitaria de cristal que le quedaba en la palma de la mano. Se lamió la yema de un dedo y tocó el cristal para cogerlo. Lo observó, hipnotizado.

—La magia de las estrellas —respondió—. Deseo. Un elemento que los propios dioses lanzaron a la tierra y que puede entrar en todo lo que existe, comprender lo que necesita, lo que lo mueve. Deja huella en todo lo que toca. Crece, devora, quema, caza, estalla, conquista. Su único propósito es hacer que las cosas sean más que lo que eran, como el pescado muerto enterrado en un maizal que permite que las plantas crezcan más altas, más fuertes. ¿Qué granjero no quiere eso? La magia de las estrellas puede hacerlo todo más grande, mejor, más poderoso.

—¿Eso es lo que iba en la munición?

Asintió.

—Es lo que abrió la puerta. El elemento de las estrellas se libera con el calor y el fuego. Ya has visto lo que puede hacer con una pequeña cantidad de pólvora. Pero Phineas consiguió destilar el elemento en su forma más pura, más poderosa, con lo que la magia de las estrellas se puede liberar en todo. Y todo tiene algo que lo mueve. Esto hace que lo mueva más. ¿Te imaginas las posibilidades? Ejércitos invencibles, control del viento, de la lluvia, del fuego, las cosechas, las estaciones. Tal vez del día y la noche. Las posibilidades, sí, son infinitas.

Fuego. Recordé la colina abrasada que habíamos visto durante el viaje. El lindero del bosque estaba quemado en línea recta, como por una llama controlada.

—Ya hemos experimentado con unos pocos soldados. Los resultados fueron asombrosos. Si tuviéramos más…

De inmediato me vino a la memoria la presa de hierro de Fertig, sus ojos inexpresivos mientras intentaba estrangularme. ¿Era uno de aquellos soldados asombrosos? Un miedo atroz me recorrió como un veneno negro. Sin Cuello, Marca en la Frente, Cicatriz en Ojo. Todos con manos como las de Fertig, y los mismos ojos, como si algo no del todo humano se les hubiera metido dentro... o hubiera hecho más grande su parte inhumana.

—Esto es todo lo que me queda —dijo Montegue, y se palmeó el bolsillo interior del chaleco, donde se había guardado el frasquito—. Por eso son tan importantes esos papeles. Y los conseguiré.

A cualquier precio. No hizo falta que lo añadiera. Quedaba implícito en su voz.

«Phineas me ofreció el universo». ¿Estaba loco Montegue? ¿De verdad creía que podría controlar el universo?

Se dirigió hacia mí con la chispa de polvo estelar brillante en el dedo como un diamante diminuto, perfecto. Me lo acercó a los labios y me miró, y tuve miedo de que quisiera metérmelo en la boca.

—¿Quieres saber lo que se siente? —susurró.

No respondí, pero sonrió como si oyera la sangre que me galopaba por las venas.

—No. —Se retractó de su oferta—. Cada grano es invaluable, y todavía no sé qué es lo que deseas de verdad. Todavía no.

¿Lo que deseaba de verdad? ¿De qué estaba hablando?

Y se lamió la mota brillante del dedo.

No supe bien qué pasó a continuación, pero la luz de la estancia pareció cambiar, como si toda procediera de él. El ansia de sus ojos se encendió como un fuego abrasador, y de un solo paso me arrinconó contra la pared. Me rodeó la cintura con una mano y presionó el rostro contra el mío.

—Quería matarte —susurró contra mi mejilla.

Tenía el aliento denso, caliente, como si dentro de él hubiera un horno y solo buscara la salida. ¿Matarme o besarme? Ya lo sabía. Matarme.

—En el momento en que te capturamos, quise matarte, más de lo que he querido matar a ningún Ballenger. —Me cogió la barbilla y me obligó a mirarlo a los ojos. Un brillo aterrador ardía en ellos—. No tienes ni idea de los problemas que me ha causado tu intromisión. Lo he arriesgado todo por este momento. Invertí años y todo lo que poseía… y tú quemaste aquello por lo que había trabajado.

Me apretó más contra él. Le bastaría un movimiento brusco para romperme la espalda. Tenía fuego en la piel.

—Todo, no —le recordé—. Esos papeles que faltan están en alguna parte. Y quieres que los encuentre.

Aflojó la presión. El fuego se calmó.

—Sí —dijo en voz baja—. Los papeles. —Su verdadero deseo. Me soltó y retrocedió—. Banques me ha convencido de que puedes ser útil. Y soy un hombre justo que sabe perdonar. Te das cuenta, ¿verdad?

Asentí. Me sentía como si estuviera escapando de un oso salvaje, una fiera que iba ganando terreno a cada paso.

Sonrió.

—Bien. —Me acarició la barbilla con un nudillo—. Además, no hacías más que obedecer órdenes. Y ahora obedeces las mías.

Garvin le había dicho que en el pasado fui una ladrona, y una ladrona de primera. Probablemente por eso me había enviado la reina a capturar a Beaufort. Montegue me dijo que habían registrado todo el lugar, incluidos pisos enteros de archivos en la Casa Rae, porque los documentos tenían que estar en alguna parte. El asalto a la Atalaya de Tor había sido sorpresivo. No hubo aviso previo antes de que se levantaran las lonas de los carromatos ante las puertas de entrada y se dispararan las armas. Pero era la primera vez que disparaban los lanzadores gigantes, y apuntaron mal. En vez de derribar el muro, acabaron con la torre del edificio principal. Se oyeron gritos dentro. Los Ballenger y sus empleados huyeron para ponerse a salvo.

Traté de bloquear las imágenes, de no sentir nada mientras lo describía, pero los gritos que no oí me taladraron. Me imaginé el pánico. Vi a Vairlyn gritando órdenes, tratando de llevarlos a todos a un lugar seguro. Buscando a los niños. Samuel. ¿Así había muerto?

—¿Me estás escuchando? —preguntó Montegue con tono brusco.

—Por supuesto —respondí.

Traté de apartar el miedo creciente. Montegue no era un monarca inexperto, controlado por un general sediento de poder. Era el arquitecto, un maquinador de sangre fría. No se había tropezado con la oportunidad, la había creado. ¿Cuánto tiempo había estado planeando aquello? Me recordó al komizar, que dedicó años a reunir un ejército, una fuerza invencible. Él también deseaba más, siempre más. ¿Cuánto más deseaba aquel rey?

Montegue siguió contándome que los Ballenger no tuvieron tiempo de recoger nada antes de huir, y mucho menos un montón de pergaminos. Pero los ansiados documentos habían desaparecido.

Fruncí el ceño y traté de aparentar perplejidad. Ahora trabajaba para él, y no estaba tan introducida en el círculo íntimo como había pensado. De hecho, seguía en el borde, afuera, tratando de meter un pie.

—Búscalos —dijo.

No era una petición. Era una orden del rey a la ladrona. ¿Y si los encontraba? ¿Qué podía hacer?

«Destrúyelos». Volví a oír las últimas palabras de Phineas, suplicantes. El miedo. El arrepentimiento. Dioses, ¿qué había hecho? «La magia de las estrellas». ¿Qué significaba eso?

«¿Te imaginas las posibilidades?».

Seguro que el rey y Banques ya se las habían imaginado.

Me pasé dos horas registrando cada rincón de Punta de Cueva. Pasé los dedos por todos los estantes y escritorios en busca de puertas ocultas, de escondites secretos. Encontré unos cuantos paneles que escondían espacios vacíos, y nada más. Marca en la Frente era el encargado de vigilarme y sus ojos inexpresivos seguían cada movimiento. Era obvio que ya habían registrado todas las habitaciones. Las sábanas estaban hechas jirones y tiradas por el suelo. Los armarios tenían las puertas abiertas y vacíos, y el contenido disperso por las habitaciones. La lógica del rey era irrefutable. Si la familia tuvo que apresurarse para llegar a la cripta, no tuvieron tiempo de coger provisiones, y mucho menos los papeles de Phineas. Seguramente Gunner no sabía que tuvieran ningún valor. Según el rey, Phineas los había escrito en el idioma de los Antiguos, que era el que le había proporcionado casi todo su conocimiento de los elementos, y solo unos pocos lo dominaban. Había prometido transcribirlos y enviárselos pronto al rey, pero entonces intervine yo.

Llegamos a una estancia limpia y ordenada.

—Habitaciones de teniente —explicó Marca en la Frente—. Tiene negocios aquí y en arena.

—¿Las registro?

Se encogió de hombros.

—Ya registradas.

Hice un repaso por encima. Lo único extraño que encontré fue una camisa interior de mujer bajo la cama. Por lo visto aquel teniente había recibido visitas. Aparte de eso, la habitación era austera. Fuera quien fuese el teniente, no se había instalado como si fuera a quedarse mucho tiempo. Era comprensible. La sensación de abandono y pesar impregnaba el aire como una nube de tormenta. ¿Quién podía vivir mucho tiempo en aquella desolación?

Volvimos a la Casa Rae con las manos vacías. El rey ya se había marchado a la arena, con los niños. Banques estaba ante una mesa con Paxton y Truko, concentrados en estudiar mapas y libros de cuentas, y discutiendo qué mercancía dejaría más beneficios en la arena. ¿Por qué estaban tan desesperados por conseguir dinero? Lo controlaban todo. ¿Qué más querían?

El tono de Banques se volvió brusco, y advertí que Truko apretaba un puño a la espalda. Estaba acostumbrado a ser el que daba las órdenes, no a aceptarlas. Todos estábamos aprendiendo trucos nuevos. «¿Que salte? Cómo no. ¿Hasta qué altura, majestad?».

—Nada que reportar en registro —anunció Marca en la Frente, y se marchó.

Se apartaron de la mesa para mirarme. Banques dejó escapar un suspiro.

—Espero no haber cometido un grave error al convencer al rey de que puedes servir de algo.

«Un grave error». Las palabras. La voz. Se me clavaron en los huesos. Devereux Banques.

—¿Quién eres? —pregunté—. ¿Quién eres de verdad?

Sonrió, cogió un mapa y lo enrolló.

—Sabía que solo era cuestión de tiempo que ataras cabos. Bueno, ahora que estás de nuestro lado ya no importa. Has cambiado de bando, así que te pareces mucho a mí.

Se me erizó el vello de los brazos.

—¿Quién eres? —repetí.

Metió el mapa en un cilindro de cuero y lo puso con otros en un montón.

—Mucho me temo que me vi obligado a dejar uno de mis nombres hace seis años por culpa de mi traicionero hermano mayor. Lo mancilló, así que ese nombre solo me cerraba puertas. —Cogió otro mapa y empezó a enrollarlo—. En el pasado fui un prometedor joven del ejército morrighés. ¿Lo sabías?

—No —respondí en voz baja.

—Estaba destinado a grandes cosas, a una carrera distinguida, pero todo terminó cuando mi hermano traicionó al rey. Después de aquello, nadie confió en mí. Me convertí en un paria. Me quedé sin futuro. Tuve que salir de Morrighan porque prácticamente me echaron. Por suerte, el joven rey de Eislandia me tomó a sus órdenes como justicia del reino.

Lo miré, y su imagen se transformó ante mí. Lo vi con más peso, más altura, más años. Con arrugas en torno a los ojos. Vi cómo el pelo negro se le ponía blanco. Pero la voz era la misma que la de su hermano.

—Devereux Banques Illarion —confesó—. La verdad es que prefiero Banques como nombre. El linaje ancestral de mi madre es muy fuerte. Bueno, al final todo ha salido bien. Ahora dirijo un ejército más poderoso que el que habría tenido en Morrighan. Ya verás cuando sepan en lo que me he convertido.

Sonrió como si acariciara la idea, como si ya lo hubiera imaginado muchas veces.

Me dijo que su hermano había acudido a él hacía dos años, todavía fugitivo y necesitado de fondos, junto con una propuesta muy interesante. Por desgracia, el rey no disponía de esos fondos, pero sabía quién los tenía: los Ballenger. El momento era ideal. Todo salió a la perfección. Con una historia bien preparada, Beaufort y su grupo no tardaron en conseguir el apoyo de los Ballenger. Una serie de ataques bien calculados contra caravanas de mercaderes contribuyó a motivar a los Ballenger para que tomaran una decisión.

Recordé cómo me había cogido por el cuello la primera vez que me vio. «Así que tú eres la que…».

Ya sabía cómo terminaba la frase. «La que capturó a mi hermano y se lo llevó para que lo ejecutaran».

—¿Y qué te parece que detuviera a tu hermano para entregarlo a la reina?

Se echo a reír.

—Ah, eso la verdad es que me divierte.

—¿No planeabas rescatarlo?

—Claro, claro. Un día de estos.

—Puede que para entonces ya lo hayan ejecutado.

Negó con la cabeza y esbozó una sonrisa, una mueca tan parecida a la de Beaufort que noté un escalofrío.

—No. Mi hermano es experto en escabullirse, y tiene una labia impecable. Le dirá a la reina algo que la detendrá. Y no le sentará mal sudar un poco. Cuando sufra un poco y pague por haber robado su carrera a un joven capitán, puede que su hermano lo saque del apuro.

—¿No tienes miedo de que os delate, al rey y a ti?

—No lo hará, si quiere su parte.

—¿Qué parte?

Banques sonrió.

—Cada cosa a su tiempo, soldado. Cada cosa a su tiempo. —Se volvió a Paxton—. Llévala a que registre el edificio principal. Puede que se nos escapara algo entre los escombros.

Sentía un peso inmenso en el pecho mientras íbamos hacia el edificio principal. No era más que un pez al que habían atraído y pescado una y otra vez. El justicia de Eislandia era el herma-

176

no de Beaufort. No me extrañaba que, cuando el padre de Jase fue a investigar, el justicia le dijera que no había información sobre él. No quería que Karsen Ballenger lo rechazara.

Engaños, engaños por todas partes. Ya no sabía a quién me enfrentaba. Hasta el señor de los barrios más astuto no dejaba de ser un señor de los barrios, no tenía más objetivo que beber cerveza y llenarse la bolsa. Tenían pocos secretos, y esos los podía descubrir con facilidad. Entendía lo que eran y sabía las consecuencias de enfrentarme a ellos. En cambio, allí…

Aquello no era mi mundo.

Me quité de la frente un mechón de pelo húmedo. Nadie era lo que parecía, nada era lo que parecía. Ni el astuto Beaufort había previsto que iba a sufrir a manos de su rencoroso hermano.

Pensaba que ya nada podía hundirme más… hasta que llegamos a la casa. No sabía bien qué había esperado encontrarme. ¿Destrucción? ¿Muros caídos?

Fuera lo que fuese lo que me imaginaba, no me preparó para la realidad. Paxton y yo no intercambiamos ni una palabra cuando atravesamos el agujero que la explosión había abierto en la pared. Oí un reguero de agua que corría en una estancia cercana al vestíbulo, pero, aparte de eso, el silencio era antinatural. El viento agitaba las hojas de los libros. Un espantoso agujero en el tejado dejaba ver el cielo, y el agua caía como lágrimas para empaparlo todo. El lavabo con flores de Priya, del tercer piso, estaba destrozado en el descansillo del primero. La escalera parecía intacta a excepción del pasamanos, y en la pared se veía un tapiz intacto, mientras que delante, en el suelo, en mil pedazos, se veía la cúpula de la torreta del tejado, como el cuerno cortado de una bestia derrotada.

Subí por la escalera, seguida por Paxton, que iba muy despacio. Cada nuevo desastre me arrancaba un pedazo por dentro, todas aquellas partes que había llegado a amar de la Atalaya de Tor tanto como Jase. Pero se suponía que no me importaba. No podía permitir que Paxton viera el daño que me hacía cada nueva muestra del desastre. Me detuve ante una camisa blanca que colgaba de una viga astillada. El tejido roto ondeaba con la brisa como una bandera de rendición.

En el descansillo del segundo piso, entre los escombros, vi los restos de una cama. ¿La de quién? ¿La de Vairlyn? ¿La de Gunner? Las plumas de las almohadas y los edredones cayeron hasta el vestíbulo como pájaros fantasmas. De pronto me encontré con un zapato suelto. Era uno del par que me había prestado Jalaine. Lo miré. El vacío me asfixió, me presionó el pecho como una tonelada de piedras. La casa, antes tan llena de familia, estaba destruida, rota, dispersa. Me apoyé contra una pared para no caer. Todo por culpa de un disparo mal dirigido.

Seguí caminando hacia la habitación de Jase. Aquella ala seguía intacta, aunque la fuerza de la explosión había llenado los pasillos de escombros y trozos de madera. Abrí la puerta de la estancia para encontrarme con otro tipo de destrucción. El colchón estaba destrozado a cuchilladas; las cortinas, arrancadas; las estanterías, volcadas. Eso no era obra de una explosión, sino de un invasor, que había pisoteado todos los libros que Jase trascribió a lo largo de su vida.

Jase había tenido tantos planes, tantas esperanzas… Y, de pronto, aquello…

Contemplé el caos de la habitación mientras daba vueltas al anillo que me quedaba tan grande en el dedo. Yo le había hecho una promesa. De pronto, era una locura. ¿Era más soberbia que el rey? ¿Y si no podía mantener la palabra que había dado? ¿Y si no podía salvar ni a Lydia, ni a Nash? El pánico me subió por la garganta. Luché por respirar y salí corriendo de la habitación, por el pasillo, escaleras arriba, hacia el solario donde había visto a Jalaine por última vez… Al lugar donde había escapado para alejarse de todo, para aislarse del mundo.

Paxton me llamó a gritos y me ordenó que me detuviera. Oí sus pisadas que me seguían. Me pisaba los talones cuando irrumpí a través de las puertas del solario, pero el pánico se transformó en rabia. Salté sobre él, lo estampé contra la pared. Saqué el escalpelo que llevaba en la bota y se lo puse contra el cuello, donde una vena palpitaba enloquecida.

—Aparta eso —me ordenó, pero tenía los ojos cargados de miedo. Se pasó la lengua por los labios—. No me vas a matar. No puedes. Piensa en los niños. Ya conoces las reglas.

—¿Las reglas? —rugí sin miedo a que me oyera nadie—. ¿Las reglas? —El escalpelo me temblaba en la mano.

—Lo hará. Un solo arañazo y los matará. No te imaginas de lo que es capaz.

—¡Cállate! —grité—. ¡Cállate, mierda de caballo! ¡Piensa en lo que soy capaz de hacer yo! —El escalpelo me temblaba en la mano. Las lágrimas me corrían por las mejillas. Nunca había perdido el control de aquella manera. La habitación entera latía con una luz cegadora. Sabía que era verdad. El precio de matarlo era demasiado alto, no podía hacerlo. Pero el deseo de matarlo me dominaba, y presioné la hoja con más fuerza. Una línea roja le brilló en el cuello—. Era tu familia —sollocé—. Y le diste caza como a un animal.

Paxton pegó la cabeza contra la pared para tratar de apartarse del filo. Su miedo hizo que tuviera más ganas de matarlo. El hambre me devoraba. Vi correr las gotas diminutas de sangre por la hoja.

—Está vivo, Kazi —susurró—. Jase está vivo.

El odio que sentía se convirtió en un animal salvaje, enloquecido.

—¡Maldito cobarde! Dirías lo que fuera para salvar el pellejo.

—Por favor. —Tragó saliva con cuidado—. Te lo iba a decir cuando supiera que podía hacerlo. Cuando estuviera seguro de que eras de fiar. Es verdad. Te lo juro. Bueno, al menos estaba vivo. Su vida pendía de un hilo cuando lo dejé con Caemus en la colonia. Lo tienen escondido en la bodega de las patatas. La última vez que lo vi, Jurga y él le están cortando las astas de las flechas.

¿Caemus? ¿Paxton conocía a Caemus? ¿Y a Jurga? ¿Y sabía de la bodega para las patatas? Lo miré, incrédulo. Era una locura. Imposible. Aparté el escalpelo.

—¿Y la mano de Jase? ¿Y el anillo?

—Le cogí el anillo cuando lo dejé con Caemus. Tenía que presentar un cadáver, o parte, para que dejaran de buscarlo. La mano es de un soldado que maté. No de Jase.

La cabeza me dio vueltas.

No era capaz de pensar.

¿Estaba vivo? ¿Jase estaba vivo?

¿Y Paxton lo había salvado? Bajé el escalpelo. Aquello no tenía lógica. Escudriñé el rostro de Paxton pensando que era una broma cruel, pero me sostuvo la mirada con firmeza.

Era verdad.

Era verdad.

Me doblé en dos, incapaz de respirar, como si estuviera clavada en el fondo del mar más oscuro y profundo, pero viera la luz de la superficie. Se me doblaron las rodillas y Paxton me sujetó antes de que cayera. Me salían del pecho sonidos rasposos, y tratar de respirar me provocaba temblores.

Paxton se arrodilló y me abrazó. La habitación daba vueltas. Me apartó el pelo de la cara con los dedos.

—Respira, Kazi. Tómate tiempo. Ya sé que es difícil. Respira.

Tosí. Me ahogué. Un aliento ronco me llenó por fin los pulmones.

Me hizo levantar la barbilla. Tenía los ojos llenos de alarma.

—Cuando te vi luchar por salvarle la vida, pensé… —Hizo una mueca—. Pero no estaba seguro. Sientes algo muy profundo por él.

No respondí. Ya me lo había visto en la cara.

—Siento no haber podido decírtelo antes —dijo—. Pero… te lo advierto —añadió con cautela—, estaba muy malherido. Mucho. Y solo contaba con Jurga y Caemus para cuidar de él. Tal vez haya muerto. —Me soltó—. No he podido volver. Es demasiado peligroso. Podría llevarlos directos a él. No sé si…

—Está vivo —dije con voz ronca—. Si su vida pendía de un hilo, Jase lo agarró con todas sus fuerzas. Caemus y Jurga harán que… —La tormenta de emociones me cerró de nuevo la garganta y me obligó a respirar más despacio, más hondo. Al final, erguí los hombros para recuperar un cierto control de mi cuerpo y de mi mente—. ¿Dijo algo Jase cuando lo dejaste?

—Estaba inconsciente. Casi no respiraba. —Apretó los labios—. Tenía clavadas cinco flechas, Kazi. Una en el pecho. No pintaba bien.

—Pero estaba vivo —insistí. Necesitaba que me lo confirmara.

Asintió, inseguro.

—Cuando lo dejé allí, sí.

Paxton se mostró amable y comprensivo, y me repitió que sentía mucho no habérmelo contado antes, pero lo que más le preocupaba eran Jase y los niños, y no sabía si podía confiar en mí. Hacía mucho que no podía confiar en nadie, y me vio luchar por salvar a Jase, sí, pero también sabía que me había llevado al *patrei* contra su voluntad. Estaba confuso. Se sacó un pañuelo del bolsillo y me lo tendió. Si no hubiera estado llorando, me habría echado a reír. Era muy de Paxton lo de llevar un pañuelo perfectamente doblado. Lo acepté y me limpié la nariz y los ojos, pero recuperé el sentido común y lo aparté de un empujón.

—Pero trabajas para ellos. ¿Por qué?

Estiró el cuello como un gallo arrogante.

—No trabajo para ellos. No más que tú.

—Diriges la arena. ¿Cómo me voy a creer nada que me…?

—¿Quién crees que te llevó la medicina cuando estabas encerrada? ¿Y la comida adicional?

Mis acusaciones se disolvieron. ¿Había sido él? Recordé el miedo que había percibido al otro lado de la puerta de la celda cuando me hacían llegar la medicina. Volví a mirarlo, esta vez con atención. Yo no era la única que había perdido peso. Paxton tenía los pómulos más afilados, y había descuidado su aspecto, antes impoluto. Ya no iba perfectamente afeitado. Mostraba muchos indicios de desesperación, pero seguía sin poder confiar en él. Paxton siempre sintió animosidad contra los Ballenger en general y contra Jase en particular.

—¿Por qué? —me limité a preguntar—. ¿A qué juegas?

—Si no estoy dentro, en el papel de Ballenger traidor con tradición de vender a su familia, estoy fuera, o sea, muerto, como los que has visto colgados de los tembris… y tantos otros. No le serviría de nada a nadie, ni siquiera a ti. No puedo permitirme el lujo de imagen de lealtad. Pasaré por traidor tanto tiempo como haga falta. Así que supongo que estoy jugando a lo mismo que tú.

—Sí, pero ¿por qué? Yo sé por qué lo hago. ¿Por qué lo haces tú?

Arqueó las cejas, molesto, y en ese momento me recordó a Jase. Tenía la misma mueca Ballenger de impaciencia. Se me hizo un nudo en el estómago.

—Por mil motivos —replicó—. ¿Tanto te cuesta imaginártelos? Jase y yo hemos tenido desencuentros a lo largo de los años, y más de un enfrentamiento, pero yo también soy un Ballenger. Tanto como cualquiera de ellos. Él y su familia no me lo pueden quitar. Toda esa historia… también es mi historia. Y, más importante, puede que parte de la familia no me importe una mierda, pero Lydia y Nash no son más que niños. No deberían utilizarlos como peones, como escudos.

¿El desaprensivo Paxton, entregado a una causa noble? Pero los Ballenger llevaban en la sangre el instinto de protección. Tal vez corría también por sus venas.

Luego, me lo contó todo, o al menos todo lo que sabía. Y no había nada bueno.

Se creían solo un peldaño
por debajo de los dioses,
orgullosos de su poder sobre el cielo y la tierra.
Crecieron fuertes en conocimiento,
pero débiles en sabiduría,
siempre hambrientos de poder,
para aplastar al indefenso.

Libro de los Textos Sagrados de Morrighan, vol. IV

Capítulo veintitrés

Jase

Tuvimos que acercarnos a la ciudad por la ruta norte, por si nos tropezábamos con alguien. El tiempo adicional que nos costó me reptaba bajo la piel como una alimaña. Me sentía como un perro cubierto de pulgas, pero era imprescindible que los disfraces fueran creíbles. Los kbaakis jamás vendrían del sur. Llegar en esta época del año ya era sospechoso, pero teníamos una excusa preparada.

Nos abrimos nuestro propio camino por las montañas Moro, y cruzamos un bosque donde, en el pasado, habría sido más fácil tropezar con una bestia mítica de las leyendas que con otro ser humano. Pero no estábamos en el pasado. Wren y Synové no tenían más datos que Caemus, pero confirmaron lo que había dicho: había pasado un ejército, asolándolo todo, sin duda en busca de cualquier Ballenger. Ya no había paz y certidumbre en el bosque. Yo iba alerta, atento al menor sonido.

—¿Por qué crees que vamos a encontrar a alguien de tu familia fuera de ese agujero en la montaña? Caemus dice que nadie los ha visto. Por lo que cuentan, todos están atrapados dentro.

Por desgracia, Wren ya no cabalgaba en silencio hosco. Synové y ella querían ir a la Boca del Infierno, identificarse como representantes de la reina y exigir respuestas. Les dije que con eso solo conseguiríamos tener que preocuparnos por dos prisioneras más. Si Paxton había obligado a los Ballenger a refugiarse en la cripta, tenía controlada la arena y había tomado prisionera a Kazi, no iba a dudar en hacerles lo mismo a ellas. En cambio, como mercaderes kbaakis, tal vez averiguaríamos algo en la arena, y mi familia nos daría más información. Cuando supiéramos con precisión a qué y a quién nos enfrentábamos, decidiríamos qué hacer. Pero Wren no había dejado de acosarme desde que partimos poniendo todo tipo de pegas a mi plan. Hice que Mije se detuviera. La angustia, la preocupación y el miedo me hicieron estallar.

—Entonces ¿qué quieres que haga? ¿Nada? —grité.

Noté la tensión, la falta de control en mi voz, lo que me puso aún más furioso.

—Eeeh, calma, calma —ordenó Synové—. Que estamos en el mismo bando, por si no te acuerdas.

Tragué saliva. En el mismo bando. A veces no lo parecía.

Wren arqueó una ceja, inmutable.

—Esa es mi especialidad, *patrei*. Detecto los problemas en los planes. Y el tuyo los tiene a patadas.

—Nos está ocultando algo —apuntó Synové—. Se lo veo en los ojos.

El único problema que veía yo era que Synové siempre estaba interpretando lo que yo pensaba, y que Wren no paraba de hacer preguntas para las que no tenía respuesta.

—Lo que me ves en los ojos es el polvo del camino.

—Venga, vamos, *patrei* —insistió Wren—. Dinos la verdad.

—Tenéis que confiar en mí —repliqué.

Había cosas que no habíamos compartido con nadie que no fuera de la familia. Nunca.

Wren puso los ojos en blanco.

—¿Que confiemos en ti?

Pero sabía que no le quedaba más remedio. Yo conocía aquella montaña. Conocía los caminos que ella no podría encontrar jamás. Conocía a mi familia. Y, sobre todo, conocía el escondite de una de aquellas armas tan poderosas. Paxton y Truko habían declarado la guerra, y guerra iban a tener… en cuanto recuperara a Kazi. Todo pasaba por recuperarla a ella, antes que nada. ¿Y Rybart? Caemus no lo había mencionado. Tal vez Paxton y Truko no lo habían incluido en sus planes. Tal vez tendría que hacer un trato con él para conseguir su ayuda.

—Recuerda que no somos tus esposas, solo lo fingimos —comentó Synové en tono alegre.

—Y eso si nos encontramos con alguien en estos bosques —añadió Wren—. Si no, somos dos rahtan que buscan a una camarada soldado.

Le lancé una mirada incrédula. Sabía que Kazi era mucho más que una camarada soldado para ellas. La querían casi tanto como yo. Por no mencionar que eran…

Meneé la cabeza para despejarme. Mis esposas. Iban vestidas también como kbaakis, con el rostro pintado igual que yo. Synové llevaba un pendiente en la ceja. En la colonia no había más joyas, así que Wren se había calado el gorro de piel y se había peinado los rizos oscuros sobre la frente. Eso hacía que su mirada penetrante resultara aún más ominosa.

Suspiré. Tenía dos esposas kbaakis que no me daban un respiro.

Había muchas cosas en las que no quería pensar. Que estábamos entrando a hurtadillas en mis propias tierras. Que Samuel podía estar herido… o, si la carta decía la verdad, mucho peor. Que Beaufort había engañado a los Ballenger. Que Paxton se había apoderado de todo. Que no lo había matado ninguna de las muchas veces en que tuve la ocasión.

Sobre todo, no quería pensar en el sueño de Synové, en Kazi encadenada, ensangrentada, tirada en el suelo de una celda oscura. «Inmóvil como una estatua», fueron sus palabras. Yo la agarré por los brazos y la sacudí, y le grité: «Pero ¿está viva, Synové?», y ella dejó de llorar, aunque seguía con las pestañas húmedas y los ojos rojos, hinchados. «No lo sé —susurró—. Estaba empapada en sangre. No se movía. No sé si estaba viva», y luego empezó a llorar otra vez. Caemus me lanzó una mirada cautelosa, como si Synové acabara de confirmar sus sospechas, y salí en tromba del cobertizo. Wren me encontró apoyado contra una pared y tratando de respirar. Aún iba desnudo de cintura para arriba, y me echó una capa sobre los hombros. «Kazi dice que a veces los sueños no son más que sueños —susurró—. Esto fue un sueño. Tenemos que creer que fue un sueño y nada más».

Solo un sueño, me dije. Nada más. Un sueño espantoso que no conseguía quitarme de encima.

Cruzamos un risco y contemplé el cielo, cada vez más oscuro. En la cara norte de las montañas, el viento era feroz, me azotaba la capa y el sombrero. El cielo se llenó de nubarrones negros.

—Maldita sea —mascullé entre dientes al mirar hacia arriba.

¿Es que los dioses estaban contra mí? Seguro que Wren lo atribuiría a otro fallo de mi plan. El aire sabía a tormenta: a sal, a metal, a pino. Esos eran los aromas de la montaña bajo la lluvia. Se aproximaba una tormenta, una de esas tormentas que obligaban a los animales a refugiarse en sus madrigueras, esas tormentas que traían unos centímetros, tal vez un palmo, de nieve… para sustituir al polvo que habíamos estado tragando. Íbamos a tener que montar campamento pronto. Recordé unas ruinas a menos de un par de kilómetros donde podíamos refugiarnos con los caballos.

Llegamos a las ruinas, en una zona oscura del bosque, cuando la nieve ya empezaba a arremolinarse en ráfagas violentas, y el aire se había enfriado tanto que los copos, del tamaño de monedas, se nos pegaban a las pieles sin derretirse. Synové y Wren parecían lucir coronas afiladas, brillantes.

Encendí una hoguera a toda prisa. Wren desenvolvió una hogaza de pan que nos había preparado Jurga, y cortó rebanadas gruesas mientras yo recalculaba el camino. Si nevaba demasiado, los senderos más angostos estarían intransitables, y cualquier otra ruta iba a hacer que el viaje fuera aún más largo. Desensillé a Mije con tirones furiosos y sentí una punzada dolorosa en el costado. Me doblé por la cintura y ahogué un gemido. No quería que Wren y Synové me consideraran un lastre. Las heridas se me estaban curando por fuera, pero, por dentro, aún tenía algunas abiertas.

Wren se dio cuenta, claro.

—Menudas heridas te hicieron, *patrei*. Lo de esquivar no va contigo, ¿eh?

Sentí un aguijonazo aún más doloroso, la vergüenza ante mi propia estupidez. Tendría que haber vuelto al bosque nada más ver los torreones derrumbados para evaluar la situación con Kazi. Pero todo estaba tan tranquilo, tan silencioso…, tan vacío… No había ninguna luz en las torres restantes. Todo era desolación, y el vacío negro me atrajo sin remedio. En vez de dar media vuelta y huir de la amenaza, fui directo hacia ella, decidido a salvar mi hogar aun arriesgando algo que amaba mucho más. A Kazi. Nunca me lo perdonaría si…

Me erguí, desafiando el tirón que sentía en las entrañas.

—No son tan espectaculares. Y me puedes llamar Jase.

Se miraron como si sopesaran la idea, y se echaron a reír.

—Dime, *patrei* —empezó Synové al tiempo que extendía las capas en torno a la hoguera—, ¿tuvisteis ocasión Kazi y tú de abrir el regalito que os di?

Se sentó en las pieles suaves con la larga cabellera cobriza resplandeciente a la luz del fuego, y sonrió como si esperase un relato pormenorizado.

—Sí, muchas gracias —respondí.

Wren y ella fruncieron el ceño.

—¿Y qué? —insistió Synové.

Sabía lo que quería escuchar, y tal vez se lo merecía. Las palabras me llegaron a la punta de la lengua, pero no pude hablar. Todo se me heló por dentro y solo vi a Kazi.

Se estaba sonrojando, con las mejillas como una puesta de sol. Nunca la había visto tan incómoda. Se quedó mirando largo rato la palma de la mano, el regalo de Synové.

El paquete casi se había desenvuelto solo, aunque puede que yo contribuyera. No estaba seguro. La curiosidad y las ganas me dominaban.

«¿Qué es esto, Kazi?».

Las palabras me resonaron con claridad en la cabeza, tan claras como en el momento en que las habíamos pronunciado.

«Un pastel de celebración», me respondió.

Levantó el pastel, y sacó de debajo del papel encerado una larga cinta roja. La cogí y el viento la agitó. La seda roja ondeó entre nosotros.

«¿Para qué es esto?».

Kazi negó con la cabeza.

«Synové se ha pasado. Esto es para... —Respiró hondo y apretó los labios—. Nada, déjalo».

La miré. Había bajado los ojos. Una parte de mí ya lo sabía, y la expectación me subía por dentro como espuma.

—Cuéntamelo —insistí—. Quiero saberlo.

Se lamió los labios, incómoda. Me habría gustado borrarle los nervios a besos.

—El pastel de celebración y la cinta roja forman parte de una ceremonia vendana.

Había revivido aquel momento una y otra vez. Estaba seguro de que aquel recuerdo era lo único que me había mantenido anclado al mundo en la bodega, en los momentos en los que mi vida pendía de un hilo.

—¿*Patrei*?

Alcé la vista. Las dos me estaban mirando como si me hubieran salido cuernos.

—Mira que eres bestia —bufó Wren.

—No importa, no importa —dijo Synové con el ceño fruncido—. Ya nos lo contarás cuando quieras. No hace falta…

—Háblame de tu don —dije. De pronto, el sueño de Synové era lo más importante—. Tengo que saber más. El don que tiene tu reina, que tienes tú, el que…

Miré a Wren, que se encogió de hombros.

—Yo, no —dijo—. Yo no tengo nada.

Synové se apartó un mechón de la cara de un soplido.

—Todo el mundo tiene algo —replicó. Se sentó en cuclillas, deseosa de hablar del tema. Me explicó que el don era una especie de conocimiento—. Casi como otro idioma, dice la reina. Un lenguaje que llevamos enterrado muy hondo, que no siempre comprendemos. Es un sentido más y hay que entrenarlo. Eso ayudó a los Antiguos a sobrevivir después de la devastación. La reina dice que, cuando no les quedó nada más, tuvieron que regresar al lenguaje del conocimiento para salir adelante.

Me contó que se manifestaba de maneras diferentes, según la persona. A veces la reina veía visiones, oía una voz queda, o sentía un pulso de alerta en las entrañas. El don de Synové se centraba más en los sueños, aunque le costaba mucho saber cuáles tenían un significado real.

191

—Aún no lo tengo claro. La reina me dice que sea paciente, que cuide mi don, pero a veces me da miedo.

—Siempre te da miedo —apuntó Wren.

—¿Y la muerte? —pregunté—. ¿La ves?

Wren y ella se miraron muy serias. Sabían lo de Kazi.

—No —respondió Synové—. Yo, no, o no como Kazi. —Se estremeció—. A mí lo de Kazi no me parece un don. Me parece una maldición.

Wren frunció el ceño.

—Puede. Y puede que no.

Synové se encogió de hombros.

—Me sorprende que te lo haya dicho. No le gusta hablar de eso, ni siquiera con nosotras.

Asentí.

—Me contó que, cuando el grupo de Fertig nos atacó, cuando la estaban estrangulando, vio a la Muerte de pie, allí, y que la señaló.

—En mi sueño no estaba la Muerte, si es lo que preguntas —respondió Synové al tiempo que se retorcía la punta de la trenza con dedos nerviosos—. Eso seguro.

—Si lo que buscas son certidumbres, el don no te las va a proporcionar, *patrei* —dijo Wren.

Y eso era lo que quería. Certidumbres. Con desesperación. La sangre me las pedía a gritos con cada kilómetro que viajábamos. Ya no notaba el ansia como pulgas en la piel sino como chispas. Los incontables días de reposo forzado, de espera, de incertidumbre, se habían acumulado hasta un punto insoportable. Necesitaba que todo fuera duro, definido, sólido, seguro. Necesitaba piedra, acero, espada. Necesitaba el filo de un cuchillo al cortar un cuello y la sangre caliente en las manos. La sangre de Paxton. Y, luego, la de Truko, y la de todos los que nos habían traicionado. Necesitaba la certidumbre de Kazi otra vez entre mis brazos. Y cualquiera que hubiera tratado de arrebatarme esa certidumbre lo iba a pagar, iba a sufrir antes de morir. Necesitaba a mi familia a salvo, completa, dispuesta a vengarse. Necesitaba a Gunner, a Priya, a Mason, a Titus, que había tomado el mando en mi ausencia y que tenía que haber trazado un plan.

Contemplé el fuego mientras la rabia me rebosaba y vi que Wren me estaba mirando. Las llamas le brillaban en los ojos. Meneó la cabeza.

—Nadie querría enfrentarse a lo que te abrasa por dentro, *patrei*. Esa es la primera certidumbre por la que estoy dispuesta a apostar.

—Y yo —asintió Synové.

No me aseguraron que Kazi estaba bien, ni siquiera que estuviera viva. Ellas conocían las incertidumbres de la vida. Kazi me había hablado de la muerte brutal de sus padres. Sabían que las personas a las que amamos pueden morir y, como había dicho Caemus, era inútil querer otras cosas, gritar, suplicar a los dioses.

Pero yo seguía suplicando a los dioses, kilómetro tras kilómetro. Seguía negociando con ellos.

«Por favor, no me la quitéis. Haré lo que sea».

Lo que sea.

Wren me dio una buena rodaja de pan con conejo ahumado y pedazos de manzana. Bebimos una cerveza vendana muy ligera que llevaban en un odre que nos pasamos de mano en mano. Si bebía tragos demasiado largos, Synové chasqueaba los dedos. No había parado de hablar, y al mismo tiempo se las había arreglado para engullir el pan con la carne mientras nos contaba alegremente la técnica para llenar odres con sangre de antílope.

Sonrió satisfecha cuando nos habló de la ira de Griz por haber matado a Bahr antes de entregárselo a la reina.

—Técnicamente, yo no lo maté. Todo el mundo vio que fue el racaa —razonó al tiempo que se lamía la grasa de conejo de los dedos—. ¿Sabíais que los racaas no digieren los huesos?

—Yo, no —respondí, y le pasé el odre a Wren.

—Los vomitan, como los búhos. Algún día encontraré los huesos de Bahr en un montoncito, en Cam Lanteux, todavía envueltos en sus calzones. El final perfecto para un…

Wren alzó la mano y Synové se calló al instante. Los rizos morenos oscilaron cuando giró la cabeza, escuchando con atención. Entre el viejo que silbaba y los sonidos de los caballos, yo no había oído nada, pero de pronto se me pusieron de punta los pelos de la nuca. Una vibración. Un retumbar contra el suelo. Algo se acercaba.

Coloqué la rodaja de pan en la capa y desenvainé la espada. El silbido del acero contra el acero rasgó el aire al tiempo que los caballos entraban al galope entre las runas. De repente llegaron tres hombres, seguidos de otros tres. Teníamos visita. Lo primero que pensé fue que nos superaban en número, y lo segundo que tal vez me reconocieran si el disfraz no los engañaba. Al verme con la espada en alto, a Synové con una flecha preparada y a Wren con un *ziethe* en cada mano, se detuvieron.

—Eeeh, calma, amigos. Es que la tormenta nos ha cogido por sorpresa —dijo uno. No lo reconocí, pero tenía acento de Shiramar, así que debía de ser un hombre de Truko. Me contuve para no saltarle encima para arrancarle toda la información. Sabía cómo sacársela, pero el número no jugaba a nuestro favor—. ¿Os importa si compartimos este refugio? No necesitamos nada más. Me llamo Langston —dijo al tiempo que se palmeaba el pecho, como si eso nos fuera a tranquilizar.

Intercambié una mirada con Wren y Synové, y asentí. Solo podía acceder. Wren y Synové volvieron a sentarse en las capas y guardamos las armas, pero sin alejarnos de ellas. Los viajeros sin nada que ocultar siempre compartían el refugio durante una tormenta, sobre todo si eran kbaakis.

—Bienvenidos, amigos —dije con fuerte acento—. ¿Querrréis calentarrros junto a la hoguerrra?

Langston se bajó del caballo y los otros lo imitaron, y dieron patadas contra el suelo para quitarse la nieve de las botas antes de sacudirse capas, sombreros y bufandas. Dos hombres, por lo visto de rango inferior, se encargaron de desensillar y quitar las mantas a los caballos, mientras los demás venían a caldearse junto a nuestro fuego. No reconocí a ninguno. Tal vez fueran mercaderes de Shiramar, pero ningún comerciante viajaría por aquellos caminos recónditos a menos que se hubiera extraviado. Todos los instintos me decían que eran hombres de Truko, parte del ejército que se había apoderado de la Boca del Infierno.

—Kbaakis, ¿eh? —Langston arqueó las cejas pobladas, todavía cargadas de nieve. Se quitó los guantes y se los guardó en el chaleco—. Muy entrado el invierno para estar tan lejos de casa, ¿no?

Tenía bien preparada y ensayada la excusa.

—La hija del rey está enferrrma. El siarrrah dice que solo se currrrarrá con humo de maderrra de árrrbol espírrritu, que solo eso puede limpiarrrle los demonios. Nos ha ofrrrecido un cofrrre de gheirrrey a cambio de maderrra de espírrritu, así que nos hemos puesto en marrrcha.

Langston asintió. Un cofre lleno de gheirey era una fortuna, y valía la pena el viaje en invierno. Nos presentó a sus tres acompañantes, los que se habían acercado a nosotros en torno a la hoguera.

—Cain, Ferrett y Utreck —dijo.

Cain, que estaba de pie frente a mí, al otro lado de la hoguera, era alto y musculoso, y el más amenazador de los tres. Examinó nuestras pertenencias como si hiciera inventario, desde las pieles extendidas junto a la hoguera hasta las armas de las que no nos alejábamos, pasando por las alforjas amontonadas en un rincón. No era simple curiosidad. Lo miraba todo con ojos de explorador, en busca de pistas.

—¿Vais a la arena a comprar la madera? —preguntó.

Asentí.

—Más rrrápido que irrr al bosque.

El bosque de árboles espíritu más cercano estaba a noventa kilómetros hacia el sur. Y no era fácil cortar aquella madera correosa. Lo lógico para tratar con urgencia a una persona enferma era comprarla en la arena, pero preferí devolverle las preguntas lo antes posible.

—¿Qué hacéis vosotrrros fuerrra, con esta torrrmenta?

—Buscamos otra recompensa —respondió, pero sin añadir más.

—Estamos de patrulla —aportó Utreck—. En busca de…

—Caza —lo interrumpió Langston.

Pero era demasiado tarde. Los exploradores no patrullaban en busca de «caza». Cazaban gente. Miró a Wren y a Synové, que no habían dicho nada. Pese a sus intentos, no eran capaces de imitar el acento kbaaki, así que habíamos acordado que, si nos tropezábamos con alguien, guardarían silencio.

—¿Quiénes son estas? —preguntó Langston.

—Mis esposas —respondí—. Ghenta y Eloh. Mi nombre es Vrud.

Wren y Synové lo saludaron con un ademán. Las miró un poco más de lo que me habría gustado. ¿Desconfiaba o tenía otra cosa en mente?

Ferrett, bajo y corpulento, se acercó a Wren y sonrió. Le faltaba un diente, y los demás los tenía desiguales y a punto de soltarse también. Wren le lanzó una mirada de advertencia: «aparta».

—¿Qué pasa, que no saludas? —se burló él.

—Mis mujerrres solo hablan kbaaki —dije.

Langston señaló mi espada envainada sobre las pieles.

—¿Desde cuándo llevan espada larga los kbaakis?

Las armas habían sido un problema. En la colonia, habíamos cogido lo que había. Caemus nos dio hachas, y nos repartimos las armas de Synové y Wren. Yo llevaba la espada larga de Synové. El arma habitual de los kbaakis era una especie de machete.

—Me la rrregaló el rrrey. No me las arrrreglo muy bien, perrro no querrría hacerrrle un desprrrecio.

—Ya te acostumbrarás —dijo Cain—. Pesa más que vuestros machetes, pero el peso puede ser una ventaja cuando te hagas a él.

Asentí como si le agradeciera el consejo. En ese momento se acercaron los otros dos hombres. Uno se presentó como Arman, pero al otro ya lo conocía: era Hagur, de la arena, de la subasta de ganado, el que había falseado las cuentas. No era probable que me reconociera, pero tampoco se lo puse fácil. Bajé la vista para que no me mirara a los ojos. Había visto en ellos la muerte inminente hasta que le di una segunda oportunidad, así que no los habría olvidado. Las chispas que me saltaban bajo la piel se volvieron más ardientes. ¿Cuántos empleados de los Ballenger habían abandonado a la familia y trabajaban para Paxton?

Cain vio el trozo de pan que había dejado sobre las pieles cuando llegaron. Me miró. Supe lo que estaba pensando antes de que lo dijera. Yo había pensado lo mismo cuando Jurga nos

197

envolvió la hogaza, pero di por hecho que nos la habríamos comido antes de tropezarnos con nadie.

Carin pronunció la palabra que me había estado resonando en la cabeza.

—¿Pan?

Se movieron, inquietos. El silencio se hizo más denso. No se oía ni el chisporroteo del fuego.

No lo miré.

—Ha sido un rrregalo —dije—. De un viajerrro que nos crrruzamos.

Langston clavó los ojos en mí.

—Eres un hombre con suerte, Vrud. Dos esposas, regalos del rey y una hogaza de pan recién horneado aquí, en medio de la nada. —Se llevó la mano al cuchillo de caza.

Wren soltó un suspiro teatral para desviar la atención hacia ella, y tiró a un lado su papel como el que tira un hueso del guiso.

—¿Qué problema tienes con un pan de nada, Langston? —dijo en landés impecable.

Todos se volvieron hacia ella. Nuestra artimaña había salido a la luz, pero Wren me había dado el segundo de ventaja que necesitaba. Me lancé a por mi espada, rodé sobre las pieles y lancé la funda contra Ferrett. Le acerté en el pecho.

Wren tiró al sobresaltado Ferrett contra Utreck, y Synové dio una patada a Langston en la espalda para hacerlo caer al otro lado de la hoguera. Antes de que pudiera moverse, Wren le puso el *ziethe* contra el estómago. Los demás ya estaban desenvainando.

Cain se lanzó contra mí como un lobo hambriento antes de que me diera tiempo a levantarme. Me aplastó con todo su peso y trató de clavarme el puñal en el cuello. Me temblaron los brazos con el esfuerzo de detenerlo, con la cabeza al lado del fuego. Vi el hambre en sus ojos. Cazadores. Eran cazadores. Y, entonces, un cuchillo le acertó en la mejilla.

Synové se había lanzado a por su cinturón de armas y estaba lanzando cuchillos arrojadizos. Cain cayó hacia atrás entre aullidos rabiosos, escupiendo sangre, y yo le clavé su propio puñal. Casi al mismo tiempo, Hagur se tiró contra Synové. Yo estaba en el suelo, pero conseguí coger la espada y le acerté en la pantorrilla. Lanzó un aullido y cayó de bruces, y, en ese momento, Ferrett se lanzó contra mí con el hacha en alto. Rodé hacia un lado para esquivarlo, y Wren, con la precisión de un halcón que desciende sobre su presa, se giró y le cortó la cabeza de un solo tajo.

Arman fue el último en caer cuando se abalanzó haciendo girar la maza con un grito ensordecedor. Le lancé el puñal de Cain, que se le clavó en el cráneo. La maza fue a estrellarse contra los restos de una pared.

Habían caído todos.

—¿Estáis bien? —pregunté.

Cojeé hacia el cuerpo inmóvil de Utreck para asegurarme de que estuviera muerto. Había oído a Synové luchar con él, pero no había ni rastro de sangre…, hasta que vi que tenía el cráneo hundido, tal vez de un golpe con el tacón de la bota.

Synové se inclinó hacia delante, con las manos sobre las rodillas, para recuperar el aliento.

—Sí —dijo.

Wren miró su capa y soltó un gruñido. La cabeza de Ferrett le había caído encima y le había dejado un charco de sangre. Sacudió la capa, con lo que la cabeza rodó hasta donde estaba el cuerpo, y vio las pieles con el ceño fruncido.

Contemplé la masacre. Todos muertos…, menos Hagur.

Lo miré y recordé cómo había suplicado una segunda oportunidad en la escalera del templo. Recordé los dedos entrelazados, la expresión semejante a las estatuas de los santos desesperados que había dentro. Y yo le había dado esa segunda oportunidad. Por eso estaba tirado en el suelo, ante mí, con la parte inferior de la pierna colgando de una tira de carne. Respiraba con jadeos, como un cachorrito, sin dejar de mover la cabeza.

—Hola, Hagur —dije.

Estaba muy pálido, pero se puso aún más blanco, del color enfermizo de una larva. Ya sabía quién era. Le cogí el cinturón a Cain para utilizarlo como torniquete y fui hacia él. Se arrastró sobre los codos para tratar de alejarse de mí, pero apenas se movió unos centímetros.

«Una vez —pensé—, igual que los dioses se apiadaron de nosotros».

—Estás muerto —jadeó.

—Los dioses me han devuelto la vida —respondí—. Pero a ti no te van a dar más oportunidades.

Tenía el rostro brillante de sudor. Estaba agonizando. Me arrodillé junto a él y le até el cinturón en el muñón. Lanzó un aullido cuando lo apreté. No iba a permitir que se desangrara antes de responderme.

Cuando dejó de sangrar, le hice la primera pregunta, la más importante.

—¿Dónde está Kazi?

—No conozco a ninguna…

—¡La soldado vendana que llegó conmigo! —Lo agarré del chaleco y lo sacudí—. ¿Dónde está?

Lanzó un grito de dolor. Se le pusieron los ojos en blanco.

—Te lo juro —gimió—. He estado en las montañas. De patrulla. No la he visto. Pero Banques… tiene prisioneros. A algunos los ha ahorcado.

—¿Que ha ahorcado a quién? —rugió Wren con una desesperación muy diferente a su habitual fachada fría.

—A partidarios de los Ballenger —jadeó Hagur.

—¿Dónde tiene a los prisioneros? —exigí saber.

No tuvo tiempo de decir más porque Synové hizo una pregunta diferente.

—¿Quién es Banques?

—El general —susurró con voz casi inaudible—. El segundo al mando.

¿Un general? Cada respuesta solo servía para generar más preguntas.

—¿Quién es el primero al mando? —pregunté. Sabía que nos quedaba poco tiempo. Estaba casi inconsciente—. ¿Paxton? ¿Truko?

—Es más listo de lo que crees… Nunca te…

Cerró los ojos y la cabeza cayó a un lado. Le di una bofetada para despertarlo.

—¿Quién? ¡Responde, canalla!

Lo volví a agarrar por el chaleco y lo levanté para sacudirlo, para despertarlo, pero Wren me detuvo y lo dejó caer al suelo.

—No gastes más fuerzas, *patrei*. Está muerto.

Me lo quedé mirando. Todavía lo tenía agarrado por la ropa. Me negaba a soltar al doble traidor. De buena gana lo habría abierto en canal con mis propias manos para arrancarle las respuestas. «¿Dónde está Kazi?».

—Déjalo, *patrei* —insistió Wren al tiempo que me abría los dedos para que soltara a Hagur—. Vamos a buscar a uno vivo. Uno que pueda hablar.

Capítulo veinticuatro

Kazi

Los secretos de Paxton fueron saliendo a la luz a lo largo del día, cada vez que teníamos un momento para hablar a solas. Empezamos en el solario, donde apartamos escombros y restos de muebles mientras hablábamos para que pareciera que estábamos registrando la casa, no conspirando, en caso de que alguien nos escuchara desde abajo. La mayoría de las ventanas estaban intactas, pero el viento frío se colaba por una rota y el aire era cortante. Moviéndonos conseguíamos no quedarnos helados.

El arbusto que Jalaine había podado con tanto mimo estaba muerto, con las hojas pardas, curvas. Teníamos muy poco tiempo para hablar antes de que el rey volviera a la Atalaya de Tor y todos regresáramos con él a la posada. Traté de absorber todo lo que me decía Paxton y, a la vez, de comprender quién era de verdad.

Me dijo que, pese al informe oficial de Banques, Rybart no había lanzado ningún ataque contra la Boca del Infierno. Fue un chivo expiatorio y, una vez muerto junto con sus hombres, no quedó nadie que defendiera su nombre o explicara sus intenciones. Me asombré ante lo complejo de las maquinaciones de Montegue. Era astuto, paciente, listo. Sabía engañar a la gente y jugar con ella. Dominaba tan bien como yo el arte de la distracción.

El rey había matado a Rybart, o más bien lo había hecho un guardia por orden suya, porque él nunca se manchaba las manos. Lo mismo le podría haber pasado a Paxton o a Truko, pero Rybart cometió el error de levantarse para marcharse. Dejar claro que no le gustaba el rey fue su perdición.

Paxton me explicó cómo los habían llamado a las estancias del rey. A ninguno les gustaba que los convocaran de aquella manera, y a Truko al que menos, pero Montegue estaba alojado en la posada Ballenger, en habitaciones de gran lujo que todos sabían que no estaban a su alcance. Eso les picó la curiosidad. Bromearon de camino hacia allí. ¿Se largaría sin pagar a los Ballenger, o saldaría la cuenta fregando platos? Una vez sentados en el elegante saloncito de las habitaciones, el rey les dijo que tenía que hacerles una propuesta muy generosa. Iba a apoderarse de la Boca del Infierno y de la Atalaya de Tor, y les daría un porcentaje de los beneficios de la arena si la dirigían en su nombre. El rey no sabía gran cosa de comercio, y le hacía falta su experiencia para que siguiera siendo rentable. Les contó que tenía el ejército y las armas que hacían falta para llevar a cabo el plan, y que ya era hora de que se libraran de los Ballenger.

Paxton recordaba haber mirado de reojo a Rybart y a Truko. Dijo que seguramente los tres estaban pensando lo mismo: que el rey se había vuelto loco. Él se contuvo para no reírse, y luego dio gracias por aquella muestra de discreción. Rybart se levantó para marcharse.

—No, gracias.

Ni siquiera trató de ocultar el cinismo, ni mostró un mínimo respeto al rey. Todos querían una parte mayor de los beneficios de la arena, sí, pero no estaban tan locos como para robársela a los Ballenger, y el inepto del rey era la última persona con la que querían asociarse.

—Inepto —repitió Paxton con la vista perdida, como si reviviera el momento en el que se le habían abierto los ojos y había visto la verdadera naturaleza del rey—. Qué equivocados estábamos. El peor error que cometimos fue subestimarlo.

Me dijo que había estado a punto de levantarse y decir lo mismo que Rybart, y de pronto se encontró empapado en sangre, mientras la punta de una espada sobresalía del pecho de Rybart. El guardia la sacó, y Rybart cayó inerte en el asiento. El rey ni siquiera pestañeó y siguió con la reunión.

—¿Y vosotros dos? —preguntó Montegue—. ¿Os interesa?

La única respuesta posible era «sí», al menos de momento, o eso pensó Paxton. Pero, una vez más, había subestimado a Montegue. Para empezar, el ejército. Antes de que terminara la reunión, los hombres ya habían entrado en la ciudad, muchos bien armados. El rey se las había arreglado para sembrar la duda, para enfrentar a los camaradas, con sobornos a los hombres de Paxton para comprar su lealtad. Todos estaban ya de parte del rey, al menos en apariencia. Los que creían que podían conspirar contra él y confiar en un compañero acababan traicionados y ahorcados. Montegue llevaba meses infiltrando a sus hombres en la Boca del Infierno. Todo el mundo aprendió enseguida a cerrar la boca y a no confiar en nadie.

—Solo hay dos hombres con los que puedo comunicarme y en los que sé que puedo confiar. Binter y Cheu. Aparte de eso, estoy solo. Creo que podría confiar en Truko, pero no hablamos mucho. Creo que él también tiene miedo. Sus *strazas* lo han traicionado, eso seguro. El rey se ha infiltrado en todas partes, ha puesto a casi todo el mundo de su lado. Les caiga bien o no, todos tienen miedo de hacer algo, porque no saben quién los va a apuñalar por la espalda.

—¿Cómo ha conseguido la lealtad de los traidores?

—Codicia. Miedo. Ha hecho promesas enloquecidas y amenazas aterradoras… Y sabemos que las amenazas las puede cumplir.

Paxton se culpaba por no haber sabido verlo. Sospechó algo cuando el rey empezó de repente a vender grandes cantidades de mineral procedente de su mina a unos supuestos intermediarios que resultaron ser falsos. Rastreó las ventas y llegó hasta los Ballenger. Sabía que Jase estaba metido en algo, pero no sabía qué era. Cuando el rey empezó a comprar arrabio en grandes cantidades, no ató cabos.

—Me dijo que estaba forjando arados y otras herramientas para sus tres granjas…, pero yo sabía que ya había vendido dos. Fue una transacción muy discreta. Nadie tenía que enterarse de las ventas, pero uno de sus capataces vino a pedirme trabajo. Pensé que la compra de mineral no era más que otra muestra de su incapacidad para la gestión, y no me importó venderle un hierro que no iba a servirle para nada. No supe sumar dos y dos. No me imaginaba que fuera capaz de algo así.

—¿La venta de las granjas fue para pagar a los mercenarios?

—Un anticipo. Tiene que hacer otro pago muy pronto.

—Por eso está tan desesperado por los ingresos de la arena.

—Exacto. El arsenal más impresionante no vale de nada sin un ejército que lo use.

Sacudí la cabeza. Seguía sin entender cómo podía ser «impresionante».

—Jase me contó los suministros que había pedido. Con eso había para una guerra a pequeña escala en el mejor de los casos, y casi todo se utilizó en las pruebas.

—¿De verdad crees que Beaufort era honrado en algo? Ni siquiera en los suministros. No los estaban utilizando para hacer pruebas. Acumulaban armas y las enviaban. No sé cómo ni a dónde. Eso lo tenían en secreto.

Contuve un grito. «Las aceitunas. Los barriles».

No eran delirios de un moribundo. Recordé cómo había pronunciado las palabras Phineas mientras se le llenaba la boca de sangre. Así se las habían arreglado para juntar todo un arsenal. Se habían pasado meses sacando explosivos de contrabando de Punta de Cueva, en los barriles vacíos del vino y las aceitunas.

—Están en barriles de vino y aceitunas. Me lo contó Phineas.

—¿Barriles? —exclamó, sorprendido.

Me dijo que había ciento cuatro almacenes en la parte trasera de la arena, y que registrarlos sin despertar sospechas era casi imposible. Hasta entonces solo había conseguido buscar en una docena como mucho, y había estado buscando cajas.

—Setenta y dos —dije—. ¿Hay un almacén con ese número?

Le conté lo del papel que le había robado al rey.

Paxton asintió.

—En la parte trasera, cerca de las cuadras. Será el próximo que registre.

A continuación, me habló de las balistas que habían fabricado.

—Son aún más mortíferas que los lanzadores. Bastó con un disparo para derribar el templo. Ahora mismo están forjando más.

—Pero, tarde o temprano, se quedarán sin munición.

—Dicen que solo han utilizado una pequeña parte de la que tenían, y que pronto conseguirán más.

—No es posible. Destruimos los planos.

—Tienen el producto final y conocen la lista de ingredientes. Ha contratado a químicos, no tardarán mucho en reproducir la fórmula. Es inminente.

Recordé lo último que me había dicho Beaufort. «Nunca se acabará. Y menos ahora. Una puerta se ha abierto».

Teníamos que volver a cerrar aquella puerta como fuera. El rey ya se había apoderado de la Boca del Infierno. Si necesitaba más era solo porque…

Paxton dijo en voz alta lo que yo estaba pensando.

—No lo ha dicho a las claras, pero quiere apoderarse de otros reinos. Quiere todas sus riquezas.

Había oído hablar a Montegue y a Banques de lo que solo se podía considerar un chantaje: pagos por derecho de paso en Cam Lanteux, a trescientos kilómetros de la frontera de Eislandia. Pagos por muchas cosas que los demás reinos tendrían que abonar si no querían enfrentarse a las consecuencias.

Y las consecuencias iban a tener lugar tanto si pagaban como si no. Phineas le había ofrecido el universo, y yo había visto el fuego en los ojos de Montegue. No se iba a conformar con menos.

—Quiere sus riquezas, sí —siguió Paxton—. Pero, sobre todo, quiere el poder y el respeto. Si algún reino lo desafía, no dudará en utilizarlo como ejemplo para los demás.

—Como hizo con Rybart para Truko y para ti.

Suspiró.

—Sí, exacto.

—¡El rey ha vuelto! ¡Nos ponemos en marcha! —gritó una voz desde abajo.

Por si no habíamos oído bien, golpearon una tubería de metal. Nadie quería hacer esperar al rey.

De regreso a la posada, cabalgué al principio al lado de Montegue y Nash, pero, en cuanto supo que el registro no había dado fruto, el rey volvió a la animada conversación con Banques. La sombría predicción de Paxton se había hecho realidad.

Los químicos lo habían logrado. Habían recreado la fórmula. No tardarían en volver a poner en marcha la producción, solo estaban esperando recibir las materias primas. El rey daba por hecho que su arsenal se habría duplicado antes de fin de año. De repente, el aire se volvió más frío, más escaso. Más peligroso.

Miré a Lydia, que iba en el caballo de Banques, y moví la cabeza de manera casi imperceptible para tranquilizarla. «Tómate tiempo. Esta pesadilla terminará». Pero parecía que empeoraba por momentos. Antes de que apartara la vista, vi el miedo velado en sus ojos.

Ni Montegue ni Banques dijeron nada cuando me puse a la altura de Paxton. Se me había ocurrido un plan. Era más peligroso que acunar a una víbora y tenía mil posibilidades de fallar, pero le había estado dando vueltas desde que habíamos pasado por el cementerio aquella mañana. En ese momento, me había parecido inviable, porque necesitaba como mínimo un aliado.

Pero, de pronto, tenía a Paxton.

¿Era un aliado de verdad? La preocupación no paraba de aguijonearme. Jase lo despreciaba, y yo no lo conocía. Pero, como había descubierto en los últimos días, la gente podía ser muy diferente de lo que aparentaba. Hasta Jase resultó ser lo contrario de lo que me había imaginado. ¿Me arriesgaba con otro Ballenger? ¿O la motivación de Paxton no era la que me había contado?

La mayor parte de la gente no confesaba sus motivos. Los deseos que sentimos no suelen presentarse en paquetes claros, bien definidos. Ni siquiera los míos. Sabía que tenía que entender mejor a Paxton antes de confiar en él. ¿Bastaba con un breve viaje a caballo hasta la posada para cimentar esa confianza? Más valía que sí. El tiempo se me estaba escapando. El juego cambiaba a cada paso. Cambiaba la gente, cambiaban las apuestas. «Quiere apoderarse de otros reinos». Se nos acababa el tiempo a todos, pero sobre todo a Lydia y a Nash. No podía ayudar a nadie hasta que no los pusiera a salvo.

Miré a Paxton de reojo. Nunca había confiado mis planes a nadie. El miedo que me provocaba la sola idea era paralizante.

Nos fuimos retrasando del resto del grupo y, con el viento de frente, pudimos hablar sin que nadie nos oyera. La barbilla alta, arrogante, el tono de voz seguían siendo muy de Paxton, pero bajo la fachada había aparecido otro aspecto de él, mucho más serio y reflexivo, que había mantenido oculto. Lo vi incómodo cuando desvié la conversación hacia lo personal. Reconoció de mala gana que estaba avergonzado por lo que había hecho su bisabuelo estando borracho, habló de las intrigas de su propio padre, que había conspirado con otras ligas para recuperar la Atalaya de Tor, pero solo estaba furioso porque sus primos, los Ballenger, no perdonaban lo que había hecho un antepasado, sino que seguían culpando a todos sus descendientes. Su madre se había esmerado en enseñarle la historia de la familia. Le había dicho que también era su historia, y que podía sentirse orgulloso.

—Así que por eso eres siempre tan estirado —lo piqué.

Entrecerró los ojos y sonrió.

—Algo por el estilo.

—¿Y tus encontronazos con Jase? Tienen fama.

Arqueó una ceja.

—¿De verdad? —Soltó un bufido—. Por aquel entonces yo tenía mal genio…, pero él también. Y puede que en alguna ocasión se me fuera la mano. —Frunció los labios—. Una vez lo tiré a un pozo —reconoció—. Tenía dieciséis años, y yo, dieciocho. Le dije que era para que se le enfriaran los ánimos. Me pareció una metáfora graciosa y pensé que él también se reiría. También pensé que alguien lo sacaría de allí, pero casi le costó la vida. Se pasó dos días en el fondo. —Paxton se encogió de

209

hombros—. Él también me hizo alguna gorda, pero la verdad es que me arrepentí de aquello. Acabó con cualquier posibilidad que tuviera con Priya.

—¿Con Priya? —repliqué, incrédula—. ¿De verdad creías que tenías alguna posibilidad?

Tal vez fui demasiado brusca. Se puso rojo y se encogió de hombros.

—No sé. El enamoramiento vence a la lógica. Había estado loco por ella desde que era un crío desgarbado y tímido de trece años, y Priya, una belleza madura y sofisticada de quince. Por fin nos habíamos conocido de manera formal en un funeral. Por lo visto, los Ballenger solo nos reunimos en los funerales. Ella era pura elegancia, estrellas, luz, y olía como las primeras flores del verano, mientras que yo era un zoquete torpe en el mejor de los casos. Se me trababan las palabras. Le escupí sin querer. Fue un desastre. Después de aquello, nos volvimos a cruzar varias veces, pero tuvo buen cuidado de no mirarme. Yo pensaba que, tal vez, algún día apreciaría mis cualidades, pero lo cierto es que aún se me traba la lengua cuando la tengo cerca. En los funerales. Que no son el mejor momento para conversar.

—¿Te sigue gustando?

De nuevo, la incredulidad se me notó demasiado. Sacudió la cabeza como para rechazar la sola idea.

—No. Claro que no. Ya no somos niños. Pero el rey me ha estado poniendo nervioso. Durante un tiempo ha jugado con la idea de perdonarle la vida a Priya y tomarla como esposa. Un matrimonio entre lo antiguo y lo nuevo para complacer a todo el mundo. Dos tipos de realeza, como dice él. Era una locura, pero parecía muy decidido hasta hace poco. Ahora parece que se le ha pasado y tiene otros objetivos. —Me miró.

—Porque sabe que Jase me quería —dije.

—Pero no pudo tenerte.

Lo comprendí.

—Quiere derrotar al *patrei* en todo.

—Algo por el estilo.

Llegamos a la posada. El rey ya había entrado con los niños y, cuando desmontamos, Banques le dijo a Paxton que me escoltara hasta mi habitación.

—Esta noche cenarás con el rey —me dijo—. Te han dejado en el dormitorio ropas adecuadas. Mandaré a mi teniente a recogerte. Tienes que estar lista a tiempo.

A recogerme. Como si fuera un paquete. Tal vez me veía así, como un paquete del que sería mejor librarse, sobre todo si el rey mostraba demasiado interés en mí. Banques era muy posesivo y celoso de su atención.

Las ropas adecuadas resultaron ser un elegante vestido de noche que hizo que tanto Paxton como yo arqueáramos las cejas. Seguimos hablando mientras me lavaba y me cambiaba, sin saber si tendríamos ocasión de volver a hablar en privado. Estuvimos de acuerdo en que, mientras Lydia y Nash estuvieran en manos de Banques y el rey, no podíamos hacer nada para detenerlos. Le expuse mi plan. Se opuso.

—No. No, no, no —dijo, meneando la cabeza—. No saldrá bien. No son más que niños. Se asustarán.

—Son más fuertes de lo que crees. Pueden hacerlo... si tú puedes.

Se mordió el labio mientras lo pensaba. No se le ocurría ningún plan mejor, y sabía que había que adelantarse al peligro, en lugar de reaccionar tarde. Teníamos que hacer algo, y pronto. Suspiró y asintió, todavía dubitativo.

—Tengo dos hombres a los que confiaría mi vida... y las de Lydia y Nash. De acuerdo. Mañana por la noche. —Se frotó el cuello, todavía tratando de hacerse a la idea—. ¿Estás segura?

Asentí con la cabeza.

—El que me mantuvo con vida fue Jase, Paxton. Cada vez que pensé que no podía seguir adelante, le oía decirme que resistiera. «Tú puedes. Solo un poco más». Y así mismo estamos ahora. Solo un poco más. Saldrá bien. Y una vez que ellos estén libres, tú y yo también lo estaremos.

Se le escapó un gemido.

—De acuerdo. Haré mi parte, sea como sea. Tú practica esa cojera.

Allí estaba de nuevo el Paxton taimado, y me alegré de verlo. No me hacía ninguna falta el temeroso. Necesitaba al Paxton sin escrúpulos, el que era capaz de tirar a su primo a un pozo para darle una lección.

Capítulo veinticinco

Jase

Caemus no había dicho nada de ningún general. Soldados, sí, pero la presencia de un general implicaba algo más, mucho más grande y organizado que el jefe de una liga que tomara el poder y repartiera unas cuantas armas. Yo ya había calculado cuántos soldados podía juntar entre Paxton, Truko y tal vez Rybart, y no eran más de doscientos, y mal coordinados.

En cambio, si había un general, era que había un ejército formal. No se me quitaba de la cabeza cuando no estaba pensando en gente ahorcada. ¿Qué había estado planeando Beaufort? ¿Y quién había tomado el mando en su ausencia?

La tormenta había cesado, pero la nieve seguía acumulada, demasiado como para ir por el paso estrecho tal como había planeado… Y era uno de los fallos sobre los que me había advertido Wren. Teníamos que dar un rodeo y tomar un camino más largo por la cara sur, donde apenas habría unos centímetros de nieve.

Synové soltó un taco y señaló la grupa de Mije.

—Se nos había pasado por alto esa sangre.

Miré hacia atrás y vi las manchas delatoras, oscuras, apelmazadas, en el pelaje negro.

—Sooo, *gutra hezo* —dije, y bajé de la silla.

Nos habíamos limpiado la sangre de la cara, de las pieles, de las armas. Era muy importante que no nos relacionaran con la muerte de seis hombres, si daban con ellos. Tampoco nos interesaba atraer la atención de otros depredadores de la montaña, como las manadas de lobos que cazaban allí en invierno. Miré hacia el cielo. O de un racaa hambriento que se había aficionado a la carne humana tras el episodio de Synové con Bahr. Me eché un poco de agua en la mano y limpié el pelaje de Mije.

—¿*Gutra hezo?* —dijo Wren.

—Mije está acostumbrado a que se lo diga Kazi. Se me ocurrió… —No terminé la frase. No sabía qué se me había ocurrido aparte de que quería oír la voz de Kazi, aunque fuera yo el que dijera las palabras. Quería repetir y recordar cada palabra que nos habíamos cruzado, mantenerlas todas vivas.

—Malcrías a ese caballo tanto como ella —dijo Synové con tono alegre.

Aprovechó la ocasión para hablarme del día en que Kaden, el custodio de Venda, antiguo asesino, le había entregado el caballo a Kazi. Ella se había pasado semanas mirando a Mije en las cuadras. Synové, Wren y Kazi tenían trece años, y acababan de aprobar su iniciación en el entrenamiento del rahtan. Eso quería decir que cada una recibiría un caballo que tenía que cuidar, y con el que se iba a entrenar.

—Los caballos del rahtan suelen ser briosos, pero Mije el que más. Kazi se moría por ese caballo, y Kaden ya le había dicho que ni hablar, que Mije era muy terco, que era demasiado caballo para ella.

Según Synové, Kazi no se rindió, y un día se metió en las potreras con Mije. Era un caballo joven, brioso, indómito, pero eso era precisamente lo que le gustaba a Kazi. Mije pateó y trató de asustarla, y Kazi hizo lo mismo. Estaban en un punto muerto y Kaden no paraba de gritarle que saliera de allí, pero Kazi llamó al caballo y tendió la mano hacia él.

—Y aquella bestia salvaje se le acercó y le pasó la nariz por la palma, y el resto es historia —dijo Wren—. El custodio no se pudo seguir negando, y desde aquel día el caballo fue de Kazi.

—Tenía sobornado a Mije —dije.

Las dos se volvieron como resortes hacia mí.

—¿Qué? —exclamaron al mismo tiempo.

—A escondidas, llevaba dos semanas dándole trocitos de fruta seca. Por eso acudió a ella. Pensaba que le iba a dar una golosina.

Kazi me había contado la historia entera. Le encantaba recordar el gesto que había puesto el custodio.

—Qué cara más dura. —Synové parecía encantada ante la revelación. Le gustaba que Kazi no hubiera dejado nada al azar—. Os lo habéis contado todo, ¿eh? —Me lanzó una mirada astuta con los ojos entrecerrados—. ¿Le contaste lo mío con Mason?

Wren puso los ojos en blanco.

—Como si hubiera algo que contar.

Asentí.

—Kazi se llevó una buena sorpresa.

Wren se volvió hacia ella bruscamente.

—¿Qué es lo tuyo con Mason?

Synové se echó a reír y le dijo a Wren que, entre ellos, había habido algo más de lo que había dado a entender.

—Hasta puede que nos besáramos.

Y fue su turno de poner los ojos en blanco para sugerir que las cosas habían ido mucho más allá.

Aquello provocó una pequeña discusión entre las dos, y Wren le dijo que era peligroso relacionarse con el enemigo.

—Mira el lío en el que se ha metido Kazi…

Se detuvo justo a tiempo y me miró.

—¿Sigo siendo el enemigo?

—Eres un grano en el culo, pero no eres el enemigo. Por ahora.

Viniendo de Wren, aquello sonó casi como un cumplido. Synové lanzó un bufido.

—¿Insinúas que no tienes ganas de volver a ver a Samuel? Wren echó chispas por los ojos.

—No. No tengo ganas. Entre Samuel y yo no hubo nada.

—Pero no te habría importado. —Se dio un golpecito en la barbilla—. ¿O era con Aram? Fíjate que sigo sin diferenciarlos…

Wren siseó de frustración y aceleró el paso en su caballo, dando por acabada la conversación.

—Santos benditos —masculló mientras se adelantaba—. Kazi me hace mucha falta aquí.

Synové siguió charlando sobre Mason, imaginando lo contento que estaría de volver a verla pese a las circunstancias de su separación y las amenazas que se habían gritado, pero yo no podía dejar de pensar en Samuel.

«Mi hermanito», como le decía siempre para tomarle el pelo. Era un centímetro más alto que yo. No les había contado a Wren y a Synové nada acerca de la nota en la que se decía que había muerto. La había desechado, me había convencido de que no podía ser verdad, pero tras ver los muros derrumbados de la Atalaya de Tor, de saber que un ejército se había apoderado de la Boca del Infierno, que mi familia había tenido que escapar y se habían refugiado en la cripta… Ya no me parecía imposible.

Se me hizo un nudo en la garganta con solo pensar que podía haber muerto, y se me escapó un gemido ahogado. Carraspeé para disimular. Wren se volvió y me miró, desconfiada. No se le escapaba nada. Tal vez por eso le enfadaba tanto no haber visto lo que pasaba entre Mason y Synové.

—¿Cómo se hizo esa cicatriz en el cuello? Mason, digo —preguntó Synové.

Con ella, el silencio nunca se prolongaba mucho.

—¿No te lo contó?

—Dice que se la hizo un barbero borracho. —Suspiró—. Mason y yo no hablamos mucho. Bueno, no como Kazi y tú. Lo nuestro era puramente físico.

Recordé que Mason me había confesado que le gustaba Synové, pero yo estaba seguro de que la cosa iba más allá de una simple atracción superficial. Recordé su voz, su manera de mirar nervioso a derecha e izquierda antes de decirme: «Es que me hace reír». Le había costado reconocerlo.

—Si lo vuestro era puramente físico, ¿qué te importa cómo se hizo la cicatriz?

—Una, que es curiosa.

Synové sería mi esposa por el momento, pero Mason era mi hermano. No iba a revelar sus secretos.

—Se lo tendrás que preguntar a él.

Gruñó algo entre dientes en vendano, aunque la última palabra me sonó a «sapo».

Puede que supiera que, si volvía a ver a Mason, quizá él no le dirigiera la palabra. Tal vez no era tan puramente físico como daba a entender. Tal vez lo conocía mejor de lo que decía. Porque Mason tenía buena memoria. Aunque no hablaran mucho en su momento, Synové lo habría imaginado. Mason había perdido a sus padres por culpa de una traición. Para él, estaba muerta.

⸻

Wren caminó a mi lado, muy cerca, de manera familiar, mientras que Synové, como una buena esposa enamorada, me había dado la mano.

Llamamos la atención. No por ser un kbaaki con dos esposas, sino por estar allí. Nuestras tierras estaban muy al norte, y el invierno ya había llegado. Tuvimos que repetir una y otra vez la excusa para estar tan al sur: primero, en los establos donde dejamos los caballos. Era una norma impuesta por los Ballenger hacía ya muchos años. Habíamos decidido que la experiencia de compra y venta en la arena era mejor si no había un caos de caballos, mulas y carretas en el recinto. Contábamos con porteadores que llevaban la mercancía a los establos para los clientes. En aquel momento, era un verdadero inconveniente. Nos iba a poner las cosas difíciles si había que salir huyendo.

No era solo nuestra presencia en aquella época del año lo que llamaba la atención. También se debía a que los kbaakis resultaban intimidantes. Eran gente silenciosa, cautelosa, lo que hacía de ellos excelentes cazadores. Pero su presencia callada y sus miradas ponían nerviosa a mucha gente. También eran corpulentos. No del tamaño de Griz, pero sí altos y de hombros anchos, incluso las mujeres. Synové era alta, casi tanto como yo, y podía pasar por kbaaki sin problema. Wren era más menuda, pero compensaba la falta de tamaño con una mirada amenazadora. La gente creía que los kbaakis tenían un punto sobrenatural, sobre todo por sus misteriosos conocimientos sobre pócimas y venenos.

—Vista al frente, esposo —me advirtió Wren.

Synové me apretó la mano.

—Acuérdate de que somos una familia en busca de madera de árbol espíritu.

Había estado recorriendo la arena con la mirada. Era difícil evitarlo. O imposible. Ya antes de entrar en el recinto había visto los cambios. Había soldados apostados en el puente, sobre la entrada, con lanzadores al hombro. Mis lanzadores. Los que había pagado... a un precio muy alto. También vi más soldados entre los puestos de venta, pero estos solo iban armados con espadas y alabardas. Miré los rostros, pero no identifiqué a ninguno. ¿De dónde habían salido? ¿Y dónde estaban los empleados de los Ballenger? ¿Muertos?

No me cabía duda de que había más soldados vigilando desde sus posiciones en las ocho torres desde las que se dominaba la arena. ¿Qué había sido de Garvin? ¿Lo habían matado? ¿Lo estaban obligando a trabajar para ellos? También podía haber escapado. Era muy capaz de escabullirse y pasar inadvertido. Tal vez Truko y Paxton me estuvieran mirando. Tal vez desde las estancias de los Ballenger, bebiendo nuestro vino, comiéndose nuestras provisiones.

Y tal vez tenían a Kazi allí mismo, en la arena.

Con su capacidad para desaparecer, debía de estar en un lugar bien vigilado. O herida. O…

No podía seguir imaginando posibilidades.

—Aquel —dije, e incliné la cabeza hacia un hombre que estaba de pie ante la entrada de una torre.

Por fin veía a un empleado conocido. Sheridan, macizo, corpulento, de cejas rojizas pobladas a juego con la barba. No llevaba mucho tiempo trabajando para nosotros. Lo había contratado Titus, y yo solo llegué a hablar un momento con él. Teníamos una docena de hombres como él, eran guardias de seguridad encargados de sofocar cualquier disputa antes de que pasara a mayores. Su trabajo también era orientar a los clientes que buscaban una mercancía concreta. La arena era muy grande, casi una ciudad, y eso sin contar las hileras de almacenes y bodegas que se extendían más allá.

—Es grande. ¿Estás seguro? —preguntó Wren.

—Y parece ruidoso —apuntó Synové.

Estaba seguro. Quizá lo estaban obligando a trabajar en la arena, o tal vez se había unido a los invasores de manera voluntaria, así que su jornada estaba a punto de dar un giro para mejor… o para mucho peor.

—¿*Sa dre foraza*? Eh… Eh… —Me dirigí a él fingiendo que me costaba hablar en su idioma—. Maderrra espírrritu. Estamos buscando…

—¿Madera de árbol espíritu? Puede que tengan algo en el almacén dieciocho. No es temporada, pero ese vendedor tiene un poco de todo. Es por ese túnel. Solo tienes que fijarte en los números de…

Meneé la cabeza en gesto de disculpa.

—Númerrros vuestrrros. Yo no leo.

Me lo intentó explicar y hasta dibujó un número en el aire, pero puse cara de desconcierto. Al final, se rindió y nos indicó con un ademán que lo siguiéramos.

—Venid, os llevo.

Lo bueno de haber pasado media vida en la arena era que la conocía a fondo, incluso escondrijos de los que nadie más sabía… ni quería saber. Lugares que todo progenitor Ballenger había prohibido a sus hijos, pero a los que siempre habíamos ido. Era un rito de transición: los primos mayores llevaban a los pequeños a sitios peligrosos para asustarlos. Y lo más importante: conocía lugares que los hombres de seguridad no veían desde las torres. Los únicos puntos ciegos.

Caminé con Sheridan hacia el corto túnel que llevaba a los almacenes, tras la arena. Wren y Synové nos siguieron de cerca. Las capas gruesas de piel eran el escudo perfecto. Cuando nos acercamos, vi que el túnel estaba despejado.

—La arrrena —dije al entrar—. Está diferrrente a última vez.

—Hay nuevos propietarios —me explicó.

—¿Ya no Ballengerrr?

—No. —Soltó una carcajada—. Esos ya no están.

—¿Vendierrron?

—Los echaron. Mala gente.

Siguió despotricando contra los Ballenger y luego dijo que se habían encerrado en la montaña, y seguro que a aquellas alturas ya estaban muertos. Solo había cogido el empleo porque sabía que los iban a sustituir muy pronto.

—¿Cómo? ¿Tienes vidente? —pregunté.

Se echó a reír otra vez. Por lo visto me encontraba divertidísimo.

—No —respondió—. Tengo fuentes dentro.

¿Sheridan era un infiltrado? ¿Había contribuido en el asalto?

No se lo vio venir. Estaba caminando en línea recta, y de pronto lo empujé hacia un lado, a las sombras negras de una escalera abandonada. Wren y Synové saltaron delante de mí y abrieron una puerta. Lo agarré del cuello con un brazo, pero se resistió. Hasta que le puse un cuchillo contra el pecho.

—Silencio —ordené, y lo metí en las entrañas secretas de la arena, entre cascotes caídos y telarañas polvorientas.

Synové encendió una vela y Wren lo despojó de sus armas, un cuchillo y una porra, antes de correr delante de nosotros y de abrir primero una puerta y luego otra, con cierto esfuerzo.

—No hay salida —dijo al llegar a un rellano bloqueado por un montón de escombros.

—Sí, por aquí —dije.

Costaba verlo a la escasa luz, pero un pasaje angosto a un lado de las escaleras llevaba a un agujero en la pared y a otro tramo de peldaños. Por fin, llegamos a lo que mis hermanos, primos y yo llamábamos «el cementerio», un vasto mundo subterráneo atestado de carruajes metálicos de los Antiguos. El aire tenía un olor peculiar, polvoriento, casi dulce. No quise pararme mucho a pensar en eso. La escasa ventilación de aquella tumba casi sellada había evitado que los carruajes, y otras cosas, acabaran reducidos a polvo.

Synové dejó escapar un gemido cuando puso la vela sobre un carruaje y la llamita iluminó al Antiguo que todavía estaba dentro. No era el único. Había cientos de restos petrificados, de Antiguos que quedaron atrapados en aquella tumba sellada cuando el mundo acabó de repente. Sheridan empezó a forcejear. De pronto ya no le importaba el cuchillo contra el pecho. Lo aparté de un empujón. Cayó contra uno de los carruajes altos, y el impacto hizo que la estructura oxidada se moviera.

—Grita todo lo que quieras, Sheridan —dije—. Aquí abajo no te va a oír nadie.

Iba a obtener respuestas, costara lo que costara, y allí me podía tomar el tiempo necesario sin miedo a interrupciones.

Miró a su alrededor, la vasta caverna, la solitaria vela que iluminaba solo una pequeña parte. A la escasa luz se veían cientos de carruajes y otros tantos esqueletos. Había Antiguos caídos por las puertas abiertas o con medio cuerpo fuera por la ventana, y muchos conservaban la piel fina y quebradiza, la expresión de espanto. Me miró, y luego estudió a Wren y a Synové, cuyas armas reflejaban la llama de la vela. Ya no se reía.

—¿De qué me conoces? —preguntó.

—Trabajabas para mí —respondí.

Me quité el gorro y me pasé los dedos por el pelo.

Siguió sin reconocerme con los dibujos en la cara.

—Jase Ballengerrr —dije con el acento kbaaki.

Soltó un taco.

—Nunca se sabe cuándo puede venir bien un poquito de lealtad, ¿eh? —apuntó Wren.

—Te voy a poner las cosas fáciles, Sheridan —dije—. Yo te hago preguntas y tú las respondes. Cada vez que mientas, mi amiga te cortará una parte de tu cuerpo. Y puedes jurar que sabré si mientes.

Wren hizo girar el *ziethe*.

—¿Dónde está la soldado vendana? —pregunté.

Apretó los puños.

—¿La chica? La tienen en la ciudad.

La tienen. Un breve instante de alivio me llenó los pulmones. Así que estaba viva.

—¿Quién la tiene? —pregunté—. ¿Banques? ¿El general? ¿Paxton? ¿Quién está al mando?

—¿Al mando de qué?

—De la ciudad, de la arena. De todo.

—El rey —respondió dubitativo, como si no hubiera entendido la pregunta.

—¿Qué rey? ¿Qué reino?

Su rostro era un signo de interrogación.

—¡El rey de Eislandia, claro! ¡Montegue!

Lo miré sin creérmelo.

—¿Que Montegue ha invadido la ciudad? ¿Que ese idiota incompetente está al mando de todo?

—Pues claro. Y está en su derecho. Es su reino, su ciudad. Su soldado vendana. La tiene prisionera por atacar a un batallón y matar a cuatro hombres. —Se detuvo y le brilló una sonrisa en los ojos—. Su soldado vendana, así que puede hacer con ella lo que quiera.

Di un paso adelante para arrancarle la cabeza, pero Wren me detuvo.

—No piques, *patrei*. Te ha echado el anzuelo.

Ya lo sabía. Quería que saltara sobre él. ¿Pensaba que me podía quitar algún arma en un enfrentamiento cuerpo a cuerpo?

—¿Y Zane? —pregunté.

—¿Qué pasa con él?

Recé a los dioses por que Gunner hubiera matado a Zane antes de que todo estallara. Por que no se hubiera liberado y...

—¿Está vivo? —pregunté.

Sheridan sonrió.

—Lo han ascendido. Ahora es teniente en el ejército del rey. Seguro que le han encomendado a esa soldado vendana que tanto te interesa.

Wren me agarró el brazo con más fuerza.

Sheridan aprovechó la ocasión para lanzarse, no contra mí, sino a un lado, hacia la vela que Synové había puesto en un carruaje a menos de un metro. Se lanzó de frente y la derribó con la mano, y la vela se apagó. La negrura más absoluta nos envolvió. Se oyeron pasos apresurados, movimientos y, sobre todo, gritos. Nuestros gritos.

—¡La vela!

—¡Cógela!

—¿Dónde está el prisionero?

No nos atrevimos a blandir las armas por miedo a herirnos unos a otros. Synové hizo saltar chispas del pedernal hasta que consiguió prender una punta de la capa de piel. La llama iluminó los alrededores lo justo para que encontráramos la vela y la encendiéramos de nuevo.

Oí más movimientos, gruñidos, una respiración jadeante a lo lejos, en la caverna, muy lejos del círculo de luz. Los carruajes chirriaron y se derrumbaron cuando tropezó con ellos en la negrura.

—¡Ven aquí, Sheridan! —grité—. ¡No hay salida!

No respondió.

Wren soltó un taco.

—Aquí dentro no lo vamos a encontrar en la vida.

Contemplé la oscuridad polvorienta.

—No hace falta —respondí.

Salimos de la cueva y cerramos con cuñas todas las puertas, aunque entre la oscuridad y el laberinto de carruajes no habría podido dar con ellas. Sheridan había sellado su propio destino. En pocos días, tal vez en horas, su mueca de espanto se uniría al ejército de los que ya habían quedado allí encerrados.

Su jefe se llama Errdwor. Me dice su nombre y se da golpes en el pecho. Tiembla de pura rabia. Es mayor que yo. Más alto que yo. Más fuerte que yo. Dice que tengo que obedecerle. Que tengo que abrir la puerta. Pero no está más rabioso que yo. Es uno de los que mataron a mi abuelo.

Greyson Ballenger, 15 años

Capítulo veintiséis

Kazi

Un día más. Solo tenía que aguantar un día más. Cuando Lydia y Nash estuvieran a salvo ya nada me detendría. Se acabaría la espera. Solo quedaría destruir la munición. Matar al rey. Confiscar los papeles que la reina me había pedido. Seguro que Gunner los tenía en alguna parte. Y volvería a estar con Jase. Cuidaría de él. Lo ayudaría a recuperarse en la bodega hasta que estuviera en condiciones de cabalgar de nuevo. Daba igual el tiempo que tardara. Luego, juntos, reconstruiríamos la Atalaya de Tor. El sueño que creí que me habían robado empezaba a florecer otra vez, se desplegaba como una primavera en medio del invierno.

Terminé de atarme los lazos del vestido y me miré al espejo. Fruncí el ceño. No era un vestido para una cena tranquila, ni para un interrogatorio. Más bien para una fiesta o una ocasión importante. Y era demasiado atrevido. Pero, fuera lo que fuese lo que había planeado para aquella noche, tenía que seguirle el juego. Distraer, desviar la atención. No era más que otro tipo de juegos malabares, y por una noche me veía capaz de hacerlos. Debía ganarme la confianza del rey a otro nivel para que bajara la guardia. «Alimenta sus fantasías. Su ego te ayudará. Juega con él, es un pardillo más», me dije.

Pero no era uno más. Eso lo sabía bien. Hasta los mercaderes más abotargados tenían normas, tenían que responder ante alguien. El rey, en cambio, no. Solo seguía sus propias normas, las que él había dictado y que podía cambiar en cualquier momento.

Me tiré hacia arriba del corpiño para taparme un poco. Me sentía como Wren, tratando de entender una prenda inútil. Era…

«Quieta. No te muevas».

Me giré bruscamente. La habitación estaba en silencio. Un silencio antinatural. Y el aire parecía cargado de energía. Sentí a los fantasmas cerca, mirándome. Paseaban inquietos con pasos de pies helados. Uno de ellos me pasó el dedo frío por la barbilla. «Shhh, Kazi, no…».

Alguien llamó a la puerta y me giré de nuevo. La sensación escalofriante se desvaneció. Tal vez Paxton se había olvidado de algo. O la persona que tenía que acompañarme llegaba antes de lo previsto. Si consideraban que debía ir acompañada era porque aún no me había ganado su confianza, aunque oficialmente estuviera a las órdenes del rey. Al día siguiente tenía que borrar todo rastro de duda. Si Paxton podía hacer su parte, yo podía hacer la mía.

Bajé la luz de la lámpara que había junto a la cama y cogí la capa. Me moría por dejar atrás la noche, por que llegara el día siguiente. Pero, cuando abrí la puerta, el rostro que me encontré lo desencajó todo. Se me nubló la vista. Por un momento, me encontré fuera del tiempo, flotando, perdida. Me dio vueltas la cabeza y me quedé sin aliento. No podía moverme. De pronto, no me quedaba ni un músculo. Todos se me habían licuado. Luego llegó el terror, seguido por una claridad brutal. Cerré la puerta de golpe, pero él la abrió antes de que pudiera echar el cerrojo, una demostración de fuerza, de rabia, que me lanzó hacia atrás.

Avanzó hacia mí y me clavó contra la pared. Me sujetó las muñecas con una mano y me agarró del cuello con la otra sin dejarme el menor espacio de maniobra, como si llevara meses practicando aquel movimiento. Su piel me quemaba.

—Sorpresa —susurró.

Se me cerró la garganta y el aire no me llegó a los pulmones.

—Esta noche voy a ser tu acompañante —dijo—. Ahora soy teniente en el ejército del rey. La justicia es dulce, ¿no?

Su voz era un millar de arañas que me correteaban sobre la piel. No pude controlar el temblor de mis hombros. Estábamos solos. No había a dónde huir. «Ya no estás impotente, Kazi. Pelea». El instinto y la razón libraron una batalla dentro de mí. Volví a escuchar las palabras de Natiya durante el entrenamiento. «Sé consciente de tus puntos débiles, utiliza tus puntos fuertes». Él era más alto, más fuerte, más corpulento, un peso enorme contra mí, pero mi peor punto débil eran las reglas del rey. «Si le haces el menor rasguño…».

—Casi me cortan un dedo por tu culpa —siseó—. ¿Qué te parece si te corto un dedo yo a ti a modo de compensación? O quizá coja otra cosa… —Me empujó con más fuerza con todo su peso, contra la pared—. Tu enamorado estuvo a punto de matarme. Me encantaría que viera esto.

Zane no tenía miedo de mí. Siempre había imaginado que lo tendría. Pero estaba libre, hambriento, envalentonado, porque se sentía respaldado por el rey. Porque yo estaba atrapada, igual que lo había estado mi madre.

Casi atrapada.

Era consciente de mis puntos fuertes, como me había dicho Natiya.

Y yo también había practicado. Mentalmente.

Cien veces, mil veces. De mil maneras.

Le escupo.

Le retuerzo la muñeca.

Con un movimiento brusco le clavo el codo en la cara.

La rodilla, en la entrepierna.

Los nudillos, en el cuello.

Una patada a la rodilla.

Un castillo de naipes que se desploma.

No me hacía falta el cuchillo. Ni el escalpelo.

Sabía cómo hacerlo.

Y al final, cuando está tirado en el suelo, hecho un ovillo, el golpe definitivo, le clavo el talón en la sien.

Es asombroso lo vulnerable que puede ser el cuerpo humano.

Quedaría incapacitado. Muerto.

Y con muchos rasguños.

Si lo mataba, lo arriesgaba todo. El rey había enviado a Zane para que me llevara con él, no para encontrárselo muerto en mi habitación. Sería romper las reglas y acabar con toda posibilidad de confianza. Si lo mataba, daría al traste con el plan y desaparecería esa posibilidad de salvar a Lydia y a Nash. Tal vez incluso les costara la vida. Paxton ya estaba poniendo en marcha nuestro plan. Faltaba muy poco. Faltaba muy poco para el día siguiente.

—El rey me está esperando —dije.

—Tranquila, te voy a llevar con él. Pero es pronto. ¿No te has fijado? En veinte minutos pueden pasar muchas cosas. ¿No quieres saber qué le ocurrió a tu madre? Venga. Pregúntame.

—La tenue luz de la lámpara le brillaba en los ojos oscuros. Estaba disfrutando con la burla. «¿Dónde está la mocosa?». La estancia me daba vueltas. La piel me quemaba. «Piensa, Kazi. Calma. Busca la salida».

—Banques —conseguí decir.

—¿Qué?

Cogí aire. Contaba con algo más letal que un golpe en el cuello. Algo que le causaría terror, que acabaría con él. Ya estaba muerto. Sencillamente, no lo sabía.

—No harás nada cuando le diga a Banques lo que sé de ti.

—¿El qué?

—Que lo traicionaste. Que te hundiste durante el interrogatorio y le diste su nombre a Jase. Devereux. Le dijiste a Jase que Devereux te había dado el dinero para los cazadores de brazos. ¿Qué le parecerá al general? ¿Seguirás siendo teniente en su ejército? No creo. Creo que te ahorcarán en menos de lo que tardas en mearte encima.

Se le llenaron los ojos de pánico. Sabía que el general era muy aficionado a ahorcar a cualquiera, y la confesión en la que había entregado a Banques era motivo suficiente para que lo ahorcaran.

—Solo le di el nombre —razonó—. No le dije nada más. Y tu enamorado iba a despedazarme.

—¿Y eso a Banques le va a importar mucho?

—Podría matarte ahora mismo. —Me apretó el cuello más fuerte.

—¿Cómo se lo vas a explicar al rey, para el que trabajo? Estoy a su servicio, igual que tú… y, por si no te has dado cuenta, me tiene más cariño a mí.

Tenía la respiración entrecortada y los ojos como cuentas negras, diminutas. No sabía cómo salir de aquella. Habló sin pensar.

—Si yo… Si me matas, nunca sabrás dónde está tu madre.

Me tambaleé como si me hubieran dado un golpe. Tenía todo el vello de punta.

—Mi madre está muerta —repliqué.

—Está viva. Y yo sé dónde. No es lejos de aquí.

—Es mentira. Sé…

—Está viva. Te llevaré con ella en cuanto sea posible. Pero ni una palabra a Banques, ¿entendido? O no te diré jamás dónde está.

Sus palabras me caían como losas. No. Solo trataba de salir del atolladero. Solamente quería cerrarme la boca. No podía estar viva. Pero… ¿y si…?

Hasta esa misma mañana, había pensado que Jase estaba muerto.

¿Y si…?

No le creí, pero acepté sus condiciones. Tener algo tan letal contra Zane me resultaría útil si la situación se me escapaba de las manos. Sería, como mucho, un aliado a la fuerza. Hice un pacto con aquel demonio, el hombre que me había arrancado el alma y me estaba sobornando con la falsa esperanza de devolvérmela.

Acepté porque, en ese momento, el mañana era más importante que once años de espera. Pero, pasado mañana, ya conocía dónde estaba Zane. Pasado mañana las cosas habrían cambiado. Solo que él aún no lo sabía. No lo sabía aún.

Los metros que recorrí por el pasillo con un monstruo al que había temido durante más de media vida fue el camino más largo que había hecho jamás. Se me hizo eterno, y, cuando llegamos al comedor, estaba vacía por dentro. La resolución flotaba fuera de mí, a un lado, como un fantasma invisible.

«La cabeza alta, Kazi».

«Tú puedes hacerlo».

«Un paso. Otro. Otro. Casi hemos llegado».

Casi.

Jase.

Estaba vivo.

Eso era lo único que tenía que pensar.

Y en que el día siguiente estaba muy cerca.

Capítulo veintisiete

Jase

La arena estaba mal, pero las cosas en la ciudad eran aún mucho peores. Tal vez era la desesperación lo que me hacía pensar que la buena suerte podía ponerse de frente para variar, o que los dioses iban a interceder por mí. De algo tenían que servir todas mis promesas y oraciones.

Pero sería en otra ocasión.

En invierno, la Boca del Infierno siempre era un lugar gris. La escarcha opacaba el color de las hojas del tembris igual que hacía con el cielo, pero aquel gris corría más profundo, como si una sanguijuela le hubiera sorbido la sangre a la ciudad. El frío era tan intenso que no lo había visto nunca, hasta en los rostros de la gente con la que me cruzaba. Todos carecían de vida. El aire era gélido, pero a mí me ardían las sienes. Quería correr, buscar al rey, matarlo. ¿Por qué no lo había hecho nadie? ¿Dónde estaban mis justicias? Wren se dio cuenta de que la locura se apoderaba de mí y me atrajo hacia ella.

—Cuidado, esposo —me avisó Synové—. Ya sabíamos que la cosa estaba mal.

Pero no se me escapó el temblor en su voz. A ella también le resultaba abrumador. No se trataba solo de los edificios derrumbados, del desastre en las calles adoquinadas. Era algo que impregnaba el aire, y los soldados apostados en todas las avenidas, en todos los tejados, acentuaban la sensación de desesperación.

Kazi estaba viva. Allí. En algún lugar. Una parte de mí pensaba que la vería venir de frente por la calle, que la arrastraría a cualquiera de los pasajes ocultos que yo conocía tan bien.

Wren contuvo una exclamación. Vio el templo antes que yo. Estábamos en la otra punta de la calle, sin ángulo, y aun así divisamos los escombros.

Caemus me lo había dicho, pero eso no bastó para prepararme. La luminosa fachada que recibía a los visitantes había desaparecido. El altar seguía en pie, al aire libre, en medio de la nada, como un ciervo paralizado por el miedo. Todos mis juramentos habían empezado en aquel templo…

Menos uno. Una promesa que había empezado en el páramo, con Kazi.

Tragué saliva.

¿Aquello era obra de Montegue? Seguía sin creérmelo. No tenía ejército, ni dinero con el que pagarlo. Y nunca había mostrado el menor interés en gobernar.

«¿Y los impuestos que os quedáis? Eso también lo pone furioso, seguro».

Las dudas de Kazi me daban vueltas en la cabeza. Cuando le mandábamos el dinero de los impuestos, siempre detallábamos en qué se había empleado el uno por ciento que reteníamos. Montegue nunca respondió ni puso objeciones. Di por supuesto que era porque las cuentas demostraban que ese uno por ciento no cubría ni la mitad de los costes de los justicias, el mantenimiento, las cisternas, las escuelas, las dos enfermerías y muchas cosas más en una larga lista.

«¿Y si eligió el emplazamiento de la colonia tan cerca del memorial solo para insultaros?».

¿Nos había puesto un cebo? Me había parecido imposible, porque el rey no sabía nada de nosotros ni del memorial…,

234

pero Zane sí. Y Zane estaba trabajando para el rey. Todo el que vivía cierto tiempo en la Boca del Infierno sabía que la familia hacía una peregrinación anual a aquel lugar para realizar los arreglos necesarios en el sencillo monumento y dar gracias por el sacrificio de Aaron Ballenger. Si habían elegido aquel emplazamiento para la colonia de manera calculada, para provocarnos, los problemas de los últimos tiempos no se debían a una lucha por el poder provocada por la muerte de mi padre, como pensábamos, sino a un plan que había empezado a tramarse mucho antes.

Divisé a Aleski, el mensajero de la Atalaya, que venía hacia nosotros con el pelo rubio, casi blanco, suelto bajo el sombrero, y los labios agrietados por el frío. Iba empujando una carretilla de productos. Tenía familia en la ciudad, pero rara vez pasaba por allí, siempre estaba viajando de un lugar a otro. Aleski había trabajado muchos años para nosotros. Titus y él estuvieron muy unidos, y siguieron siendo amigos después de separarse. Tuve que tomar la decisión en una fracción de segundo: ¿lo dejaba pasar de largo o hablaba con él? No iba a traicionar a Titus ni al resto de la familia, de eso estaba seguro.

—¡Señorrr! —lo llamé, e hice un ademán para que se detuviera.

Nos dirigimos hacia él, y soltó la carretilla. Cuando estuvimos cerca, susurré su nombre. Abrió mucho los ojos, que se le llenaron de lágrimas.

—¿*Patrei?*

Se tambaleó como si estuviera a punto de caerse.

—Contrólate, Aleski. Somos kbaakis. Nos estás indicando una dirección. Señala hacia el mercado.

Asintió y apuntó, pero las lágrimas le corrieron por las mejillas.

—Lo ven todo.

—Lo sé. Nos están observando —respondí.

Los soldados de la esquina se habían vuelto hacia nosotros. Se secó la nariz.

—Pensábamos que habías muerto. La soldado que te detuvo dijo que te habían ahorcado. Dijo que…

—¿La soldado? ¿Kazi, quieres decir? ¿Dónde está?

—Ahora trabaja para el rey, para esa panda de canallas.

—No, seguro que no, Aleski. La tienen prisionera, no me cabe duda. Cualquier cosa que dijera…

—Más deprisa, muchachos —susurró Wren—. Nos están mirando. De un momento a otro se van a acercar.

—¿Es verdad lo que he oído? —le pregunté—. ¿Montegue está detrás de todo esto?

Aleski asintió.

—Sí, con el general. Intentamos hacerles frente.

Tenía la voz tensa, cargada de pesar.

—Lo sé, lo sé. Tienen armas demasiado potentes.

—Vienen hacia aquí —alertó Synové en tono cantarín.

—Esta noche, cuando oscurezca, ven al establo sur —dije—. Allí podremos hablar.

Pero Aleski no podía parar de hablar. Se le atropellaban las palabras, desesperadas, cargadas de odio.

—Han colgado de los tembris a los partidarios de los Ballenger para dar ejemplo. —Recitó los nombres. Drake, Chelline, la modista y muchos más. Los conocía a todos, y tuve que echar mano de toda mi capacidad de control para seguir sonriendo mientras me hablaba—. Me han confiscado el caballo —siguió—. Nos quitan los caballos a todos los que trabajamos alguna vez para vosotros si sospechan que os somos leales. Yo tengo familia aquí, en la ciudad. Mi madre, mi hermana… No puedo…

Cada vez que se le quebraba la voz, a mí se me desdibujaba la sonrisa, pero las palabras de mi padre afloraban en medio de las desesperadas de Aleski. «Cuando no te queden fuerzas, busca en lo más hondo y sácalas de donde sea, y compártelas. No tienes más remedio. Es la misión del *patrei*».

Lo agarré por los hombros.

—¿Cuál es la norma, Aleski? —susurré—. Atraparlos con la guardia baja. Ya lo sabes. Hay que cogerlos por sorpresa. Y eso vamos a hacer. ¿Por qué no está decorada la ciudad para el festival de invierno? Faltan menos de dos semanas. Encárgate. Hoy mismo. Díselo a todo el mundo. Planead la celebración. Que estos canallas crean que han vencido, que todo va a seguir como siempre. No le digas a nadie que estoy vivo. Todavía no. Pero que estén preparados. Los Ballenger van a recuperar la ciudad.

—¿Qué pasa aquí? —gritó un soldado.

Le di una palmada a Aleski en la espalda como si le diera las gracias.

Madera de árbol espíritu. Eso pasaba.

Aleski se alejó calle abajo con la carretilla para llevar mi mensaje a la gente de la Boca del Infierno, y los soldados explicaron a los tres desorientados kbaakis que la madera de espíritu solo se vendía en la arena.

—Pero en invierno cierran antes. Tendréis que ir mañana.

Vrud, Ghenta y Eloh les dieron las gracias con su acento marcado y preguntaron por un lugar donde alojarse.

No había nada. El rey y sus oficiales tenían ocupada la posada Ballenger, y las otras dos posadas también estaban completas. La única opción era quedarnos en los establos, con los caballos.

Noté sus ojos clavados en la espalda mientras nos alejábamos.

Noté los ojos que me vigilaban desde los tejados, intrigados.

¿Ese animal va a causar problemas?

Sí. Iba a causar problemas. En su momento. Iban a lamentar haber conocido a aquel kbaaki ignorante. Pero, de momento, lo único que vieron fue que nos dirigíamos a los establos, como habíamos dicho, así que se quedaron tranquilos.

«¿Cuál es la norma? Hay que cogerlos por sorpresa».

Y, para eso, Aleski me iba a contar todo lo que sabía.

Greyson no nos habla. No hace más que quedarse en la cama, mirando al techo. Siempre tiene los puños apretados. Se han llevado a Miandre. Y no sabemos cómo recuperarla.

Theo, 13 años

Capítulo veintiocho

Kazi

Irrumpí en la habitación por delante de Zane, para poner distancia entre nosotros. Fue como correr por un callejón de Venda en busca de las sombras, de un escondrijo bajo una escalera, de cualquier lugar donde desaparecer.

Montegue se dio cuenta. Cualquier movimiento brusco por mi parte seguía provocando desconfianza. Estaba hablando con un grupo de mujeres jóvenes congregadas en torno a él, pero se interrumpió a media frase y me miró. Asentí y me adelanté con más confianza hacia el centro de la estancia para borrar la impresión precipitada de la llegada. Volvió a concentrarse en sus admiradoras, que se bebían cada una de sus palabras.

Estábamos en el salón de la posada Ballenger. Los candelabros de hierro iluminaban la estancia con su luz parpadeante, y la conversación de docenas de personas era un bullicio que llegaba a todos los rincones. Por las rígidas órdenes de Banques, me había esperado una cena casi privada con el rey y un constante interrogatorio, pero aquello parecía más bien una fiesta. ¿Qué estaban celebrando?

Truko pasó a mi lado con una jarra de cerveza en cada mano, y me dirigí a él.

—¿Qué pasa? —pregunté.

—¿No te has fijado? Hoy han empezado a decorar la ciudad para el festival de invierno. El general Banques está muy satisfecho y ha decidido que había que celebrarlo.

Truko también parecía satisfecho. Tal vez lo que le iluminaba la cara eran las jarras de cerveza, o quizá estaba muy a gusto con la nueva dirección y con los potenciales beneficios de la arena. Paxton había dicho que creía que podía confiar en él, pero yo no estaba tan segura. Según Jase, era el jefe de liga más ambicioso, y le robaría los zapatos a un niño si le parecía que podía sacar provecho. Siguió su camino con la excusa de que alguien le había pedido la cerveza. La fiesta se cerró a mi alrededor. Cada vez hacía más calor.

Así que la gente de la ciudad estaba montando las decoraciones para un festival. La alegría volvía a las calles de la Boca del Infierno. Era como un puñetazo en el estómago.

«Se están olvidando del *patrei*. Siguen adelante con sus vidas».

¿Tenía razón el rey? ¿Era yo la que había interpretado mal los murmullos de la multitud? Me invadió el resentimiento. Claro que estaba satisfecho el general. Pero, si los partidarios de los Ballenger pasaban página y seguían adelante con sus vidas, ¿qué ocurriría con Lydia, con Nash, con el resto de la familia, los que estaban atrapados en la montaña? Mañana aún quedaba muy lejos. ¿Dónde estaba Paxton? Lo busqué entre la marea de cuerpos.

Me adentré más en el salón. En el centro había una mesa larga con un abundante surtido de platos, decorada con cintas y guirnaldas de colores alegres. Las velas parpadeaban en los candelabros altos de metal. Por el resto de la estancia había más mesas similares para servir a todos los invitados. Si Montegue estaba preocupado por sus finanzas, no lo aparentaba. Por fin divisé a Paxton en un rincón, hablando con Garvin. Nos miramos un instante y luego apartó la vista como si temiera que lo estuvieran vigilando. Yo también miré hacia otro lado. Siempre existía el riesgo de que me viera Montegue, o alguien de su confianza.

Oleez estaba llenando jarras de cerveza y copas de vino, y Dinah era la encargada de servirlas a los invitados. Vi a las mujeres de la cena de hacía unas noches. Llevaban vestidos aún más extravagantes. Y había más, muchas más. El número de admiradores del rey iba creciendo al mismo ritmo que su control. Pero al menos dos personas, Oleez y Paxton, no estaban entre ellos. Tal vez hubiera más que se ocultaban tras sonrisas obedientes para salvar la vida. Miré a los presentes para tratar de identificarlos: aliados, enemigos, indecisos... ¿Tenían miedo y solo buscaban sobrevivir? ¿También estaban colgando guirnaldas en sus casas? ¿Se estaban olvidando del *patrei*? «Claro que se están olvidando de él, Kazi. Les dijiste que era un criminal convicto, que lo habían ajusticiado. Les dijiste que estaba muerto, que siguieran adelante con sus vidas». Me pregunté si Paxton detestaba tanto como yo el papel de traidores que estábamos representando.

Me fijé en la vidente que había conocido en la fiesta de los Ballenger. Estaba sentada en un rincón, sola, con la única compañía de una copa de vino. Llevaba la capucha echada, como si fuera a marcharse de un momento a otro, o tal vez como si quisiera pasar desapercibida, apenas una sombra en una esquina. ¿Era la que había alertado al rey sobre la estación de amargura que se avecinaba? Sabía que tenía un don auténtico. Jase me había hablado de ella cuando estábamos bajo las mantas, en la llanura fría.

«La vidente me alertó sobre ti. Dijo que me ibas a arrancar el corazón».

«Y te dijo la verdad. Pero no ha dolido tanto, ¿no?».

«Ha dolido mucho. Pero no quiero que me lo devuelvas. Quédatelo, es tuyo. Para siempre».

Yo le desabroché la camisa y le besé el pecho como quien besa una herida, y noté su piel ardiente contra mis labios mientras mis manos exploraban su cuerpo.

«Para siempre —le susurré—. Te tomo la palabra, *patrei*».

Para siempre. Con qué facilidad lo habíamos dicho. Éramos dueños del mundo. Durante aquellas pocas semanas, todo estuvo hecho a nuestra medida. Íbamos de viaje para fundar un nuevo reino. Para crear una nueva familia.

«Estaba inconsciente. Casi no respiraba».

Y otras palabras que tiré al suelo, que pisoteé, que me negué a escuchar.

«Tenía clavadas cinco flechas, Kazi. Una en el pecho. No pintaba bien».

Volví a mirar a la vidente. ¿Trabajaba para el rey? Pero una vidente no podía cambiar de bando. Veía lo que veía. Aun así, ¿me atrevería a acercarme a ella? ¿Adivinaría mis secretos, como ya había hecho antes? ¿O podría darme noticias de Jase?

Me dirigí hacia ella sin pensar más. Jase me había dicho que se llamaba Maggielle. Me arrodillé junto a ella y miré en las sombras de la capucha con el corazón en un puño, a la espera de lo que pudiera darme. Noticias.

—¿Quieres que te traiga alguna cosa, Maggielle? ¿Otra copa de vino?

El hielo azul brilló bajo los párpados arrugados, en el rostro enmarcado por espirales de pelo negro y blanco.

Negó con la cabeza.

—No puedo hacer nada por ti. No veo rostros ni nombres, pero veo traición. Una traición que te ha atrapado en sus redes. —Inclinó la cabeza como si tratara de ver en lo más hondo de mis pensamientos—. Vigila lo que dices. Vigila aún más en quién confías.

Pero, en lugar de vigilar lo que decía, me dejé llevar por la desesperación.

—Jase. ¿Qué ves sobre él?

—El *patrei* —dijo muy despacio, dando forma a cada sílaba como si tuviera tierra en la garganta. El sonido torvo hizo que el estómago me diera un vuelco. Entrecerró los ojos tanto que solo quedó una astilla azul bajo los párpados, pero en ese momento fugaz vi en ellos el paso del tiempo, de estrellas, de galaxias. Alzó la cabeza de repente y recorrió la habitación con la mirada—. Márchate. Deprisa. No veo nada más.

¿Nada? No, había visto algo, pero no me lo quería decir. ¿Porque no confiaba en mí, o porque era algo que podía destruirme? Me levanté bruscamente y me aparté sin siquiera darle las gracias. ¿Le preocupaba la traición? En aquel mismo salón había pocas personas que no me hubieran traicionado ya. Y ganarse mi confianza era siempre una hazaña.

De repente, vi a Dinah a mi lado.

—El rey me ha dicho que te trajera algo de beber.

Me tendió una copa de vino tinto. La superficie del líquido se movía. Se la cogí de la mano temblorosa.

—¿Qué te pasa, Dinah? ¿Tienes frío?

—No, señora —dijo a toda prisa, y se escabulló. Nerviosa. Tal vez tenía miedo de derramar algo e incurrir en la ira de…, bueno, de quien fuera. O tenía miedo porque ella tampoco sabía en quién confiar.

La velada siguió avanzando, interminable. ¿Cómo era posible que aquellos círculos cambiantes de personas tuvieran tanto que comentar, tanto de lo que reír? Sin la ayuda de Wren y Synové, iba perdida y a la deriva en aquella fiesta. ¿Qué estarían haciendo en aquel momento? ¿Cómo se encontrarían? ¿Qué misión les habría encomendado la reina? Paxton era un aliado, pero no era Wren ni Synové. Tampoco sabía si era capaz de luchar o si contaba con sus *strazas* para que lo sacaran de cualquier apuro. Pero había conseguido llevarse a Jase sin que nadie se diera cuenta. Ojalá lo lograra gracias a su astucia, y no gracias a la suerte.

Paseé por el salón y traté de aparentar que estaba en mi lugar, en la teoría y en la práctica. Era una convencida partidaria del rey, leal a él. No era fácil charlar alegremente con posibles traidores a los Ballenger, así que me imaginé que estaba en la *jehendra*, todo sonrisas, paseos, juegos malabares, en busca de un pichón bien gordo que guardarme bajo la camisa. Solo que, en lugar de comida, estaba a la caza de información. Porque un día más y no tendría las manos atadas, y me habría embarcado en una nueva misión: dar con el lugar donde Banques y el rey habían almacenado la munición, y destruirla… sin llevarme por delante toda la ciudad.

Por fin sonó la campana de la cena y cada invitado se dirigió hacia su silla. Me fijé en que Montegue estaba sentado en un extremo de la mesa con Banques, Paxton, Truko y Garvin, enzarzados en su conversación. Me acompañaron hasta el otro extremo de la mesa y me sobresalté al ver a Zane sentado enfrente de mí. Se me puso el corazón en la garganta. Iba a ser una velada muy larga. Mantuve la vista baja y traté de recordarme que todo iba a terminar en unas horas…, siempre que Paxton hiciera lo que tenía que hacer. Miré los platos que me pusieron delante y jugué con la comida sin llevarme nada a la boca. No tenía apetito. Me concentré en la cubertería y en la servilleta, que me coloqué una y otra vez en el regazo. Montegue estaba concentrado en la comida y en la conversación, así que al menos no tenía que actuar para él. Todo el mundo se dedicó a comer, pasaron los minutos, los platos se enfriaron delante de mí. Miré el cuchillo de plata que centelleaba bajo la luz de las velas. Estaba pidiendo a gritos que lo utilizara. «Muere mañana, Kazi. Tienes que hacerlo por todos. Muere mañana. No hoy». Pero, aunque apartara los ojos del cuchillo, no podía dejar de oír, así que escuché a Zane hablando con otros invitados como si no pasara nada. Sus palabras me envolvieron como una mortaja repugnante. Me hundí en un mundo negro, un mundo donde no podía coger el palo.

«¡Sal, niña!».

Estaba hablando de otras cosas, pero yo solo oía aquellas palabras que se negaban a morir.

«Me darán mucho por ti».

«¿Dónde está?».

«¿Dónde está la mocosa?».

Alcé la vista y ya no pude bajar los ojos. Se me quedaron clavados en su rostro igual que aquella noche de hacía años. Fue como si Zane y yo estuviéramos a solas en la estancia. Solo nosotros, conectados por mi madre durante cinco minutos de terror. Me vi arrastrarme para salir, centímetro a centímetro, de una prisión oscura. Le miré la verruga de la muñeca, la piel blancuzca, los mechones de pelo grasiento, los ojos negros. Percibió mi mirada y se volvió. Metí el cuchillo en el plato de la mantequilla y lo hice girar de manera que la mantequilla salió en láminas espirales, onduladas, como la carne al cortarla de un jamón asado. Lo que fuera a decir Zane quedó suspendido en el aire mientras los ojos negros me miraban a mí, luego al cuchillo, luego a mí otra vez. Extendí la mantequilla sobre una gruesa rebanada de pan y volví a hundir el cuchillo, a girarlo. Me imaginé que lo estaba clavando en Zane, que la carne salía en rizos, poco a poco.

—Qué bonito eso que haces —dijo la mujer que estaba sentada junto a él.

Extendí la mantequilla sobre el pan y luego hundí el cuchillo de nuevo para sacar más rizos.

—Te gusta mucho la mantequilla, ¿eh? —señaló otro invitado.

—No —respondí—. La verdad es que detesto la mantequilla. Pero me gusta cómo sale con el cuchillo. Es tan fácil…

Los ojos de Zane se cargaron de terror. Quizá no porque pensara que lo iba a apuñalar, sino porque podía estallar en cualquier momento y decir lo que sabía de él, porque podía destruir su vida como él había destruido la mía. Tenía miedo de mi mente, de los planes que pudiera estar tramando. Porque mi mente no la podía controlar. Ni siquiera con la promesa de volver a ver a mi madre.

«Ya no está, Kazi. Ya no está».

Pero volví a oír su voz, fresca, nueva, presente. «Mi *chiadrah*. Come, cariño. Tienes que comer».

No podía librarme de aquello. De la esperanza. Había surgido de algún lugar muy escondido en mi interior.

«Maldito sea. Ojalá se queme en lo más ardiente del infierno por hacerme esto. Otra vez».

Solté el cuchillo y me comí la cena fría. No se debía desperdiciar la comida.

Dinah me tocó el hombro.

—El rey te ha hecho una pregunta —susurró.

Alcé la vista. El rey y todo el otro extremo de la mesa me estaban mirando.

—¿Pasa algo? —preguntó Montegue.

Me limpié la boca con la servilleta.

—No, majestad. Estaba absorta en la comida —me disculpé, y le pedí que me repitiera la pregunta.

—Me han dicho que sabes muchos acertijos. ¿Quieres entretenernos con uno?

¿Acertijos? Noté fuego en las sienes. ¿Cómo lo había sabido? Solo le había contado acertijos a Jase, y…

Garvin entendió el desconcierto que se me leía en la cara.

—Ha sido Mustafier —dijo—. Un mercader que vende baratijas en la arena. No para de hablar de ti.

Mustafier. No sabía su nombre, pero lo recordaba. El logó-filo que me había dado el anillo adornado con lianas como pago por un acertijo. Pero no entendía los motivos del rey. ¿Entretenerlos? Lo dudaba mucho. Nada le gustaba más que el sonido de su propia voz. Tal vez solo quería demostrar que sabía muchas cosas sobre mí, cosas que no me imaginaba que supiera. Tenía ojos y oídos en todas partes.

Me levanté y pensé durante unos momentos. Se hizo un silencio expectante.

—Muy bien, vamos allá —dije.

Expuse varios acertijos cortos, sencillos, acerca de árboles, huevos o narices. Cada vez que formulaba uno, se oían murmullos entre los invitados, que discutían posibles respuestas, pero el rey siempre era el primero que acertaba.

—¿No tienes nada un poco más complicado para mí? —preguntó Montegue tras el cuarto.

Muchos. Pero el objetivo de un acertijo no era su dificultad, sino su capacidad para distraer la atención.

—Deja que piense… —respondí, aunque ya tenía claro cuál iba a crear suficiente distracción—. Atiende bien, que no te lo voy a repetir.

Asintió, y empecé.

> Duermo en una cueva, húmeda, oscura,
> por eso no es fácil ver mi hermosura.
> Mas salgo al instante si rabia percibo,
> y reparto tajos con odio agresivo.
> A veces acecho si veo a mi presa.
> A veces engaño, o soy torpe, o traviesa.
> Tiendo trampas, miento, clavo mi aguijón,
> doy felicidad o rompo el corazón.
> Pero salgo presta si veo algo rico:

carnes, vino, fresas, todo lo mastico.

Si me seduces, salgo desnuda, pero…

Solo quiero un beso de amor verdadero.

En esta ocasión no se oyeron murmullos. Varios invitados se quedaron boquiabiertos. Estaban desconcertados, o bien las imágenes de desnudez, seducción y besos los habían distraído. Vi que Montegue tragaba saliva. Clavó los ojos en los míos. Sabía la respuesta.

—Mucho acertijo para un trozo de carne tan simple —dijo al final.

—¿Simple? Todo lo contrario, majestad. La lengua vive más que el cuerpo. Puede acabar con un reino… o crearlo. Puede dirigir ejércitos y acabar con ellos. Su poder no reside en su tamaño ni en su belleza, sino en lo inteligente y fuerte que sea.

—¿Qué poder puede tener algo que se deja seducir con facilidad?

Me encogí de hombros.

—Tal vez esa es la maldición de nuestra humanidad. Todos necesitamos algún tipo de sustento, ¿no?

—¿Un beso de amor verdadero? —intervino Garvin entre risas—. Pero ¿tú crees en esas cosas?

«Sí, cerdo traidor, aunque me imagino que tú no vas a experimentar nada verdadero en tu vida».

Pero me limité a inclinar la cabeza, pensativa.

—Solo es un acertijo, Garvin. No tiene más objetivo que entretener. Saca las conclusiones que quieras. Pero que tú no hayas experimentado algo no quiere decir que no exista. Tampoco te has lavado nunca detrás de las orejas, y siempre es posible que haya un milagro y te laves un día.

Todo el mundo se echó a reír. Montegue solo esbozó una sonrisa distraída. Estaba pensando en otra cosa.

Se sirvieron las mesas de postres, y los invitados, una vez más, se reunieron en círculos, entre charlas y risas. Yo estaba saturada de tanto exceso, tanta farsa, y solo quería una excusa para volver a mi habitación, pero Oleez apareció junto a mí con la excusa de llenarme la copa, aunque ya la tenía llena. Me sonrió y bajó mucho la voz.

—Me dicen que tengo que hablar contigo.

El corazón me dio un salto. «Lo ha logrado». Paxton había convencido al rey. Había dicho que me lo comunicaría a través de Oleez. Los había visto al rey y a él absortos en una conversación, y Montegue había asentido distraído mientras se frotaba la mejilla con el dedo.

—Sí —respondí también en voz baja. Miré a mi alrededor para asegurarme de que no había nadie cerca para oírnos. Solo tenía tiempo para darle los detalles más básicos, así que le di instrucciones muy esquemáticas—. Mañana por la mañana ponte enferma. Vomitando. No puedes salir con los niños a donde vamos. Dile al rey que no pasará nada porque estén solos si los vigila un guardia. Sé convincente. En cuanto nos marchemos, sal de la posada y escóndete. Aquí ya no estarás a salvo. ¿Tienes a alguien que te dé refugio?

Asintió.

—Bien. Tienes que desaparecer. Y no se lo digas a nadie.

Tenía arrugas de miedo en torno a los ojos.

—Yo estaré a salvo. ¿Y los niños?

—Sigue sonriendo, Oleez. Nunca se sabe quién está mirando —le advertí, y me eché a reír para reparar cualquier daño que hubiera causado su expresión preocupada—. Haré lo posible por protegerlos, pero no va a ser fácil. Correrán peligro.

—Ya corren peligro. Detesta a los Ballenger —susurró mientras sonreía—. A todos. A veces lo veo mirar a los niños, y tiene una cara que me da miedo. No hay día en que no tema que los vaya a…

Se alejó tan deprisa que casi derramó el contenido de la jarra.

—Ven a mi estudio. —Me di la vuelta para quedar frente a frente con el rey—. Tenemos que discutir un tema. Ahora mismo.

Se dio media vuelta sin mirar atrás. Sabía que lo iba a seguir.

¿Se había vuelto contra nosotros la propuesta de Paxton? Algo había ido mal.

Capítulo veintinueve

Jase

—No —susurró Synové—. Ni se te ocurra.

Me había pillado mirando en dirección a la posada Ballenger. Desde un lado de los establos, se veía una ventana iluminada. Algo estaba pasando allí esa noche. Una especie de fiesta. Y Kazi estaba allí, lo sabía. «Ahora trabaja para el rey». Era imposible, claro, pero algo la retenía en aquel lugar. ¿El qué? ¿Un chantaje? ¿Con qué la amenazaba Montegue?

—Es difícil no pensarlo —respondí.

«Difícil» no era la palabra más adecuada. Se me abrasaban las tripas allí, imaginando la mejor manera de entrar en la posada, la forma de sacarla. Me dolían los ojos de mirar hacia la ventana para tratar de ver aunque fuera un atisbo. Estaba tan cerca y no podía ir hacia ella. Ya había descartado un centenar de posibilidades. ¿Qué excusa podía dar un mercader kbaaki a los guardias apostados en la entrada? ¿Una falsa invitación a la fiesta? ¿O tal vez abrirme paso a la fuerza? ¿Sabía Kazi que yo estaba vivo?

Synové se apoyó contra la pared del establo, a mi lado. La noche era tan oscura que casi ni la veía. Dejó escapar un suspiro.

—Sé muy bien lo que se siente cuando no puedes ir a ayudar a alguien a quien quieres. Aquella vez, cuando Kazi desapareció, habría dado cualquier cosa por entrar en la Atalaya de Tor. Habría matado a todos tus perros. Y a tus guardias. Y lo digo en serio.

Unas veces iba escasa de confianza, y otras, le sobraba. En aquel momento le sobraba.

—Puede —respondí—. Mis guardias también saben luchar.

—¿Saben luchar? —soltó un bufido—. Con eso no tienen ni para empezar contra mí.

—¿Y por qué no lo hiciste?

—Por Wren. Me convenció. No era parte del plan. Sabía que mis emociones estaban descontroladas. Somos un buen equipo, tenemos equilibrio, como dice Kazi. Nos compensamos unas a otras y nos ayudamos a pensar con claridad.

—¿Eso estás haciendo ahora mismo? ¿Ayudarme a pensar con claridad?

—Kazi y Wren son toda la familia que me queda, *patrei*. Y no voy a perder a Kazi solo porque tú tengas ganas de matar a unos cuantos perros.

Cerré los ojos con fuerza y di gracias por que no me viera en la oscuridad.

«Yo tampoco la voy a perder».

Me aparté de la pared del establo.

«Olvídate de invitaciones a la fiesta».

Lo que necesitaba era fuerza bruta, y sabía dónde buscarla.

—Aleski no va a venir. Vámonos.

Lo siguiente era recuperar el arma con que contaba y la bolsa de munición. Era inútil seguir esperando. Pero Synové me detuvo.

—¿Quieres que nos pongamos en marcha? Tenemos que descansar, *patrei*. Wren está preparando algo para cenar. Y, además, viajar de noche atraería demasiada atención.

—Podemos comer mientras viajamos. Y conozco caminos poco transitados…

—¿Y las calles? Antes tendríamos que recorrer estas calles, y hay ojos en cada esquina. ¿Qué vas a decir cuando te pregunten que a dónde vamos a estas horas? No puedes…

La puerta del establo se abrió y la luz dorada se derramó al callejón. Era Wren. Su expresión hizo que Synové y yo sacáramos las armas de inmediato.

—Tenemos un problema —confirmó.

Di un paso adelante y miré hacia el otro lado de la puerta. Allí estaba Aleski... y no había acudido solo.

—Lo siento, *patrei* —dijo—. No había elección. He tenido que decírselo.

Capítulo treinta

Kazi

¿Era urgencia o ira lo que se le oía en la voz?

Me preparé mentalmente para responderle, pero, en cuanto cerró la puerta de la estancia, se volvió hacia mí y me dijo algo muy diferente de lo que yo esperaba en ese momento.

—Esta noche me has mentido.

No supe qué responder. Traté de recordar qué error había podido cometer. Casi todo lo que tenía que ver conmigo era mentira.

—No sé qué…

—Dijiste que estabas absorta en la comida, pero en realidad era algo con Zane. Lo detestas. ¿Por qué?

Zane. Solo con oír su nombre se me erizaba el vello.

Negué con la cabeza y me di media vuelta, pero el rey llegó junto a mí de dos zancadas y me agarró el brazo, aunque no de modo amenazador.

—Cuéntamelo —dijo con voz tranquila.

No podía revelarle hasta qué punto odiaba a Zane ni por qué. Jase era la primera persona, la única, con la que había compartido hasta el último detalle, y hasta eso me resultó doloroso. Además, había hecho un trato con Zane. Un pacto de silencio, inútil, vacío, pero no podía dejar escapar aquella brizna de esperanza.

—No tengo nada personal contra él —repliqué.

—Entonces ¿es con los previzios? Oí lo que dijiste sobre ellos en la arena… antes de darle un puñetazo al *patrei*. ¿Qué tienes contra ellos?

—Lo que hacen es ilegal. No necesito más motivos.

—Pero tú eras una ladrona de primera.

—Una ladrona que se moría de hambre en las calles de Venda. Los previzios no trataban bien a la gente como yo. No tenían la menor compasión. —Eso no me lo tuve que inventar. Era cierto, palabra por palabra—. Éramos inferiores a ellos —seguí. «Alimaña, mocosa, mierdecilla»—. Paseaban por delante de nosotros con sus mercancías y luego se las vendían al komizar o a los mercaderes ricos. A nosotros solo nos ofrecían bolsas de trigo con moho y gorgojos, y eso con suerte. Lo más normal era que solo nos reservaran su desprecio. Llevo grabadas en la memoria todas sus burlas.

Me miró con atención.

—¿Robabas porque tenías hambre?

Me encogí de hombros.

—La miseria motiva mucho.

Me diseccionó con los ojos. Era el rey astuto que calculaba cada uno de sus movimientos, pero, por una fracción de segundo, también vi sed de saber en sus ojos. Dio marcha atrás, receloso. No era dado a la confianza, y me alegré. No quería que ese momento llegara demasiado pronto. Al día siguiente. En el momento oportuno.

—Comprendo lo que hiere el desprecio —dijo al final—, pero eso fue hace mucho, y Zane me resulta útil. Es un rostro conocido en la arena, y eso la gente lo valora. Los mercaderes lo conocen. Me gustaría que enterraras las rencillas.

Había dicho que le gustaría, en vez de ordenármelo. «Paciencia, Kazi. Está nadando en círculos. Se acerca». Esperé unos instantes, como si estuviera sopesando su petición.

—Si te resulta útil, sí, claro. Haré lo posible por enterrar el pasado.

—Además —añadió—, ya no eres inferior a ningún previzio. Trabajas para el rey. Para el que pronto será el rey más poderoso del continente. No lo olvides.

—Sí, majestad.

Me miró a la cara, sin prisa.

—En privado, puedes llamarme Montegue.

Más cerca. Pero no el tipo de cercanía que necesitaba en ese momento.

—¿Querías decirme algo? —pregunté para cambiar de tema.

—Banques me ha informado de que hoy has hecho una búsqueda muy exhaustiva. Estaba satisfecho con tu trabajo.

—¿De veras? Cuando hablé con él parecía más bien decepcionado.

—El general no va por ahí repartiendo alabanzas. Pero me ha dicho que descubriste unos cuantos escondrijos de los que no sabíamos nada.

—Pero sin resultado.

—Esta noche, durante la cena, Paxton me ha dicho que tuviste un… un «momento», lo ha llamado. En la casa. Dice que titubeaste, como si sintieras algo. ¿Tienes el don?

Fruncí el ceño, aunque por dentro estaba sonriendo. «Bien hecho, Paxton». Yo había quitado importancia a las habilidades que Paxton había insinuado, pero el rey respondió exactamente como queríamos, como si leyera sus diálogos de la obra que nosotros habíamos escrito.

—No —respondí—. Nada parecido al de la reina, desde luego. Es solo que a veces… No sé ni cómo decirlo. Tengo una sensación.

—Paxton dice que deberíamos volver mañana y registrar de nuevo la casa principal. Yo estoy de acuerdo.

Suspiré, como dando a entender que no me parecía tan obvio. Aquello tenía que ser idea suya, como todo.

—Si quieres… Te estoy agradecida por haberme dado trabajo, pero no puedo prometer nada. Eso sí, tuve una sensación extraña acerca de un ala de la casa. No sé qué quiere decir, pero no me importaría registrarla otra vez.

—Bien, decidido. Mañana iremos de nuevo. —Hizo una pausa y me miró el pie—. Me he fijado en que ibas cojeando. Paxton dice que te has hecho daño.

—¿Lo de la pierna? —Miré hacia abajo como si no me hubiera dado cuenta hasta entonces—. Ah, no es nada. Esta mañana me he pillado el pie con un tablón y me he torcido el tobillo. Nada más. Seguro que se me quita con una noche de reposo.

—De camino, haremos una parada en el Pabellón de Dioses. Para que metas el pie en el agua.

Sabía que iba a querer parar allí de todos modos. Según Paxton, era habitual siempre que iba a la Atalaya de Tor. La cojera nos lo garantizaba. Fingí sorpresa.

—Vaya, gracias. Seguro que me ayudará… y es muy amable por tu parte, majes… Montegue.

Iba a dar cualquier excusa para dar por terminada la conversación y marcharme cuando sonó un golpe en la puerta. Dinah entró con una bandeja en la que llevaba dos copas y una jarrita de cristal llena de un líquido oscuro, ambarino. El rey no se tambaleaba, pero había bebido abundante licor durante la larga noche de celebraciones. Una copa más y no se tendría en pie, y la segunda era, sin duda, para mí.

Montegue me soltó el brazo e indicó a Dinah que dejara la bandeja en una mesita baja, frente a un sofá mullido con patas de madera que parecían zarpas. La chica puso la bandeja en la mesita y me lanzó una mirada casi impaciente, tal vez una advertencia. Quizá pensaba que no podía manejar al rey… o la bebida. Montegue le dijo que se podía marchar. Ya desde la puerta, Dinah dirigió la vista hacia atrás, con los rizos castaños asomándole por debajo de la cofia. Asentí para tranquilizarla, pero ella miró a Montegue.

—¿Alguna otra cosa, majestad? ¿Quieres que atice el fuego en la chimenea? Si lo deseas, me quedo y…

—No, ya me encargo yo. Puedes marcharte.

La chica, de mala gana, cerró la puerta tras salir.

Hacía frío en la habitación, sí, pero… ¿el rey iba a echar leña a la chimenea, a mancharse las manos? Su especialidad era tenerlas siempre limpias. Y se había mostrado muy deseoso de que Dinah se fuera.

—Yo me encargo —ofrecí, y me arrodillé en la alfombra gruesa junto a la chimenea, removí las brasas con el atizador y eché encima unas cuantas ramitas secas. Las llamas las lamieron.

Oí detrás de mí el tintineo de las copas. Volví la vista. Montegue me estaba mirando con una en la mano. En la mesa me esperaba la otra, ya llena. Me concentré de nuevo en la chimenea y cogí un tronco.

El silencio fue largo.

—Así que ninguno de los besos que le diste al *patrei* fueron verdaderos —dijo al final.

Me puse rígida. Pensaba que esa conversación iba a tener lugar por la mañana, no tan de repente. Montegue tenía que estar con sus invitados. Pero el rey hacía lo que quería.

—Ya te lo dije. Todo lo que viste fue…

—Sí, sí, ya lo sé. Parte de tu trabajo. Pero también dijiste que fue un pasatiempo entretenido.

Me encogí de hombros con indiferencia.

—Sus besos no estaban mal, pero no eran memorables, ni tenían importancia. La verdad es que ya los he olvidado.

Olvido. Era una palabra que Montegue valoraba mucho en todo lo relativo a Jase.

—Háblame más del *patrei*. ¿Cómo era?

No se lo quitaba de la cabeza. Seguía peleando contra el fantasma de Jase. No le bastaba con haberlo matado. Aquella obsesión hizo que entendiera mejor que nunca por qué Paxton había tenido que inventar el cadáver. Aunque tuviera que soportar el espanto de ver cien veces más la mano con el anillo de Jase, la astuta artimaña de Paxton tenía un valor incalculable. Le estaba dando tiempo a Jase para seguir a salvo, para recuperarse. Aticé las brasas y saltaron chispas. Y yo, ¿era capaz de mentir con todo detalle, de manera convincente, sobre Jase? ¿Podía decir que era un cobarde codicioso y arrogante, sabiendo que era todo lo contrario? Decir que lo detestaba era una cosa, pero entrar en detalles era otra, y muy diferente.

—Tú lo conociste mucho más tiempo que yo —respondí—. Y seguro que mejor.

—Pero nunca estuve invitado en su casa. No comí con él, ni le di un puñetazo, ni le puse un cuchillo en el cuello, ni me lo llevé a medio continente de distancia. Tú pasaste muchos más momentos íntimos con él.

Puso énfasis en la palabra «íntimo» y en las preguntas que esa simple palabra conllevaba. ¿Habíamos ido más allá de los besos?

—Pero, pese a todo el tiempo que pasé con él, no conseguí mi objetivo, y ese cretino arrogante no perdió ocasión de recordármelo. En cambio, tú lo mataste. Lo venciste en su propio juego, y sin siquiera mancharte las manos. Yo soy la que te tendría que estar haciendo preguntas. Cumpliste con tu misión. Yo, no. Para una rahtan, no es fácil reconocerlo.

Oí el susurro de los cojines cuando se sentó en el sofá. Me levanté. Montegue me indicó que me sentara con él. Lo hice, en el extremo contrario. No había hecho falta gran cosa para distraerlo de la pregunta original. Al final, todo giraba siempre en torno a la fantasía, el mundo que se construye la víctima, el objetivo incauto, lo que piensan y valoran de ellos mismos. De la historia que se habían inventado y que había que alimentar. «Eres más astuto, más listo, mejor».

Había que dejar florecer la ilusión.

Ese era mi trabajo.

Me senté y solo tuve que arrojarle unas migas más, una sencilla pregunta para que me lo contara todo. «¿Cuánto tiempo te costó planearlo?». Porque, si algo sabía tras cientos de contactos con los mercaderes de la *jehendra* era que todo el mundo tenía una historia que se moría por contar, el relato verdadero que ellos creían que nadie entendía bien, las injusticias que habían soportado, los galardones que merecían y que no se les habían otorgado. Como ladrona callejera, era experta en escucharlos, en asentir, en darles la razón, en empujarlos para que perdieran de vista este mundo y se adentraran en otro. Y con cada palabra que les escuchaba me ganaba un poco más de su confianza. Por fin, alguien que los comprendía.

Montegue dejó de mirarme y se concentró en el fuego, con la fantasía viva en los ojos. Le complacía que le hubiera preguntado. Se recostó en el sofá y puso los pies sobre la mesita, y se llevó a los labios la copa de licor ambarino. La vació de un trago y se sirvió más.

Fue desgranando el relato con fluidez, como si lo hubiera contado mil veces en el rincón más oscuro de su mente. Seguro que lo había hecho. Era una historia de orgullo y amargura a partes iguales. Eso era lo que quería que oyera yo: el triunfo de la astucia y la paciencia. Pero también me habló de otra cosa sin saberlo: de la necesidad desesperada que ardía en su interior.

El desprecio. De pronto, entendí por qué me había dicho que lo comprendía. Esa palabra era una liana que se enroscaba en torno a él y lo ahogaba. Escuché y asentí mientras la inmensidad de sus celos me helaba por dentro, con unas raíces más hondas y retorcidas de lo que me había imaginado.

Había empezado a tramar el plan desde que tenía doce años. Se pasaba los días perfeccionándolo. Se convirtió en una obsesión para él. Durante once años.

—Eras prácticamente un niño —dije, tratando de no dejar traslucir el espanto.

—Un buen plan lleva tiempo —respondió—. Por supuesto, no podía proceder mientras mi padre fuera el rey, pero siempre supe que, algún día, la Atalaya de Tor, la arena, todo… Todo sería mío. Pero, para eso, antes tenía que morir mi padre.

—¿Tú lo…?

—¿Que si lo maté? No. Fue un golpe de suerte. Así supe que los dioses no querían que siguiera esperando. Querían que tuviera todo esto. Luego, conocí a Beaufort, y supe que los dioses querían que tuviera todavía más.

¿Los dioses estaban de parte de Montegue? Qué suerte para él. Tal vez eso no se lo creía ni él mismo, pero lo necesitaba para la imagen de justicia de su plan, de su sacralidad. Si lo repetía muchas veces, acabaría por ser verdad.

—Ya eras el rey de Eislandia y tenías la fortaleza de Parsuss. ¿No bastaba con eso?

Soltó una risita.

—Fortaleza. Esa palabra le queda muy grande a una ciudadela de doce habitaciones y casi en ruinas. No has estado nunca en Parsuss, ¿verdad?

—No.

Me contó que su padre repartía su tiempo entre las tres granjas que la familia Montegue tenía desde hacía generaciones, la de Parsuss y las dos de las tierras altas, cerca de la Boca del Infierno, donde criaban ovejas y plantaban cosechas estivales. Con las tres juntas casi no bastaba para poner comida en la mesa y pagar a los pocos empleados. Los escasos impuestos que cobraba apenas daban para el salario del reducido grupo de personas que trabajaban para el reino. Las arcas siempre estaban al borde del rojo. Le pregunté por su madre, y me dijo que no había llegado a conocerla, que murió cuando era muy niño. Siempre había estado a solas con su padre y con los pocos trabajadores que iban y venían. Tuvo una infancia solitaria.

—Cuando tenía doce años, vine a la arena de los Ballenger con mi padre. Por aquel entonces era mucho más reducida. Los mercaderes eran casi todos granjeros, pero a mí me pareció gigantesca. Era un paleto con ojos como platos. —Le temblaron las aletas de la nariz, como asqueado ante su propia ingenuidad. Bebió otra copa. ¿Se había parodiado a sí mismo? ¿El paleto ignorante que hacía de rey inepto?—. Nunca había visto tantas mercancías, a tantos comerciantes juntos. Había ruido y comida por todas partes. Era un hervidero de posibilidades que chisporroteaban en el aire como latigazos. Yo estaba boquiabierto. El mundo estaba al alcance de cualquiera…, menos del rey y su hijo.

»Karsen Ballenger hizo de guía de mi padre. Yo los seguí junto con la mitad de los críos Ballenger. Jase debía de tener siete u ocho años. Era un niño lleno de mocos que ni siquiera sabía lo que tenía. Karsen no paraba de hablar sobre la historia de los Ballenger para convencer a mi padre de que eran la primera familia de Eislandia, que habían estado aquí desde mucho antes que los Montegue. Mi padre le dijo que quería ver la cripta con toda la historia escrita en las paredes. ¿Y sabes lo que le respondió Karsen?

Montegue hizo una pausa. Apretó los labios con el recuerdo.

—«No». Le dijo que no. Que era solo para su familia. Le dijo que no al rey de Eislandia, sin disculparse, sin siquiera parpadear.

Había repetido la palabra «no» en voz baja, pero oí la carga de rabia que llevaba.

—¿Y sabes lo que hizo mi padre?

Imaginé que no debía responder. Era una historia que él había revivido una y otra vez. Tenía la respuesta en la punta de la lengua, preparada para escupirla.

—Nada —dijo al final—. Mi padre no hizo absolutamente nada. Compró las semillas y el ganado que necesitábamos y nos marchamos seguidos por dos vacas. Me pasé el camino de vuelta a casa ahogado de vergüenza, y decidí que no iba a ser un granjero como mi padre. No me iba a llenar las manos de ampollas con la azada, no me iba a deslomar detrás del arado y, sobre todo, no iba a tolerar ninguna falta de respeto de mis inferiores.

»Cuando llegamos a casa, la vergüenza me rebosó y le grité, y lo llamé granjero estúpido. ¿Sabes qué hizo?

Negué con la cabeza.

—Lo mismo que siempre. Nada. —Frunció el ceño y se bebió de un trago el resto del licor, y luego cogió la jarra para servirse más—. Aquel día decidí que no iba a ser como mi padre, el patán lloriqueante del que todos se reían, el rey al que nadie obedecía. ¿Tienes la menor idea de lo duro que era oír a sus súbditos decirle que antes de seguir sus órdenes tenían que consultar con el *patrei*? Mis propios justicias en la Boca del Infierno pedían permiso a Karsen Ballenger, y luego a Jase. Me niego a ser un gobernante sin poder.

—El trabajo de granjero es honorable. Los Ballenger también tienen granjas.

—Los Ballenger tenían granjas —me corrigió—. Los Ballenger lo tuvieron todo, pero ahora es mío, como siempre debió ser. Hace tres generaciones se cometió un error. La frontera tendría que haber incluido la arena y la Atalaya de Tor. Así mi padre habría sido un rey de verdad, un rey del que yo habría estado orgulloso. Pero yo voy a ser ese rey. El rey más grande que ha visto el mundo. Cuando tenga un hijo, estará orgulloso de su padre, y tendrá el respeto que siempre han merecido los Montegue. El respeto de todos los reinos.

Se me cortó la respiración. La manera de decir «todos», la manera en que apretó los dientes, la manera en que toda una noche de alcohol desapareció y los ojos se le convirtieron en cristal duro... me habían recordado a otra persona.

Yo estaba en la plaza Piedranegra, escondida entre las sombras, cuando el komizar arengó los hombres que formaban su creciente ejército. «¡Todos! —gritó. Tenía una voz potente que parecía llegar hasta las montañas—. ¡Todos los reinos se arrodillarán ante Venda... o acabaremos con ellos!». Por aquel entonces, tenía diez años y era inmune a las fanfarronadas..., excepto las del komizar. Sus palabras, a diferencia de las de otros, siempre contenían una promesa gélida. Algunos creían que era un dios. A mí me parecía un demonio. Me refugié más entre las sombras, como si pudiera verme desde lejos, como si tuviera un poder especial. Aún seguía pensando que tal vez lo tenía.

«Todos». Eso mismo había oído en la voz de Montegue.

Aquel hombre tenía un hambre de once años. Un hambre vieja. Tan vieja que no le importaba utilizar a niños como escudo ni ahorcar a inocentes de los árboles para garantizarse la obediencia de los demás. No le importaba contratar a cazadores de brazos para secuestrar a sus propios ciudadanos. No le importaba asesinar al legítimo dirigente de la Boca del Infierno y confiscar sus posesiones. ¿Qué más cosas no le importaba hacer, que yo aún no podía ni concebir?

«¿Te imaginas las posibilidades?».

Me daba miedo solo pensarlo.

Bajó los pies de la mesa y se levantó bruscamente.

—Se está haciendo tarde —dijo—. Es hora de que te retires. Partiremos temprano por la mañana.

La repentina despedida me desconcertó, igual que su manera de ponerse en pie, sin tambalearse ni titubear. No parecía borracho en absoluto.

—Por supuesto, majes…

Entonces, de pronto, me agarró por la muñeca y me atrajo hacia él, firme, seguro.

—¿Quieres besarme? ¿Quieres comparar a un *patrei* con un rey, a ver si mis besos son más memorables? —preguntó.

Lo miré fijamente mientras buscaba la respuesta. Había dado por hecho que estaría más obsesionado con los papeles desaparecidos y mi supuesta capacidad de premonición que con una nimiedad sin importancia como un beso. Pero, tras escuchar el tiempo que llevaba planeando la invasión, comprendí que todo lo relacionado con los Ballenger era para él de la máxima importancia, y más si tenía algo que ver con el *patrei*. Sopesé la respuesta con cuidado. Sabía que un «no» lo hundiría en una rabia hosca, pero un «sí» precipitado despertaría sus sospechas y le haría pensar que lo estaba utilizando como había utilizado a Jase. Y quería con todas sus fuerzas que fuera de otra manera, porque él era el rey, era diferente, más deseable, más inteligente. Tenía que ser mejor que el *patrei* al que yo había rechazado, el *patrei* que me había deseado. La pausa hizo que me agarrara la muñeca con más fuerza.

Parpadeé como si estuviera avergonzada.

—He de reconocer que siento curiosidad.

—Por supuesto.

Me puse la otra mano tras la espalda y me atrajo hacia él, y bajó el rostro hacia el mío. Pero, justo antes de que nuestros labios se rozaran, me liberé y retrocedí un paso.

—Curiosidad —dije con firmeza—, pero también cautela. —Moví las manos y tartamudeé un poco—. No voy a negar que siento una fuerte atracción, pero... —Negué con la cabeza—. No sé bien qué quiero decir. He visto a las mujeres revolotear en torno a ti. Y no quiero ser una de ellas. No quiero... —Me atraganté y lo miré con cara de espanto—. No es que yo... O sea, quiero decir, seguro que tus besos son memorables, y reconozco que me lo he planteado, pero quiero más que... —Respiré hondo, temblorosa—. No voy a decir nada más. No consigo hilar las frases. ¿Puedo responderte mañana?

Me miró largo rato, los ojos negros clavados en los míos.

—Quieres algo más que lo que tuviste con el *patrei*. Algo verdadero.

Parpadeé. Estaba segura de que se me oían los latidos acelerados del corazón.

—¿Te parece una tontería?

Claro que no se lo parecía. Porque él valía más. Él era más atractivo. Más todo. Mis palabras tenían una lógica aplastante.

Una sonrisa le iluminó los ojos.

—Vete. Duerme bien. Mañana seguiremos con esta conversación.

Y, así, me dio permiso para volver a mi habitación. Sin que nadie me escoltara.

Porque una soldado a sus órdenes había confesado sentirse atraída hacia él. Quería más de lo que había tenido con el *patrei*, había tartamudeado, hasta se había sonrojado, seguro. Era digna de confianza, de ir sola a su habitación. Volvería. Porque se sentía atraída hacia él, ¿no? Como era de esperar.

Capítulo treinta y uno

Jase

Nos apiñamos en un rincón del establo, junto a la casilla de Mije, y hablamos en voz baja para no despertar al mozo de cuadras que dormía en la oficina de las caballerizas. No fui capaz de seguir enfadado con Aleski, y menos tras el abrazo de oso que me dio su hermana mayor, Imara. Imara tenía toda la fuerza física de la que Aleski carecía. Él era delgado, ideal para trabajar como mensajero; ella, alta y musculosa, era perfecta para la herrería.

—Has corrido un gran riesgo viniendo aquí —dije.

—¿Yo? No —respondió Imara, y dio unas palmaditas a la bolsa de herramientas que llevaba—. Nadie se extraña de verme entrar en los establos.

Wren estaba concentrada admirando los regalos que Imara nos había traído en la bolsa: dos docenas de cuchillos arrojadizos, pequeños, pero muy afilados y bien calibrados, que se podían esconder con facilidad.

Aleski nos dijo que no habían llegado juntos, sino que se habían aproximado por diferentes caminos tras una parada en la taberna.

—Todavía nos permiten beber —gruñó Lothar—. Quieren que gastemos dinero.

—El truco del festival ya está dando resultado —dijo Aleski—. Esta noche había más gente en las calles.

Creía que ver las guirnaldas de colores alegres y a los ciudadanos más relajados hacía que los vigilantes bajaran un poco la guardia. Había visto a dos charlando y bromeando en una esquina con el tonelero, cosa que no había sucedido hasta entonces.

—Esta noche había hasta una fiesta —añadió Imara—. Ojalá se maten bebiendo.

Volví a pensar en la fiesta. ¿Estaría Kazi en ella, o la tenían encerrada cuando no la necesitaban? ¿Qué poder tenía Montegue sobre ella? Las preguntas me devoraban como buitres que se cebaran con mis huesos.

Por primera vez, escuchamos el relato completo de los acontecimientos que habían acabado con la invasión, en vez de los fragmentos de historia de los que se había enterado Caemus, o los pocos datos que conseguimos arrancar a un traidor.

Supimos que todo empezó con dos semanas de ataques incesantes contra las caravanas e incendios en la ciudad acosada. No había día sin problemas. Gunner tenía que prestar atención a todo a la vez, y los empleados de los Ballenger tuvieron que repartirse. La ciudad había dejado de dormir. Mason puso patrullas adicionales en las calles y en los caminos. Gunner y Titus tenían otras vigilando la arena y las caravanas. Hubo varios días seguidos de calma. Pensaron que todo había terminado.

—Y, entonces, llegó el ejército del rey, con las armas —dijo Lothar—. El caos fue total. Redujeron a escombros un edificio tras otro. Nadie sabía qué estaba pasando.

Según Lothar, cuando se posó el polvo, Banques aseguró que habían confiscado las armas en un almacén de los Ballenger, que tenían todo un arsenal conseguido por medios ilegales. También dijo que habían estado chantajeando a los negocios para que pagaran más a cambio de protección y así financiar sus actividades ilegales, en lugar de mantener la ciudad a salvo de la liga de Rybart, que según él era quien había estado detrás de los ataques.

—Sabíamos que no era verdad, y ninguna familia o negocio corroboró lo que había dicho, pero no sirvió de nada. Tenía todo el poder, y lo utilizó para aplastar cualquier conato de disidencia. Nos...

—¿Quién es ese tal Banques? —lo interrumpí—. ¿De dónde ha salido?

—Es la mano derecha del rey, el segundo al mando —respondió Imara—. Es un general con experiencia. Dirige un ejército temible, pero los que han estado en Parsuss dicen que, antes de todo esto, era el justicia del rey.

¿El justicia de Parsuss? ¿El que nos había dicho que no había ninguna orden de detención contra «el tal Beaufort» cuando mi padre hizo indagaciones sobre él? Así que en realidad eran uña y carne. Todo empezó a encajar. El rey nos había utilizado para financiar las armas. Había estado compinchado con Beaufort. Y luego había reclutado a Paxton y a Truko para dirigir la arena, lo que era el sueño dorado de aquellos dos canallas. Aleski escupió al mencionar el nombre de Paxton. Por lo visto, su complicidad le parecía aún peor que la de Truko.

—Al día siguiente de invadir la ciudad, el rey anunció que Rybart había muerto durante la toma —me contó Lothar—. Luego, ordenó que ahorcaran a sus hombres. Todos lo negaron hasta el último momento. Al día siguiente, en el bosque, cogieron a Drake en una trampa como si fuera un animal, y a los pocos días lo colgaron de...

Lothar meneó la cabeza, incapaz de continuar.

La rabia había ido creciendo dentro de mí con cada palabra.

—El rey es un invasor y un asesino. ¿Por qué nadie se ha encargado de él? —siseé, con un esfuerzo por no levantar la voz—. En la ciudad hay buenos arqueros, los que teníamos en las pasarelas. Seguro que ha habido más de una ocasión de matarlo. ¿No pasea por las calles nunca? ¿No viene a la ciudad a caballo?

Imara, Aleski y Lothar me miraron, desconcertados.

—¿No lo sabes? —preguntó al final Imara en voz tan baja que me costó oírla.

Un sudor frío me corrió por la cara.

—¿Qué hay que saber?

Miró a su hermano, que fue quien respondió.

—Tiene en su poder a Lydia y a Nash. Todos querríamos matarlo, pero nos da miedo hacer nada. Dice que los está protegiendo, pero sabemos muy bien para qué los tiene. Para protegerse él. La amenaza implícita es evidente.

No me di cuenta de que me había levantado hasta que cinco pares de manos se me clavaron en los brazos y en el pecho, y me presionaron contra la pared del establo. «Tiene a mis hermanitos. Los está utilizando para protegerse. Eso es lo que retiene aquí a Kazi. Por eso no escapa».

Wren me hizo agacharme.

—No nos hagas ninguna tontería, *patrei*.

Asentí para indicar que podían soltarme. No iba a hacer ninguna tontería. Lo único que quería era venganza.

Empezamos a tramar planes para nuestro ejército. Armas. Era lo único en lo que podía pensar, y en qué hacer para conseguirlas.

Capítulo treinta y dos

Kazi

Las nubes de vapor rosado subían del manantial en el pabellón. Según la leyenda, eran el aliento de los dioses, y las aguas calientes, ricas en minerales, eran su don para los mortales.

Más allá de la barandilla del pabellón había otro tipo de aliento, el de los muertos. Sentí que se acercaban, que sus suspiros susurraban entre los pinos. Dioses, fantasmas, tal vez ángeles…, todos atentos. A la espera.

En el trayecto a caballo hasta allí, había estado inmersa en los detalles, pensando planes alternativos si había algún cambio, algo tan impredecible como lluvia o nieve, pero el sol acabó por salir entre las nubes grises y animó un poco el día. Lo consideré un presagio. Si el rey era capaz de pensar que la muerte prematura de su padre era un presagio de los dioses, yo también podía dar por hecho que algún que otro rayo de sol me transmitía su aprobación.

Me había despertado antes del amanecer con el corazón acelerado y el pulso como un pajarillo atrapado, pero me sobrevino una calma extraña nada más ver el cementerio. Era una sensación familiar, la recordaba: la ansiedad aplastante siempre llegaba antes de la calma. No importaba si era un trozo de queso, un tigre hambriento o dos niños pequeños. Cuando se acercaba el momento, mi mente iba al galope, centrada ya no en lo que podía ir mal, sino en lo que tenía que hacer bien. Paso a paso. El pánico no es buen aliado cuando caminas por la cuerda floja sobre un nido de víboras.

Llegué hasta la barandilla del pabellón y esperé a Montegue.

Lo oí a unos metros cuando dijo a Banques, Paxton y Truko que se fueran a la Atalaya de Tor, que los alcanzaríamos. Estaba a poca distancia del cementerio, colina arriba. Era un trecho que yo había recorrido con Jase el primer día que estuve allí. El tono de Montegue reflejaba impaciencia. A Banques no le hizo gracia verse desplazado por mí, aunque fuera de manera temporal, pero no discutió. Paxton también le había hecho insinuaciones para que estuviera deseoso de repasar más informes de la arena. La seguridad del rey no se puso en duda en ningún momento. Había soldados al principio y al final del camino que pasaba junto al cementerio. Nadie podía acercarse, y el pequeño contingente apostado en el cementerio era una protección adicional. Un soldado, Nariz Rota, era el encargado de supervisar a los niños, y otros tres que yo no conocía estaban apostados en torno al pabellón para proteger al rey.

Me fijé en que Paxton iba bien acicalado, con las patillas recién afeitadas y el pelo rojizo peinado en una coleta brillante que le caía por la espalda. Tal vez quería estar presentable cuando lo colgaran de un tembris si lo atrapaban.

Montegue se volvió hacia el pabellón y se dio unas palmaditas en el chaleco. Era una costumbre inconsciente. Lo hacían todos los que llevaban algo valioso, ya fueran unas llaves, un anillo de oro con sello, un monedero o, en el caso del rey, un frasco diminuto con la promesa de poder ilimitado. Tenían que comprobar a menudo que su tesoro seguía allí. Y el suyo seguía allí. A salvo.

Recordé que Griz se había burlado de él. Que yo me había burlado de él. Pero era más astuto que nosotros. Eso era lo que me ponía nerviosa: tenía que anticiparme a lo que ardía en su interior, a algo que se las había arreglado para ocultar muy bien. Solo tenía veintitrés años, pero parecía un anciano cargado con tres vidas enteras de ambición y cinismo. «Una mente creativa como la de Phineas solo se presenta una vez cada muchas generaciones».

Tal vez se podía decir lo mismo de Montegue.

Lydia y Nash se habían ido a jugar entre las lápidas. Una vez en el cementerio, a salvo, con las montañas y el bosque por un lado y los soldados bien armados por otro, a Montegue le faltó tiempo para librarse de los niños, aunque aquel día se estaban portando mejor que nunca. Oleez y Paxton les habían dado instrucciones aquella mañana. No tenían que dar motivos a su vigilante para que los llevara de vuelta al pabellón antes de la hora acordada. Su misión era jugar tranquilos en el cementerio, recitar dos veces la historia de Fujiko y, entonces, sería el momento de volver.

Montegue caminaba con paso ávido, impaciente. Por lo visto, no había diferencia entre poseer la magia de las estrellas, controlar un continente, un reino o un beso sincero de una ladrona a la que su rival había deseado: todo eran bálsamos capaces de curar las astillas clavadas que se le infectaban bajo la piel, todo tenía el poder de darle la plenitud, de devolver el equilibrio al mundo, de hacer realidad la historia que se había creado.

Subió por los peldaños y se detuvo ante mí. Su necesidad era evidente. La vi en los ojos entrecerrados mientras él se imaginaba lo que iba a pasar. Escuché. Fingí que oía el latido de su corazón. Durante aquellos breves segundos, fue frágil, humano. Hambriento. No podía verlo como a un monstruo. Tenía que verlo como a un hombre. A un hombre lo podía derrotar.

—Ahora que te lo has pensado, ¿sigues sintiendo curiosidad? —preguntó.

Había tenido la esperanza de que se tomara más tiempo antes de llegar al tema que lo abrasaba por dentro.

—Sí. Es…

—Puedes salir de dudas cuando quieras.

Unos minutos más. Era todo lo que necesitaba para…

Me cogió entre sus brazos y me besó.

El pulso se me aceleró, mi mente se desbocó, traté de recuperar la iniciativa, de tomar el mando, de…

Pero ya estaba en medio de los acontecimientos. Sentí que todos sus movimientos estaban planeados, calculados. Había querido cogerme con la guardia baja. Sorprenderme, darme una lección. Su beso fue delicado al principio, sus labios apenas rozaron los míos. Susurró mi nombre sin apartarlos. «Kazimyrah». Pero luego los presionó con más fuerza, me metió la lengua en la boca, me sujetó con más energía y recordé su advertencia: «Soy más fuerte y te puedo dominar con facilidad». Me estrechó más contra él como para demostrarlo. Todo su cuerpo estaba pegado al mío. Su respiración era cada vez más acelerada, y tuve miedo de que aquello ya no fuera un beso planeado, de que estuviera perdiendo el control. ¿Dónde estaban? ¿Por qué había elegido a Fujiko, y no una historia más corta? Pero le devolví los besos con ansia. Le deslicé las manos por los costados, hacia arriba, hasta sujetarle el rostro, con movimientos calculados para fingir fascinación. ¿Dónde estaban?

—¿Qué te parece? —susurró contra mis labios.

Le respondí con la boca contra la suya. «Un rey es muy superior a un *patrei*».

—Perdón…

Lancé una exclamación y me aparté, y los dos nos volvimos. Lydia estaba en el primer peldaño del pabellón, con Nash justo detrás de ella.

—¿Qué hacéis aquí? —rugió Montegue—. ¡Id a jugar!

Lanzó una mirada asesina a Nariz Rota, que estaba detrás de los niños.

—Pero es que tengo que hacer… —dijo Lydia, azorada.

—¿Qué tienes que hacer? —replicó sin comprender al principio. De pronto cayó en la cuenta—. ¿Quieres decir…? —Soltó un gruñido exasperado—. ¡Pues ve a hacer pis detrás de un árbol! ¡No eres un bebé!

—Me da miedo ir sola —lloriqueó—. He oído aullidos.

—¡Llévala al bosque! —gritó Montegue a Nariz Rota.

A Lydia le temblaron los labios. No se movió.

—Yo también tengo que hacer pis —aportó Nash con voz igual de pesarosa.

Dejé escapar un suspiro y puse una mano en el brazo de Montegue.

—Está en esa edad en la que le dan vergüenza estas cosas. Es mejor que vaya yo. Los llevaré a que hagan lo que tienen que hacer y luego los pondré a buscar rocaojos. Así estarán ocupados un buen rato y nosotros tendremos… tiempo… sin interrupciones.

Soltó un bufido de frustración entre los dientes apretados.

—Date prisa —ordenó. Luego se volvió a Nariz Rota—. Cuando los deje contigo, no los traigas hasta que no te llame. ¿Entendido?

Nariz Rota asintió sin dejar entrever emoción alguna, aunque me imaginé que estaba rabioso por tener que hacer aquello. Me alegré de que no fuera Sin Cuello, que me habría puesto las cosas más difíciles.

Nos alejamos para resolver el asunto apremiante. En cuanto estuvimos fuera del alcance del oído del rey, Nariz Rota volvió a gruñir, ofendido por tener que hacer de niñera.

—Por mí, ya los habría ahogado como a gatos salvajes.

No había ni una pizca de humor en su tono de voz. Si el rey o Banques le daban la orden, lo haría de buena gana. Lydia y Nash ni siquiera parpadearon. ¿Qué horrores habían tenido que escuchar día tras día, prisioneros del rey? Porque, por mucho que lo pintara de otra manera, no había duda de que eran sus prisioneros.

Jase estaría furioso, pero también lleno de orgullo, cuando supiera cómo se habían comportado en aquellas circunstancias, con más fuerza de la que habrían tenido muchos adultos. Jase los…

Se me hizo un nudo en la garganta. Había decidido no contarles que lo iban a ver pronto. No sabía cómo estaba, ni siquiera sí…

«Tal vez haya muerto».

Ojalá Paxton hubiera sido menos sincero.

Caminamos a toda prisa hasta unos arbustos, en mitad del cementerio. Nariz Rota esperó al otro lado para dejar intimidad a Lydia, pero sin dejar de mirarme. Cada minuto era valioso, así que Lydia y Nash se dieron prisa.

Nos dirigimos hacia el lecho seco del arroyo y le pedí que anduviera más despacio. Por los niños.

—¿Cómo te llamas? —pregunté—. Para no tener que seguir llamándote «guardia».

Pegó un bufido y dijo que los nombres no tenían importancia, pero cuando lo presioné un poco más acabó por reconocer que se llamaba Lucius.

—¿Cómo te rompiste la nariz, Lucius?

—El asta de una alabarda —replicó. Luego sonrió—. Pero el otro salió mucho peor parado.

—Me alegro de saberlo.

Lucius. Un detalle útil. Llegamos al lecho seco del arroyo y me detuve bruscamente. Hice un ademán para detener a los niños como si estuviera asustada.

—Un momento —susurré—. ¿Qué es eso? —Señalé el mausoleo de los Ballenger, entre las sombras. La puerta estaba entreabierta—. ¿Ladrones de tumbas? Tenemos que pedir ayuda.

Nariz Rota soltó un bufido y me miró con cara de ofensa.

—¿Para qué te crees que estoy aquí? No es solo para hacerles de niñera. —Sacó la espada y se dirigió hacia la tumba. Les dije a los niños que no se movieran y lo seguí de cerca. Llegamos a unos metros de la entrada—. ¡Salid de ahí! —gritó.

Nadie apareció. Se acercó más, y metió el cuello para ver qué amenaza aguardaba en el interior, olvidando la que estaba justo detrás de él.

Nunca había matado a alguien de aquella manera. Siempre que clavé un cuchillo o una espada entre las costillas de un enemigo había sido en combate, en medio del ruido, del caos, con desesperación, a toda prisa. Aquello fue lento. Pausado. Al acecho. A la espera del momento oportuno. No me gustó, pero lo agradecí. Nunca había matado a nadie por mejor motivo.

Caminé con toda la calma. Aparte del rugido de mi sangre por las venas.

—¿Ves algo? —susurré.

—Nah —respondió, decepcionado—. Nada.

Al menos los niños no iban a ver cómo lo hacía.

Un paso. Dos. Se volvió. Le clavé el escalpelo en el cuello y rajé.

Rapidez, sigilo, exactitud. La misma precisión que para hacer malabarismos con una naranja.

Y resultados más permanentes que el asta de una alabarda.

No le dio tiempo a gritar, no pudo levantar la espada. Se la quité de la mano antes de que cayera de rodillas, luego de bruces contra el suelo. No supe si se había dado cuenta de que había sido yo. Lo que sí supe fue que ya no iba a ahogar a ningún gato salvaje ni a ningún niño. Le cogí la capa antes de que se le empapara de sangre y la puse sobre la lápida del centro, junto con la espada, el cuchillo y la daga de puño, y luego fui a la puerta para llamar a los niños con gestos.

—No miréis —dije cuando llegaron al mausoleo—. Está muerto y no puede haceros daño.

Todo pasó del sigilo a la precipitación. Había cincuenta nichos en el mausoleo, todos con una lápida de mármol cuadrada, de más de medio metro de lado. La mitad ya estaban ocupados, con nombres de la familia Ballenger grabados en el mármol.

Me arrodillé en el suelo para ponerme a la altura de Lydia y Nash, y les expliqué lo que tenían que saber.

—Mañana estaréis a salvo, con amigos, pero para las próximas horas vais a necesitar muchísimo valor. Tanto valor como tiene el *patrei*, y yo sé que vosotros también. ¿Entendido?

Lydia asintió con los dientes apretados.

A Nash se le hizo un hoyuelo en la barbilla al tratar de contener las lágrimas.

—No puedo quedarme aquí con vosotros. Tengo que despistarlos. Pero no importa lo que oigáis, no importa quién os llame, o si os amenazan, o si me amenazan a mí. Lo importante es que no respondáis. Hasta puede que os llame yo, porque voy a hacer como que no sé dónde estáis. Es importante que no digáis nada. Silencio absoluto, aunque grite. Es parte del plan. —Les apreté las manos—. Y todo fallará si respondéis. Recordad que no solo nos estamos salvando nosotros. Estamos tratando de salvar a toda la ciudad, así que no podéis llorar, ni gemir, ni siquiera hablar en susurros. Todo estará muy oscuro, y vais a tener frío, pero, cuando se haga de noche, alguien vendrá a buscaros y os llevará a un lugar seguro. Además, iréis cada uno en vuestro caballo. Ya no tendréis que montar con el rey. ¿A que eso os apetece?

—Sí —respondieron los dos a la vez.

Entonces, les dije dónde los iba a esconder.

—Solo que el cuerpo de Sylvey no está ahí. Nunca ha estado ahí. El nicho está vacío.

«Pero nadie más lo sabe».

—¿Dónde está Sylvey? —preguntó Nash.

No la había llegado a conocer, porque había muerto cuando él no era más que un bebé, pero le habían hablado de ella. Los Ballenger nunca olvidaban su historia… ni a su familia.

—Está enterrada en las montañas Moro.

A Lydia se le llenaron los ojos de lágrimas, preocupada por una hermana de la que no tenía recuerdos.

—¿Se van a enfadar los dioses porque no está ahí?

—No, no. —Los abracé a los dos. Tenía un nudo doloroso en la garganta—. Los dioses saben dónde está. Es un lugar muy bonito, donde ella quería descansar. Los dioses están contentos.

Jamás en mi vida había estado tan agradecida por una violación de la ley. Gracias a los dioses, Jase había robado el cuerpo. Aunque llegaran a registrar el mausoleo, no quitarían la losa de un nicho que creían ocupado por un cuerpo enterrado.

Me aparté de ellos para mirarlos a los ojos.

—Ahora, me tenéis que decir una última cosa. Es muy importante. ¿Sabéis si hay otra entrada a la cripta?

Se miraron entre ellos, y luego a mí otra vez.

—No lo podemos contar. No se lo hemos dicho al rey. Solo lo puede saber la familia.

—Ahora yo soy familia. Soy vuestra hermana. Jase habría querido que me lo contarais. Por favor.

—¿Eres nuestra hermana? —preguntó Nash.

—¿No te vas a marchar nunca más? —insistió Lydia—. Porque la gente de la familia no se va.

—Nunca más —respondí con una punzada de culpa, porque sabía que a veces la familia se tenía que marchar, tanto si querían como si no.

Nash miró al guardia muerto en el rincón como para asegurarse de que no nos estaba escuchando.

—Está al lado de la cascada —susurró.

—Hay una cueva. Izquierda, izquierda, derecha, izquierda. Me lo sé de memoria —añadió Lydia, orgullosa—. Cuando entras hay que ir por esos túneles.

—Y hay murciélagos. Montones de murciélagos en la cueva grande, la primera —añadió Nash.

—¿Qué cascada? ¿Dónde? —pregunté.

En las montañas, tras la Atalaya de Tor, las había a cientos.

Se miraron, inseguros.

—Creo que está en la montaña, muy arriba —respondió Lydia.

Recitaron unos cuantos detalles nebulosos que recordaban. Un prado alargado, un árbol caído con las raíces más altas que una casa. Una roca azul muy grande que parecía un oso de pie sobre las patas traseras. No se acordaban de nada más, y recé para que fuera suficiente.

Fui hacia el nicho de Sylvey, al final de la hilera central, y desenrosqué los rosetones de la losa de mármol para apartarla con cuidado. Luego quité el divisor interior y examiné el espacio largo y oscuro. Nadie habría dicho que allí hubo un cadáver en algún momento. Todo estaba limpio, y había sitio de sobra para dos niños pequeños. Extendí dentro la capa del guardia y los subí a los dos, y los envolví con ella para que no tuvieran frío.

—Acordaos —susurré—. Cuando sea de noche, alguien vendrá a buscaros. Pero, hasta entonces, ni el menor ruido.

Los dos asintieron. Me agaché para poner otra vez el divisor y la losa, pero Nash me agarró por el brazo.

—*Vatrésta* —dijo.

—No, Nash —lo corregí—. *Vatrésta* es el adiós para siempre. Y nosotros nos volveremos a ver. *Chemarr*, que quiere decir «hasta la vista».

—*Chemarr* —me dijeron los dos.

Los encerré en el nicho, me llevé los labios a los dedos y los presioné contra la losa de mármol que tenía grabado el nombre de Sylvey.

«*Chemarr*. Vela por ellos».

Sentí una mezcla de miedo y alivio cuando apoyé la espalda contra la puerta del mausoleo e hice palanca con los pies contra el suelo para cerrarla con esfuerzo. Para sellarlos dentro.

Capítulo treinta y tres

Kazi

—¡Ya está! —dije con una sonrisa mientras subía por los peldaños del pabellón. Dejé que la victoria me brillara en los ojos. Ya había hecho lo más difícil. Pero el rey interpretaría el gesto triunfal de otra manera, claro—. Hecho. Están encantados, buscando rocaojos.

Me quité la capa y el cinturón, y los puse sobre la baranda, junto a los de Montegue.

El rey estaba ya sentado en el primer peldaño, con los pies en el agua.

—¿Por qué has tardado tanto? Estaba a punto de mandar a un guardia a buscarte.

—Quería darles un incentivo adicional, y encontré esto. —Me saqué del bolsillo una llamativa piedra rocaojo grande, del largo de mi meñique, el tamaño ideal—. Les he dicho que el que consiga más piedras se lleva esta de premio. Ahora están buscando como locos. Van a estar ocupados un buen rato.

Sonrió.

—Buena idea, soldado. —Hizo un ademán en dirección al peldaño más cercano al suyo—. Ven a meter el pie en el agua.

Me senté en el banco del pabellón, enfrente de él, y gané tiempo quitándome muy despacio la primera bota. Tenía que dejar pasar al menos media hora más.

—La ciudad estaba muy animada esta mañana, ¿no? —comenté, un tema que sabía que le iba a gustar porque era la prueba de que se estaba ganando a sus habitantes.

—Sí —asintió—. Por fin están entrando en razón. Siguen con sus vidas. Ya sabía yo que lo harían. Yo también he respondido con generosidad. He ordenado que retiren los cadáveres del tembris. Pronto verán que soy un rey justo y que les doy más de lo que me dan.

¿Quitar los cadáveres putrefactos de unos inocentes era su concepto de respuesta generosa? Cuánta bondad. El asco me hirvió en la garganta.

—Buena idea —asentí. Me saqué el calcetín, lo metí en la bota y empecé a desatarme la otra—. Eso mejorará el espíritu festivo, seguro.

Me habló de otros cambios que Banques y él tenían proyectados, como nombrar justicias nuevos elegidos por los habitantes de cada distrito, reconstruir las caballerizas que se habían quemado y empezar la construcción de un nuevo templo, más grande, mejor que el anterior.

—Pronto ya no tendré que viajar con los niños.

Me quité la otra bota y la puse junto a la primera.

—¿Qué será de ellos? —pregunté con cautela.

Me tragué lo que estaba pensando. «¿Los vas a matar?». Pero me había adivinado el pensamiento.

—¿Crees que los voy a matar? No, claro que no. No soy un monstruo.

—Ya lo sé —me apresuré a responder para calmar la herida—. Estaba pensando en Banques. Dijo que eran un mal necesario.

—Todos tenemos que hacer lo mejor para el reino. Los mandaremos lejos para que se olviden de que son Ballenger. Podrán empezar de nuevo.

¿Empezar de nuevo? ¿O estar prisioneros en otro lugar? Todo lo ataba con un hilo de oro que borraba cualquier rastro de culpa. Retorcí entre los dedos el calcetín que me acababa de quitar. Sabía que ya no les iba a poner las manos encima, pero sus palabras me perseguían. ¿Qué había planeado para ellos, y yo aún ni me lo imaginaba?

—¿Los mandarás lejos? ¿A dónde?

—Zane conoce varios sitios. Es…

—¿Zane? —Escupí la palabra sin poder contenerme.

—Ya te dije que tienes que enterrar las rencillas con él. Zane me resulta útil, y, al haber sido carretero previzio, conoce lugares, no lejos de aquí, donde se harán cargo de ellos.

Su plan había sido entregárselos a Zane.

A Zane.

—¿Lugares? ¿Más de uno? —pregunté—. ¿Piensas separarlos?

—Sí, hemos pensado que así les resultará más fácil dejar atrás el pasado.

Y olvidar. Así se aseguraban de que olvidaran. Yo sabía bien lo que era estar aislada, sola, sin nadie a quien contar tus historias. Los recuerdos se acababan disolviendo. Tenía la edad de Nash cuando perdí a mi madre, y Lydia solo era un año mayor. «Sí, Montegue, mándalos lejos, líbrate de los dos pequeños Ballenger, que crecerán y algún día podrían desafiarte. Quiébralos, destrúyelos, pero al mismo tiempo mantenlos a mano por si te hacen falta para alguna cosa. Eres un monstruo muy inteligente».

Me estaba costando concentrarme en el objetivo del juego. Un juego que tenía reglas nuevas escritas por mí, no por él. «No podrá hacer nada de eso, Kazi. Concéntrate en cada paso. Ya casi lo tienes».

—¿Y los Ballenger? —pregunté—. ¿Qué pasará si salen? Querrán recuperar a los niños.

—No dan señales de vida. Seguro que ya están todos muertos. Y, si no, no tardarán en estarlo. Si no encuentras los papeles pronto, vamos a empezar con la voladura. No puedo demorarlo más. Tendré que arriesgarme a destruir los papeles.

—¿Volar una montaña de granito sólido? ¿Cuánto tiempo va a llevar eso?

—Saldrán en cuanto empiecen las explosiones.

Claro. No creía ni por un momento que estuvieran muertos.

—Paxton nos ha dibujado mapas —siguió—. Él también era un Ballenger, solo que a su rama familiar la echaron. Su bisabuelo le contó todo sobre la cripta. Hemos calculado la ruta más corta hasta el salón principal y solo harán falta tres o cuatro días de voladuras.

¿El salón principal? No había un salón principal. La cripta no era un palacio subterráneo. Todas las habitaciones eran más o menos de la misma medida, cada una conectada con la siguiente. Todo era sencillo, funcional. Paxton les estaba mintiendo, ¡y hasta les había dibujado mapas! Tal vez eso era lo que le había estado contando a Banques. Les había hecho mapas que los mandarían en direcciones disparatadas. Cada vez me gustaba más aquel hombre de astucia sin límites.

Me enrollé los pantalones hacia arriba y fui hacia Montegue, pero, antes de que pudiera entrar en las aguas rosadas, me cogió el tobillo y me acarició la magulladura con el pulgar.

—¿Duele? —preguntó con ternura.

Era un cortejo, una demostración de interés. «No soy un monstruo». Sin duda se disponía a demostrarme lo bondadoso que podía llegar a ser.

Hice una mueca.

—Un poco. —La mancha era fruto de una cataplasma nocturna de pieles de fruta y pétalos de flores, que había dejado una mancha llamativa y de aspecto doloroso—. Con el agua seguro que mejora. Gracias por ser tan considerado.

—Te necesito sana y fuerte —dijo con la mano todavía en el tobillo. La subió por la pantorrilla—. Eso es lo importante. Me he dado cuenta de que esta mañana cojeabas más.

—Es porque se me ha quedado rígido el tobillo por la noche. Tengo que ejercitarlo. Esto me ayudará.

El agua caliente también haría desaparecer la mancha. Una curación milagrosa. Ni siquiera Montegue se iba a tragar aquello, pero seguro que no volvía a mirarme el tobillo. Muy pronto, mi tobillo sería la menor de sus preocupaciones.

Me senté en el peldaño superior, a su lado, y cerró los ojos para respirar el vapor que nos rodeaba, la fuerza de los dioses. Tenía muy marcadas las venas del cuello. ¿De júbilo, de tensión? Dejé escapar un gemido de placer, como si ya notara el efecto curativo del agua. Veinte minutos más. Y en algún momento de esos veinte minutos iba a tener que besarlo de nuevo.

—¿Te hizo promesas? —preguntó de repente.

¿Promesas? El corazón me dio un brinco. Era imposible adelantarse a sus pensamientos. No tuve que preguntarle a quién se refería.

Me encogí de hombros y fruncí los labios en gesto de indiferencia.

—Si me prometió algo, ya se me ha olvidado.

Montegue me agarró por el brazo y me obligó a mirarlo.

—Haz memoria.

Asentí.

La verdad. Jase me prometió una vida entera con él. Me prometió una montaña llena de árboles y una familia que volvería a quererme. Me prometió que íbamos a escribir nuestra propia historia.

Yo también hice promesas.

Miré a Montegue. Dejé que sus ojos se asomaran a mi alma, se adueñaran de ella, se perdieran en ella. Dejé que se ahogara en la fantasía.

—Durante el viaje de vuelta, me prometió que algún día llegaría a quererlo —dije.

—¿Y qué pasó?

Sus ojos se hundieron más en los míos.

—Parecía tan seguro de todo… Me hizo dudar. ¿Era posible llegar a amar a un hombre al que había odiado? Me había equivocado en muchas cosas. Había cometido muchos errores.

—Pero…

Una naranja en el aire.

—Pero hay cosas que son ciertas. Las sientes muy dentro y no se pueden forzar. No se puede…

Otra naranja.

Le puse una mano en la cara. Luego, la otra.

—Hay cosas…

Se inclinó hacia delante y su boca rozó la mía. Me empujó hacia atrás de manera que quedamos tendidos en el suelo del pabellón. Sus besos eran ardientes, hambrientos. Verdaderos. Sus dedos, con el mismo celo, me intentaban abrir la camisa.

Deslicé las manos bajo su chaleco, sobre su pecho, hambrienta yo también. Su peso me dominó, me inmovilizó bajo él.

—Montegue —susurré—. Los guardias.

—No están mirando.

—Sí, nos miran —repliqué—. No pueden ver así al rey. Vamos a la Atalaya de Tor. A los despachos. Allí estaremos a solas.

Me observó con las pupilas contraídas como puntas de alfiler. Sabía que tenía razón. Por supuesto. Nadie debía ver al rey más poderoso del continente aparearse como un venado en el bosque.

Rodó hacia un lado y miró la espalda de uno de los guardias, que fingía obedientemente no saber lo que estaba pasando en el pabellón.

—¡Trae a los niños! —le gritó—. ¡Nos vamos!

El guardia echó a correr, y Montegue se apresuró a ponerse las botas. Yo hice lo mismo. No se dio cuenta de que el moratón había desaparecido. En su lugar solo veía una fantasía, servida por una ladrona.

———

Ya estábamos calzados y con la capa puesta cuando el guardia volvió corriendo, sin los niños.

—Han desaparecido —dijo con el rostro ceniciento—. No los encuentro por ninguna parte.

—¿Qué? —exclamé, y me volví hacia él bruscamente—. ¿Dónde…?

—¿Cómo pueden haber desaparecido? —me interrumpió Montegue—. ¿Dónde está el guardia que los vigilaba?

—Tampoco lo encuentro.

Bajé por los peldaños a toda velocidad.

—¿Qué quieres decir? ¿Cómo es…?

—Tienen que estar aquí —dijo Montegue, y miró hacia el cementerio—. Se habrán escondido, estarán jugando.

—¡Lydia! —grité—. ¡Nash! ¡Nos vamos ya!

El cementerio permaneció en silencio. Los guardias, Montegue y yo nos dispersamos para buscarlos mientras los llamábamos. La voz de Montegue se volvía más airada cuando más nos adentrábamos en el cementerio sin encontrar respuesta.

—Los dejé junto al arroyo seco —dije con voz que reflejaba el grado justo de preocupación—. Tienen que estar allí.

Pero llegamos al arroyo seco y no vimos a nadie. Me volví hacia Montegue y lo empujé con las manos.

—¿Qué les ha hecho? ¿Quién era ese guardia? —grité—. ¿Dónde está?

Montegue se dio media vuelta y echó a andar hacia el pabellón con dos guardias.

—¡Sigue buscando por aquí! —me ordenó con la capa ondeando a la espalda—. Vamos a ver a los guardias del camino. Puede que hayan bajado por el parapeto.

En cuanto se alejó, le dije al guardia que se había quedado conmigo que registrara en la base del risco.

—Yo voy a ver entre aquellos sicomoros de allí —señalé.

Nos separamos. Antes de llegar a los sicomoros, me detuve junto a un abeto viejo, muy alto, con raíces gruesas y retorcidas, y aparté las agujas que había amontonado para esconder las armas del guardia. Sustituí mi espada y mi cuchillo romos por los suyos, bien afilados, y me colgué del cinturón la daga de puño, corta pero letal.

—¡Lydia!

—¡Nash!

Los gritos seguían a lo lejos.

Y, de pronto, se hizo un silencio extraño.

Volví hacia el pabellón con la intención de preguntar si había noticias y sugerir que registráramos la Atalaya de Tor, pero en aquel momento vi a Montegue que caminaba hacia mí. Despacio. Con deliberación. Lo seguía un escuadrón de soldados. Uno llevaba un lanzador.

Y, justo detrás de él, iba Dinah.

Se me detuvo el corazón. Algo había fallado, pero seguí caminando como si nada. El rostro de Montegue era rígido. Alzó la barbilla y me miró. Y me vio de verdad.

—¿Dónde están? —preguntó directamente.

Dinah me apuntó con el dedo.

—¡Ha sido ella! ¡Ha sido ella! ¡Me lo ha dicho Oleez! —dijo, con voz más aguda a cada palabra—. Me ha dicho que los niños no iban a volver. Que nos teníamos que marchar. ¡Pero yo no he tenido nada que ver! ¡Nada, de verdad! ¡He venido en cuanto me he enterado! Yo soy leal a su majestad, no como…

—¡Cállate! —ordenó Montegue.

Pero no se calló, así que le dio un bofetón de revés que la tiró al suelo.

La miré, horrorizada. ¿Dinah nos había traicionado? «Idiota, más que idiota. ¿Qué has hecho?». Oleez estaba segura de que podía confiar en ella y tenía que llevársela al escapar. ¿Por qué nos había traicionado Dinah? ¿Para conseguir el favor del rey, o porque estaba muerta de miedo? Se quedó en el suelo, gimoteando, y Montegue se volvió hacia mí.

Tenía los dientes apretados. La pasión que lo había consumido hacía minutos se había canalizado en otra dirección. Me miró los pies.

—Parece que ya no cojeas.

Asentí.

—Una curación milagrosa.

Se le contrajo una mejilla en un espasmo involuntario.

—Todavía lo podemos arreglar —dijo. Se había esforzado por dulcificar el tono de voz, pero no lo logró. No tenía la menor intención de arreglarlo. Vi lo que le estaba pasando por la cabeza. Era un arquitecto en pleno proceso de montar un nuevo plan—. Tenías miedo por los niños —siguió—. Lo entiendo. Te…

—¿De verdad, Montegue? ¿Me perdonarías? Qué suerte tengo. Porque no eres un monstruo, claro, como me has dicho tantas veces.

El sarcasmo lo golpeó como un puñetazo.

—¿Cómo serás de valiente ahora que no tienes a los niños como escudo? —pregunté—. ¿Seguirás montando a caballo entre tus súbditos que tanto te quieren? —Me eché a reír para ahondar en el desprecio que tanto detestaba. Quería que aquel momento se le clavara hasta la médula.

Me miró, inmutable. Era una piedra delante de mí.

—¿Dónde están? —repitió.

—A estas alturas, fuera de tu alcance, bien lejos —repliqué—. Han tenido una hora de ventaja y van con un buen soldado. Lucius es muy especial.

—¿Lucius?

—El soldado asignado a vigilarlos —respondió tras él un guardia.

—Formaba parte del plan —dije—. ¿Ves? Conozco a tus soldados mejor que tú. De esos que hay detrás de ti, ¿cuántos están en realidad de mi lado? ¿Cuántos te están apuntando con una flecha a la espalda en este mismo momento?

«El último en parpadear». Él también conocía el juego, y resistió el impulso de volverse, pero vi la duda que le pasaba por los ojos. Miró mis armas sin filo, inútiles. Ya estaba planeando una estrategia diferente.

Mientras él me miraba, yo vi otras cosas. Me bastó una fracción de segundo para valorar la posición de los soldados que se encontraban tras él, dos con flechas ya preparadas, cuatro con la espada desenvainada, cuatro con alabardas listas. Miré al soldado que me estaba apuntando con el lanzador. No podía disparar. Estaba demasiado cerca, y la explosión también mataría al rey. Tomé nota de las nubes que pasaban por el cielo, de la luz cambiante y de las sombras, de cuándo el sol iba a deslumbrar a los soldados. Traté de recordar cuántos pasos había hasta el lecho del arroyo seco, y qué árboles, sepulcros y lápidas me podían dar cobijo, y también la inclinación del parapeto, junto al camino, la posición de los soldados estacionados abajo, la distancia hasta el cañón que había más allá. «Gira. Un plan nuevo». Todo eso me pasó por la mente en escasos segundos. Tenía que decidir si era viable, pero las posibilidades estaban a mi favor. Esta vez, no, ni de lejos.

Montegue sonrió como si supiera lo que estaba pensando y se acercó un paso.

—No puedes escapar. Deja las armas y hablaremos.

Una sonrisa le iluminó el rostro atractivo y su voz era cálida. Pero le vi las sienes enrojecidas, los hombros tensos, la rabia que le hervía por dentro. Me iba a encerrar en una celda hasta que me pudriera mientras me sacaba toda la información. Eso no lo podía permitir. No iba a revelar el paradero de Lydia y Nash.

Me perforó con los ojos. Él también estaba calculando cada movimiento. Y, de pronto, se lanzó contra mí. Porque era más fuerte y me podía dominar con facilidad. Porque los dioses estaban de su parte.

Pero lo que yo tenía en la mano no era un tenedor para aceitunas. Bajo la capa, en el puño, llevaba algo diferente.

Capítulo treinta y cuatro

Kazi

Moví el brazo a toda velocidad, un tajo ascendente, y la afilada daga de puño le acertó en el pecho, en la mandíbula. Cayó hacia atrás entre gritos y se llevó las manos a la cara, y la sangre le brotó entre los dedos. En el momento de caos, cuando los soldados se precipitaron a ayudar al rey, eché a correr hacia el lecho seco del arroyo.

—¡Disparad! —aulló—. ¡Disparad!

Oí gritos a mi espalda.

—¡Aparta de en medio! ¡Aparta! —rugió alguien.

Las flechas pasaron silbando. Oí los silbidos, los golpes secos, cuando se clavaron en el tronco de un árbol, chocaron contra las piedras o me pasaron junto a las orejas.

Estaba a punto de saltar al lecho del arroyo cuando la fuerza de una explosión desgarró el aire y me lanzó rodando hacia abajo. La tierra y las rocas volaron a mi alrededor. Las esquirlas de piedra me taladraron la piel. El aire se convirtió en polvo y los oídos me zumbaron de dolor. Rodé, me puse en pie y seguí corriendo. La nube de polvo no me dejaba ver, pero sabía en qué dirección tenía que ir.

Los guijarros crujían bajo mis botas y el aire seguía denso de polvo, pero, en cuanto salí de la nube, otra andanada de flechas silbó a mi alrededor. Cambié de dirección como un conejo impredecible, y luego subí por el otro lado del lecho del arroyo, bajé por una pendiente, por fin fuera de la línea de fuego, pero iba tan deprisa que no me pude detener al llegar a la pendiente del parapeto y, durante unos segundos, volé por los aires. Había un árbol justo en mi trayectoria. Me agarré a una rama y me lancé en otra dirección, y por poco no me estrellé contra el tronco. Caí al suelo con un fuerte golpe y rodé sin control. El terreno, cubierto de agujas de los árboles, no me ofrecía ningún asidero, y caí por la pendiente como una cascada. Por fin, casi a ciegas, conseguí agarrarme a un retoño de abedul, y le arranqué todas las ramas en la caída, pero bastó para frenarme un poco, y pude detenerme antes de llegar al camino.

Los árboles habían impedido que los soldados del camino me vieran caer, pero los que venían del pabellón seguían detrás de mí. Los mismos árboles detendrían las flechas, pero no por mucho tiempo. No tenía más remedio que tratar de llegar al cañón, al otro lado del camino. Los gritos y las órdenes resonaron a mi alrededor, algunos con la voz del rey, y los soldados del camino se volvieron y alzaron las armas hacia los árboles, buscando la fuente del caos. Lancé una piña a lo lejos para distraerlos, aunque fuera un segundo. No me hacía falta más. Y corrí.

—¡Ahí!

—¡Paradla!

El camino estalló bajo mis pies y volví a caer, rodando por el empinado terraplén del cañón, solo que esta vez lo que había en mi camino no eran árboles, sino rocas. Me vi lanzada, golpeada, aplastada, chocando contra las piedras como una muñeca de trapo, sin control, sin poder detenerme, hasta que, por fin, caí de un risco. Un saliente de piedra detuvo mi caída. Todo pasó del estrépito y las explosiones al silencio más absoluto. El cielo giró sobre mi cabeza en sombras rojas. Noté humedad y calor. Sangre. Me corría por la cara y me cegaba. Levanté una mano temblorosa para limpiármela, y se me cortó la respiración. Mi hombro. De pronto, lo que me cegó fue el dolor.

Se volvieron a oír en el cañón gritos de frustración.

—¿Dónde está?

—¿Dónde se ha metido?

El risco alto impedía que me vieran de momento.

Más gritos. Luego, la voz de Montegue, que ahogó todas las demás.

—¡Bajad ahí!

—¡Buscadla!

Y después, desesperación.

—¡Fuera de mi camino! ¡Yo me encargo de ella!

¿Pensaba hacer llover fuego en el cañón para achicharrarme? Eso era lo que más deseaba.

Pero, en ese momento, oí un grito. Un grito glorioso que retumbó en las paredes de piedra del cañón. Era el sonido de los sueños rotos. El sonido de la rabia, la traición.

El grito del rey.

Estaba a punto de perder el conocimiento, pero sonreí.

Había encontrado el regalo que le había dejado, el rocaojo de colores que le había metido en el bolsillo del chaleco. Un rocaojo que tenía el mismo tamaño que un frasquito mágico.

Centímetro a centímetro, entre puñaladas de dolor, moví la mano por la piedra y me la llevé al costado para palparme el bolsillo y ver si aún tenía el tesoro del rey. Sí, allí estaba.

Fuera de su alcance. Y me encargaría de que no lo recuperara jamás.

Todo aquello tendría que haber pasado mucho más tarde, cuando ya estuviéramos de vuelta en la Atalaya de Tor para seguir con la búsqueda. Yo iba a desaparecer entre las sombras y provocaría una cacería a ciegas, lejos del cementerio. Paxton se reuniría conmigo al día siguiente. Pero Dinah lo había cambiado todo.

Sabía que tenía que huir. Debía salir de allí. Había llegado a la base del cañón por las malas. Mucho más arriba, oí gritos pidiendo cuerdas. Los soldados no tardarían en seguirme por una ruta más lenta y segura. Debía moverme y alejarlos del cementerio, de Lydia y Nash. Pero me dolía todo. El hombro, la cabeza, la cadera.

Intenté moverme, y el dolor hizo que el mundo se volviera blanco otra vez. Casi no podía respirar.

Apreté los dientes y cerré los puños, y conseguí palparme en el hombro izquierdo un bulto que no debería estar ahí. Se me había dislocado. Oí caer piedras desprendidas por la pared del cañón. Estaban bajando.

—Tú puedes, Kazi —susurré entre dientes—. Tienes que hacerlo.

Se lo había visto hacer a Natiya una vez, cuando se cayó del caballo…

Me tapé la boca con la mano derecha para no gritar y giré la palma de la otra hacia arriba. Despacio, muy despacio, me pasé por encima de la cabeza el brazo herido. «Relájate. Deja actuar a los músculos». Pero, entre el dolor y la certidumbre de que los soldados se acercaban, me resultaba imposible relajarme. Estaba temblando de dolor. Pasé la mano sana de la boca a la otra mano, la que ahora tenía por encima de la cabeza, y me agarré la muñeca. «Tú puedes». Me di un tironcito suave. Luego, tiré con fuerza. La cornisa rocosa me dio vueltas. Tuve miedo de desmayarme. Un gemido se me escapó entre los dientes y la luz me vibró ante los ojos, y entonces sentí que algo encajaba.

Se me escapó el aliento en una bocanada ardiente.

Tenía el hombro en su sitio.

El cielo aún me daba vueltas. Respiré hondo una vez, luego otra, para llenarme los pulmones y recuperar el control, pero no había tiempo para más. Conseguí ponerme de pie apoyándome solo en el brazo derecho y manteniendo el izquierdo pegado a las costillas, y me pegué a la pared del cañón para que no me vieran desde arriba mientras buscaba cómo escapar.

El fondo del cañón estaba a cinco o seis metros. Calculé la ruta. Una vez que saliera al descubierto, tenía que moverme deprisa…, si podía. El lado izquierdo de mi cuerpo se había llevado lo peor de la caída. La pierna izquierda me dolía también. Estudié las sombras. Era casi mediodía, así que había pocas, pero eran suficientes: árboles, rocas, arbustos… Vi la línea que podía seguir.

Me saqué el frasquito del bolsillo y lo miré. Tenía que decidirme en cuestión de segundos. «Deja huella en todo lo que toca». Tras tantos meses cerca del corazón del rey, ¿cumpliría los deseos de alguien que no fuera él? ¿Cumpliría los míos? La tentación, la razón y la urgencia lucharon en mi interior. Pero yo no sabía cómo utilizar la magia, ni siquiera si podía hacerlo, y era muy posible que me volvieran a capturar. No podía permitir que cayera de nuevo en sus manos. Encontré una ranura en la pared, en la base del saliente. Metí dentro el frasquito. Una lagartija escapó a toda velocidad.

Y eché a correr.

Me vieron casi al instante.

Más gritos resonaron arriba.

—¡Disparad! ¡Disparad!

No me dejaría escapar jamás. Y no solo por lo que le había robado, sino por lo que no le había dado.

—¡No eres nada! —gritó—. ¡Sin mí no eres nada! ¿Me oyes? ¡Nada!

Casi había llegado a las sombras que buscaba cuando el cañón retumbó con una explosión terrible. Un árbol saltó en mil pedazos, y me vi lanzada contra el suelo.

Capítulo treinta y cinco

Jase

—¿Habéis oído eso? —preguntó Wren.

Yo había sacado el dinero para las caballerizas cuando se oyó el retumbar lejano.

—Un trueno —dijo el encargado del establo mientras nos dirigíamos hacia la puerta.

Salimos al patio, donde Synové nos estaba esperando con los caballos. Miró hacia el cielo.

—¿Qué ha sido eso?

Tenía el ceño fruncido con desconfianza.

—Un trueno, no —respondí.

El sonido tenía un chasquido, un restallido, que reconocí de inmediato. Un lanzador. Pero había sonado a lo lejos, no en la ciudad. ¿Estaban practicando los soldados? ¿O estaban destruyendo aún más mi hogar para tratar de borrar todo rastro de los Ballenger?

Cabalgamos por la arteria oeste que llevaba a la salida de la ciudad, y enseguida vimos que pasaba algo. Los soldados iban corriendo con las armas desenfundadas, entraban en los negocios, en busca de algo. Lo mismo estaba pasando con las casas de las avenidas más estrechas. Nos encontramos con la calle bloqueada, mientras una multitud de personas se arremolinaba en torno a los guardias para conseguir respuestas. Me bajé del caballo con el sombrero echado sobre los ojos y la cabeza baja, y me abrí camino entre la gente para llegar a donde estaban los soldados, tras una barricada.

—Nosotrrros no vivimos aquí —expliqué—. Nosotrrros nos marrrchamos.

—No se va nadie. La ciudad está cerrada. Volved en unas horas y los caminos ya estarán abiertos.

—Perrro no somos…

—¡Aparta! —ordenó al tiempo que me presionaba la alabarda contra el pecho.

Retrocedí con cautela.

Intentamos salir por otras rutas, pero todas estaban cerradas. Habían tejido una red en torno a la ciudad. Synové preguntó a una tendera qué buscaban los soldados. La mujer no quiso hablar, y menos con forasteros como nosotros. En la ciudad, todo el mundo se había acostumbrado a cerrar la boca, pero en ese momento oímos a un soldado que aporreaba una puerta. El anciano que vivía dentro abrió, y el soldado tuvo que gritar y repetir la pregunta dos veces para que le oyera. Estaban buscando a una mujer mayor con el pelo gris.

—¿La has visto? Ha desaparecido.

El anciano negó con la cabeza, pero de todos modos registraron su casa.

¿Qué había hecho para que por ella cerraran el acceso y salida de la ciudad? Fuera lo que fuese, les estaba saliendo caro, así que aplaudía su valor. Volvimos a las pocas horas. Las salidas seguían cerradas. Era obvio que no había manera de salir. La mujer a la que buscaban estaba atrapada y la iban a encontrar…, si no había escapado todavía. Recé a los dioses para que ocurriera lo segundo.

No era el único enfadado con la situación. La gente de la ciudad que tenía negocios en la arena estaba murmurando, pero sabían por experiencia que era mejor no murmurar demasiado. Se dedicaron a seguir decorando la ciudad como animalitos dóciles, aunque yo sabía lo que quería decir eso. Había oído la promesa de Aleski. Al final del día, todas las fachadas de las tiendas estaban decoradas con guirnaldas de hierbas, heno o ramas. Era el momento de celebrar el nacimiento de los dioses… y, muy pronto, la partida sangrienta del rey.

Volvimos a llevar a los caballos a los establos e invertimos el tiempo en estudiar la ciudad. Como nos había dicho Imara, había doce guardias en los tejados del centro de la plaza, armados con lanzadores. Otros dos vigilaban desde las pasarelas, y uno en el estrado que se había erigido para los anuncios… y las ejecuciones. Ya no había cadáveres ahorcados, pero los nudos corredizos seguían colgados del tembris. En total, en la plaza había quince guardias con lanzadores que veían cada uno de nuestros movimientos. En cada avenida había dos o tres, en las pasarelas, y tres o cuatro en cada entrada de la ciudad.

—Según mis cuentas, hay sesenta y cuatro de esos —dijo Wren.

No supe si se refería a los soldados o a los lanzadores, pero sus cuentas cuadraban con las mías. En las calles vimos a otros tantos soldados, aunque estos eran más difíciles de contar porque siempre estaban en movimiento. Los soldados de las calles llevaban armas normales, quizá en previsión de que algún ciudadano enloquecido tratara de apoderarse de un lanzador… Cosa que, sin duda, se les había pasado por la cabeza a todos los habitantes de la ciudad.

Aleski había calculado que siempre había unos ciento treinta soldados de servicio. También había otros en la arena y en la Atalaya de Tor, así como un destacamento asignado al rey y a sus oficiales. Lothar calculaba que la fuerza de ocupación era de entre quinientos y seiscientos hombres. Los Ballenger tenían la mitad de ese número solo en empleados, y miles de ciudadanos que lucharían de nuestra parte. Sería fácil enfrentarse al ejército del rey… si no fuera por las armas, que aplastarían a cualquier fuerza que yo pudiera reunir. El rey tenía las cartas ganadoras.

Y a Lydia, y a Nash.

Aleski me había dicho que Oleez estaba cuidando de ellos, y, ahora, Kazi, claro. Mi madre debía de estar muerta de preocupación, pero Lydia y Nash sabían lo que tenían que hacer. Los habíamos instruido bien. Tenían que esperar. Seguir la corriente, como había hecho Miandre. Les llegaría ayuda. Pero eran tan pequeños…, mucho más que ella. Y más inocentes. Volví a apretar los puños.

«Conoce a tus enemigos tan bien como a tus aliados. Conócelos mejor. Averigua qué los mueve».

Pero nunca había pensado que el rey fuera un enemigo. Mi padre, tampoco. Y de pronto parecía que eso era precisamente lo que él había planeado. Nunca sospechamos que estuviera trabajando con Beaufort. Siempre sospechamos de los codiciosos jefes de las ligas, de cualquier recién llegado que quisiera hacerse un nombre, como los que habían asesinado a los padres de Mason. A esos prestábamos atención. Sabíamos qué los movía.

Para nosotros, el rey no era más que un granjero, y ni siquiera muy eficaz. No teníamos motivos para sospechar de él. Nos había engañado. ¿Cuánto tiempo? Beaufort había trabajado para nosotros todo un año, así que llevaban planeándolo desde mucho antes.

Me sobraban dedos de una mano para contar las veces que Montegue y yo nos habíamos visto cara a cara. Rara vez iba a la Boca del Infierno, y en esas ocasiones se quedaba solo unos días. De pronto, eso también me encajaba con su plan. Tal vez no era capaz de fingir más tiempo.

La primera vez fue cuando éramos niños y mi padre llevó al suyo a ver la arena. No recordaba gran cosa del encuentro, excepto que Montegue era un poco mayor que yo, desgarbado, torpe, todo codos y rodillas. Llevaba el pelo revuelto, siempre en los ojos. Todo en él era desaliño. No creo que cambiáramos ni dos palabras.

Tal vez en aquel encuentro me había creado la imagen que tenía de él, pero lo cierto es que me olvidé de su existencia hasta muchos años más tarde, cuando su padre murió y lo coronaron rey. Tardó más de un año en aparecer por la Boca del Infierno.

Para entonces, los dos teníamos la misma estatura.

—Por fin has sacado tiempo para venir —le dijo mi padre—. Ni siquiera sabía si ibas a subir hasta aquí. Tu padre rara vez lo hacía.

Montegue masculló cuatro palabras sobre las cosechas, y luego mencionó que faltaba dinero en los impuestos.

—Pues eso es lo que hay, chico —le respondió mi padre—. Las ciudades cuestan dinero. Si te hace falta más, vas a tener que trabajar como todo el mundo.

«Chico». Montegue no parpadeó, pero recordé que me había mirado. Pensé que no sabía quién era yo.

—Jase Ballenger —dije.

—Ya sé tu nombre. Nos conocimos hace nueve años.

La respuesta me sorprendió. En aquel momento me llamó la atención. Yo había cambiado mucho desde los siete años. Un cambio de cincuenta kilos, sesenta centímetros, músculos desarrollados. ¿Le habría preguntado a alguien quién era yo? Pero eso habría querido decir que me estaba vigilando en la distancia.

Debería haber prestado atención a ese detalle, pero el rey sonrió, se encogió de hombros, se olvidó de los impuestos y comentó que tenía que marcharse ya. Que los campos no se iban a sembrar solos.

La siguiente vez que lo vi fue en Parsuss. Yo había ido con Mason y Titus a hablar con el nuevo entrenador de valspreys en la oficina de mensajes del reino. Queríamos hacer un trato privado con él. El comercio de la arena era cada vez más importante y necesitábamos comunicarnos más deprisa con los mercaderes de otros reinos. Montegue salía de la posada en aquel momento con una mancha de salsa en la túnica. Y nos cruzamos con él. Preguntó qué tal iban las cosas en la Boca del Infierno, y señaló en dirección contraria.

—Al norte —le dije—. La Boca del Infierno está al norte.

—Que es por allí —apuntó Mason.

Montegue dejó escapar una risita.

—Un error lo comete cualquiera.

Luego, volvió a preguntar por los impuestos.

—El pago es a fin de año —le respondí—. Sabes cuándo es fin de año, ¿no?

—Mandádmelos antes, ¿vale? Las arcas están vacías.

Nos marchamos sin despedirnos. Y no enviamos los impuestos antes.

Después de aquello, lo vi muy de cuando en cuando, sobre todo en el último año. Acudía cada pocos meses a la arena con nuevas ideas para perder dinero. No volvió a mencionar los impuestos. Estaba concentrado en sus futuras empresas. Y ya había quedado claro que esas empresas no tenían nada que ver con las granjas.

Wren me agarró por el brazo. El suelo vibraba. Nos quedamos paralizados.

—¡Fuera del camino! —gritó un soldado que había doblado una esquina al galope—. ¡Fuera del camino!

Tras él llegó un carruaje traqueteando a toda velocidad, y Wren y yo nos apartamos de un salto. A ambos lados iban soldados al galope. Traté de ver quién estaba dentro, pero pasó demasiado deprisa. Se detuvo ante la posada Ballenger. Se oyeron gritos apremiantes, caos, órdenes de abrir la puerta, pero lo único que vi fue un remolino de capas y capuchas que entraban en el edificio.

Cuando no quedaron soldados a la vista, aventuré una mirada al interior del carruaje vacío. El asiento estaba lleno de sangre.

La ciudad permaneció cerrada dos días más sin explicación, mientras yo me debatía entre las ganas de marcharme y las ganas de seguir allí. No sabía de quién era la sangre, pero durante aquellos dos días no vi ni un atisbo de Kazi, Nash o Lydia. O del rey.

Cuando los caminos se abrieron de nuevo, supe que teníamos que marcharnos. Alejarme sabiendo dónde estaban fue lo más difícil que había hecho jamás. Pero era consciente de que lo que había que hacer no podía hacerlo solo. Necesitaba ayuda. Necesitaba a la familia.

Antes de partir, saqué la cinta roja de las alforjas y la até a una guirnalda que había en torno a un poste, ante la posada Ballenger.

—¡Eh! ¿Qué haces? —me gritó un soldado al tiempo que me hacía ademanes para que me apartara.

—Es parrra vuestrrro festival, ¿no? ¿Muestrrra de apoyo a la ciudad? ¿Quierrres que quite?

—No —respondió—. No pasa nada. Déjalo.

Terminé de atar la cinta y me marché. Si Kazi la veía, sabría que estaba vivo, cerca, y que la ayuda no tardaría en llegar.

«No pases de largo junto a una rosa sin olerla.
Es un regalo, y puede que no siempre esté ahí para ti».
Creo que eso decía mi madre sobre las rosas.
Lo recuerdo de repente, muchos años más tarde, mientras afilo las lanzas.
No he vuelto a ver una rosa desde el día en que lo dijo.
Ni siquiera recuerdo ya cómo eran.
No sé por qué pensaba que eran tan importantes las rosas.

Miandre, 16 años

Capítulo treinta y seis

Kazi

«¡Rata! ¡Alimaña!».

Tal vez eso era. Tal vez eso había sido siempre. Un animal.

Me pasé horas saltando. Corriendo. Volviendo sobre mis pasos. Trazando círculos. Me arrastré bajo arbustos de ramas espinosas que me arañaron la piel. Los huesos me palpitaban, me costaba respirar, pero era un animal acosado, y la necesidad de moverme era lo principal. Y el corazón al galope disimulaba el dolor. Al menos de momento.

«¡No eres nada!».

Tal vez menos que una alimaña. Una sombra.

Lo que tenía que ser. Alguien a quien no podían atrapar.

Me seguían de cerca, cosa que me aterraba y me reconfortaba a la vez. «Eso es, seguidme. Alejaos del cementerio».

En un momento dado me tuvieron rodeada, atrapada, escondida en una sombra. No supieron que estaba allí. Pasé largos minutos sin moverme. Tenía la garganta tan seca que me dolía, pero no tragué saliva. El sol se movió, pero ordené que la sombra me siguiera ocultando.

Se dispersaron por la montaña en círculos para buscarme. Oí sus llamadas, sus provocaciones. Una voz se alzó por encima de las otras: la de Zane. Estaba tomando parte en la caza. «¡Sal, niña!». Presioné la espalda más contra la montaña, me hice parte de la pared rocosa. Volví a sentir su aliento ardiente contra la piel, sus manos en mi cuello. Sentí su hambre que me invadía y me estremecí a pesar de la capa. ¿Qué iba a acabar conmigo? ¿La temperatura que bajaba, la ira del rey o un candok en cuya cueva me había refugiado?

Zane, no. Cualquier cosa menos Zane.

Me llevé las manos a la cara para que mi aliento me las calentara un poco. «Una noche más, Kazi. Sobrevive una noche más».

Las voces bajaron de volumen. Se estaban alejando. Zane se estaba alejando. «Ya no te puede hacer daño». Mi cabeza lo sabía. El corazón, que me latía al galope, no. Zane tenía ahora motivos adicionales para matarme. Ya no trabajaba para el rey, y conocía su peligroso secreto.

Subí el brazo y metí los dedos en otra rendija.

«¡Hay que tener un plan de reserva!».

«¡Pero… se han saltado las reglas!».

«¡El enemigo también se las saltará!».

Recordé cómo vimos con orgullo a Kaden que echaba la bronca al equipo rival al que Wren, Synové y yo habíamos derrotado en un ejercicio de entrenamiento. Nuestro plan de reserva había sido hacer trampas. Nos saltamos los límites establecidos. Cualquier cosa con tal de ganar. Eso Kaden lo comprendía.

Ya no me sentía tan orgullosa.

Tenía dos planes de reserva diferentes, pero en ninguno había contado con una traidora, y para ambos necesitaba un caballo. Por no mencionar que había cometido el grave error de dejar los guantes en las alforjas. Pensaba que iba a volver a por ellos.

Me sangraron los dedos mientras subía por la pared escarpada de la montaña. Las raíces y las rocas me despellejaron los dedos helados. Se acercaba el anochecer. El sol ya se había escondido detrás de las montañas, y la temperatura estaba bajando a toda velocidad. El viento me cortaba como cuchillos de hielo.

Me dije que el dolor, el dolor en todas partes, el del hombro, la cabeza, la pierna, era bueno, como el hambre en el estómago. Me hacía más decidida. Más precisa. Me dije un montón de mentiras para seguir adelante. Porque cada paso que daba era un paso más hacia la seguridad de Lydia y Nash.

Llevar a los soldados en dirección contraria al cementerio, cuanto más lejos, mejor, siempre había sido parte de nuestro plan, para que Binter y Cheu pudieran llegar tras el anochecer, sacar a los niños del nicho y conducirlos a la colonia. Paxton iba a pasar por allí más tarde para comprobarlo. Esa parte del plan seguía en pie. Yo había mantenido a los soldados tras mi rastro todo el día. Permití que me divisaran para luego volver a perderme. Eran como lobos salivando tras mi pista y se habían olvidado por completo del cementerio.

Unos dedos ensangrentados no tenían importancia. Alguna costilla rota y el hombro hinchado no tenían importancia. Lo único importante era alejar a los soldados.

Por lo menos ya había llegado a las montañas tras la Atalaya de Tor, lejos del cementerio. Cuando estuve en la cima del risco, busqué un lugar donde esconderme durante la noche, una cueva profunda donde pudiera encender una hoguera, pero no lo encontré. Si no me refugiaba, no sobreviviría a la noche. Hice un hueco entre las raíces de un árbol, me envolví en la capa y me eché por encima puñados de tierra y hojas podridas del suelo del bosque. Me crujieron los huesos. Me dolían como una casa medio en ruinas que se va asentando en la tierra. Sentí los bichos que correteaban bajo mi ropa y se me arrastraban por el pelo. Ojalá ninguno fuera venenoso.

Los párpados, pesados, se me empezaron a cerrar.

«Duerme, *chiadrah* mía, duerme».

Noté la mano de mi madre fresca contra la mejilla. Oí el crujido suave de una manta de hojas que me tapaba.

—¿Me estoy muriendo? —pregunté.

«No, cariño mío. Todavía no. Hoy, no».

Al amanecer, cuando me desperté, no podía moverme. Era como si me hubieran cosido todos los huesos a la tierra. Mi cuerpo se negaba a recibir más castigo. Me quedé allí tumbada. ¿Iba a morir así? ¿Un soldado me encontraría y solo tendría que clavarme una lanza en el pecho?

Pero había amanecido. Los primeros rayos de luz se colaban entre los árboles. Había amanecido. Sentí una calidez que me llenaba. Lydia y Nash estaban a salvo.

A aquellas alturas ya estarían con Jase. Encerrados en la bodega para patatas, sí, pero juntos, y no entre las garras del rey. Eso era lo único que importaba.

Paxton me aseguró que Binter y Cheu, que eran sus *strazas*, habían hecho cosas mucho más difíciles que llevarse a un par de niños a medianoche. Los dos les tenían cariño a Lydia y a Nash, y eran más testarudos que la escarcha en invierno. Si nosotros llevábamos a cabo nuestra parte del plan, ellos se encargarían del resto.

Nosotros habíamos llevado a cabo nuestra parte del plan. Sentí un alivio inmenso.

De modo que mi objetivo había cambiado. Tenía que seguir en marcha. Tenía que seguir viva. Era hora de escapar de ellos de verdad, y buscar la otra entrada a la cripta de los Ballenger. Su familia debía saber que Jase seguía vivo... y que poseían un arma escondida sin saberlo.

Me froté los músculos con la mano del brazo sano para entrar en calor, y por fin conseguí ponerme de pie.

«¡Allí! ¡Allí! ¡Algo se mueve!».

Corrí. Corrí tanto como pude.

El rey no se iba a rendir hasta que volviera a tenerme en su poder. A mí y a su magia.

Había conseguido llegar al otro lado de la Atalaya de Tor cuando oí un ruido. Me escondí tras un árbol. Caballos. Un tintineo. Crujidos. Me deslicé hacia el suelo y alcé la cabeza lo justo para ver más allá de los árboles el camino por el que Jase y yo habíamos cabalgado juntos. Estaba en la parte de atrás de la Atalaya de Tor, y llevaba a la arena.

El sonido se fue acercando y de pronto, entre los árboles, apareció un carromato. Iba cargado de heno… y el conductor era Zane. Me pegué aún más al suelo. Jase me había dicho que era el que hacía todas las entregas de suministros en Punta de Cueva para Beaufort y sus hombres. Pero ahora era teniente en el ejército del rey, muy valorado, ¿y seguía haciendo el reparto? ¿Llevaba heno para los caballos? Zane y el carromato desaparecieron entre los árboles, seguidos de cuatro soldados fuertemente armados. ¿Una escolta? ¿O cabalgaban en la misma dirección por casualidad?

Un arrendajo graznó en el cielo y los soldados se volvieron. Me pegué contra el suelo. La sangre me palpitaba en las orejas. El arrendajo siguió graznando como si tratara de delatar mi posición. «¡Cállate, pájaro de los demonios! ¡Cállate!». Parecía que los soldados me estaban mirando directamente, pero se limitaron a escudriñar las copas de los árboles antes de seguir adelante. Y yo eché a correr.

Estaba tiritando en el suelo del nicho de rocas. Me arrebujé más en la capa. Al anochecer, había calentado unas piedras, pero ya estaban frías, y era demasiado peligroso encender otra hoguera. Había recorrido muy poca distancia aquel día, y allí estaba, la tercera noche de huida. Traté de no desalentarme, pero no sabía si podría sobrevivir una noche más. Volví a vendarme los dedos con las tiras de la camiseta.

La entrada oculta a la cripta no podía estar lejos de la Atalaya de Tor, pero había muchos soldados en los alrededores, así que en varias ocasiones tuve que ir en dirección opuesta.

Conseguí llegar al lugar donde Paxton y yo habíamos planeado reunirnos, pero no vi ni rastro de él. No me sorprendió. Él también se enfrentaba a una situación inesperada. En cuanto oyó las explosiones del lanzador debió de imaginar que algo había fallado, que el plan ya no seguía en pie, pero me preocupaba que hubiera sufrido un destino peor que el mío. Él era quien había sugerido que me llevaran a la Atalaya de Tor. Era el que había mencionado la lesión en el tobillo y la premonición. En cuanto se detectara la desaparición de Binter y Cheu, el rey se daría cuenta de que formaba parte del plan. Si no se había marchado para entonces, estaría atrapado. ¿Habría conseguido escapar? ¿O estaba muerto, ahorcado ya de un tembris?

Me froté los ojos para borrarme aquella imagen.

Afuera, el viento aullaba y metía los dedos gélidos en la cueva.

«¿Te imaginas las posibilidades? Control del viento, de la lluvia, de las estaciones».

Del frío.

¿Y si el polvo de estrellas había estado junto a su corazón tanto tiempo que conocía sus deseos incluso a distancia? ¿Y si...? No paraba de pensar en lo que menos debía.

Me hice un ovillo y recé por qué llegara la mañana. Al día siguiente iba a encontrar la puerta oculta. Por fin iba a encontrar a la familia. Iba a poner fin a aquella pesadilla infernal.

Cerré los ojos y busqué sueños que me hicieran entrar en calor. Sueños que me ayudaran a sobrevivir a la noche.

«La espalda de Jase tapa todo lo demás. La brisa le agita el pelo. Nuestro viaje acaba de empezar. Lo miro, está registrando mis alforjas.

—¿Se puede saber qué haces, *patrei*? ¿Estás robando? ¿Te voy a tener que arrestar?

—Ya quisiera yo —responde con ganas.

Se da la vuelta. Tiene en la mano el regalo de Synové.

Lo miro con gesto de desaprobación.

—Es el primer día —le digo—. Nos dijo que cuando estuviéramos a mitad del viaje.

—Pero… yo me muero de curiosidad. ¿Tú no?

Frunce los labios con esa expresión irritante que me hace cosquillas en la boca del estómago. Quiero borrársela de la cara a besos.

—Claro que me muero de curiosidad —respondo.

El paquete se nos desenvuelve en las manos como si quisiera que lo descubriéramos. «Mirad dentro», nos susurra.

Nos seduce con facilidad. Su magia nos atrae, somos sus víctimas sin reparos.

Y luego alzo la vista y veo los ojos marrones de Jase, la pregunta que arde en ellos».

Me enrosqué y me arrebujé en la capa.

Eso era lo único que quería ver al dejarme llevar por el sueño: los ojos de Jase, su magia, una magia diferente.

«Nos escucharán, Kazi. Te querrán. Todo saldrá bien. Te lo prometo».

«El amor no se impone, Jase. Puede que me quieran y puede que no».

«Te querrán».

Estaba tan seguro… y él comprendía las familias mejor que yo.

Una cosa sí sabía: quería a Lydia y a Nash más que a mi propia vida, y saber que estaban a salvo me permitía hacer todo lo posible por salvar a la Boca del Infierno. Pero la ciudad no era lo único que necesitaba ayuda.

Montegue apuntaba más alto. Lo quería todo.

«Los papeles, Kazi. Consigue los documentos». Yo tenía órdenes de mi reina. Unos papeles no desaparecían sin más. Alguien los había cogido, y yo tenía que conseguirlos antes de que cayeran en manos de Montegue.

Los torreones que quedaban en la Atalaya de Tor estaban ocultos, pero antes los había utilizado para guiarme. Eran mi primer punto de orientación. Recordaba dónde había visto la bandada de murciélagos en relación con ellos. Por suerte, el sol brillaba, porque entre los árboles era muy fácil perderse. Todos parecían iguales cuando estabas dentro del bosque.

Caminé con cautela, siempre atenta, pero el silencio era alentador. Los soldados habían concentrado sus esfuerzos en otras zonas, al menos de momento. «Un prado alargado, un árbol caído, una roca azul que parecía un oso, una cascada. Muchos murciélagos».

Si diera al menos con uno de esos puntos de orientación podría dar con los otros. Me detuve y examiné el entorno. Miré hacia atrás, miré hacia delante. Estaba caminando por lo que se podría llamar un prado alargado, o lo que en primavera sería un prado. En invierno, no era más que una hondonada larga cubierta de hojas caídas.

Aceleré el paso y miré en todas direcciones, y vi a lo lejos, más allá del prado, una roca. Una roca gigantesca del color del aciano. Parecía un oso alzado sobre las patas traseras.

Eché a correr. Me pareció oír a lo lejos el rugido de una cascada…, o tal vez fuera el rugido de la sangre que me corría por las venas. Casi había llegado. Estaba segura.

Pero de pronto, como de la nada, a varios metros por delante de mí, alguien me cerró el paso. Llevaba una lanza alzada sobre el hombro en una mano y un cuchillo en la otra.

Me detuve en seco y miré el rostro pintarrajeado con rayas para camuflarse en el bosque. Llevaba trapos en torno a la cabeza con hojas y ramitas, igual que la ropa. Fuera quien fuera, parecía una parte del bosque que hubiera cobrado vida. Entonces, me di cuenta de que era una mujer. La persona que tenía delante tenía el pecho y las curvas de una mujer.

Alguien apareció a su lado, y me giré al oír a una tercera persona detrás de mí. Los tres vestían igual.

Solo entonces comprendí quiénes eran.

Capítulo treinta y siete

Jase

—¿Qué vamos a hacer con los caballos cuando lleguemos a la cueva? —preguntó Synové.

—Hay sitio —respondí—. Pueden entrar casi hasta el final.

—¿Y qué pasa ahora? ¿Somos familia? —preguntó Wren—. Porque no me hace ninguna falta más familia.

—Somos algo —dije—. Tú dirás qué.

—Para mí, familia —aportó Synové—. Este secreto, lo de la entrada oculta, es importante. —Puso voz melodramática—. O somos familia o tienes que matarnos. Así van los secretos a este nivel.

Wren desenfundó el *ziethe* y lo hizo girar.

—Hay alternativas.

—Familia —confirmé.

La alternativa de Wren no me interesaba en absoluto. Pero había mucho de verdad. Eran familia de Kazi, así que también eran mi familia. Y estaban arriesgando la vida por ella, con lo que eran familia a un nivel mucho más hondo.

Wren detuvo su caballo y se llevó un dedo a los labios. Todos nos paramos y escuchamos. Pisadas. Pasos dificultosos. Y gruñidos. Nos comunicamos por señas y, en silencio, me bajé de Mije. Synové puso una flecha en el arco.

Habíamos visto a muchos soldados en la montaña, seguramente en busca de la mujer de pelo gris. Nos topamos con un grupo, pero nos interrogaron y nos dejaron marchar, convencidos de que no éramos más que unos infortunados kbaakis que regresaban a sus tierras. Pero estas pisadas eran diferentes. Una persona, sola, y con prisa. Tal vez la mujer que había escapado. Si se había enfrentado al rey, era una partidaria de mi familia y podíamos ayudarla. Habíamos salido tarde de la ciudad, pero podíamos llegar a la cripta antes de que anocheciera si no pasaba nada. Podía venir con nosotros.

Las pisadas apresuradas se acercaron. El sonido contribuyó a disimular las mías.

Me llevé un dedo a los labios para indicar a Wren y a Synové que guardaran silencio y me acerqué al risco. El sonido estaba justo debajo de mí. Vi un sendero que discurría paralelo al nuestro. Alguien subía por la ladera. La cabeza me retumbó mientras trataba de decidir si era mejor seguir oculto o saltar por el terraplén.

Salté.

Capítulo treinta y ocho

Kazi

—Vaya, vaya. Mira lo que tenemos aquí —graznó Priya.

Aún llevaba el cuchillo desenvainado.

Me rodearon. Me volví para tratar de verlos a todos a la vez.

—Estoy huyendo del rey —expliqué—. Os estaba buscando. A la familia. Quiero ayudar…

—Claro, seguro —dijo Gunner con una sonrisa.

Una sonrisa letal.

—No es lo que pensáis. No soy…

La sonrisa se desvaneció y una mueca de rabia le desfiguró el rostro.

—¡Mi hermano está muerto! ¡Eso es lo que pienso! ¡Tú lo mataste, y ahora quieres acabar con la ciudad!

—¡No he matado a Jase! ¡Está vivo! ¡Lo juro!

Gunner asintió y, de pronto, Mason me rodeó el cuello con un brazo. Tiró de mí hacia atrás con la punta del cuchillo contra mi costado.

Priya me agarró por la capa. Le temblaban las manos.

—¡Lo colgaste! ¡Ahorcaste a mi hermano! ¡Te lo oí decir a ti misma!

—¿Estabas allí?

Le brillaban los ojos de odio.

—Bajamos a escondidas a por medicinas y lo oí todo. Ahora que ya no te llevas bien con el rey crees que nos puedes mentir y salirte con la tuya, ¿no?

Me escupió a la cara y me empujó contra Mason antes de soltarme la capa.

—¡Está vivo, Priya, te lo prometo! Tuve que decir esas cosas, ¡el rey me obligó! Es un loco. Pero Jase está a salvo. Paxton lo llevó a…

—¡Paxton! —Mason me apretó el cuello con más fuerza—. Mejor cállate o lo vas a empeorar más.

Gunner dejó escapar una risita y se acercó aún más. Aquello era más aterrador que cualquier expresión de cólera.

—¿Sabes que ahora vales mucho dinero? Hoy nos hemos enterado de las noticias. Por lo visto, traicionas a todo el que se cruza en tu camino. El rey y Banques te tienen reservada una soga, y ofrecen una generosa recompensa para quien te lleve a que te la pongan al cuello. Pero a nosotros el dinero no nos sirve de nada. —Me arrancó la capa y me quitó el cinturón y el puñal—. Ahora lo que necesitamos es esto. —Me palpó los bolsillos—. ¿Llevas medicinas encima? —Gruñó al ver que los tenía vacíos.

—No, no es… Por favor, escúchame. Jase está en la colonia. Igual que…

—¡Si Jase estuviera vivo ya habría venido! —rugió Priya.

Gunner me agarró la cara con violencia.

—No debiste traicionar a esta familia, soldado. —Miró a Mason, detrás de mí—. Ya tenemos lo que queremos. Mátala.

—¡Espera! ¡Por favor! Yo quiero a Jase, no…

—¡Cállate! —ordenó Priya, pero me miró a los ojos fijamente, alerta, como si viera en ellos la verdad. «Yo quiero a Jase». Eso no se podía fingir. Tenía que verlo.

El brazo de Mason me apretó más el cuello.

—¿A qué esperas? —dijo Gunner—. ¡Venga!

—No es buena idea dejar un cadáver aquí —respondió Mason—. Y quizá tendríamos que…

Gunner hizo una mueca de hartazgo.

—Por el amor de los dioses, déjame a mí…

Me agarró por el pelo y me apartó de Mason de un tirón, y me dobló el brazo tras la espalda…, el brazo herido. Lancé un gemido de dolor y vi un relámpago de luz blanca, cegadora.

—Hay una manera mejor —dijo—. Despacio, como se merece. Que la ahorquen, como ella hizo ahorcar a Jase.

Me arrastró por el bosque, por una ladera hacia abajo, hasta llegar de nuevo a la explanada, donde un espeso lecho de hojas crujió bajo nuestros pies. Intenté hablar con él, le supliqué, le dije que había escapado por Lydia y Nash, que los había escondido en el mausoleo Ballenger, pero solo sirvió para enfurecerlo todavía más. Nada de lo que dijera le iba a llegar. Yo era el enemigo y no iba a cambiar de idea. Llegamos a un claro y me soltó. Todos me miraron. No sabía qué iba a pasar.

—Buen viaje al infierno —dijo, y me dio un empujón.

Caí de espaldas, y de pronto el mundo pareció estallar a mi alrededor. Vi volar las hojas mientras mi cuerpo ascendía violentamente, preso entre las cuerdas. No entendí qué pasaba hasta que me di cuenta. Era una trampa. Quedé colgando, retorcida, sin poder librarme de las cuerdas. Sin poder escapar. El pánico me invadió.

—No, no, no…

No, ahora no, ahora que estaba tan cerca…

Priya me vio forcejear. Sus ojos entrecerrados eran dos ranuras gélidas.

—No tardarán en venir. Todos los días pasa por aquí un escuadrón entero. Yo los ayudaré.

Y gritó. Un grito agudo, desesperado, que vibró entre los árboles. Una señal para los soldados. Alguien había caído en la trampa.

Todos huyeron. Desaparecieron en el bosque como si nunca hubieran estado allí.

—¡Priya! —grité—. ¡Hay un arma! ¡Jase escondió un arma… en el invernadero!

Pero ya se habían ido.

Me debatí frenética y traté de izarme en las cuerdas, pero mi propio peso había cerrado el nudo. Era imposible soltarse.

Oí gritos. Los soldados se acercaban.

Apenas tardaron segundos en llegar.

Capítulo treinta y nueve

Jase

Caí encima de él y los dos rodamos mientras forcejeábamos para quedar por encima.

—¡Maldita sea! —gritó—. ¡Kbaaki imbécil! ¡Suéltame!

Nada más saltar, oí a Wren soltar un taco y a Synové diciéndome que parara.

—¡Ya es mío! ¡Atrás! —le grité.

Estaba a punto de clavarle una flecha entre los ojos a aquella rata.

Lo inmovilicé con una rodilla en el pecho y las manos en torno al cuello.

—¡Para! —gritó mientras me intentaba abrir los dedos.

—Tendría que haber hecho esto hace mucho.

Abrió los ojos como platos, no porque lo estuviera ahogando, sino porque reconoció mi voz. Me miró como si fuera la bestia mítica de las montañas Moro.

—¿Jase? ¡Idiota! ¡Suéltame!

—Primero, respuestas —dijo Wren—. Luego lo mato yo.

Pero, antes de que pudiera preguntarle nada, empezó a responder a preguntar que no le había hecho.

—¡Fui yo, imbécil! ¡Yo fui el que te llevó a la colonia! ¡Yo te cogí el anillo!

Aflojé las manos. No sabía quién me había llevado a la colonia, pero seguro que no había sido él. Estaba tramando algo.

—¿A qué juegas ahora, Paxton?

Permití que me apartara. Rodó hacia un lado y se incorporó de rodillas, y se palpó los labios ensangrentados.

—¡Mil infiernos! ¡Es la segunda vez que me haces lo mismo! Como pierda el diente…

Se tentó las encías con la lengua y escupió sangre.

—¿Te crees que me importan tus dientes? Lo único que me importa es…

Volvió la cabeza hacia mí bruscamente. Tenía llamas en los ojos.

—¡Cállate! ¿Me oyes? ¡Cállate y escucha! ¡No hay tiempo para explicaciones! Kazi está aquí, en estas montañas, a la fuga, como yo. Intenta llegar a la cripta. Pero está herida, y no sé si es grave. Los planes se torcieron. ¡Hemos rescatado a Lydia y a Nash!

En terreno tan empinado, dos jinetes eran demasiado para un caballo, así que caminé al lado de Paxton, con Mije por las riendas, mientras me contaba todo lo que sabía. De cuando en cuando se tocaba el labio con uno de sus ridículos pañuelos con monograma. Tardé una hora en dejar de desconfiar. Llevaba la desconfianza muy arraigada. Pero me obligué a escuchar. Sabía cosas que eran secretas, cosas que Kazi le había contado sobre nosotros. Le había dicho lo del nicho vacío de Sylvey. Kazi confiaba en él, así que yo también tenía que confiar, aunque no fuera fácil. Me dijo que el rey lo había obligado a trabajar en la arena, pero no lo hizo para salvar su propio pellejo. Me confirmó que el rey era el responsable de los ataques y la invasión. Paxton buscaba la manera de arrebatarle el control de la ciudad… trabajando desde dentro, y no desde fuera.

«¿Por qué? ¿Por qué quería ayudarnos?».

—Siempre has querido controlar la arena —respondí, aún escéptico.

Me miró de reojo con ira.

—¿La arena? Pues claro. Pero no tanta como para robársela a mi… —Se interrumpió para no decir la palabra. Era una palabra que no tenía cabida entre nosotros. Familia. Según la sangre, éramos primos, pero en realidad éramos adversarios cómodos. Me había acostumbrado a él como quien se acostumbra a una molestia constante.

—No sabes nada de mí, Jase —siguió—. Quiero muchas cosas. Ahora mismo, lo único que deseo es que Kazi esté a salvo y que esos demonios sedientos de poder salgan de la Boca del Infierno. El resto ya se aclarará.

«Proteger». A veces se me olvidaba que él también era un Ballenger.

Me parecía imposible que tuviéramos un objetivo común.

Me contó que había utilizado el anillo para fingir mi muerte. Por eso habían dejado de buscarme.

—Fue muy duro para Kazi, pero no había otra manera de que cancelaran la búsqueda. Y, si te he de ser sincero, no estaba seguro de poder confiar en ella. Un día se volvió contra mí y me puso un cuchillo en la garganta, dijo que te había dado caza como a un perro. Creo que quería matarme. Cuando le confesé que estabas vivo, se derrumbó en mis brazos. Entonces supe que lo vuestro no había sido una farsa.

La voz de Paxton había cambiado al hablar de ella. Kazi le caía bien, hasta la respetaba. Nunca había visto esa faceta.

—Me contó que tú eras lo que la mantuvo viva cuando solo quería rendirse. Me habló de las promesas que os habíais hecho, de que oía tu voz y le decías que siguiera adelante, solo un poco más. Y eso hizo.

Tragué saliva. Carraspeé. Recordaba haberle gritado esas palabras cuando el río nos arrastraba. Se las había gritado a una enemiga porque mi supervivencia estaba ligada a la suya mediante una cadena. Ahora no podía vivir sin ella, pero por otro motivo.

Paxton y yo subimos por la ladera de la montaña a pie, y Wren y Synové se alejaron para tratar de cubrir todo el terreno posible, cada una a diez cuerpos de nosotros, en busca de cualquier rastro de que Kazi hubiera pasado por allí.

Paxton dijo que Kazi y él sabían que había otra entrada a la cripta, pero desconocían dónde estaba con exactitud. Lo único que había contado el abuelo de Paxton era que estaba en una cueva, lo que dejaba mucha montaña que explorar. Kazi iba a pedir a los niños detalles más concretos antes de dejarlos en el nicho, pero no había manera de saber qué había averiguado.

Yo tampoco sabía qué recordaban. Mi madre y yo los habíamos llevado allí hacía un año. Nash se había sorprendido mucho con los murciélagos, así que eso lo recordaría, sin duda. Y Lydia había recitado «izquierda, izquierda, derecha, izquierda», decidida a no olvidar el camino por las cuevas.

—¿Estás seguro de que Lydia y Nash han llegado a la colonia? —pregunté.

Paxton asintió.

—El nicho estaba vacío. Fui esa misma noche para asegurarme. Binter y Cheu fueron a recogerlos. Dejaron una marca para que supiera que habían sido ellos.

Sus *strazas*. Los recordaba muy bien. No eran simples fanfarrones: eran astutos, mañosos y letales como escorpiones. Pocas cosas había que pudieran detenerlos. En cierta ocasión, Tiago había sugerido que los contratáramos. Pero también eran leales. Paxton había elegido bien.

Me contó que Oleez también estaba implicada y se había tenido que esconder. Debía de ser la mujer a la que buscaban los soldados. Dinah, una chica que antes trabajaba en nuestras cocinas, los había traicionado, y por eso había salido mal el plan.

—Has dicho que Kazi estaba herida…

—No tanto como para no poder correr, pero la explosión en el cañón la hizo salir despedida. Fue una caída dura. Dejó un rastro de sangre durante un buen tramo.

—¿Qué explosión?

—Intentaron detenerla con un lanzador.

Eso había sido el sonido que escuchamos hacía tres días. Montegue estaba atacando a Kazi con las armas que habíamos creado.

Paxton dijo que no cayeron en la cuenta de su implicación hasta la mañana siguiente, y tuvo que huir. Trató de dejar pistas que indicaran que había vuelto a Ráj Nivad.

—Han puesto precio a su cabeza. A la mía, también, me imagino. Montegue hará lo que sea por recuperarla. Además de quitarle a Nash y a Lydia, le robó una cosa del…

—¡Aquí hay algo! —exclamó Wren, e hizo señas para que nos acercáramos.

Un rastro. Huellas embarradas de botas sobre una roca. Supe que eran de Kazi sin lugar a duda. Wren y Synové estuvieron de acuerdo.

Aceleramos el paso, pero pasó una hora sin que viéramos nada más, y de pronto, ya muy cerca, vi algo casi enterrado en la hojarasca. Un trozo de tela desgarrada.

—¡Mirad! —llamé a los demás.

Cogí la tela y la froté con los dedos. Era muy fina y estaba sucia de sangre. Synové me la quitó y la examinó. Esbozó una sonrisa.

—Es su camiseta —dijo—. Se ha hecho vendas con ella. Ha llegado hasta aquí.

Entonces, había llegado hasta el final. La entrada estaba poco más adelante. Me dejé caer al suelo sobre las manos y las rodillas, cerré los ojos y traté de controlar la respiración. Se me había hecho un nudo por dentro.

—¿Seguimos, *patrei*? —preguntó Wren.

Asentí. No me fiaba de mi voz para hablar. ¿Cuántas semanas llevaba esperando aquel momento, temiendo que no llegara nunca? Los días que había pasado encerrado en la bodega, la incertidumbre que me había vuelto loco, el miedo a no volver a tenerla entre mis brazos, a no poder decirle nunca más cuánto la amaba. A no poder decirle cuánto sentía mi imprudencia tras ver la torre derrumbada, cuando corrí hacia mi familia en lugar de pensar en la familia que tenía a mi lado.

Solté el aliento contenido. La espera había terminado, pero antes de que pudiera levantarme, antes siquiera de abrir los ojos, Paxton me tocó el brazo.

—Tenemos visita.

Nos habían cortado el camino.

—¿Son esos seres de las montañas, los que nos dijiste? —preguntó Synové—. No parecen cordiales. ¿Empiezo a disparar?

Pero dos ya nos apuntaban con las flechas, y Synové estaba al menos a diez pasos del arco y el carcaj que llevaba en el caballo. Tenían ventaja.

Conté cuatro, pero estaban camuflados con el bosque, cubiertos de tierra y hojas, así que tal vez hubiera más en torno a nosotros. Pero lo que me llamó la atención fue la postura de uno de ellos. Me sonaba mucho. Su manera de plantar las piernas, de levantar la barbilla con gesto obstinado. ¿Gunner?

—¡Gunner! —grité.

Movió la cabeza, desconcertado, y me miró largo rato antes de responder.

—¿Jase?

—¡Sí! ¡Soy yo!

Me quité el gorro de piel para que me viera el pelo y corrí hacia él, hacia todos.

Repitieron mi nombre una y otra vez, y cuando llegué junto a ellos me tocaron la cara como si quisieran confirmar que era yo. Priya, Mason, Titus, Aram, todos me abrazaron, y al final me volví otra vez hacia Gunner.

—Creíamos que estabas muerto —dijo con la voz cargada de confusión. Miró a Wren y a Synové, que nos seguían con los caballos. Ellas también se habían quitado los gorros de piel. Paxton estaba a su lado. Mason, Priya y Aram volvieron a levantar el arco, ya sin rastro de alegría en el rostro—. ¿Qué haces con esa gente? —preguntó Gunner.

—Bajad las armas. Me están ayudando. ¿Dónde está Kazi? ¿Dentro? —pregunté.

—¿Que te están ayudando? ¿Te has vuelto loco, Jase? —La voz de Gunner estaba cargada de desconfianza—. ¿Dónde has estado?

—¿Dónde está Kazi? —pregunté otra vez.

—Nos hemos encargado de ella. Ya no nos causará más problemas.

—¿Que os habéis encargado de ella? ¿Ha estado aquí? ¿Dónde está ahora?

—Estuvo aquí, pero la tiré a una de las trampas y se la ha llevado una patrulla. Iba a matarla en el acto, pero mejor así. Que se pudra colgada del tembris, igual que los demás.

Me lo quedé mirando sin dar crédito a mis oídos. Lo agarré por la camisa.

—Dime que estás mintiendo, hermano. Dime que estás mintiendo o te mato.

—¿Te has olvidado de lo que nos hizo, de cómo nos utilizó? ¡Se merece lo que tiene! ¿Qué pasa contigo?

—¿Hace cuánto? —pregunté, y recé desesperado para que estuviéramos a tiempo de ir tras ella.

—Horas. Esta mañana. Ya estará en una celda, o ahorcada, si hay suerte.

Negué con la cabeza.

—No, ¡no! ¡Vino a pedir ayuda! ¿No la escuchaste?

—¿Por qué la iba a escuchar? Así empezó todo, ¡porque escuchaste sus mentiras! Por los dioses, ¡ha estado ayudando al rey! Se merece lo que le ha pasado. ¿Qué bicho te ha picado a ti?

—¿Le diste una oportunidad? ¡Acudió a vosotros! ¡A la familia! ¿No os dijo que yo estaba vivo?

—Sí, pero…

—¿Que la obligaron a decir lo que dijo de mí? ¿Que Lydia y Nash estaban a salvo?

No respondió, pero me miró con ojos duros, entrecerrados. Sí, Kazi se lo había dicho.

—¡Eres imbécil, Gunner! ¡Eres un imbécil testarudo que no escucha nunca! ¡Que no piensa antes de actuar! ¡Y esta vez te has pasado!

Me puso las manos contra el pecho y me empujó.

—¿Qué pasa contigo? ¿Estás con ellos y los defiendes de la familia? ¡No sé quién eres ya!

Lo empujé contra un árbol y le puse la mano en el cuello, con ganas de rompérselo.

—¡Soy el *patrei*! ¡Y me vais a ayudar a recuperarla o…!

—¿O qué, Jase? ¿Qué vas a hacer? ¡Soy tu hermano!

El pecho se me estremeció.

—¡Y Kazi es mi esposa!

Capítulo cuarenta

Kazi

«La familia escuchará. Te querrán».

«Nos escucharán».

«Nos escucharán».

Llevaba tanto tiempo mirando el fuego que casi ni me daba cuenta de que existía el resto de la habitación.

Era muy escaso, casi todo ya brasas en el centro de la chimenea. Me habían encadenado por el cuello en torno a la columna central. Estaba sentada en una silla, uno de los pocos muebles de la estancia. Junto a la pared había una cama con una manta tosca y un arcón pequeño de madera de pino. Me habían subido a rastras varios pisos. Las vigas desnudas del techo me dijeron que estaba en una habitación del ático, seguramente el cuarto de algún criado. Había una ventana pequeña muy alta en la pared, cerca del tejado en punta, por la que solo se veía la oscuridad de la noche. Aparte de la cadena del cuello, me habían atado las muñecas a los brazos de la silla y los tobillos a las patas. No iban a correr riesgos conmigo. Banques me había dicho que esperara al rey, como si tuviera elección.

—Quiere tener una buena conversación contigo.

Se echó a reír, dio un tirón de la cadena y se marchó.

La habitación se cerró en torno a mí. Las sombras bailaron en las paredes. El silencio de la posada era absoluto. Ni siquiera se oían los crujidos de los tablones del suelo. El fuego no chisporroteaba. Solo existía el brillo de las brasas.

Estaba oyendo en mi mente el sonido pausado del mecanismo de un reloj. El tiempo se acababa. No habría más segundas oportunidades. Forcejeé contra las cuerdas de las muñecas y los tobillos. Solo conseguí que se me clavaran más en la piel.

«Siempre hay una salida, Kazi. La última en parpadear. Muere mañana». Me retorcí y volví a tirar de las cuerdas, pero no cedieron, igual que no habían cedido ninguna de las veces que intenté forzarlas.

«Buen viaje al infierno».

Todo se me encogió y se me secó por dentro. El infierno. Por fin me había dado alcance.

Todos tenemos fantasías. Hasta Jase y yo. Fantasías que habíamos alimentado.

«Todo saldrá bien».

A veces, la vida, las fantasías, la familia no salían bien. Salían muy mal.

Oí algo.

Pisadas. Lejanas. Regulares. Firmes.

Montegue se acercaba.

Capítulo cuarenta y uno

Jase

«Mi esposa».

Le había prometido a Kazi que se lo diríamos juntos, cuando estuviéramos todos reunidos. Sentados a la mesa, durante la cena, fue mi sugerencia. Me había imaginado cómo iba a ser. Todo el mundo expectante porque sabían que algo se cocía. La mesa, abarrotada con nuestros platos favoritos, conejo a fuego lento con salsa, guiso de pescado y pastelillos de salvia, y habría brindis. Muchos brindis, de todos, dos veces. Abrazos. Felicidad. Bromas. Risas. Se lo diríamos juntos. Así lo había querido ella. Así lo había querido yo.

Y lo que había hecho era gritar la noticia sin ella. Sin el menor rastro de alegría. Como si fuera una amenaza. ¿Cuántas promesas que le hice a Kazi había roto? No era algo importante de lo que ocuparme en aquel momento, pero me abrasaba como un ácido. Era algo más que había escapado a nuestro control.

Nos dirigimos hacia la catarata. Yo había querido montar a caballo y correr montaña abajo en busca de Kazi, pero Wren, Synové y Paxton me lo impidieron.

—Nos hace falta un plan. Y va a tener que ser muy bueno para arreglar este desastre —gruñó Wren con los ojos clavados en Gunner.

Paxton dijo que tardarían varios días en ahorcarla. Como si eso fueran buenas noticias, como si me sirviera de consuelo. El rey la interrogaría antes y, conociendo a Kazi, no le diría nada.

La ahorcaría cuando estuviera seguro de que no le podía decir nada más. Y Banques querría hacer antes el anuncio. Siempre buscaba público, testigos de la justicia, como decía él. En realidad, el objetivo era transmitir un mensaje: si te enfrentas a nosotros, este será tu destino.

Con el corazón en un puño, hice la pregunta cuya respuesta no quería saber.

—¿Qué le va a hacer durante esos días?

—No lo sé —respondió, pero oí la preocupación en su voz.

Aceleré el paso al lado de Mije.

Priya me alcanzó, me agarró por el brazo, trató de darme explicaciones. Mason iba con ella.

—A veces las personas buenas hacen cosas mal hechas, Jase. Cometen errores.

Me sacudí la mano que me había puesto en el brazo y seguí caminando deprisa.

—¡No lo defiendas!

—Jase. —Se plantó delante de mí para detenerme. Le brillaban los ojos—. Nosotros ayudamos a echarla.

Los miré. La traición era cada vez más honda.

—Pues también estáis muertos para mí. Habéis dejado que el odio controlara la razón.

Di un rodeo para esquivarla.

—¿Y qué estás haciendo tú ahora? —gritó a mi espalda.

Seguí caminando.

Cuando nos acercábamos a las cataratas, Gunner corrió para interceptarme.

—¿A dónde crees que vas?

—A la cripta. Vinimos en busca de ayuda. De alguien de confianza.

—No son familia. —Apuntó a Wren, Synové y Paxton—. No les puedes enseñar…

—Soy el *patrei* y digo que son familia. Aparta.

Me llevé la mano a la daga del cinturón.

—Gunner —susurró Mason para que se apartara.

Estaba nervioso por lo que yo podía hacer. Y con motivo.

Gunner no se movió, pero bajó la voz.

—¿Por qué has dicho que era tu esposa?

—Porque lo es. Estamos casados. Nos casamos el primer día del viaje de vuelta.

—¿Un matrimonio vendano?

Wren dio un paso adelante. Synové y ella apenas podían controlar la ira.

—¿Qué tienes contra los matrimonios vendanos, cerebro de cucaracha?

No respondió. Le devolvió una mirada igual de rabiosa, pero se echó a un lado, y seguimos caminando hacia la cripta para desaparecer tras un grupo de árboles, tras una cascada, en la oscuridad de la cueva.

———

La llama de la antorcha oscilaba al caminar.

Izquierda. Izquierda. Derecha.

Dejamos los caballos en la última cueva. Era más pequeña que el invernadero, pero en el techo había un agujero grande que dejaba entrar algo de luz, y había agua.

Izquierda.

Subimos a pie la última pendiente. Era casi imposible ver la puerta. Estaba cubierta de musgo, igual que las paredes de la cueva.

Aram pasó delante de mí con una roca en las manos. Golpeó la pared de la cueva. Una clave.

Oímos el chirrido grave de una rueda y la puerta se abrió. Detrás estaba Hawthorne, uno de los guardias de la torre. Al verme, se sobresaltó y alzó la espada. Con la capa de pieles y el rostro pintado, yo era una amenaza que no reconocía.

Aram lo tranquilizó con un ademán.

—Es Jase —dijo.

—¿*Patrei*? —susurró.

Le di una palmada en el hombro y entré. Los demás me siguieron.

La primera estancia, una sala amplia junto a la habitación de los catres, estaba abarrotada de trabajadores, guardias, empleados de los jardines, mozos de cuadras y niños, algunos acurrucados y dormidos, otros muy juntos para darse calor, todos demacrados, agotados. Omar, Tamryn, Kwan, Emma… Cuando entré, se oyeron susurros. *Patrei.* Dos niños me miraron llegar con Wren y Synové, y salieron corriendo. Judith, una empleada muy anciana, encargada de Meandro, estaba sentada con la espalda contra la pared y el pelo revuelto sobre la cara en lugar de recogido en una trenza perfecta como de costumbre. Tenía los ojos enrojecidos y llenos de lágrimas, y me tendió una mano. Me arrodillé y la abracé. Se apretó contra mí y lloró sobre mi hombro.

—Estás aquí, *patrei*. Estás aquí. Bien hecho, Latham. Arréglalo todo.

Latham era mi abuelo. Murió antes de nacer yo.

—Estoy aquí —le susurré como si eso fuera la solución.

No lo era. Yo no era más que un hombre, muy joven, y ella me llevaba tres vidas de experiencia. Pero sabía que, para Judith, el *patrei* era mucho más que un hombre concreto. Era una historia, generaciones de promesas, determinación: sobreviviremos a esto. Lo lograremos, como siempre hemos hecho.

Pero lo que vi allí no fue determinación. Vi cansancio, desesperación. Aquellos eran los que habían conseguido llegar a la cripta. ¿Quiénes no lo habían logrado?

Pasé a la habitación de los catres. No quedaba ni rastro de las viejas estructuras, de las vigas rotas y del polvo. Ya no era una reliquia histórica, sino un refugio real. Allí se encontraban más de los que habían escapado de la explosión y la invasión, tendidos en mantas, jergones, capas, montones de paja…, en cualquier cosa que los protegiera del suelo duro y frío.

Abrieron los ojos. Volvieron la cabeza al verme pasar. Freya, Tomás. Algunos estaban heridos. Dressler, Mishra, Chane. Tenían vendas en la cabeza o un brazo en cabestrillo. Se oyó un murmullo. Miedo. Unos cuantos salieron corriendo de la habitación.

—Soy yo —dije—. Jase. Y estos son mis amigos. No pasa nada.

Wren, Synové y Paxton mostraron las manos para que vieran que no iban a echar mano de las armas.

El murmullo subió de volumen y se convirtió en conversaciones que recorrieron la habitación. Varios se levantaron, asombrados, y Helen y Silas se acercaron para abrazarme. Me acariciaron la cara, me miraron el anillo de la ceja. Luego, un hombre corpulento se acercó cojeando y apoyado en el bastón. Era Tiago. Su rostro, antes redondo y lleno, ahora se mostraba anguloso. Le miré la pierna.

—Fue en la explosión —dijo—. Me arrancó media pantorrilla. —Se encogió de hombros—. Por lo menos no he perdido los dedos de los pies.

Me rodeó con sus brazos. Tal vez tuviera la pierna débil, pero abrazaba como un oso.

—Ciento treinta y cuatro —dijo Titus—. Somos los que quedamos ahora. Había más. Hasta ahora han muerto veinte.

«Hasta ahora».

El estudio estaba igual, pero en la enfermería se encontraban los que habían recibido heridas más graves. Me acerqué a cada jergón. Algunos gimieron, pero la mayoría ni se dieron cuenta de que estaba allí. Al principio no los reconocí, pero entre ellos se encontraban la tía Dolise y el tío Cazwin. Titus dijo que rara vez recuperaban el sentido, y meneó la cabeza como para indicar que no tenían grandes esperanzas de que salieran de aquella. Synové se inclinó para tapar con una manta a un arquero que se había movido en el suelo. Tenía la piel cetrina y los labios agrietados.

Luego, el almacén. En los estantes se guardaba lo que no cabía en otros almacenes: cajones de velas, aceite para las lámparas, unas cuantas mantas, dátiles. Muchos dátiles. Mi madre siempre tenía en exceso. Eran la golosina preferida de mi padre. Pero la mayor parte era una acumulación polvorienta de cosas incomestibles e inútiles para la supervivencia diaria.

Por pura tradición, siempre teníamos allí provisiones muy básicas, como sacos de cereales, tarros de miel, sal y otras cosas que se rotaban cada pocos meses. Desde que yo tenía conocimiento, no se habían utilizado en la cripta jamás. En la familia había un chiste cada vez que una comida sabía mal: decíamos que se había preparado con las provisiones de la cripta. Los estantes ya estaban casi vacíos.

Cuando atravesamos el almacén y llegamos a la cocina, los que estaban allí ya habían oído decir que estaba vivo y se habían puesto en pie. El murmullo de docenas de voces era cada vez más audible. ¿El *patrei*? ¿El *patrei* está aquí? Pero, entre el mar de rostros, el primero que vi fue el de Samuel.

Crucé la estancia hacia él. Puede que corriera. Lo abracé con todas mis fuerzas.

—Jase, que no me dejas respirar —susurró.

Lo solté y le cogí la cara entre las manos.

—Estás vivo. Recibí un mensaje. Creí que era de Jalaine. No...

Al oírme mencionarla, le cambió la expresión.

—Jalaine —repetí. Miré en todas direcciones con el pulso acelerado—. ¿Dónde está?

Apretó los labios y negó con la cabeza.

—No pudo llegar aquí. Jalaine está muerta.

Parpadeé. De pronto, todo lo veía desenfocado, y se me habían licuado las entrañas. Pensé en el otro rostro que aún no había visto.

—¿Y madre?

Priya había llegado a mi lado.

—Madre está bien, Jase. Te llevaré con ella.

Pero, antes, me hicieron sentarme a la mesa de la cocina y me dijeron cómo había muerto Jalaine.

Capítulo cuarenta y dos

Kazi

Una cinta.

Me concentré en eso para controlar los latidos enloquecidos de mi corazón.

Cuando me metieron a rastras en la posada, vi una cinta roja. Seguro que era una decoración del festival, pero, en el instante de ese momento aterrador en el que me metían en el edificio como una pieza de caza, me imaginé que era otra cosa, que lo habían atado allí por mí. Me permití volver a un mundo donde había brisas, promesas, mañanas. Y Jase.

Un aire frío que me acariciaba las mejillas.

El pelo de Jase agitado por el viento.

«¿Qué es esto, Kazi?», me había preguntado al ver el pastel de celebración y la cinta en las manos.

«Forma parte de una ceremonia vendana».

«¿Qué ceremonia?».

«De matrimonio. Una ceremonia de matrimonio —le respondí—. Las ceremonias vendanas son sencillas. Esto, la luna y testigos. No hace falta nada más. Synové, siempre con sus cosas».

Se me encendieron las mejillas y empecé a envolver de nuevo el paquete.

Jase me detuvo.

«¿Tan mala idea es?».

Nos miramos, y vi en sus ojos lo inevitable. Lo que ambos sabíamos en lo más hondo.

«No», respondí.

Nuestros labios se rozaron.

«Enséñame cómo es, Kazi —susurró sin apartarse—. Quiero que seas mi esposa».

Le cogí la mano con Mije y Tigone como testigos y le rodeé la muñeca con la cinta, y luego me rodeé la mía. Atamos el lazo.

«Ahora, hay que hacer los votos», le dije.

«¿Qué votos?».

«Lo que te dicte el corazón, Jase. Es lo único que importa. Dime lo que te diga el corazón».

Me cogió la mano libre, se la llevó a los labios y asintió.

«Kazi de Brumaluz…».

Se le quebró la voz. Estaba tan emocionado como yo. Luego empezó de nuevo, pero se tomó tiempo, como si buscara las palabras perfectas.

«Kazi de Brumaluz, eres el amor que no sabía que necesitaba».

Aún me parecía oír el sonido de la cinta al viento cuando alzamos las manos hacia el cielo.

«Atados en la tierra, unidos por el cielo», dije cuando terminamos de decir los votos. Jase repitió mis palabras.

No había luna. Nuestros testigos eran dos caballos. No seguimos las normas, porque nunca lo habíamos hecho. Pero eso no restó un ápice de verdad a nuestros votos, ni a nuestro matrimonio.

Cuando terminamos, nos miramos largo rato, casi incrédulos. Estábamos casados. Arranqué un trocito de pastel de celebración y se lo puse en la boca, y él hizo lo mismo conmigo.

«Ya está —le dije. Y enseguida añadí—: Casi».

Me pasó el pulgar por el labio inferior para quitarme una miga y luego caminamos hacia las ruinas, con la cinta ondeando tras nosotros.

Atados en la tierra, unidos por el cielo.

Marido y mujer.

Montegue no podía quitarnos eso.

Sus pisadas sonaron más fuertes y se detuvieron al otro lado de la puerta.

Ya estaba allí.

Capítulo cuarenta y tres

Jase

Samuel contó una parte de la historia. Titus hizo aportaciones, y Mason añadió detalles. Gunner no abrió la boca.

En mi ausencia, Gunner había vuelto a poner a Jalaine en la arena. Todos estuvieron de acuerdo en que era lo más conveniente. Dirigía las oficinas mejor que nadie. Aquel día, había tenido que ausentarse, y Samuel suponía que, cuando volvió al despacho, lo vio en el suelo igual que a los guardias, con la cabeza llena de sangre. Samuel había recuperado el conocimiento en algunos momentos. Vio a unos desconocidos buscar los ingresos del día por los armarios y cajones. Dio por hecho que Jalaine entró, vio a los intrusos, lo encontró a él en el suelo y salió corriendo.

—Para entonces ya tenían controlada toda la arena —dijo Titus.

Gunner y él se habían visto atrapados en nuestras habitaciones, y unos desconocidos aporreaban la puerta atrancada para tratar de entrar. Desde la ventana del apartamento, trataron de averiguar quién había lanzado el ataque, y vieron a Jalaine correr hacia la torre de las oficinas, donde tenían los valspreys. Se metió allí y salió a la terraza. Soltó un pájaro, pero le llovió una andanada de flechas. Abatieron al valsprey.

¿El mismo pájaro que, sin que supiéramos cómo, nos había llegado a Kazi y a mí? ¿Por qué iba a soltar un ave Jalaine si no era para mandar un mensaje?

—Lo siguiente que vimos fue… —Titus hizo una pausa y apretó los dientes—. Vimos caer a Jalaine de la cima de la torre. La tiraron.

Apretó los puños sobre la mesa, pero tenía los ojos ausentes, vacíos, como si se le hubieran secado las emociones. Me contó que los golpes en la puerta cesaron, y que él y Gunner consiguieron llegar a las oficinas y sacar a Samuel, pero no recuperar el cadáver de Jalaine de la arena. Huyeron al bosque y se pasaron una semana allí antes de poder llegar a la cripta. Tardaron una semana más en saber quién los había atacado.

Mason se inclinó hacia delante y apoyó la cabeza entre las manos.

—Y seguimos sin saber cómo pudo Rybart lanzar un ataque a semejante escala. Durante las primeras semanas estuvo en todas partes.

—¿Y las armas? —intervino Titus—. El rey dice que estábamos creando un arsenal, pero sabemos que no es cierto. Lo único que se nos ocurre es que, mientras hacía las entregas, Zane robara los planos y llegara a un acuerdo con Rybart.

—Rybart no tuvo nada que ver con el ataque a la ciudad —dije—. Fue el rey. Beaufort trabajaba para él desde el principio. El rey está detrás de todo junto con su justicia, el que ahora es su general. Zane era el mensajero.

—¿Qué?

—¿Desde el principio?

—¿El rey?

Hubo murmullos de incredulidad. Paxton asintió para confirmar lo que había dicho.

—Rybart y sus hombres también fueron víctimas.

Los murmullos cesaron y todos miraron a Paxton. Sus primeras palabras fueron recibidas con hostilidad. Aún no estaban preparados para creer nada que les dijera, aunque fuera la verdad, y tuve miedo de que alguien se tirara contra él. Lo habían visto con el rey. Me di cuenta de que todos albergaban el mismo odio hacia Kazi.

Había pensado que allí iba a dar con ayuda y era todo lo contrario. Me había encontrado con una cripta llena de supervivientes desanimados. Me había encontrado con que mi hermana estaba muerta. Me había encontrado con que mi familia había echado a Kazi a los lobos. Con que iban a ahorcar a mi esposa. «Te lo prometo, Kazi. Nos escucharán. Te querrán». La cocina me resultaba asfixiante. No podía respirar. Me vinieron a la cabeza más promesas rotas. «Por la mañana estarás mejor, Sylvey. Te lo prometo. Cierra los ojos y duérmete». Me levanté tan de repente que tiré la silla. Me di media vuelta y salí. Crucé el almacén, el estudio, las diferentes habitaciones. Un rumor de pasos me siguió. «¿A dónde vas, Jase? ¿Qué haces? ¡Dinos algo!».

Llegué al túnel de la entrada principal y crucé hacia la puerta del invernadero. Hice girar la rueda y la abrí. Tenía que asegurarme de que seguía allí, de que mi última esperanza no se había esfumado también.

—¡Jase! —exclamó Priya.

Miré hacia atrás. Venían detrás de mí, quizá por miedo a que hiciera alguna locura. Acababa de descubrir que mi hermana había muerto y mi esposa estaba en manos de un demonio. Hacer alguna locura era la única opción razonable.

Pasé junto a varios montones de tierra recién movida. Allí enterraban a los muertos. Aún había palas clavadas en el suelo, preparadas, como a la espera de los siguientes.

Una cabra se cruzó en mi camino. ¿De dónde había salido? Ni idea, pero no había caído por el agujero. Alcé la vista hacia el boquete en el techo. El follaje lo ocultaba como un collar verde y el agua corría por las lianas. Por lo general, ver aquello me relajaba, pero las tumbas recién cavadas le quitaban al invernadero todo su efecto calmante.

Crucé la cueva a pasos largos, a zancadas, como si las pisadas pudieran doblegar el mundo a mi voluntad y detener tanta locura. Trepé por la pared irregular de la cueva. Conocía bien cada lugar donde poner los pies y las manos. Llegué a un saliente de piedra y saqué de detrás la bolsa de munición primero, y luego, el lanzador.

Me volví hacia los otros.

—¿Kazi no os dijo nada de esto?

Priya tenía el rostro contraído de vergüenza. Asintió.

—Me lo gritó cuando nos íbamos. Me dijo que habías escondido un arma en el invernadero. Al llegar, la busqué, pero no encontré nada. Pensé que eran más mentiras.

—Hasta después… —Sentí que se me cerraba la garganta—. Hasta después de que la traicionarais, trató de ayudaros. Si se lo hubierais permitido, os habría dicho exactamente dónde estaba el arma.

—No lo sabíamos, Jase —dijo Mason.

Miré el lanzador. Aquello. Aquello era lo único que tenía para intentar salvarla: un lanzador contra cientos. Lo dejé caer y me dirigí hacia el grupo.

—¡Arriesgó la vida para salvarme! —Me di golpes en el pecho—. ¡Arriesgó la vida para salvar a Lydia y a Nash! Y todo sin mostrar el menor temor. Pero ¿sabéis de qué sí tenía miedo? ¡De vosotros! ¡De todos vosotros! ¿Tenéis idea de cuánto valor tuvo que reunir para volver conmigo? Oyó todo aquello que le gritasteis. Lo que le queríais hacer. Le dije que lo entenderíais, que nos escucharíais, que volveríais a quererla. Porque eso hacen las familias. —Sentí que me rompía en mil pedazos—. Soy un mentiroso, está claro.

Priya negó con la cabeza con los ojos llenos de lágrimas, se acercó a mí, me estrechó entre sus brazos, y yo me derrumbé, un corpulento kbaaki incapaz de controlar los sollozos. Todos se reunieron en torno a mí y me abrazaron, se abrazaron entre ellos, Samuel, Aram, Titus, Mason, Priya. Todos menos Gunner.

Se dio la vuelta y salió por la puerta del invernadero.

Nos separamos. Wren, Synové y Paxton se habían quedado a un lado, desconcertados, como temerosos de verse arrastrados a un círculo de ira y lágrimas que no tenía el menor sentido, ni siquiera para mí. ¿Era posible amar y odiar a alguien a la vez? Para mí era normal, así era mi familia, pero tal vez había llegado la hora de abandonar esa costumbre.

En ese momento oí otra voz.

—Jase.

Todos nos volvimos.

Samuel se adelantó un paso.

—No debes levantarte, madre —la reprendió.

—Es verdad —dijo ella sin dejar de mirarme—. Estás vivo.

Le devolví la mirada sin saber qué pensar.

Mi madre se llevó la mano al vientre hinchado.

—Tu padre me dejó un último regalo. —Meneó la cabeza—. Ya sé que no es buen momento para tener otro bebé.

¿Un bebé? No, no era buen momento. Era un momento pésimo.

—Pero lo mismo dijiste de cada uno de nosotros, ¿no? —respondí—. Que habíamos llegado en el peor momento posible. Y al final todo salió bien.

Asintió.

—Todo volverá a salir bien.

Fui hacia ella, y esta vez fue mi madre quien lloró abrazada a mí. Mi madre, que nunca derramaba una lágrima. Luego me obligó a repetir que Lydia y Nash estaban a salvo.

—Sí, están a salvo. Los *strazas* de Paxton se los llevaron a la colonia vendana. —Le expliqué que cuidarían bien de ellos y no les faltaría nada, pero tendrían que quedarse allí hasta que acabara la guerra—. Es el mejor lugar donde pueden estar.

Le conté que los esconderían en la bodega, igual que me habían escondido a mí, y que Paxton me había llevado allí cuando me hirieron en un ataque.

Mi madre dirigió la vista a Paxton y, sin vacilar, se dirigió a él y lo abrazó sin parar de darle las gracias. Paxton le devolvió el abrazo con torpeza y me miró por encima de su hombro, inseguro.

Asentí.

Le dio unas palmadas en la espalda.

Mi madre se volvió de nuevo hacia mí y se secó los ojos.

—Nuestra familia siempre se las arregla para crecer hasta en los momentos más inesperados —dijo—. ¿Qué es eso de que te has casado?

Capítulo cuarenta y cuatro

Kazi

La puerta se abrió con un crujido. Despacio. Todo muy despacio, como si él estuviera saboreando el momento al tenerme de nuevo a su merced. Yo estaba de espaldas contra la pared y no me podía volver, pero cada paso deliberado me provocaba un escalofrío. Talón, punta. Dueño de la habitación. Y de mí. Luego, cuando se detuvo, silencio, un silencio que entumecía los huesos. Sentí sus ojos clavados en la nuca, en el cuello, en la espalda. ¿Qué sería lo siguiente que sentiría? ¿Un puñal?

—Hola, soldado.

Tuve que contener una arcada.

Caminó hacia la chimenea, de espaldas a mí, y se arrodilló para atizar el fuego y echar un tronco más. Las llamas rugieron e iluminaron la estancia.

—¿Tienes frío? —preguntó.

De pronto, aquel lugar era sofocante. Caluroso. Pero no por el fuego. El sudor me corría por la espalda.

—¿No dices nada? —susurró—. Con todo lo que hablabas el otro día…

Se levantó y se volvió para mirarme, y por primera vez vi su rostro.

Su rostro, tan hermoso, del que estaba tan enamorado.

Tenía un tajo irregular desde la barbilla hasta el rabillo del ojo, un corte con los bordes hinchados, rojos.

—¿Qué te parece? —preguntó—. Y tengo más recuerdos de ti debajo de la camisa. ¿Quieres verlos?

Negué con la cabeza.

Sus ojos eran más negros que nunca. Se clavaron como garras en los míos.

—Podrías haberlo tenido todo —susurró—. Te habrías sentado a mi lado, habrías compartido todas las riquezas de la victoria. —Se inclinó hacia delante y me apretó las muñecas con fuerza contra los brazos de la silla, con el rostro muy pegado al mío—. En cambio, vas a morir sin nada. No serás nada... Pero aún podría perdonarte.

—Vamos, Montegue, ¿de verdad vamos a jugar otra vez a eso?

Su aliento era fuego contra mi piel. Era un dragón olfateando a su presa.

—¿No quieres? Con lo bien que juegas...

Se arrodilló delante de mí, me rodeó el tobillo con una mano y, muy despacio, la subió por la cara interior de la pierna. Tuve que morderme un labio para no temblar.

—No lo tengo —dije cuando me llegó al muslo.

Eso no lo detuvo. Sonrió. La cicatriz se le tensó en la comisura de la boca.

—¿Por qué te voy a creer?

—¿Por qué no le dijiste a Banques que me registrara?

—¿Y privarme de este placer?

—Es porque no confías en él.

—Mira lo que te ha hecho a ti la tentación. —Siguió explorando con la mano.

—¡Lo he tirado!

Se echó a reír.

—No soy idiota, Kazimyrah, y tú, tampoco. Una ladrona no tiraría un objeto tan valioso. ¿Dónde está?

—Despídete, Montegue. No lo volverás a ver.

Se levantó. Estaba perdiendo el control.

—De modo que lo has escondido. ¿Dónde?

No dije nada. Paseó por la habitación mientras flexionaba los dedos, y luego se detuvo delante de mí otra vez.

—Te encontraron en la montaña. ¿A dónde ibas? ¿A reunirte con otros partidarios de los Ballenger?

De nuevo respondí con el silencio.

—¿Dónde están los niños? —me preguntó, tal vez con la esperanza de asustarme. Sabía que me importaban más que su adorado polvo de estrellas. Seguí sin responder—. Los estamos buscando y los encontraremos. Sería mejor que me lo dijeras ya, antes de que pase alguna desgracia. Me querían, ya lo sabes.

No pude contener el asco.

—Te detestaban. Igual que yo. No eres más que un monstruo ambicioso y despiadado.

Me agarró la cara. Me clavó los dedos, me miró con los ojos cargados de odio.

—¡Tú me deseabas!

—Lo único que deseo de ti es que te mueras. Ese corte que tienes en la cara es porque apunté mal. Quería rajarte el cuello.

Me agarró por la cadena del cuello y tiró hacia arriba, y el metal se me clavó en la piel. Su mirada era gélida, la mano le temblaba. Estaba segura de que iba a matarme. Quería que le tuviera miedo, y se lo tenía, pero también quería destruir su fantasía como él había destruido la mía. Quería decirle cosas, cosas que le iban a hacer sufrir más que la cicatriz en la cara.

—Planeé matarte desde el momento en que supe que habías planeado la emboscada a mi esposo.

Soltó la cadena.

—¿Tu qué?

—El *patrei* era mi esposo. Estábamos casados.

Se quedó boquiabierto.

—No te creo.

—Vives en un mundo de fantasía, Montegue. Puedes creer lo que te venga en gana. Pero yo quería a Jase, y Jase me quería a mí. Por eso luché por salvarle la vida. —Me incliné hacia delante y sonreí—. Y sus besos… ¿Querías que los comparara? Los tuyos son de risa.

Soltó la cadena y retrocedió tambaleándose como si lo hubiera apuñalado.

—Nunca nadie te amará como lo amábamos a él —seguí—. Su gente y yo. Jase es más hombre y más líder de lo que tú serás jamás.

Se volvió como un resorte para mirarme. Tenía los dientes apretados.

—Pero está muerto, y yo sigo aquí, dueño de todo. Eso demuestra quién es el verdadero líder. —Barrió el aire con un ademán—. Se acabó. Tengo mejores maneras de hacer que hables. ¡Banques!

La puerta se abrió casi de inmediato. Su lacayo siempre estaba a la espera de órdenes. Le dijo a Banques que se ocupara de mí y me sacara toda la información necesaria.

—Pero no le toques la cara. No quedaría bien para una ejecución pública. Somos un gobierno civilizado. Quiero que se haga con rapidez y dignidad. La ciudad se está preparando para el festival porque soy un gran líder. No quiero bajarles la moral más de lo imprescindible.

Echó a andar hacia la puerta.

—¡Eres un cobarde, Montegue! —le grité—. ¡Un débil y un cobarde! ¡Un rey de nada, y siempre lo serás! ¡Un rey de nada que nunca se mancha las manos!

Se detuvo y respiró muy hondo. Su espada silbó al cortar el aire cuando la desenvainó. Le temblaba en el puño apretado.

Me miró. Ya estaba. Era el momento. Tal vez yo lo había querido. Prefería morir a que me obligaran a hablar. Pero entonces, muy despacio, volvió a envainar la espada, como si se le acabara de ocurrir algo.

—No la toques —dijo Banques—. Ahora vuelvo.

Me miró.

—Y, esta vez, voy a mancharme las manos, soldado.

Capítulo cuarenta y cinco

Jase

Nos sentamos en un banco largo, ante una mesa de la cocina desierta. Ya había pasado la hora de la cena, así que comimos lo que quedaba de un caldero de guiso de venado. Mi madre se empeñó. Wren, Synové, Paxton y yo acordamos hacer planes mientras comíamos, pero Mason se sentó frente a mí, seguido por Titus y Samuel, y al final toda la familia, incluso Gunner, se reunió en torno a la mesa. Aram trajo para mi madre una silla acolchada con sacos de trigo rellenos de hojas. Me comentó en voz baja que el embarazo había sido difícil. Había sangrado, y Rhea le dijo que tenía que guardar reposo. Era demasiado pronto para que llegara el bebé.

Mientras comíamos, se hizo un silencio incómodo. Solo se oía el tintineo de las cucharas contra los cuencos de metal.

—¿Cuántos arqueros tenemos? —pregunté al final.

En realidad, quería saber cuántos nos quedaban. Cuántos habían sobrevivido al ataque.

—Uno —respondió Priya—. Está en la enfermería.

¿Uno? Habíamos tenido dieciséis en la Atalaya de Tor. Ocho siempre de guardia.

Priya nos contó que el caos se había desencadenado el día que el ejército derribó la torre central del edificio principal de la Atalaya, y luego, el muro. Los arqueros habían luchado con valor, y otros acudieron enseguida a darles apoyo, pero no eran rivales para los potentes lanzadores. Lo que sí consiguieron fue dar tiempo a los que estaban dentro. Mi madre estaba en el jardín, y corrió a todas las casas para ordenar a todo el mundo que entrara en la cripta. La tía Dolise, en la cocina, consiguió meter provisiones y medicinas en una bolsa. El tío Cazwin y ella fueron los últimos en correr hacia la cripta, y los alcanzó la explosión. Aram, Priya y Drake consiguieron arrastrarlos hasta el túnel y luego sellaron la puerta. No sabían qué había sido de Trey y de Bradach. Nuestros primos estaban en la ciudad con unos amigos cuando empezó el ataque. No hubo noticias de ellos, y Priya daba por supuesto que se habían escondido. Al menos, eso esperaba.

La cocina se fue llenando de refugiados mientras hablábamos: Tiago, Hawthorne, Judith, muchos más. Todos sentían curiosidad ante el regreso del *patrei* kbaaki, o querían noticias del exterior, o buscaban algo de esperanza. Se acomodaron en silencio, sentados en las sillas o en las mesas, o apoyados contra las paredes.

Mi familia se turnó para contarme los detalles, aunque Gunner guardó silencio. En un momento de silencio, Mason se inclinó hacia mí por encima de la mesa.

—¿Cómo es posible? —me preguntó—. Con todo lo que nos hizo, ¿cómo llegaste a estar con ella?

Lanzó una mirada a Wren, Synové y Paxton. «Y con ellos», estaba pensando, aunque no lo dijo en voz alta.

Aun así, Synové también lo oyó. Soltó la cuchara con estrépito en el cuenco.

Se lo conté todo desde el principio, empezando por Beaufort y lo que yo había llegado a saber en el largo viaje a Marabella. No les ahorré ni un detalle escabroso, sobre todo el destino que nos reservaban Beaufort y sus hombres, con todos los detalles que tanto disfrutaron contándome y lo que pensaban hacer con Priya, Jalaine y nuestra madre después de matarnos a los demás. Era necesario que lo supieran, que se enterasen de los detalles más crueles para que comprendieran lo que había estado a punto de pasarnos. Beaufort nos había tendido una trampa, había puesto un cebo para atraernos mientras planeaba algo muy diferente.

—Nunca existió esa cura —dijo mi madre en voz baja.

Oí la vergüenza en su voz, como si una parte de ella lo hubiera sabido siempre, como si fuera consciente de que era demasiado bueno para ser cierto.

Negué con la cabeza.

—No. Lo único que nos preparaban era otra masacre Ballenger. —Miré a Gunner—. Kazi nos salvó.

Me di cuenta de que sabía que lo estaba mirando, aunque tuviera la cabeza gacha.

—Cuando llegamos a Marabella, Kazi habló con la reina, y no solo en mi nombre, sino en el de todos nosotros. Le contó que Beaufort había entrado en nuestras vidas con la promesa de una cura para la fiebre. Habló a la reina del lugar que ocupaba la Atalaya de Tor en la historia, del tiempo que llevábamos defendiendo la Boca del Infierno. Le explicó que habíamos reconstruido la colonia entre todos, de nuestro bolsillo. La reina se mostró muy agradecida e interesada en nuestro mundo. Quiso saber más, y se lo conté todo. Cuando terminó, el rey de Dalbreck y ella me hicieron una proposición importante, y la acepté.

Miré a todos los presentes, en torno a la mesa y en el resto de la estancia, para asegurarme de que estaban escuchando.

—La reina de Venda y el rey de Dalbreck hablaron y acordaron que la Boca del Infierno volvería a nuestras manos. También acordaron que la Alianza nos reconocería como reino. Como el primer reino.

—Gracias a Kazi —añadió Wren.

—Es uno de los muchos motivos por los que Jase «llegó a estar con ella» —dijo Synové con amargura mientras miraba a Mason.

Se hizo el silencio.

Luego, empezaron las lágrimas, la incredulidad.

—¿Un reino?

—¿El primer reino?

Oí el nombre de Kazi en sus labios mientras rezaban.

—Los dioses la guarden…

—Velad por esa chica, Kazi…

—Velad por ella…

—Eso no es todo —intervino Paxton.

Era la primera vez que hablaba, y había recuperado el tono engreído, aquella manera de mover la mano que antes me daba ganas de darle un puñetazo. Ya no. Él también tenía rabia acumulada. La hostilidad era palpable al otro lado de la mesa. Lo estaban tolerando solo por mí, y porque mi madre lo había abrazado delante de todos.

Contó cosas que aún no me había dicho a mí.

—Kazi mató a cuatro hombres mientras trataba de salvar a Jase de la emboscada. Lo vi yo mismo. Fue espantoso, aterrador, y a la vez increíble. A los demás solo nos queda rezar por que algún día alguien nos quiera tanto como Kazi a Jase. Estaba dispuesta a sacrificarlo todo, hasta la vida. Consiguió que el caballo de Jase se alejara hacia el bosque y ella se quedó luchando para darle tiempo a huir. Ahí fue cuando la hirieron y la capturaron. Y, luego, por pura fuerza, porque casi no le daban de comer, se recuperó para salvar a Lydia y Nash. Y lo logró. Es…

—¿Cómo? —preguntó Priya con los ojos clavados en Paxton—. Drake murió tratando de rescatarlos. No nos atrevimos a intentarlo de nuevo hasta que tuviéramos más ayuda.

Mandamos un mensajero a Cortenai, el reino más próximo, pero no hemos recibido respuesta. No sabemos si el mensajero llegó siquiera. ¿Cómo pudo hacerlo Kazi? ¿Por arte de magia?

Paxton se quedó paralizado, con la boca abierta, mirando a Priya. Era raro que se quedara así, sin palabras.

—Antes de ser soldado, Kazi era una ladrona experta —intervine—. Se le da muy bien. Se llevó a Lydia y a Nash ante las narices del rey y los ocultó.

—¿Una ladrona? —preguntaron varios a la vez.

—¿Dónde los ocultó? —preguntó Priya con cautela.

—En el nicho vacío de Sylvey.

En torno a la mesa todo fueron expresiones de horror.

—Pero… —empezó mi madre— el nicho no está vacío.

—Sí, lo está, madre. Lo siento —respondí.

Y les conté lo que había hecho. Lo que Kazi sabía. Cómo los había salvado.

—¿Profanaste la tumba de Sylvey? —preguntó Titus.

—Sí —respondí.

Se hizo otro silencio largo, incómodo, mientras trataban de reconciliar la mentira de tantos años, el crimen, con el hecho de que había salvado a Lydia y a Nash. Tal vez de asimilar que Kazi había sido una ladrona, o que había matado a un guardia que en aquel momento se pudría en el mausoleo sagrado de los Ballenger. O que Sylvey estaba enterrada en una tumba no consagrada, en las montañas. Era mucho, y todo a la vez.

Mi madre se pasó los dedos por el pelo con los ojos cerrados. Sabía que lo de Sylvey había sido un golpe terrible para ella. No solo porque fuera un crimen, o porque el cuerpo de su hija no descansara en paz donde mi padre y ella lo habían depositado, sino porque yo se lo había ocultado tanto tiempo. Por fin, abrió los ojos, juntó las manos y alzó la barbilla.

—Lo hecho, hecho está —dijo—. Cuando esto termine, celebraremos una ceremonia discreta en las Lágrimas de Breda con un sacerdote para consagrar el lugar de descanso eterno de Sylvey. Y nadie mencionará esto fuera de la cripta.

Miró a todos los presentes con acero en los ojos, como para retarlos a desafiarla.

Mi madre, siempre adelante. Eso era lo que importaba. Así volvimos a su primera pregunta, la que nos había congregado en torno a la mesa de la cocina. Quería saber más sobre mi matrimonio.

Le conté lo mismo que le había dicho a Gunner, que nos habíamos casado hacía semanas, en el camino de vuelta a casa. Me pidió detalles de la ceremonia. No había mucho que contar: una cinta, unos votos, un pastel de celebración.

—Y solo estabais vosotros dos —dijo.

Asentí.

—Los caballos fueron sus testigos —musitó Samuel con apenas un atisbo de sorna.

—Mije y Tigone —aclaró Wren al tiempo que clavaba a Samuel en el asiento con una mirada. Luego, lanzó otra a Gunner, todavía silencioso—. Unos caballos más listos y leales que mucha gente que conozco.

—Sin sacerdote —añadió mi madre casi para sus adentros.

Vi las miradas que se intercambiaron. Sin testigos. Sin sacerdote.

—Pero hubo pastel de celebración —aportó Synové con entusiasmo—. No se puede estar más casado que si te comes un pastel de celebración.

Se lamió los labios y sonrió a Mason, que apartó la vista.

Mi madre apretó las palmas de las manos.

—¿Pronunciasteis los votos?

—Sí —le confirmé.

Asintió y se acomodó en la silla.

—Muy bien. Así que no solo tengo una hija nueva, sino que es una hija que lo ha sacrificado todo por salvar a nuestra familia. Tenemos que buscar la manera de recuperar a mi hija, a tu esposa.

Se hizo el silencio. En vez de gritos de ánimo, lo único que se oyó fue un susurro de desesperación. Ya lo habían intentado con Lydia y Nash, y habían fracasado.

Me levanté.

—Si no nos rendimos, no estamos derrotados. Vamos a convertirnos en un reino… y vamos a rescatar a mi esposa, porque lo ha arriesgado todo por nosotros y se le acaba el tiempo.

—¡Yo aún puedo blandir una espada! —gritó Tiago desde el fondo de la estancia.

—¡Y yo! —corearon Judith y otros.

—¡Asaltaremos la posada! —aportó alguien.

—¡Una emboscada!

—¡La sacaremos a la fuerza!

—¡Podemos envenenar el agua!

—¡Tienes un arma de las suyas! ¡Los volaremos!

La cocina se convirtió en un hervidero de ideas, pero pocos de los presentes habían visto el estado de la ciudad y sabían a qué nos enfrentábamos. Un ejército de cocineros y jardineros con un *straza* valiente pero herido no era rival para los soldados con armas apostados en todos los tejados. Además, no podíamos poner en riesgo a la gente de la ciudad. Teníamos que buscar la manera de llegar a Kazi sin matar a ningún habitante de la Boca del Infierno. Y sin que la mataran a ella, que era lo que pasaría si disparábamos con el lanzador.

Synové y Wren me miraron. Ellas también sabían que las propuestas eran inútiles.

Gunner se levantó.

—Podemos hacer un intercambio.

Todos se quedaron en silencio.

—¿Y qué les ofrecemos? —preguntó Priya—. ¿Un saco de trigo con moho?

—A mí —respondió—. Para ellos, soy el *patrei*. Les encantará echarme la mano encima. Quieren acabar con todos los Ballenger. ¿Por qué no les damos al líder?

Me lo quedé mirando. Todos sabíamos que eso no podía salir bien, incluido él. Yo había sopesado una idea parecida. Negué con la cabeza.

—Si fueran gente de palabra, tal vez, pero no lo son. Y el desequilibrio de poder es brutal. No se puede organizar un intercambio. Se quedarían con Kazi y contigo. Pero es muy noble por tu parte.

El resentimiento me teñía la voz. No le iba a mostrar gratitud. Él había provocado aquella situación. ¿Y lo lamentaba, ahora que sabía que íbamos a ser un reino? No podía perdonarle lo que había hecho.

Llovieron más ideas, todas inviables. Se estaba haciendo tarde, nos quedábamos sin tiempo, y me dolían las entrañas con cada propuesta rechazada. Me empezaba a dominar la desesperación. Teníamos que dar con la respuesta ya. Necesitaba pensar y repensar, valorar cada paso de nuevo, cada posibilidad. «No hagas ninguna locura», me había dicho Caemus. Pero tal vez eso era precisamente lo que tenía que hacer, algo inesperado. Les dije a todos que se retiraran, que seguiríamos hablando por la mañana. Pero no tenía la menor intención de dormir, al menos hasta que supiera cómo recuperar a Kazi.

Contemplé la llamita titilante de la vela roja. La hornacina del final del túnel de la entrada se había convertido en un lugar de oración. Wren y Synové hicieron ademán de seguirme, pero les dije que necesitaba estar a solas para pensar. Se fueron con Paxton, a hacerlo por su cuenta.

La idea original de utilizar el arma para conseguir más armas era adecuada para enfrentarme a un ejército, pero acabaría en desastre si intentaba rescatar a Kazi. No podía disparar contra los guardias que la retenían sin matarla a ella también. No podía abrirme camino a golpe de explosiones sin ponerla en peligro, y no había manera de saber dónde la tenían. Según Paxton, podía ser en cualquier lugar de la posada, desde las bodegas hasta el ático, o tal vez en la arena. Solo lo sabríamos con precisión cuando la sacaran a las pasarelas para ahorcarla. Sopesé de nuevo la idea del intercambio. Por mí. Sí, nos retendrían a los dos, pero al menos estaría con ella. Aunque también podían encerrarme en otro lugar, no a su lado...

Me había arrodillado ante la hornacina. Pensaba rezar, pero se me habían secado las oraciones. Me senté sobre los talones y contemplé la llama de la vela, y pensé en todos los juramentos que había hecho, en el sacerdote que me marcó la frente con ceniza, en la consagración...

«Sin sacerdote».

Sabía que aquello iba a ser duro para mi madre. Los Ballenger teníamos tradiciones: nacimientos, muertes, bodas... Y los sacerdotes eran una parte fundamental.

Le había avisado a Kazi de lo que iba a pasar. Estaba sentada sobre mi estómago y comiendo moras, y de cuando en cuando me metía una en la boca, acariciándome los labios.

«Mi madre querrá que nos volvamos a casar en el templo», le había dicho.

Me metió otra mora en la boca y frunció el ceño.

«¿Por qué? ¿A los Ballenger no les vale con una ceremonia vendana?».

La atraje hacia mí. Se le cayeron las moras de la mano.

«¿Qué tiene de malo que nos casemos otra vez? Yo me casaría contigo cien veces».

Me besó, todavía con el jugo de las moras en los labios.

«¿Solo cien?».

«Mil veces», le prometí.

Se echó hacia atrás con las cejas arqueadas y me miró con repentino interés.

«¿Y cada vez habrá pastel de celebración?».

«A montones», le prometí.

Se echó a reír y se tendió sobre mí para mordisquearme la oreja.

«Vale, si es así, nos casaremos en el templo».

Pero el templo ya no existía.

—Mil veces, Kazi —susurré—. Me casaría contigo más de mil veces.

Un susurro de pisadas me trajo de vuelta de las llanuras azotadas por el viento a la oscuridad del túnel. Era Gunner.

Me levanté.

Tenía los ojos enrojecidos. Meneó la cabeza, pero no dijo nada, como si tuviera las palabras atascadas dentro.

—Venga —le dije—. Dime lo que quieras y déjame en paz.

Tragó saliva.

—Lo siento, Jase. Lo siento…

Su voz era apenas un susurro.

—Gunner…

Se acercó a mí con los brazos extendidos y me abrazó. La camisa se me tensó cuando agarró puñados de tejido entre los dedos. De mala gana, alcé los brazos y lo estreché mientras lloraba. Mi hermano mayor, el más duro de todos, sollozó entre mis brazos, y yo ya no sabía en qué mundo estaba.

Se le estremeció el pecho mientras trataba de explicarse y luego se apartó, volvió a menear la cabeza como si estuviera avergonzado, pero le empezaron a salir las palabras y ya no pudo detenerse. Me dijo que tenía razón, que no escuchaba, pero que me creía muerto y estaba rabioso, agotado, superado. Las últimas semanas habían sido terribles. Cada día moría alguien, había que cavar tumbas en el invernadero, había que cazar para alimentar a todos, había que bajar a escondidas a la ciudad para conseguir medicinas, más de una vez estuvieron a punto de atraparlo, no sabía qué hacer para recuperar a Lydia y a Nash.

—Y Jalaine... —Apenas consiguió pronunciar el nombre—. Si no la hubiera puesto a trabajar otra vez en la arena... Si no... —Se deslizó contra la pared hasta el suelo y se sujetó la cabeza, otra vez entre sollozos—. No dejo de ver la imagen, la veo caer...

Cerré los ojos para bloquear aquella visión. Los sollozos de Gunner me sacudieron como si fueran míos. Me senté en el suelo a su lado y me dijo que, al ver a Kazi, se negó a escuchar nada de lo que dijo. Solo podía pensar en vengarse.

—Me equivoqué, Jase. Y sé que diez como yo no valen lo que alguien como ella, pero de buena gana cambiaría mi vida por la suya si pudiera.

—Lo sé —respondí—. Yo también lo siento, hermano.

Gunner no era el único que cargaba con la culpa, ni el único que había cometido errores. Priya tenía razón. Me había dejado llevar por el odio. Gunner se había precipitado al juzgar. Yo, también.

Se secó las lágrimas y me miró. Tenía los ojos muy abiertos y parecía enloquecido.

—Tengo una idea —dijo—. Seguramente no funcionará. Es una locura, pero no hay otra cosa.

¿Una locura? No había otra opción.

—Es con poleas. Siguen donde las pusimos.

Supe al momento a qué se refería.

—Pero no tenemos cuerda.

Se le iluminó la cara.

—Te equivocas. Tenemos cuerda como para dar dos vueltas a la Boca del Infierno. Guardábamos toda la sobrante en el almacén.

Me apoyé contra la pared, a su lado, mientras la cabeza me daba vueltas. Era una locura.

«Atraparlos con la guardia baja. Hay que cogerlos por sorpresa, Aleski».

Podía dar resultado.

Eso íbamos a hacer.

«Soy todo misterio, soy mentira».

Sabía la respuesta al acertijo de Kazi.

Y al mío.

Creíamos que se habían marchado. Creíamos que estábamos a salvo. Pero siempre vienen más carroñeros. Miandre salió al bosque a buscar hierbas y la cogieron. No nos la quisieron devolver. Ahora nos grita desde la puerta, con ellos. Nos insulta. Ahora es una de ellos. Pero no lo es. La he visto mirar hacia atrás, hacia mí. Le he visto los ojos. Quiere saber cuándo iremos a buscarla. Me gustaría decirle que pronto, muy pronto. La próxima vez que vengan, estaré escondido en el bosque. Esperando. Los demás dicen que es imposible. Los carroñeros son más grandes que nosotros, y son muchos. Yo les digo que siempre hay una manera de hacer posible lo imposible. Que encontraremos esa manera. Espero tener razón.

Greyson, 17 años

Capítulo cuarenta y seis

Kazi

Banques aguardó en la habitación, mirando el fuego con expresión de desconcierto.

—Ni yo mismo sé lo que pretende, pero seguro que no va a gustarte. Dile lo que quiere saber, de verdad. Tarde o temprano se lo vas a decir. Ahórrate el sufrimiento.

—Suéltame, Banques. Te enfrentas a un destino más seguro que el mío. Al final te matará. No confía en ti. Solo es cuestión de tiempo.

Traté de hablar con calma, aunque no la sintiera por dentro. No paraba de pensar en posibles salidas, maneras de escapar, aunque tuviera que llorar y suplicar, aunque sabía que era inútil. Tal vez eso era lo que pasaba cuando estabas a punto de morir: dejabas de pensar de manera racional y te aferrabas a cualquier locura, al último grano de arena para evitar caer al abismo.

Banques se volvió hacia mí y se echó a reír.

—Montegue me necesita a mí más que yo a él. ¿Tienes idea del poder que tengo? Más del que había soñado en toda mi vida. Cuando era capitán en Morrighan, soñaba con estar al mando de un puesto avanzado. Mis aspiraciones se detenían al llegar a coronel. Ahora soy general, al mando del ejército más poderoso del continente. Y por ahora solo son quinientos soldados. Eso es lo más asombroso. Pronto tendremos un arsenal aún más poderoso. ¿No te parece una belleza?

¿Una belleza? Había que estar muy loco para decir que las armas eran bellas.

Siguió hablando, absorto en sus maquinaciones.

—Estamos diseñando una balista que podrá acertar a su objetivo a kilómetros de distancia. Todos los reinos serán… —Sonrió y se encogió de hombros—. En fin, que seremos el centro del universo para todos. No pienso renunciar a ese poder por nada, y menos por alguien como tú. Tengo sueños que a Montegue ni se le han pasado por la cabeza. Es el compañero perfecto para esta aventura.

Se oyeron unos ladridos lejanos, aullidos, como si una manada de hienas estuviera despedazando a un conejo. Banques se volvió hacia la puerta. Los ladridos sonaron más cerca, junto con el sonido de pisadas. Banques meneó la cabeza.

Yo seguía de espaldas a la puerta, pero oí que se abría de golpe. Los ladridos y gruñidos entraron en la habitación. Montegue se acercó a zancadas y giró la silla para que lo viera todo.

Un hombre llevaba por las correas a dos perros, que tiraban de ellas. No eran unos perros cualesquiera.

Eran ashtis.

Se me llenó la boca de ácido.

Montegue me desató los brazos y las piernas, pero me dejó el cuello encadenado a la columna central.

—Levántate —ordenó.

Lo hice, y me quitó la silla.

—Mira las ganas que te tienen —alardeó como si los controlara él en persona—. Ya están salivando. —Se inclinó hacia mí—. ¿Te parece que me estoy manchando las manos suficiente ya? —me susurró—. No sé qué te tenía planeado Banques, pero te aseguro que no era nada comparado con esto. Me han dicho que no hay muerte igual. Muy lenta. Muy dolorosa. Dicen que es como si te quemaran vivo…, pero poco a poco. Puede prolongarse varios días.

Recordé las horas de dolor que había soportado cuando me mordieron en el túnel Ballenger. Fue insoportable. Jase me había dicho que la agonía de aquella muerte podía llegar a durar una semana.

—Escondí tu frasquito tras el banco del pabellón —confesé—. Pensaba recuperarlo cuando volviera, pero no tuve ocasión.

—Bien —asintió Montegue—. Es un comienzo. Vamos a comprobarlo ahora mismo.

Se dirigió hacia el cuidador de los perros y le quitó las correas de la mano.

—Si por fin has dicho la verdad, te daremos el antídoto.

Y soltó a los perros.

Capítulo cuarenta y siete

Jase

Judith sacó la capa humeante con un cucharón de madera del caldero de tinte hirviendo.

—¿Qué te parece, *patrei*? Negro como la noche, como has pedido.

—Es perfecta, Judith.

Se centró en la siguiente capa. Desde el día anterior, había revivido: volvía a llevar el pelo recogido en trenzas pulcras, y se movía segura, decidida, concentrada en el agua burbujeante. De hecho, la cripta entera había cobrado vida. Todo el mundo se había levantado mucho antes del amanecer. Ya dormirían más tarde. Gunner y yo no habíamos pegado ojo. Una vez decidido el curso de acción, registramos los suministros de la cripta y decidimos quién iba a hacer cada cosa.

Todos tenían una misión. Hasta los niños, ocupados en coser hojas y musgo a las capas que estaban haciendo Tiago y Hawthorne. Mi madre, Rhea, Wren y Samuel se centraron en medir las cuerdas. Gunner estaba en lo cierto: teníamos tantos estantes llenos de cuerdas como de dátiles.

Aram y Titus habían bajado a la ciudad cuando todavía no había luz. Tenían que estar allí antes de la primera campana, cuando Banques hiciera los anuncios. Recé para que no hiciera ninguno aquel día. Recorrer la montaña era arriesgado, pero Titus y Aram la conocían como la palma de la mano. También tenían que buscar a Aleski y a Imara. Aleski iba a hacer correr la voz de que todos debían asistir a la ejecución de Kazi. Necesitábamos que la plaza estuviera abarrotada. También nos hacían falta más caballos, y, si alguien podía «cogerlos prestados» sin llamar la atención, esa era Imara.

—Así —indiqué a Mason. Le estaba enseñando a cargar el lanzador. Iba a ser el encargado de dispararlo, porque yo estaría ocupado con otras cosas—. Con cada carga de munición puedes disparar cuatro veces, pero solo te va a hacer falta una. —Traté de recordar todas las instrucciones que me había dado Bahr. Parecía que habían pasado siglos desde que lo probé—. Acomódatelo bien contra el hombro —le dije—. La montura absorbe casi toda la descarga, pero habrá retroceso. Has de tener los pies bien separados.

Apuntó hacia un blanco imaginario en la pared más lejana del invernadero. No podíamos probarlo, claro, y menos dentro de la cueva. Aunque saliéramos, el sonido se escucharía a kilómetros de distancia, y el cielo estaba despejado, así que nadie lo confundiría con un trueno. Quitamos la munición para seguir practicando.

—Apunta como si estuvieras disparando una flecha y mantén firme el lanzador mientras subes la palanca así, con suavidad.

—Sería mejor que me encargara yo —dijo Synové. Se encogió de hombros—. Si te hace falta alguien con buena puntería, claro.

—Tengo buena puntería —replicó Mason entre dientes.

Synové le respondió con un gruñido.

Su misión era otra: una flecha encendida. Tal vez varias. Para abrir un agujero en una pared no hacía falta precisión. Para prender fuego al contenido, sí.

───※───

Priya se acercó a zancadas por el invernadero.

—Vamos a morir todos, por si no lo sabes.

—Cuando teníamos doce años no pensabas lo mismo.

—Ahora, sí. No es capaz de hacer un nudo bien hecho aunque le vaya en ello la vida —gruñó al tiempo que apuntaba con la barbilla a Paxton, que la seguía a pocos pasos.

—Para eso estás tú, para enseñarle.

—Creo que ya lo he cogido —dijo Paxton, contrito. Tartamudeó unas palabras más—. Lo siento —dijo al final.

Priya soltó un bufido y puso los ojos en blanco.

—Puede que muramos todos —le dije—, pero, si es así, moriremos luchando.

—A mí no me recites la historia —replicó—. ¿Quién te crees que eres? ¿Greyson Ballenger?

—Lo necesito en esto, Priya. Por favor.

Me miró. La frustración se evaporó para dejar paso a la preocupación. Era una locura. Sabía que le estaba pidiendo mucho. Cerró los ojos y asintió como para coger fuerzas, y se volvió hacia Paxton.

—Vamos, genio —dijo, y se fueron a seguir practicando nudos.

«Vamos a morir todos».

Entendí, tal vez por primera vez, todas las generaciones de historia que había estudiado, que había transcrito, y la desesperación de Greyson Ballenger al poner palos en las manos de su familia recién adoptada.

Y entendí por fin que la historia no era solo lo escrito en las paredes y en los libros, sino que se componía de mil decisiones cotidianas, algunas erróneas, otras correctas, muchas que había que tomar porque el tiempo se agotaba. No se podía vivir esperando que alguien escribiera la historia. A veces, era la manera más segura de morir.

Atravesé el invernadero y me detuve para mirar una de las capas acabadas, negra por fuera y del color del bosque por dentro. La mentira perfecta.

«Venga, *patrei*, ahí va».

Vi a Kazi mirarme de reojo. Su sonrisa. Los labios fruncidos. La arruga de concentración en la frente. Su voz. Todo me sonó con claridad en la mente.

> Tengo dos brazos y ni un solo hueso.
> La flecha no me hiere, no me afecta el beso.
> Nada me detiene, todo traspaso,
> no necesito pies para seguirte el paso.

> Soy sutil, soy un ladrón,
> soy un truco de los ojos,
> más ligera que un plumón,
> no me paran los cerrojos.

> Todo, nada, gruesa, flaca, baja, alta,
> soy todo misterio, soy mentira,
> soy lo que ve aquel que delira.
> Si llega la noche, me echas en falta.

Una sombra.
Un truco de los ojos.
En eso me iba a convertir.
En eso nos íbamos a convertir todos.

Capítulo cuarenta y ocho

Kazi

Montegue se sentó en el borde de la cama y me miró.

—No estaba ahí —susurró.

Habían pasado unas pocas horas. Ya estaba débil y tiritando de fiebre. Me habían trasladado a la cama, pero seguía con el cuello encadenado. No se molestaron en atarme las manos ni los pies. Su curandera me vendó las heridas. Tenía un mordisco en el brazo y otro en el cuello. El dolor era ya insoportable. Banques, Zane y Garvin estaban junto a la puerta. Acababan de volver del pabellón.

Cada palabra me costaba un esfuerzo, tenso, tembloroso.

—Está muy oscuro —conseguí decir—. Te juro que está ahí. A no ser que uno de estos lo haya cogido.

Montegue me apartó un mechón de pelo de la cara y negó con la cabeza.

—Nadie lo ha cogido. Volveré en unas horas a ver si se te ha soltado un poco la lengua.

———————

Me tiré de la argolla del cuello y palpé la cerradura con desesperación. Aunque tuviera algo para abrirla los dedos me temblaban de manera incontrolable. Empezaron los calambres. Un espasmo violento me hacía doblarme por la mitad cada pocos minutos. La habitación se volvió borrosa, me dio vueltas. El suelo se movió. «A ver si se te ha soltado la lengua».

Era mi mayor temor. ¿Y si se me soltaba la lengua? ¿Y si perdía el contacto con la realidad y les decía algo? ¿Y si respondía a sus preguntas? ¿Y si les decía dónde estaban Lydia y Nash? ¿O dónde estaba la otra entrada de la cripta? ¿Y si les confesaba que Jase estaba vivo?

«Practica, Kazi, practica lo que vas a decir, no importa lo mucho que duela».

Pasaron horas. Días. Semanas. La eternidad. Les grité que volvieran.

La piel me ardió. Se me quemó.

Mis ojos eran brasas. Los labios se me derritieron contra los dientes.

El fuego me abrasó la garganta.

El anillo de hierro en torno al cuello se estaba fundiendo.

«¡No sé dónde están! No sé dónde…».

«¡No lo sé! No…».

«No… No…».

«No…».

Al final, me rompí.

Les dije todo lo que querían saber.

Cada palabra que había practicado.

La arena.

Los establos.

El templo.

Casaoscura.

Punta de Cueva.

Los hice buscar por todas partes.

Hasta que se acabaron las palabras y solo quedó el dolor.

De pronto, allí estaba Zane. Mi madre trataba de alcanzar el palo, en la esquina. «¿Dónde está la mocosa? ¿Dónde está?». Los segundos y los años se mezclaron en la niebla. El rostro de Zane presionado contra el mío. «Nadie te creerá. Dirías cualquier cosa con tal de salvar el pellejo. Cierra la boca o mataré a tu madre. Morirá por tu culpa. Aún la puedes salvar». Parpadeé, y desapareció. ¿Había estado allí de verdad?

Zane vuelve una y otra vez, me pega los labios a la oreja, me susurra mis peores pesadillas.

«Por favor. Volved».
«Por favor. Dejadme morir».
Pero no volvían. Y no me dejaban morir.

La manta estaba empapada con mi sudor. El líquido frío me rozó los labios. Volví a sentir la lengua.

El dolor se amortiguó. El fuego de la garganta se enfrió.

Oí voces. Rostros inclinados sobre el mío. Pero no podía enfocar la mirada. Una mano me cogió la mía con delicadeza.

—Soy Jase. ¿Me oyes, Kazi? Estoy aquí.

—¿Jase?

—Sí, soy yo. Te vas a poner bien, pero tienes que ayudarme. Lydia y Nash están muertos, pero si me doy prisa aún puedo salvarlos con el polvo de estrellas. ¿Dónde está, Kazi? Dímelo, deprisa.

—No, no pueden estar muertos, no es posible...

—Todo va a salir bien. —Sus labios rozan los míos, su lengua me explora la boca, su mano me acaricia la mejilla—. Pero dímelo, mi amor. Dime dónde está.

¿Cómo sabe Jase lo del polvo de estrellas? ¿Cómo es posible...?

«Puede que no lo sepa».

«Claro que lo sabe. Nunca confíes en nada que te diga una ladrona, ni siquiera cuando está delirando».

La voz de Garvin.

El líquido frío me pasó de los labios a las yemas de los dedos. La habitación dejó de darme vueltas.

Y, entonces, vi el rostro inclinado sobre el mío.

Era Montegue.

———————

Las voces eran ya pesadillas. No podía fiarme de ninguna. Me resonaban en la cabeza.

«Soy Jase. Lydia y Nash están muertos. Dime dónde está».

«Nadie te creerá. Aún la puedes salvar...».

«Cierra la boca o la mataré».

«Dime dónde está».

Algo fresco me bajó por la garganta. El dolor volvió a amortiguarse y vi a Montegue de pie, al final de la cama. Ordenó a todos que salieran de la habitación.

—Solo han pasado dos días desde que te mordieron —dijo—. Te quedan muchos más días de sufrir así. —Tenía en la mano el vaso del que había bebido—. La curandera te ha dado un calmante para el dolor. El efecto solo durará una hora o así.

Acercó la silla a la cama y se sentó junto a mí. Me cogió la mano entre las suyas.

—En cambio, el antídoto acabará con el dolor para siempre. Aún podríamos...

—No te voy a decir nada, Montegue.

—Me lo dirás. Te lo garantizo. Me lo dirás.

Y así todos los días. O tal vez fueron unas horas. No estaba segura. Ya no era capaz de seguir el ritmo de la luz que entraba por el ventanuco del desván. La luz cegadora nunca se apagaba detrás de mis ojos hasta que me vertían el líquido frío y entumecedor por la garganta porque querían darme otra oportunidad. Una hora o dos de lucidez e interrogatorio, y luego, vuelta al infierno ardiente.

Más líquido frío.

Más preguntas.

Pero hasta los momentos de lucidez empezaban a ser borrosos. Cada vez que me traían de vuelta del límite estaba más débil. Solo quería dormir, desaparecer en aquellos breves momentos de calma. Soñar. Aferrarme a algo bueno. Pero hasta del sueño me privaban. A veces, Montegue, Banques y Zane, en la habitación, comentaban asuntos del reino mientras hacía efecto la medicina y yo paraba de temblar. Era como si estuvieran velando un lecho de muerte. Trajeron más sillas. A veces, discutían, y me arrebataban la paz durante los escasos minutos sin dolor.

«Empieza a haber descontento, quieren que les paguemos».

«Les pagaremos».

«Prueba esto».

«Delicioso. Pasa el decantador».

«Dos cargas más. Eso es todo».

«¿Por qué no está todo ya?».

«Solo puedo llevar una carga al día sin llamar la atención».

«Termina. No es seguro que siga donde está. Por la arena pasa demasiada gente».

«Ayer encontraron a un grupo de exploradores entre unas ruinas, todos muertos. Aún quedan partidarios de los Ballenger».

«¿Has oído? Hay que meterlo bajo tierra. Mañana mismo».

«¿Más vino, majestad?».

«Incluye entre los cargos el de espionaje. Así, en su momento, habrá más motivos para el ataque».

«Echadle agua en la cara. Quiero que me mire cuando la interrogue».

La mano de la curandera temblaba al echar la medicina en el vaso. Me retorcí en medio de otra convulsión. Se inclinó hacia mí y oí una voz conocida. ¿La suya? «Lo siento. No tengo antídoto. Nunca lo he tenido. Pero tengo otro veneno y te lo puedo dar. Así acabaría todo. Ellos no lo sabrán. Asiente si quieres que te lo dé».

La Muerte paseó por la habitación y me miró con impaciencia.

Se dirigió hacia la cama y me observó. Agarró el poste con los dedos huesudos y me perforó con la mirada, como si supiera lo que estaba pensando. «La última en parpadear. Resiste un día más».

Su frío me hizo estremecer. Siempre había creído que eran mis palabras, pero no, eran suyas. Siempre habían sido suyas. Recordé el miedo que me había atenazado aquella noche, hacía años. Su susurro cuando me desafió a seguir viva.

Ahora notaba su miedo. O tal vez fuera ira.

«Resiste un día más».

Capítulo cuarenta y nueve

Jase

La luna era una guadaña afilada en el cielo, naranja humo contra el manto de estrellas. Luna de cosecha. No había tanta luz como para descubrirnos. Éramos sombras, árboles, un ejército de espectros. Estábamos allí y no estábamos.

Nos reunimos al pie de Calíope, el tembris más grande, en las afueras de la ciudad. Sus ramas se extendían más lejos que las de otros tembris. Luego estaba Eudora, y luego, Acanta y Gea. Para nosotros eran «las hermanas».

La flecha despuntada de Synové zumbó hacia arriba en medio de la noche y volvió a caer al suelo, al otro lado de una rama baja. Con la cuerda, subimos otra más gruesa y con nudos al imponente tembris. Íbamos a ser seis.

Llevábamos cinco días esperando. El anuncio había llegado el día anterior. Yo me había pasado las horas recorriendo la cripta a zancadas como un demente. ¿A qué esperaban? ¿Por qué estaban tardando tanto? Era una locura querer que la ahorcaran…, pero yo no lo iba a permitir.

Cuando saliera el sol ya nos habríamos situado.

Los soldados de los tejados estarían vigilando cualquier posible problema abajo. No arriba.

Capítulo cincuenta

Kazi

Por la noche me desperté. O puede que fuera un sueño. Pero me pareció que tenía los ojos abiertos. La habitación era más negra que el agujero más profundo del universo, y yo me caía por él, un agujero sin fondo, solo que por la ventana entraba luz, la luz más brillante que había visto jamás.

«Agárrate a mí, Kazi. Quiero enseñarte las estrellas».

Vi pasar una galaxia deslumbrante al otro lado del ventanuco. Desde la estrella más cercana al horizonte a la que brillaba más alta en los cielos. Unos caballos galopaban por el firmamento. «No mires abajo. Mira solo a las estrellas. Aquella de allí es el Oro de los Ladrones. Esa otra es el Nido del Águila». Las vi brillar mientras oía a Jase que me susurraba las historias del universo.

«Agárrate a mí, Kazi. Te tengo. No te soltaré jamás».

—Lo sé, Jase —respondí—. Lo sé.

«Todavía está temblando».

«Dale más».

«No sé si servirá de algo».

«Tiene que ir caminando por su propio pie».

Una mano brusca me palmeó la cara.

«Despierta, soldado. En pie».

Me metieron más líquido entre los labios. Me atraganté.

«Bebe».

«Me parece que no te oye».

«Ya está medio muerta. No va a llegar al patíbulo».

«La gente está esperando. Tiene que llegar».

Más líquido frío. Más toses, asfixia, pero ya no hay temblor. Las formas se convierten en personas. Las mismas personas.

—Es tu última oportunidad para salvarte, soldado. Entrégalos. Los Ballenger te han traicionado. Sabemos que hay otra entrada. Ahí ibas cuando te cogimos. Dinos dónde está.

—El templo. Los establos. La arena. El…

Montegue me agarró por los hombros y me sacudió.

—¿Por qué? ¿Qué vale tanto para que lo pagues con tu vida?

—Un juramento. Jase.

—Jase está muerto.

—Solo para ti —dije.

—Ha perdido la razón —bufó Banques—. Terminemos de una vez.

<hr>

Una puerta se cerró de golpe. Estaba en una especie de carreta. Los tablones de madera que notaba bajo las manos estaban húmedos. Por mucho que tratara de concentrarme, sentía cómo se me iba el conocimiento, cómo perdía el contacto con el mundo.

«Vas a morir sin nada. No serás nada».

Montegue estaba equivocado.

A veces, la vida, las fantasías, la familia salían mal. Pero había amado y me habían amado. Plenamente. Y no una vez, sino dos. No cambiaría eso por todas las riquezas que Montegue me pudiera ofrecer.

Capítulo cincuenta y uno

Jase

Me puse los guantes y me ajusté los dedos. Necesitaba tenerlos calientes, listos.

Llevábamos toda la noche esperando a que amaneciera.

Había repasado la función de cada uno cien veces en mi mente, aunque ya era demasiado tarde para cambiar nada.

Todo empezaría con Mason, Synové y el depósito de hielo, a tres avenidas de la plaza, tras la tonelería. El rugido de la multitud les daría la señal.

La mayor parte del depósito de hielo estaba bajo tierra. Allí tendrían la munición. La misión de Mason era volar el tejado. Synové, a continuación, tenía que disparar una andanada de flechas incendiarias.

Y luego sería mi turno.

La gente ya se había arremolinado, casi todos vestidos con capa negra o gris. Llegaron los soldados con escudos y se colocaron en los peldaños que llevaban a la plataforma. Llegó Zane. Vino Garvin. Garvin, el de los ojos de halcón. Pero, igual que los soldados de los tejados, estaría mirando hacia abajo.

Yo no conocía a Banques. Seguí mirando a Paxton para ver si había llegado. Eso querría decir que la ejecución era inminente. Paxton negó con la cabeza. Todavía no.

No vi a Priya, ni a Wren ni a Titus. Estaban en sus puestos en otros árboles desde donde tendrían ángulo para disparar contra los tejados. Casi no veía a Gunner y a Paxton, que se encontraban en la misma rama que yo con la capa negra del revés tras el amanecer para fundirse con la copa del tembris.

El corazón me latía a toda velocidad con la espera, hasta que Paxton me dio un codazo y señaló.

Un hombre acababa de bajarse de un carruaje. Llevaba uniforme negro con un cordón dorado que le cruzaba el pecho. Subió por los peldaños con la capa ondeando a la espalda. El pelo negro peinado hacia atrás le brillaba tanto como el cordón dorado. Un justicia convertido en general. Era más joven de lo que me había imaginado.

Ocupó su lugar en la plataforma. Ni rastro todavía de Kazi o de Montegue. ¿Iban en el carruaje? Paxton alzó la mano para pedir calma. Había que esperar.

Banques se dirigió a la multitud y empezó a leer la lista de los crímenes de los que se acusaba a Kazi. Robo. Intento de regicidio. Espionaje para el reino de Venda.

—Y lo peor, el ataque contra dos niños inocentes. Lydia y Nash Ballenger se están recuperando del ataque, y solo siguen vivos gracias a que el rey actuó a toda velocidad para protegerlos.

Se oyó un murmullo entre la multitud y Banques asintió con aprobación. Ni rastro de Kazi por el momento. ¿Dónde estaban? ¿A qué esperaban para sacarla? Miré a Paxton, que negó con la cabeza. Aquello no era normal.

—Por sus crímenes contra Eislandia, se la condena a morir ahorcada ante los testigos aquí congregados. Así se hace saber a todos los reinos que Eislandia no tolerará interferencias por parte de naciones extranjeras, y no se permitirá ningún ataque a sus ciudadanos. El rey protegerá a sus súbditos por todos los medios a su alcance.

Alzó una mano e hizo una seña a los guardias que aún estaban junto al carruaje. Abrieron la puerta, y salió el rey. Montegue. Un murmullo recorrió la multitud. Hasta desde las ramas altas del tembris se veía la larga cicatriz que le cruzaba el rostro, la prueba del intento de regicidio. Pero, más que la cicatriz, me llamó la atención la otra transformación que había sufrido, y que afectaba hasta a su manera de caminar. Era más alto, más fuerte. Sus hombros parecían más anchos. Tenía el pecho henchido de poder. Aquel no era el granjero incompetente al que había conocido. Subió por la escalera con confianza. Parecía mayor que hacía unos meses. Alzó la mano hacia la multitud y se oyeron aclamaciones. Se detuvo en mitad de la escalera para recibirlas con la cabeza vuelta hacia la gente. Durante un minuto entero estuvo al descubierto. Era un blanco fácil para Synové, hasta para Priya, pero aún no sabíamos dónde estaba Kazi. Me tragué la tentación de bajar y matarlo yo mismo.

Subió a la plataforma y se situó al lado de Banques. Los soldados con escudos los rodearon. El sudor me corría por un lado de la cara. «Sacadla de una vez. Tengo que verla».

Gunner me puso una mano en el brazo. Asentí. Sí, estaba bien.

Montegue repitió las acusaciones y añadió unas cuantas más sin aportar detalles adicionales.

—Se dio a la prisionera la oportunidad de confesar su traición y acogerse a la clemencia del rey, pero se negó. Por eso, esta soldado y espía ha sellado su destino —añadió al final.

Hizo un ademán a los guardias que estaban junto a un carro cerrado.

—Traed a la prisionera. Que se haga justicia con ella.

Abrieron la portezuela y un soldado metió medio cuerpo dentro. Tuvo que hacer un esfuerzo. ¿Se estaba resistiendo Kazi? Al final, la sacó, y por primera vez en semanas vi a mi esposa. Supe de inmediato que algo iba mal.

Se tambaleó, y el guardia la agarró por el brazo para que no se cayera.

No llevaba las manos atadas. ¿Una soldado del rahtan en el patíbulo y con las manos libres?

Dos guardias, uno a cada lado, la ayudaron a subir por las escaleras. Desde donde estaba no le veía bien la cara, pero no parecía herida, aunque sí muy delgada. Tenía los pómulos afilados. ¿Le habían hecho pasar hambre? Miré a Paxton y a Gunner. Asintieron. Estaban preparados.

Montegue se acercó a Kazi y le susurró algo, y luego le levantó el rostro con un movimiento brusco. No vi si Kazi movía los labios o no, pero Montegue se dio media vuelta, furioso, y ordenó a los dos guardias que la llevaran al otro lado de la pasarela, donde el nudo corredizo la estaba aguardando.

Un guardia la centró en la plataforma. El otro se asomó por encima de la baranda y tiró de un cordel para acercar la soga. Había llegado el momento.

—¡Colgadla! —gritó una voz entre el gentío.

Fue el desencadenante. En la plaza, todos empezaron a gritar.

—¡Colgadla! ¡Colgadla!

El rugido retumbó en la plaza, y más allá…, a tres calles de distancia, donde aguardaban Mason y Synové.

Me preparé, con la bota firme en la lazada de la cuerda.

Sonó una explosión. No había dudas. Era un lanzador.

El rey y Banques se agacharon y los soldados los protegieron con los escudos mientras los de los tejados alzaron sus lanzadores y escudriñaron las calles. Los soldados de las calles se dieron la vuelta, miraron en todas direcciones. Y entonces, justo después de la detonación, antes de que tuvieran tiempo de reagruparse o de entender lo que estaba pasando, una explosión ensordecedora sacudió la tierra. Los edificios se tambalearon y una columna de humo negro subió hacia el cielo, poco más allá de la plaza. Llovieron escombros. Hubo gritos, caos. Los ciudadanos huyeron corriendo, los soldados se dispersaron. Parecía que el ataque era inminente. Por un momento, se olvidaron de Kazi.

Y, entonces, salté.

Capítulo cincuenta y dos

Kazi

El mundo era una bruma a mi alrededor, pero oí los sonidos, el crujido de la puerta del carro que se abría, la orden del guardia para que saliera, el sonido sordo cuando caí al suelo. Luego, unas manos que me rodearon los brazos. «Gira, arriba, patada». Mi mente estaba dispuesta, pero mis brazos y piernas no hacían caso.

Entonces, volví a oír la voz de Montegue. Sentí su calor cuando se apretó contra mí.

—¿Oyes eso? ¿Oyes a la gente? Me quieren. No soy un rey de nada. Soy un gran rey.

Moví los labios, pero no sabía si me salían las palabras.

«Idiota. Eres idiota, Montegue. Los líderes grandes de verdad no tienen que buscar el amor. El amor los encuentra».

Me agarró la cara con una mano, me clavó los dedos para obligarme a levantar la cabeza y mirarlo. Vi sus ojos oscuros en un mar de bruma. Sus labios eran un borrón, una mancha airada delante de mí.

—Te mentí —susurró—. Maté a mi padre. Y fue lo más satisfactorio que había hecho jamás…, hasta ahora. Cuando te vea ahorcada será aún mejor.

Me había oído. Al menos eso me llevaba. Tal vez fuera mi última pequeña victoria. Sonreí.

Me apartó de un empujón. Los guardias me llevaron.

—Quédate aquí de pie —susurró uno.

De pie. El efecto de la medicina se estaba disipando. Ya notaba el dolor salvaje que me volvía a subir por el cuero cabelludo. Me ardían las rodillas. De pronto, un sonido desgarró el mundo. Volví la cabeza como pude y vi una sombra alada que descendía sobre mí, y supe que el ángel de la muerte por fin venía a buscarme.

«Vive un día más, Kazi».

Traté de resistir, pero estaba demasiado débil, y el ángel me abrazaba con fuerza.

Capítulo cincuenta y tres

Jase

El sonido de la soga en la polea me zumbó en los oídos. La capa y el pelo, el mundo, todo voló hacia arriba cuando descendí a toda velocidad. La pasarela tembló con mi peso repentino y Kazi cayó en mis brazos.

—¡Agárrate a mí, Kazi! ¡Mete el pie en el lazo!

Pero no lo hizo. No movió las piernas. Tenía los brazos inertes a los lados. La cogí por la cintura, la estreché contra mí y lancé un silbido agudo: la señal para que nos subieran. Estuve allí apenas tres segundos, una sombra, una ilusión de los ojos, y volamos hacia arriba de nuevo. A media subida, nos cruzamos con el contrapeso que Gunner y Paxton habían tirado del tembris: tres soldados bien atados que contrarrestaban de sobra nuestro peso.

—¡Cogedla! —grité al llegar a la cima. Paxton y Gunner izaron a Kazi a la rama, y luego me ayudaron a subir a mí—. Han debido de drogarla para que no se resistiera —dije—. Voy a tener que llevarla yo.

Las ramas del tembris eran gruesas y podíamos correr largos tramos sin ser vistos desde abajo, pero con Kazi en brazos no podía saltar de una a otra. Fuimos mucho más despacio de lo previsto. Gunner, Titus y yo nos la íbamos pasando para cruzar de una rama a otra sin peligro. Abajo, estaban recuperando el orden, y la multitud de ciudadanos bien orquestada por Aleski se movió para absorber a Mason, Synové, Aram, Samuel y

Hawthorne, de manera que se perdieran entre la gente. Hubo oportunos gritos de horror cuando los soldados cayeron de los tejados para que el rey y Banques supieran que los ciudadanos estaban tan sorprendidos como ellos. Pero, para entonces, los soldados muertos que habíamos tirado como contrapeso ya estaban haciendo que mirasen hacia las copas de los árboles.

—Kazi —susurré mientras corríamos—. ¡Kazi!

Tenía los párpados pesados y trataba de enfocarme con los ojos. Le puse los labios contra la mejilla. Estaba ardiendo. De pronto, empezó a temblar. ¿Qué le pasaba? Aquello no era solo una droga para sedarla.

A más altura nos reunimos con Priya, Wren y Titus. ¿A cuántos habéis derribado? —preguntó Gunner.

—A tres.

—A tres.

—A cuatro, pero uno cayó con el lanzador, el muy canalla.

El rostro de Wren se llenó de pánico al verme detrás de Gunner y Paxton. Saltó de rama en rama hasta llegar a mi lado.

—¿Qué le pasa? —La palpó en busca de heridas—. Kazi —siseó.

Pero Kazi apenas si movió la cabeza hacia ella.

—No lo sé —respondí—. Tenemos que seguir adelante. Hay que llegar a los caballos antes de que los encuentren.

———

Abracé a Kazi con fuerza mientras nos bajaban hacia la base de Calíope, donde Imara nos esperaba con los caballos. Uno iba a ser para Kazi, pero iba a tener que llevarla yo. Titus y Aram lo habían preparado todo en unas ruinas para escondernos hasta el anochecer.

Tendí a Kazi en el suelo para buscar cualquier herida.

—¡No tenéis tiempo! —alertó Imara.

Pero Wren y yo le quitamos la camisa, y vimos las líneas finas que le recorrían el pecho como una telaraña. ¿Veneno?

Entonces, noté el bulto de la venda bajo la pernera del pantalón. Corté la tela y descubrí la primera herida. Mordiscos. Mordiscos de perro. Me invadió una sensación de incredulidad.

—La han mordido los ashtis —dije.

Todos habían formado un círculo en torno a nosotros. La miraron. Priya dejó escapar un gemido.

—Necesita el antídoto cuanto antes.

—La mitad del ejército nos está buscando —dijo Titus—. Si no nos escondemos en las ruinas hasta el anochecer…

Dejó la frase a medias, y la remató con un taco.

El único antídoto conocido estaba en la bolsa de la curandera, en la cripta, a medio camino montaña arriba. Teníamos que llegar a plena luz del día.

No había que tomar ninguna decisión. Cogí a Kazi en brazos mientras Gunner empezaba a dar órdenes. Priya y Paxton cabalgarían por delante; Wren y él, detrás. Yo, en medio, con Kazi, porque cargando con ella no iba a poder defenderme de los ataques. Titus se dirigió hacia las ruinas para esperar a Mason, Synové y los demás. Les diría lo que había pasado, y regresarían al anochecer, según lo previsto. Le dijo a Imara que volviera a la ciudad e hiciera circular el rumor de que se había visto a unos jinetes al otro lado de la ciudad, cabalgando en dirección contraria. Luego, cambió la ruta que teníamos planeada. La nueva nos haría cruzar dos caminos, pero nos ahorraría una hora de viaje.

Mije piafó como si supiera que su dueña corría peligro.

Paxton cogió a Kazi en brazos mientras yo subía a Mije, y luego me la tendió.

—¡Baricha! —grité cuando todos estuvieron montados, y Mije rompió a galopar como un demonio alado, levantando una nube de polvo a su paso.

Era un viaje de tres horas desde la ciudad hasta la entrada secreta, y eso en las mejores condiciones. Había puntos en los que un caballo no podía ir más deprisa que una persona a pie. Cada vez que teníamos que ir despacio, el aliento me dolía en el pecho. ¿Cuánto hacía que la habían mordido? Nunca había visto a nadie morir por mordiscos de asthis, pero mi padre sí. Cuando yo tenía ocho años y me enseñó las órdenes para los perros, junto con un saludable respeto hacia ellos, me contó que un amigo suyo había muerto así. Estaban bloqueados por la nieve en un puesto avanzado, más allá del aserradero, y era imposible bajar de la montaña para buscar el antídoto. «No quieras ver nada así, hijo. Ojalá yo pudiera olvidarlo». Su amigo había muerto a los seis días.

Aquello no era un accidente. Se lo había hecho Montegue. ¿Por qué? Ya la había condenado a muerte, ¿por qué hacerle aquello, además?

Porque sabía dónde estaban Lydia y Nash. Porque sabía dónde estaba la entrada.

Tenía información que podía acabar con mi familia y se negaba a dársela.

Porque lo había traicionado, y por eso quería que sufriera. Traté de bloquear la rabia por el momento. Sabía que me podía consumir. Solo tenía que pensar en Kazi. Pero sabía que la rabia iba a volver, y entonces ni los dioses podrían proteger a Montegue de mí.

Le puse la mano en la boca para ahogar sus gemidos.

«Lo siento, Kazi, lo siento. Solo unos minutos más».

Nos escondimos entre los árboles y la maleza para dejar pasar a un batallón camino de la arena. La mitad iban a pie, y la otra mitad, a caballo. En medio de la caravana avanzaban dos carros cargados de heno.

—Shhh, mi amor —le susurré al oído para tratar de calmar-
la—. Shhh.

Al mismo tiempo, acaricié el cuello de Mije para que no
piafara ni relinchara. El sonido podía confundirse con el de sus
caballos, pero era mejor no correr riesgos.

Cuando desaparecieron tras una curva del camino, lo cruzamos en silencio para que ni la menor vibración los alertara, y
volvimos al refugio del bosque del otro lado para emprender el
galope.

Conseguimos cruzar el segundo camino que subía por detrás de
la Atalaya de Tor sin toparnos con nadie, pero a partir de allí
tuvimos que cabalgar en fila por un estrecho risco, muy despacio. Kazi no paraba de temblar. Otro espasmo le exprimió más
vida. Apretó las mandíbulas y los puños, y gimió aún más fuerte,
para luego quedarse inerte, silenciosa, cosa que me asustó todavía más. Le tomé el pulso. Era muy débil, como si su cuerpo se
rindiera.

—No me dejes, Kazi —le dije una y otra vez—. No me dejes. Casi hemos llegado.

Pero no era cierto.

—¿Cómo está? —preguntó Priya, que iba por delante.

—Mal.

Casi no hablábamos por miedo a alertar a alguna patrulla,
pero en aquella zona escarpada y rocosa de la montaña no había
nadie más.

Seguí susurrando al oído de Kazi sin saber si me oía, pero
con la esperanza de impedir que se dejara ir.

—Además de comer pasteles de celebración a montones,
vamos a tener que hacer ese baile que te enseñé delante de todo
el mundo. Así que hay que practicar. Tendríamos que enseñár-

selo también a Wren y a Synové. Están aquí, Kazi, conmigo. Han venido por ti. Todos estamos aquí por ti. No nos dejes. —Le puse los labios contra la sien—. No nos dejes.

»O también podemos bailar este otro. —Empecé a tararear la melodía de *Luna de lobos*. Sabía que le gustaba—. No tenemos que bailar eso. Tendrás todo lo que quieras, embajadora Brumaluz. Incluso esas estancias en el nivel superior de la arena. Y me encargaré de que haya siempre fruteros llenos de naranjas.

En invierno, en verano. Siempre.

El estrecho risco se abrió por fin para dejar paso a una esplanada boscosa.

—Aguanta, embajadora —dije a Kazi—. Vamos a galopar otra vez. Ya casi hemos llegado.

Y era cierto.

Atravesamos el claro. Estábamos a pocos minutos de las cataratas, y di gracias a los dioses. Pero mi gratitud era prematura.

—¡Ahí atrás! —gritó Gunner.

Miré hacia mi espalda. Una patrulla había aparecido de la nada, y sus caballos al galope iban acortando la distancia a toda prisa. Los primeros eran arqueros. Pronto nos tendrían a tiro.

Wren y Gunner se pusieron a mi lado.

—Son nueve —gritó Gunner.

—Diez —lo corrigió Wren.

Yo no podía pelear con Kazi en brazos, y los otros cuatro no podían enfrentarse contra diez.

Paxton retrocedió hasta donde estábamos.

—¡Adelántate! —me gritó—. ¡Te cubriremos! Si los paramos aquí, no te verán meterte en el bosque. Priya y yo iremos en una dirección, y Wren y Gunner en la otra para despistarlos. Así no te seguirán.

No pude discutir. No les servía de nada, y a Kazi se le estaba acabando el tiempo, pero sabía que lo estaban arriesgando todo.

—¡Vete ya! —me ordenó Priya.

Estreché con fuerza a Kazi.

—¡*Baricha!* —grité a Mije para que galopara.

Aquella orden me había salvado una vez. Ojalá salvara también a Kazi.

Desaparecimos entre los árboles en una dirección, mientras mi familia iba en la otra.

Entré a caballo todo lo posible en la cueva, y luego corrí.

—¡No me dejes, Kazi! —Ya no era una súplica, sino una orden—. ¡No me dejes! Maldita sea, no me dejes. ¿Me oyes? ¡No me dejes!

No tenía espasmos. No gemía. La última vez que le quise tomar el pulso no se lo encontré.

Me quemaban los pulmones. Me dolían los brazos. La antorcha me temblaba en la mano, chocaba contra las paredes, saltaban chispas.

Tiré la antorcha al suelo y deposité a Kazi junto a la puerta. Cogí una piedra del suelo de la cueva y golpeé la pared sin acordarme del código.

Volví a cogerla entre mis brazos.

—¡Abrid! —grité al tiempo que pateaba la puerta—. ¡Abrid! ¡Deprisa!

Transcurrió una eternidad antes de que oyera el rugido grave de la rueda y la puerta se abriera por fin.

Capítulo cincuenta y cuatro

Jase

Irrumpí con Kazi inerte entre los brazos y llamé a gritos a la curandera mientras corrían de habitación en habitación. Cada uno me señalaba en una dirección. Nadie sabía dónde estaba.

—Por ahí.

—En la enfermería.

—Por ese lado.

—Creo que en la cocina.

—Ya la llevo yo si quieres.

—¡No!

Entré en tromba en la cocina. Ya estaban todos de pie. Se habían levantado al oír la conmoción cuando llegué a la cripta y, al ver a Kazi en mis brazos, despejaron al instante la mesa de la cocina. Tendí a Kazi en ella justo cuando entraban mi madre y la curandera.

—¡La han mordido los ashtis! ¡Necesita el antídoto! ¿Lo tienes?

—¡Que alguien me traiga la bolsa de la enfermería! —ordenó Rhea, y me apartó para examinar a Kazi.

Meneó la cabeza al ver las heridas y la decoloración en los brazos, las piernas y el pecho, y luego le cogió la muñeca para buscarle el pulso.

—El corazón le late como el de un conejo. ¿Cuánto hace que la mordieron?

—No lo sé. Puede que días.

Miró a mi madre. Reconocí aquella mirada. Era la misma que le había dirigido cuando mi padre estaba en el lecho de muerte.

—¡No! —grité—. ¡Se va a poner bien!

—Nadie ha dicho lo contrario —replicó Rhea—. Haremos todo lo posible. Aparta, déjame trabajar.

Hubo que forzar a Kazi a tragar el antídoto, gota a gota. Una parte se le cayó por la comisura de la boca y hubo que volver a dárselo. Tardamos unos minutos eternos en hacer que bebiera tres dedales. Rhea le frotó el cuello con delicadeza para activar los músculos y que tragara. También estaba deshidratada, y le dimos agua de la misma manera, gota a gota.

—Necesito un poco de intimidad —dijo Rhea a los presentes—. Tengo que limpiarle las heridas.

Salieron todos, menos mi madre y yo. Mi madre trajo agua caliente del hogar, y entre ella y Rhea lavaron a Kazi y registraron su cuerpo, hasta las plantas de los pies, en busca de los mordiscos. Lo que vimos de inmediato fueron los moratones. Magulladuras por todas partes. Todo el costado izquierdo era una gama de azules y púrpuras. Paxton me había dicho que se había caído por un cañón y que había pasado cuatro días a la fuga antes de que volvieran a capturarla. Rhea le limpió las heridas del brazo y el muslo.

—Son profundas, pero no necesita puntos. Esta… —Tocó la del abdomen, de unos tres centímetros—. Esta no es un mordisco. Parece de un cuchillo. —La tapó y meneó la cabeza—. Lo que ha sufrido esta chiquilla.

—Vamos a trasladarla a mi catre. Tendrá más intimidad. Podrá descansar —sugirió mi madre.

Me miró, y vi el terror en sus ojos, las preguntas que ya había tenido tiempo de plantearse. Yo había vuelto solo.

—No sé dónde están los demás —le dije—. Tuvimos que separarnos. Pero vendrán.

No podía decirle más. Volví a coger a Kazi en brazos y la llevé al cuartito que había junto a la cocina.

«Haremos todo lo posible. ¿Cuánto hace que la mordieron?».

Me tumbé en el catre a su lado y la abracé, le di calor. Le hablé. Hice todo lo posible por atarla a este mundo.

Miré su rostro. Sus pestañas. Le pasé el pulgar por la magulladura de la mejilla.

Le besé los labios.

—Despierta, embajadora Brumaluz. Tenemos mucho que hacer.

No se movió.

Cuatro horas. Seis horas. Pasaron ocho horas. La atmósfera de la cripta era asfixiante, cargada con la tensión de la espera. Esperábamos que Kazi despertara. Esperábamos que los demás volvieran. No hubo noticias de nadie. ¿Qué había sido de Priya, de Paxton, de Wren, de Gunner? Cuatro contra diez. Priya se pasaba mucho tiempo en el despacho a solas con los números, pero sabía luchar. En cambio, no tenía ni idea de si Paxton serviría de algo en una pelea, aunque hacía años me había tirado a un pozo sin gran esfuerzo. Nunca me había imaginado que aquel recuerdo me resultara reconfortante.

Por fin, poco después del anochecer, se oyeron golpes en la pared de la cueva. Corrimos a la puerta. Eran Wren y Gunner. Venían cubiertos de sangre.

—No es nuestra —aclaró Wren entrando a zancadas—. ¿Dónde está Kazi?

Gunner entró tras ella apretándose un brazo.

—No es toda nuestra —añadió.

Tenía un corte cerca del hombro.

Llevé a Wren a ver a Kazi y le conté lo que había dicho la curandera. Wren se arrodilló junto a ella y puso la cabeza en el pecho de Kazi.

—*Tantay mior, ra mézhan* —dijo en voz baja.

Entendí una palabra.

Kazi me había enseñado algunas expresiones vendanas: marido, esposa. *Shana, tazerem.*

También me enseñó otras relativas a la familia.

Ra mézhan. Hermana mía.

Gunner y Wren se habían lavado y cambiado por orden de Judith. La sangre asustaba a los niños. Seguro que a todos los demás, también. Wren tenía el pelo chorreando y la cara casi limpia de pinturas kbaakis, pero le quedaba algo de azul en torno al ojo. Según Jurga, el tinte no aguantaría más allá de un par de semanas, o menos si nos lavábamos. Se sentaron en torno a la mesa de la cocina a comer y a contarnos a los demás lo que había pasado. Nos sentamos alrededor de ellos, y Rhea ordenó a Gunner que se quedara quieto para limpiarle la herida del brazo y darle puntos.

—Nos separamos, como estaba previsto.

Cinco los siguieron a ellos, y dieron por hecho que los otros cinco fueron a por Priya y Paxton. Consiguieron llevar la delantera a los soldados varios kilómetros. Gunner conocía el bosque mejor que ellos, y al final llegaron a la formación rocosa hacia la que se dirigían.

—La rodeamos y los esperamos emboscados —dijo Wren.

Gunner apretó los dientes cuando Rhea le frotó la herida.

—Ella mató a cuatro. Yo, a uno.

—¿A cuatro? —se sorprendió Tiago.

—Imara nos dio unos cuchillos arrojadizos excelentes —explicó Wren—. Y les he dado buen uso.

En ese momento volvió mi madre, que había ido a ver a Kazi.

—¿No sabemos nada de Priya y de Paxton?

—Priya conoce el bosque tan bien como yo —respondió Gunner—. No les pasará nada.

Pero había respondido con voz apresurada, como si también fuera su máxima preocupación.

Todos sabíamos que no se trataba solo de conocer el bosque. Se trataba de un enfrentamiento desigual, más desigual que el suyo. Gunner había tenido con él a Wren. Priya tenía a Paxton.

Fui a ver a Kazi y conseguí que bebiera unas gotas más de agua. Le hablé, le recité el acertijo que me había pedido tantas veces que le repitiera, le dije que Wren estaba allí.

—Por si no la has oído llegar. —Le aparté el pelo de la cara—. *Hamir, ra shana.* Por favor.

La volví a tender en el camastro y, en ese momento, se oyó un ruido de golpes en la pared de la cueva. La contraseña.

Mi madre y yo fuimos los primeros en llegar. Hice girar la rueda y abrí la puerta.

Era Paxton, y estaba solo.

Mi madre contuvo un grito.

—¿Dónde está Priya? —pregunté.

—Ahora viene. Está desensillando los caballos. Ha perdido la apuesta.

—¿La apuesta?

—Quién mataba al primer soldado.

—¿Os ha sobrado tiempo para apuestas? —estalló mi madre.

Paxton entró en la cocina y se dejó caer en una silla. Tenía el rostro cubierto de suciedad y el costado izquierdo empapado en sangre.

—Es una herida superficial —dijo—. Creo.

—Por intentar lucirse —bufó Priya, que había entrado tras él—. Quiso enfrentarse a dos a la vez.

Nos la quedamos mirando. Tenía el pelo revuelto y enmarañado, y la cara tan sucia y manchada de sangre como la de Paxton. Se encogió de hombros.

—Vale, de nudos no sabe nada, pero la espada sí la controla. A la mesa, portento. Te van a dar unos puntos. ¿Dónde está Rhea?

Rhea apareció en la puerta de la cocina. Primero suspiró y luego dejó escapar un taco. Estaba cansada de remendar a gente.

Más entrada la noche, llegó el siguiente grupo. Pensé que sería el último, pero solo llegaron Titus, Samuel, Aram y Hawthorne… junto con gente a la que no esperábamos: Aleski, Imara y Beata, su madre. Unos soldados habían visto a Aleski cuando cogió un lanzador, así que tuvieron que escapar. No había rastro de Mason y Synové. Titus dijo que no habían llegado a las ruinas. Sugirió que tal vez les había costado salir de la ciudad. «O los han atrapado». No lo dijo, pero todos lo pensamos. Mi madre se sujetó el vientre hinchado. ¿Por cuántos hijos tenía que temer el mismo día?

La llevé a una silla.

—Siéntate —le dije—. Por favor. Desde aquí lo puedes oír todo.

Descargaron el botín sobre la mesa y lo examinamos. Mientras Priya, Titus y Wren disparaban contra los soldados de los tejados, los demás esperaban abajo para coger los lanzadores cuando caían con ellos. Se las habían arreglado para camuflar ocho lanzadores, aunque cinco no tenían munición.

—Maldita sea —siseó Hawthorne.

Mi bolsita de munición iba a estar muy repartida.

Al menos, Rhea no tuvo que coser a nadie de momento. Quizá hasta que llegaran Mason y Synové. Si llegaban.

Y llegaron, por fin, a última hora de la mañana siguiente.

Como todos los demás, preguntaron por Kazi nada más entrar. Synové soltó la bolsa que llevaba y fue corriendo a verla. Mason dejó el lanzador y fue tras ella.

Gunner cogió la bolsa de Synové y miró el contenido. Abrió mucho los ojos.

—Munición —dijo—. Abundante. Veinte cargas, por lo menos.

Mason y Synové volvieron, y los interrogamos.

—¿Dónde habéis estado? —fue lo primero que quiso saber Priya.

Mason miró a Synové, luego a Priya otra vez.

—Hemos tenido que escondernos.

—Encontramos unas ruinas para refugiarnos. Había soldados por todas partes, por si no lo has notado. Por suerte, nos pudimos poner cómodos y a gusto mientras esperábamos a que se fueran.

¿Cómodos y a gusto? Miré a Mason.

—¿Y las cargas? ¿De dónde las habéis sacado?

Mason se frotó la cabeza.

—Se le ocurrió la locura de sacar unas cuantas del depósito de hielo antes de que lo voláramos. Y no hubo manera de impedírselo.

Synové frunció el ceño en gesto defensivo.

—Si la oportunidad llama a la puerta, no le das un puñetazo en la cara.

Nos contaron que se habían pasado horas escondidos, ya en su puesto, a la espera de que llegara el momento de la ejecución. Oyeron cómo se congregaba la multitud a pocas calles, pero donde se encontraban ellos todo estaba más tranquilo que un cementerio. El soldado apostado con un lanzador en el techo del depósito de hielo se había ido a la otra punta del edificio, probablemente para ver cómo ahorcaban a Kazi.

—¿Y los soldados de la calle? Bah —bufó Synové—. Tenían espadas y alabardas, nada más.

Mason esbozó una sonrisa.

—Por lo visto, tira cuchillos tan bien como flechas.

Wren dio una palmada en la mesa.

—¡Los cuchillos de Imara!

—¡Exacto! —exclamó Synové.

Las dos empezaron a charlar emocionadas acerca de su calidad y se olvidaron de los demás, aunque incluyeron a Imara en la conversación.

Mason me miró. Tenía briznas de paja en el pelo ensortijado, tal vez por haber estado escondido en las ruinas.

—Ya sé que no era el plan, pero…

—Si la oportunidad llama a la puerta, te pones cómodo y a gusto, ¿no?

Hizo una mueca.

—No es lo que piensas.

—Vamos, hermano. —Le puse una mano en el hombro—. Siéntate. Habéis actuado con sensatez. Bueno, al menos en algunos aspectos. Nos hace falta hasta el último…

—¿*Patrei*? —Era Judith, que había aparecido por la puerta—. Es Kazi. Se está moviendo y habla en sueños. Creo que se va a despertar.

Judith había ido a buscarme solo a mí, pero todos me siguieron.

Capítulo cincuenta y cinco

Kazi

Volvía a sentir los dedos de las manos. Los de los pies. Y no me ardían. ¿Estaba muerta? ¿O me habían dado la medicina para el dolor? ¿Qué quería saber Montegue? Abrí los ojos. Estaba en un cuarto diminuto que no conocía. No había ventanas. ¿Me habían encerrado en otra celda? La cabeza aún me daba vueltas, me dolía, pero sentía que estaba recuperando las fuerzas, que volvía a tener control sobre mis músculos. «Dioses, no. ¿He confesado algo? ¿Me han dado el antídoto porque les he proporcionado información?». Parpadeé para intentar despejarme los ojos. Y, en ese momento, oí pisadas. Muchas pisadas apresuradas. Ya volvían. Cerré los ojos para pensar qué hacer.

Uno se me acercó y me miró desde arriba. Sentí su calor cuando se inclinó sobre mí.

—¿Me oyes, Kazi? ¡Soy Jase! ¡Estoy aquí! Todo va a salir bien.

El rostro de Montegue apareció suspendido sobre mí. Sus trucos. Sus manipulaciones. «Te vas a poner bien, pero tienes que ayudarme. Lydia y Nash están muertos».

La esperanza y el terror me traspasaron. Cerré los dedos en torno a algo frío y duro que había junto a mí. Pero la voz. Era…

Abrí los ojos, y un rostro aterrador flotó sobre el mío. El brillo borroso de un pendiente le brillaba en la ceja, y un tatuaje amenazador le cubría el rostro.

Pegué un rodillazo hacia arriba. Si iba a morir, moriría luchando con las fuerzas que me quedaran. Oí un gemido, un bufido cuando lo lancé contra el suelo y le presioné el cuello con la cuchara que tenía en la mano. Se retorció de dolor.

—Kazi.

Parpadeé otra vez.

Los ojos.

Marrones, del color de la tierra más cálida.

Su voz.

—Kazi, soy Jase —dijo de nuevo.

El gesto de dolor se le borró de la cara.

—¿Vas a matar al *patrei* con una cuchara? —Giré la cabeza de golpe. Era Wren, con las manos en jarras—. Te creo capaz, claro.

El cuarto se llenó de gente. Synové, Vairlyn, Titus, Priya, muchos más. Todos me observaban.

Yo miré al hombre que había derribado.

Jase.

«No me dejes, Kazi».

No había sido un sueño.

La cuchara se me cayó de la mano y me desplomé sobre su pecho, me abracé a él con el rostro contra su cuello. Me rodeó con sus brazos y me abrazó tan fuerte como yo a él.

Oí sollozos. Pero no eran míos ni de Jase.

Creí decir su nombre cien veces.

—Bueno, vale ya. —Synové sorbió por la nariz un minuto más tarde—. Que los demás también tenemos derecho.

Me puse de pie, y Wren y Synové se me echaron encima para abrazarme. Synové tenía dibujos como los de Jase en la cara.

—Ya te lo explicaré —prometió.

El peso con el que había cargado desde hacía días se aligeró al ver a Paxton. Había conseguido escapar. Se me acercó y me estrechó con un brazo. Llevaba el otro en cabestrillo.

—Están a salvo —me susurró al oído, pero se le quebró la voz y se apartó al momento.

Luego, me enfrenté a la familia de Jase, que se había apiñado en la puerta. Me quedé paralizada, sin saber qué hacer. Gunner no estaba entre ellos, pero la última vez que había visto a Priya y a Mason me estaban empujando a una trampa para que me capturaran.

Jase debió de vérmelo en los ojos. Pidió a todos que salieran.

—Dadnos unos minutos —dijo.

Tal vez sabía cómo había acabado en manos del rey. Tal vez mi ataque le había hecho comprender, aunque fuera en parte, lo que había sufrido. Menos mal que solo había sido una cuchara.

La puerta se cerró en la habitación que era poco más grande que un armario, a oscuras, con la única luz de una velita que ardía en un rincón. Todavía estaba muy débil, y Jase me ayudó a sentarme en el catre.

—¿Estamos en la cripta? —pregunté.

Asintió.

Le toqué la cara sucia, el anillo de la ceja.

—Es un disfraz —me explicó, y me contó todo lo que le había pasado desde la emboscada, desde los días de convalecencia en la bodega para almacenar patatas a los que pasó en la ciudad tratando de saber qué había sido de mí, hasta el momento en que había saltado del tembris para cogerme. El ángel de la muerte era él.

Yo también compartí con él detalles de las últimas semanas, empezando por los primeros días prisionera en la celda oscura. Pero me concentré en relatar lo valientes que habían sido Lydia y Nash, cuánta fe tenían en él.

—¿No tuvieron miedo en el nicho?

—No tanto como de Montegue. Sabían para qué los estaba utilizando. Siento haber revelado tu secreto, pero no había otra manera de sacarlos de allí, Jase. No podía permitir que Montegue los encontrara. ¿Lo sabe tu familia?

Asintió.

—Mucho me temo que lo saben todo. Hasta…

—¿Lo nuestro? ¿Se lo has dicho?

—Se me escapó cuando estaba estrangulando a Gunner. Ya sé que no era lo que habíamos planeado.

¿Mientras estrangulaba a su hermano? No, no era exactamente ese el plan. Suspiré y me froté la sien. Aún me dolía la cabeza.

—Las cosas no han ido como teníamos previsto. —Me llevé su mano a los labios y le besé los nudillos. Sonreí—. Pero así es como conservan todos los dedos los buenos ladrones. Se deslizan por las rendijas. Buscan las sombras. Cuando un plan falla, preparan otro.

Me miró como si no acabara de creerse que estaba allí. A mí me pasaba lo mismo. Habíamos estado tan cerca de no volver a vernos nunca más…

—Ahora mismo no tengo más plan que besar a mi esposa. Y estoy seguro de que ni los dioses me lo van a impedir.

Se inclinó hacia mí y me puso una mano en la nuca.

Alguien llamó a la puerta con los nudillos.

—La cena está lista, *patrei* —dijo una voz al otro lado—. ¿Quieres que traiga un par de cuencos?

Tal vez los dioses no pudieran impedirlo, pero un guiso y su familia, sí.

—Es mejor que vayamos con todos —dije.

—¿Estás segura? Si no quieres salir, lo entiendo. Sé lo que pasó, Kazi. No tienes que…

—Tarde o temprano tendré que enfrentarme a ellos.

Jase me rodeó con un brazo y salimos juntos. Yo aún estaba débil. Además del veneno, no había comido desde hacía días, al menos no que yo recordara. Llegamos a la cocina, y todo el mundo se quedó en silencio y se volvió hacia mí. Algunos hasta soltaron la cuchara. Unos pocos se levantaron, como si no supieran qué hacer. La cocina estaba abarrotada, y no era solo la familia de Jase, sino otros que se habían refugiado en la cripta. Reconocía a varios trabajadores de las casas y del túnel. Fue más abrumador de lo que había esperado. Ya no estaba representando un papel, ni haciéndome pasar por lo que no era. Me sentí desnuda. No sabía quién ser.

—Seguid comiendo —dijo Jase, y me llevó hacia una mesa.

Un hombre nos cortó el paso. Era un mozo de cuadras. Se dejó caer sobre una rodilla y me besó la mano, pero estaba demasiado nervioso para decir nada y se apartó. Su lugar lo ocupó una mujer que me puso en la mano un amuleto tejido con lana.

—Me he enterado de que le diste un buen tajo a ese demonio.

Asintió con energía para transmitir su aprobación, y otra persona se acercó.

—Has salvado al *patrei* y a los pequeños. Estamos en deuda contigo.

Otros se expresaron en los mismos términos antes de que pudiéramos llegar a la mesa. Jase asintió y dio las gracias a todos y a cada uno. Yo estaba demasiado aturdida para decir nada. Era Diez, la niña que siempre se movía por las sombras. Tanto reconocimiento era peligroso. Antes de que pudiéramos sentarnos, Vairlyn se levantó y nos interceptó. Me estrechó entre sus brazos. Muy fuerte. Noté que tenía el vientre abultado. ¿Un bebé? Esa parte de la historia Jase no me la había contado.

Dio un paso atrás y me cogió la cara entre las manos. Sus ojos color zafiro brillaban.

—Hija mía.

La palabra me cortó en seco todos los pensamientos. No pude decir nada. Vairlyn pareció comprenderlo.

—No siempre fui una Ballenger —me susurró—. Ya te acostumbrarás, tranquila.

La curandera también me abrazó, pero no antes de agitarme un dedo ante la cara.

—Nada de perros nunca más, ¿entendido? Dos veces por paciente, no admito más.

Asentí.

—Estoy de acuerdo —dije—. Gracias.

Jase me apartó la silla y por fin pude sentarme, Wren y Synové me estudiaron. ¿Estaban preocupadas o tan incómodas como yo? Querían ver qué hacía. La última vez que habíamos estado en torno a una mesa con los Ballenger les habíamos echado alas de abedul en la comida para drogarlos.

Miré el cuenco de guiso que había ante mi silla. ¿Era su venganza? Pero me habían salvado la vida. Entre todos. Jase me lo había contado. Gunner no estaba allí, pero Priya y Mason se encontraban al final de la mesa. No fui capaz de alzar la vista para mirarlos. El guiso me salvó. Con un guiso sabía qué hacer, y el guiso no me miraba de reojo. De pronto, estaba famélica. Intenté no comer muy deprisa. Rhea me advirtió que me lo debía tomar por calma. Fui tomándolo cucharada a cucharada. El silencio se prolongó, incómodo. Todos estaban absortos en la cena, pero, de pronto, volvieron las conversaciones.

—Guiso de puerros silvestres y venado. Es todo lo que se come aquí —dijo Titus.

—En el desayuno, la comida y la cena —añadió Aram.

—Por la gloria de los dioses, qué no daría yo por una patata, aunque fuera pequeñita —gimió Priya.

—Si crecieran patatas en el bosque… Y chirivías, con suerte… —suspiró Samuel.

—Cada pocos días hacemos tortas de pan —les recordó Vairlyn—. Y no os olvidéis de los dátiles. Tenemos muchos.

Mason suspiró.

—Cómo vamos a olvidarnos de los dátiles.

—A mí me gustan —apuntó Synové.

Mason hizo como si no la hubiera oído.

Judith golpeó con la cuchara contra el caldero del hogar como si fuera una campana.

—¿No pensáis hablar de otra cosa? ¿Solo de la comida?

Volvió a hacerse el silencio en la cocina. La corriente que había estado circulando bajo la superficie era ya innegable. Priya se levantó, titubeante, con la cabeza gacha y los ojos bajos. Al final, alzó la vista y me miró.

—Lo cierto es que algunos no sabemos qué decir. No basta con darte las gracias. No basta con pedirte perdón. Hasta el día de mi muerte, viviré con la vergüenza de lo que te hice. Cuando me dijiste que querías a Jase… —La voz se le quebró y cerró los ojos. Asintió como para darse valor para seguir. Volvió a abrir los ojos y continuó—: Cuando me dijiste que lo querías, lo supe. Supe que estabas diciendo la verdad. Te tendría que haber escuchado, al menos eso, pero no quería oír nada. Quería verte sufrir como nosotros, como si eso fuera a arreglar algo. Me equivoqué.

Yo no quería escuchar sus disculpas o su agradecimiento. Solo quería que parase.

—Si pensara que alguien había matado a Jase, yo haría lo mismo —dije.

Negó con la cabeza.

—No. No lo harías, y no lo hiciste. Cuando Paxton te dijo que Jase estaba muerto, podrías haber matado al rey para escapar, pero te quedaste. Por Lydia y Nash. Porque le habías jurado a Jase que protegerías a su familia. Para ti, salvarlos era más importante que la satisfacción momentánea de la venganza. Y, cuando contribuí a tirarte a la trampa, lo único que quería yo era eso, venganza. No la verdad que intentabas compartir con nosotros.

Mason tenía la cabeza gacha y los ojos clavados en el guiso. Asintió.

—Lo mismo digo. —Soltó el aliento en un soplido largo, lento, y me miró—. Lo siento, Kazi. Sé que no basta, pero lo siento. Acabo de perder a una hermana por culpa de esta locura, y he estado a punto de perder a otra por mi propia culpa. A una hermana que es una verdadera Ballenger.

Habría querido meterme debajo de la mesa. ¿Estas cosas hacían las familias? ¿Desnudaban el alma en una habitación llena de gente? Sus confesiones me hacían vulnerable. No sabía cómo mantener conversaciones como aquella. Acababa de aprender a compartirlo todo con Jase, ¿y de pronto tenía que hacer lo mismo con todos?

Por debajo de la mesa, Jase me puso una mano sobre el muslo y me lo apretó para tranquilizarme.

—Cuando supisteis que habíais cometido un error, lo arriesgasteis todo para enmendarlo —respondí—. Nadie puede hacer más, no se puede pedir más.

Miré a Mason y a Priya. El terror de los últimos días seguía demasiado reciente. Se habían jugado la vida para salvarme. Les estaba agradecida. Pero también estaba furiosa. Sentía demasiadas cosas que aún no comprendía, y por lo visto esperaban que dijera algo que lo resolviera todo. «Dímelo, dímelo, dímelo ya». Las exigencias de Montegue me daban vueltas en la cabeza. Sus mofas, sus manos al registrarme, el peso de la cadena en torno al cuello. Acababa de despertar de las pesadillas. Necesitaba cambiar el rumbo de las conversaciones. Distraerlos. Era mi especialidad. Y no podía. El aliento me temblaba en el pecho.

De pronto, Paxton alzó un dedo en el aire, su gesto habitual, tan molesto.

—Bueno, Jase, ¿qué es eso de que tienes tres esposas? Queremos que nos lo cuentes todo.

Con eso, toda la atención recayó sobre Jase, y conseguí respirar otra vez.

La conversación se disparó de nuevo por la mesa, y Paxton me guiñó un ojo.

Aquello era lo que me hacía falta, unos momentos para recuperarme, para respirar, para recordar quién era y lo que aún tenía que hacer.

⸺⦿⸺

Bajé por el túnel que llevaba hasta la entrada. Cuando le pregunté dónde estaba Gunner, Jase me dijo que se había llevado la cena a la hornacina, junto a la puerta. Pensaba que estaría más cómoda si no lo veía. Y así era, pero tenía que hablar con él.

Lo encontré sentado, con la espalda contra la enorme puerta que nos separaba de la Atalaya de Tor. Me miró acercarme. Tenía una vela votiva color rojo intenso encendida en el regazo y la boca entreabierta. Parecía borracho, pero sabía que no lo estaba. Me detuve delante de él. Puso la vela en el suelo y se levantó con los ojos entrecerrados.

—¿Me vas a matar? —preguntó.

—Qué cosas, eso mismo me ha preguntado Jase cuando le he dicho que tenía que hablar a solas contigo.

—Jase casi me mató cuando se enteró de lo que te había hecho. —Carraspeó para aclararse la garganta y me miró a los ojos—. Si me matas, es comprensible.

—Ni te imaginas las veces que he soñado con matarte, Gunner, pero no por lo que crees.

—Cualquier motivo es bueno.

—Ah, no, este motivo te lo pienso decir. Lo peor de todo lo que me has hecho me lo hiciste hace meses. Hay cosas en mi vida que no he superado. Cosas que puede que no supere jamás. Es una debilidad que me reconcome. Soy una rahtan, me he esforzado mucho por hacerme fuerte, hábil, por superarlo todo gracias al entrenamiento. Pero tú conocías esa debilidad.

Me acerqué un paso más.

—Me podrías haber disparado una flecha. Me podrías haber hecho cien cosas. Pero elegiste mostrarme a Zane, y sabías lo que me había hecho. Conseguiste que volviera el horror de una noche para una niña pequeña. Porque en eso me convertí. En una niña aterrorizada que buscaba a su madre. Por eso debería matarte. Tenía seis años, Gunner. Seis años.

—No pensé…

—No. Ni se te ocurra decirme que no lo sabías. Actuaste con la precisión de un cirujano que saca un corazón. Sabías muy bien lo que me estabas haciendo.

Apretó los labios y asintió.

—Y luego lo liberaste para asustarme todavía más. No te importó que…

—No lo liberé. Eso fue un accidente. Escapó aquella noche, durante la confusión. Todos íbamos detrás de ti y lo habíamos dejado encerrado, pero consiguió salir del almacén y se esfumó. No te lo digo como excusa. Sé muy bien que nada que diga o haga bastará para que me perdones…

—Te equivocas. Hay una cosa. Por Jase, haré lo posible por olvidar esto, por perdonarte, si me respondes con la verdad a una pregunta.

—Te diré la verdad me perdones o no.

—Los papeles. Los que había en las habitaciones de Phineas. ¿Dónde están?

—¿Qué papeles? No había ningún papel.

Gunner me explicó que habían registrado las cenizas del taller con la esperanza de recuperar algo. Luego fueron a las habitaciones de los eruditos, pero no encontraron nada.

—¿Quién te ayudó en el registro?

—Priya, Titus, Samuel... —Se rascó la nuca—. Tiago, Mason. Creo que nadie más.

—Tal vez uno de ellos...

—No. Nadie se llevó nada.

Alguien, sí. Los papeles no se habían ido solos. La noche que nos llevamos a Phineas, vi un fajo de documentos. El rey también sabía de su existencia.

—Muy bien —dijo—. Pero no te importará si pregunto a los demás.

—Pregunta, claro.

Nos miramos, y supe que los dos nos estábamos haciendo la misma pregunta: ¿de verdad podíamos dejar atrás el pasado?

Y tal vez llegamos a la misma conclusión: ya éramos familia. No teníamos más remedio.

Volvimos juntos a la cocina.

Ahora somos cuarenta y cuatro. La familia sigue creciendo. Ayer sumamos tres niños más. Los encontramos rebuscando entre las ruinas. Tenían miedo, pero Greyson les ofreció comida como hizo Aaron Ballenger conmigo cuando me encontró sola.

Ya no soy una niña asustada. He cambiado. Greyson, también.

Ahora me mira de otra manera. Yo también lo miro de otra manera. No sé qué son estas cosas que siento. No las entiendo.

Tengo muchas preguntas, y nadie a quien hacérselas.

No queda nadie mayor que yo.

Miandre, 22 años

Capítulo cincuenta y seis

Jase

Aquello empezaba a parecerse al arsenal formidable que siempre habíamos imaginado. Más que suficiente para proteger las caravanas de cualquier ataque. Sobre la mesa había nueve lanzadores y un montón de cargas. Veintiocho, equivalentes a ciento doce disparos. Era una potencia de fuego considerable.

Pero insuficiente.

Paxton nos había rebajado la euforia enseguida.

—El rey tiene un almacén lleno de municiones, miles de cargas. Cuenta con doscientos lanzadores y con soldados que los manejen. Solo hay unos cuantos vigilando la ciudad porque puede permitírselo. El primer día montó un buen espectáculo volando edificios. Ahora todos le tienen un saludable respeto.

—Querrás decir un saludable terror. —Contemplé el montón de munición—. Pues tendremos que conseguir más. Suficiente para montar nuestro espectáculo. ¿Dónde la conserva?

Era la pregunta que Paxton había tratado de responder desde el principio. El rey y Banques lo guardaban en secreto. Lo único que sabía era que estaba en algún lugar de la arena. Kazi le había dicho a Paxton que registrara el almacén setenta y dos, el número escrito en el papel que le había robado al rey, pero Paxton no tuvo oportunidad.

—El setenta y dos está al final de la tercera fila. Podemos ir de noche por detrás, por los pastos —sugirió Priya.

—Llegar allí es una cosa —repliqué—. Pero llevarnos miles de kilos de munición es otra muy diferente. He estado en la arena. Es un hervidero de guardias, y hay más en las torres. Lo ven todo.

—Pues no nos la llevamos —dijo Aram—. Nos adueñamos del almacén. Tenemos armas para defenderlo. Sin el almacén no pueden hacer nada.

—Hasta que te vuelen en mil pedazos como hicimos nosotros con el depósito de hielo —replicó Mason—. Tienen lanzadores cargados.

—También podemos volar nosotros la munición —propuse—. Así la lucha estaría igualada.

—¿Igualada? El rey tiene quinientos soldados bien entrenados —dijo Paxton.

—Mercenarios —lo corregí—. La lealtad les dura tanto como la última bolsa de dinero. Y de nuestro lado tenemos a unos ciudadanos dispuestos a defender sus hogares.

—Podemos hacerlo —dijo Judith.

Tiago y unos cuantos más la respaldaron con entusiasmo.

Vi que Aram y Titus examinaban a los presentes, al variopinto grupo de la cripta. Algunos estaban heridos, como Tiago. Paxton todavía llevaba el brazo en cabestrillo para que no se le saltaran los puntos del costado. Eran animosos, pero su capacidad para el combate era cuestionable.

—En la ciudad hay gente que luchará de nuestro lado de buena gana —señaló Aleski como si me leyera el pensamiento.

—Cientos de personas —confirmó Imara—. No costará organizarlos. Todos tienen algún arma escondida: una espada, un garrote, una azada… Podríamos…

—¡Jase!

Me volví y vi a Gunner con Kazi inerte entre sus brazos. Corrí hacia él y la cogí.

—¿Qué le has hecho?

—¡Nada, te lo juro! Veníamos caminando por el túnel y de pronto se le pusieron los ojos en blanco. La cogí antes de que cayera al suelo.

La curandera corrió hacia nosotros y le puso la mano en la frente. Luego le cogió la muñeca.

—¿Qué le pasa? —pregunté. No sabía ni respiraba.

—Shhh, *patrei*. Tiene el pulso firme. Solo es agotamiento, y el estómago lleno. No ha dormido estos últimos días, y el dolor agónico de los ashtis consume a cualquiera. No le pasa nada, solo necesita descansar.

«Habrá veces en que no podrás dormir, Jase».

«Habrá veces en que no podrás comer».

«Habrá veces en que querrás parar, aunque sea un día».

Era una de esas veces.

Me había pasado la noche mirando al techo, excepto cuando estaba contemplando a Kazi. Dormía profundamente, con el rostro tranquilo. «No le pasa nada, solo necesita descansar». ¿Qué le habían hecho en los últimos días? Estaba agotado, pero no podía dejar de pensar en eso. Al preguntarle por Zane, meneó la cabeza y vi que los ojos se le llenaban de miedo. Zane aún tenía control sobre el pasado de Kazi. Había vuelto a abrir la herida, y lo había aprovechado. Me contó que la había amenazado diciendo más mentiras sobre su madre.

Sobre Montegue me dijo que era un monstruo obsesionado por el poder. «Pero no es solo eso. Está obsesionado sobre todo contigo, Jase. Recuerda cada detalle del día en que os conocisteis, siendo niños». Al menos eso teníamos en común, aunque yo estaba obsesionado con él de una manera muy diferente y lo que me interesaba era el día en que nos viéramos por última vez, que ojalá llegara pronto. Me contó cómo se había burlado de ella, cómo le había puesto una cadena al cuello como si fuera un animal. Algunas cosas no pudo ni contármelas. «Más adelante, te lo prometo». Pero el dolor le desbordó los ojos y quise matarlo. De hecho, era lo único que quería. Lo malo era que tenía que hacer otras cosas antes, como mantener con vida a la gente de la cripta.

Me tumbé de lado para mirarla otra vez. El único trabajo que quería hacer era ser el marido de Kazi. Un buen marido. Un marido que tomara siempre las decisiones correctas. Nunca tuve ocasión de preguntarle a mi padre cómo ser un buen marido. En su lecho de muerte, ni se me ocurrió. Muchas preguntas que le había hecho me parecían de repente irrelevantes. Pero aún tenía tiempo de preguntar a mi madre, y pensaba hacerlo. Habían tenido un matrimonio feliz. Nunca se avergonzaron de demostrarse afecto ante nosotros. Más de una vez los habíamos visto abrazarse y besarse en las escaleras, en la cocina, en los jardines. Priya solía poner los ojos en blanco. «¿Es que no se les va a pasar nunca?». Tal vez fuera uno de sus secretos. Pese a las dificultades, las pérdidas, las tragedias, mi padre la siguió cortejando hasta el día de su muerte.

Iba a tener un hijo al que no conocería. Nos correspondía a los demás transmitirle su recuerdo.

Mi madre había insistido en dormir en el estudio, con Priya, para que Kazi y yo tuviéramos para nosotros el pequeño cuarto. Les dije a todos que no se les ocurriera llamar a la puerta, ni siquiera para decirnos que la comida ya estaba. Saldríamos cuando Kazi despertara, no antes. Mientras, yo me había limpiado bien la cara. El trapo con el que me froté había convertido el agua del cubo en un líquido azul sucio. Luego, con cuidado, me quité el anillo de la ceja para devolvérselo a Jurga. No quería que Kazi volviera a ver un rostro desconocido al despertar. Le rodeé la cintura con el brazo, la acerqué más a mí. Noté el calor de su cuerpo contra el mío, y yo también me quedé dormido. No supe cuánto tiempo. Solo desperté al notar un peso en el pecho.

—*Kisav ve, ra tazerem.* —Bésame, esposo mío.

Unos dedos cálidos me acariciaron el pelo. Un nudillo me rozó el pómulo.

Abrí los ojos. Kazi me miró desde arriba. La luz de la vela apenas le iluminaba la cara.

—Estás despierta —susurré—. Tienes que dormir.

—Llevo horas durmiendo. Igual que tú. No quiero dormir más. —Frunció el ceño, preocupada—. Quiero saber que esto no es un sueño. Quiero saber que es real.

Acercó el rostro al mío. Nuestros labios se rozaron.

—Es real —susurré. Noté algo húmedo que me caía en la mejilla. Le pasé el pulgar por debajo del ojo—. Tranquila, Kazi. Es real, te lo prometo.

Rodé hacia un lado para que quedara debajo de mí.

—Estás aquí, en la cripta, conmigo, entre mis brazos. Estamos juntos y así vamos a seguir pase lo que pase.

Los ojos le brillaban a la luz de la vela, clavados en los míos como si tuviera miedo de apartar la mirada.

—Bésame, Jase. Abrázame. Háblame. Tócame.

Me sacó la camisa de la cintura del pantalón y erguí la espalda, a horcajadas sobre sus caderas. Me quité la camisa. Luego, se la quité a ella. La besé. La abracé. Le hablé. La toqué.

Comprendí su miedo.

Nos aferramos el uno al otro como si fuera la primera vez.

Mis labios le acariciaron la piel, le recorrieron los hombros, el cuello, las hendiduras entre las costillas. Saboreé cada parte de ella, el calor de su rostro, sus susurros, su aliento estremecido. Luego, mis labios subieron de nuevo para reunirse con los suyos. La atraje hacia mí con la respiración entrecortada. El olor de su piel me llegaba muy dentro. El sonido de su voz me retumbaba en las sienes. Y, cuando mis labios temblaron contra los suyos, me atrajo hasta lo imposible.

—Te quiero, Jase Ballenger —me dijo con la boca contra la mía—. Y te querré hasta el fin de mis días.

<hr />

Nos quedamos tumbados, juntos, ya sin energía. Me puso la cabeza en el hombro mientras dibujaba círculos en mi pecho con los dedos. No hablamos de los últimos días. Recordamos los que habíamos pasado en la llanura, cuando nos conocimos. Me había dado cuenta de que Kazi necesitaba recuerdos que la llenaran, no que la vaciaran. Y tal vez yo también. Un recordatorio de lo que me daba fuerzas para pelear, de la normalidad que no había vuelto a sentir desde que el esqueleto de un pájaro cayó del cielo. Hablamos. Discutimos. Recordamos. Reímos. Era la primera vez que reíamos juntos desde que nos habían separado.

Luego, un largo silencio.

—Anoche fui un desastre, ¿verdad? —dijo al final—. No sé cómo ser hermana o hija en una familia como la tuya, Jase. No sé qué hacer ni qué decir.

—Nadie espera que seas otra cosa que tú misma, y ahora mismo eres una heroína. Yo que tú me aprovecharía.

Suspiró.

—Fue una situación muy incómoda. Vosotros funcionáis como una máquina bien engrasada. Yo soy un tornillo fuera de lugar.

—¿Crees que nos parecemos entre nosotros? Soy tan diferente de Gunner como Gunner de Priya y Priya de Mason. Somos una familia, Kazi, nada más. Hemos crecido juntos. Tú no ves las costuras y los zurcidos, pero están ahí, igual que entre Wren, Synové y tú. Lo que pasa es que nosotros somos más, y eso disimula mucho.

—Pero tenéis tanta historia compartida…

—Eso no borra quiénes somos, o cómo encajas tú. Una familia no es un rompecabezas con un número fijo de piezas. Es más bien como un pozo: cuanto más llena, mejor.

—A menos que venga alguien a robar los cubos. Se lo dijiste, ¿verdad?

Que era una ladrona.

No sabía cómo lo había averiguado, pero Kazi tenía el talento de interpretar hasta una mirada.

Suspiré.

—No te lo estaba ocultando, Kazi, te lo juro. Es que están pasando tantas cosas a la vez…

—Lo sé, lo sé, Jase. Tenemos mucho que contarnos todavía.

—Cuando se lo dije, casi ni parpadearon. —Apreté los labios. «Casi ni parpadearon». Ya podía haber elegido mejor las palabras—. Pero no les he dicho que eres la embajadora. Nos queda eso.

Sonrió, burlona.

—Oye, menos mal.

Era más tarde de lo que pensaba cuando salimos por fin de nuestro pequeño refugio. En la cripta no había ventanas, así que no se sabía si era de día o de noche. Por eso, todos pasaban al menos parte del día en el invernadero. El círculo de luz del techo de la cueva transmitía un poco de orden y cordura a las jornadas.

Kazi se sentó con Wren y Synové en un rincón de la cocina para hablar mientras desayunaba. El desayuno no era ninguna sorpresa: venado y sopa de puerros. El olor a caza impregnaba el aire, las paredes, las ropas de todos. El venado y la sopa de puerros nos salían por los poros.

Mason me hizo una seña discreta en el momento en que salí con Kazi. Teníamos que hablar. En privado. Fui con él y nos reunimos con Priya y Gunner en el almacén.

Priya cogió un saco de arpillera. Estaba vacío, con apenas unos puñados de trigo en el fondo.

—Es todo lo que nos queda.

Lo peor era que los tres habían salido a cazar aquella mañana y se habían tenido que retirar rápidamente tras la cascada. La montaña estaba plagada de soldados.

—Si no se van pronto las patrullas, lo siguiente será la cabra. Solo da unas tazas de leche al día, pero algo es algo para los niños —dijo Mason.

Gunner negó con la cabeza.

—Los soldados no se van a marchar. Entre Wren, Paxton, Priya y yo matamos a una escuadra completa cerca de aquí. Y eso sin mencionar el truquito de ayer con Kazi. Son como manadas de lobos rabiosos. Van a por nuestro pellejo.

Y los dirigía Montegue, el líder de los lobos rabiosos, que debía de tener espuma en la boca. ¿Sabía que había sido yo? Probablemente, no. Los pocos segundos que estuve en la pasarela se los pasó acurrucado bajo un escudo. La ciudad entera presenció su valor. Tenía que aporrearse el pecho para compensarlo.

—No matéis a la cabra. Todavía no —dije—. Saldremos en cuanto...

De pronto, los estantes del almacén empezaron a vibrar.

El suelo se estremeció.

Las paredes temblaron.

Cayó polvo del techo.

Oí gritos.

Los niños lloraron.

—¿Qué pasa? —preguntó Gunner.

Salimos a la cocina. Casi todos se habían puesto de pie y miraban a su alrededor. Otros llegaron corriendo. Titus, Aleski, mi madre, Samuel. El temblor había cesado tan deprisa como empezó, pero de pronto el suelo empezó a vibrar otra vez.

—Demonios del infierno —dijo Paxton—. Está provocando explosiones.

—Me dijo que pensaba hacerlo —dijo Kazi—. Va a volar la montaña para sacarnos. Lo único que se lo impedía eran unos papeles valiosos que quería sacar de la cripta.

—¿Papeles? —preguntó mi madre—. ¿Qué papeles?

—Los de la fórmula que creó Phineas. Si alguien los ha visto, lo mejor es que me lo diga ahora mismo.

Hubo murmullos y confusión, pero nadie sabía nada de unos papeles. Y con el espacio que teníamos, era imposible esconderlos.

Otro trueno sacudió el suelo.

—Ya no le interesan los papeles —siseó Paxton—. Solo quiere matarnos.

—Tenemos que sacar de aquí a la gente —dijo Gunner.

—¿Cómo? —preguntó Mason. Alzó las manos—. ¿Por la salida secreta, a la montaña por donde patrullan los soldados?

—Eso es precisamente lo que quiere ese canalla —gruñó Synové.

—No —dije—. Por el momento, todo el mundo se queda aquí. —Con tantos heridos y personas débiles no teníamos la menor posibilidad. Mi madre solo se podía mover despacio, y Tiago no podría subir por una pendiente con la pierna herida, así que mucho menos correr si hacía falta. Los cazarían como a corderos. Y qué decir de los que estaban en la enfermería, como la tía Dolise, que no se podía mover. No íbamos a dejarlos allí—. Todavía nos envuelve una montaña de granito —dije para tratar de calmarlos. —Pero lo cierto era que no sabía si se nos estaba acabando al tiempo. La comida, sin duda. Pronto la decisión no sería nuestra. Teníamos nueve lanzadores. Nueve de nosotros podíamos intentar llegar a la arena. Al menos uno lo conseguiría. Sin munición, el rey estaba perdido—. Tenemos que ir a la arena y destruir la munición. Hoy mismo.

—Hoy.

—¡Yo quiero ir!

—Sí, ya va siendo hora de igualar las cosas.

Todos asintieron.

Menos Kazi.

—No —dijo.

Se levantó y se frotó la cabeza como si tratara de recordar algo.

—¿Qué pasa? —pregunté.

Se adelantó unos pasos, pensativa. Al final negó con la cabeza.

—La munición ya no está en la arena. La han trasladado a la Atalaya de Tor.

—¿Qué dices?

Todos empezaron a hacerle preguntas a la vez, hasta Paxton, que no tenía ni idea de aquello.

—Bajo tierra —añadió—. Está bajo tierra. Aquí.

***

Volvimos a reunirnos en el estudio, con la puerta cerrada.

En su huida, Kazi había visto a Zane hacer un transporte muy extraño por el camino que iba tras la Atalaya de Tor, y con escolta armada. No le dio tiempo a pensar sobre el tema porque su vida corría peligro. Pero, cuando la capturaron, mientras deliraba por culpa del veneno y el dolor, oyó que el rey le decía a Zane que trasladara las dos últimas cargas de la arena. Que era demasiado peligroso tenerlo todo allí.

Recordé la caravana bien armada que habíamos visto al volver, dando escolta a dos carromatos de heno. De pronto, todo encajaba.

Y, por desgracia, eso lo cambiaba todo.

Volar el almacén setenta y dos tras la arena, a la luz del día, ya era peligroso, tal vez suicida, y podía destruir los demás almacenes. Pero volar todas sus reservas de municiones bajo la Atalaya de Tor provocaría lo mismo que el rey estaba intentando hacer: destruir la cripta. Solo que más deprisa. Tampoco era fácil localizar la munición. Todas las casas y edificios adyacentes contaban con sótanos y bodegas, y también había espacio bajo los establos. Nosotros también teníamos un depósito de hielo, casi todo subterráneo, por no mencionar el propio Túnel de Greyson y sus ramificaciones, como la que llevaba a la cripta. Ya no teníamos que registrar un solo lugar, sino muchos.

Paxton se inclinó hacia delante y soltó un bufido.

—Si hay algo tan valioso, ya no tendrán un pequeño contingente de soldados en la Atalaya de Tor. Van a estar por todas partes.

—No podemos salir como si tal cosa a registrar esto a plena luz del día —dijo Gunner.

—Ni de noche con antorchas —añadió Aram.

Una explosión más fuerte resonó en la estancia. El polvo del techo llenó la mesa. Tampoco podíamos esperar a la noche.

—¡Maldita sea!

Priya se pellizcó el puente de la nariz. Luego, barrió el polvo de la mesa con un gesto brusco.

Kazi carraspeó.

—Hay alguien que puede salir como si tal cosa a la Atalaya de Tor a plena luz del día.

La miré desde el otro lado de la mesa. Había estado callada hasta entonces. Sospechosamente callada, como si estuviera inventando un acertijo. Y de pronto supe qué acertijo era.

—No —respondí.

—Pero...

—¡No! —repetí, más firme—. Además, Rhea no te lo permitiría. Acabas de...

Kazi se levantó.

—Oye, *patrei*, ahora soy parte de esta familia, y yo digo que sí.

Todo el mundo arqueó las cejas. Synové hizo una mueca.

—Ahí te ha pillado, *patrei*.

—Y además es una rahtan, no te olvides —aportó Wren.

—Por no mencionar —siguió Kazi— que soy la embajadora aquí, y los embajadores mandan más que los *patreis*. —Puso los brazos en jarras—. ¡Hala! ¡Esta vez lo he contado yo!

Capítulo cincuenta y siete

Kazi

Al final del túnel, Jase pasó la mano por el metal pulido de la puerta de la cripta, como si buscara algún fallo. Antes nunca me había fijado, pero era perfecta, todavía brillante, sin un arañazo pese a tener cientos de años. Acarició también la zona donde el marco estaba incrustado en la montaña de granito. Parecía un sastre que apreciara la habilidad con que se había cosido una chaqueta. Una chaqueta muy muy vieja. Sus movimientos eran pausados. El peso que tenía sobre los hombros era casi visible. Proteger. Lo llevaba en la sangre.

El suelo se estremeció otra vez. Me imaginé a Montegue, en la montaña, poniendo las cargas él en persona. Le habían arrebatado el placer de verme ahorcada.

—Tenemos que ir ya, Jase —le dije.

La Atalaya de Tor estaba al otro lado de la puerta, pero la ruta que tendríamos que seguir era mucho más larga.

Se pasó los dedos por el pelo, se volvió y me miró a los ojos. Asintió. Sabía lo que estaba pensando. «Resistirá. Los Antiguos la construyeron para resistir». Pero una puerta vieja para una cripta podía no ser rival para la magia de las estrellas y la ira de un rey. Jase había avisado de que no sabíamos dónde estaban almacenados los explosivos, y volarlos podía destruir toda la Atalaya de Tor. Tal vez no quedara nada.

Nada. Una dinastía. Un legado. El silencio fue total. «¿Qué otra opción tenemos?», preguntó al final Vairlyn. El polvo no dejaba de caer, la despensa estaba vacía, el rey se acercaba más y más con cada explosión. La familia accedió, se opuso, dio vueltas y más vueltas en busca de soluciones rápidas, porque los rugidos que oíamos cada vez con más frecuencia demostraban que nos estábamos quedando sin tiempo. El *patrei* tuvo que tomar la decisión definitiva, la más difícil. Era una carga terrible, pero su expresión permaneció inmutable. Dijo que no había más salida. Nuestra única posibilidad era acabar con el arsenal del rey.

—Traed a los caballos de la primera cueva —dijo Jase a Titus—. Allí no están a salvo.

—¿Meter aquí a los caballos? —se opuso Titus.

—Haced sitio —replicó Jase con calma.

Luego, cortó de raíz el segundo intento de Paxton, que quería venir con nosotros. Ya se estaba quitando el cabestrillo del brazo.

—No —le dijo—. Te necesitaré más tarde, primo. Pero no para esto.

Fue una respuesta firme, y su manera de llamarlo «primo» cortó de raíz cualquier protesta de Paxton, que asintió.

Yo hacía juegos malabares con naranjas, y Jase también, pero mentales. Personas, caballos, puertas de la cripta, una familia compleja, yo. No me extrañaba que su padre lo eligiera *patrei*. Aunque el título no era una cura mágica contra la preocupación. Jase parecía esconderla donde nadie la veía, un truco hábil de distracción, pero yo lo detectaba en el pliegue de la barbilla, en la mirada de soslayo. Era mi marido. Sus secretos me pertenecían. Se esforzaba al máximo para hacer más fuertes a los demás. Estaba dispuesto a sacrificar su hogar, siglos de historia, con tal de proteger lo más importante. «A veces basta con una persona que no permita que el mal triunfe». La reina se refería a Greyson Ballenger, pero en el presente esa persona era mi esposo.

Se inclinó para coger una bolsa, se la echó al hombro y cogió el lanzador. No iba a entrar como si tal cosa yo sola en la Atalaya de Tor. Jase lo había dejado bien claro. A mí se me daba bien encontrar objetos, pero para volarlos tendríamos que ser más. «Rahtan, Diez, Creadora de Sombras… Ninguno de tus títulos me va a hacer cambiar de opinión —masculló entre dientes mientras cogíamos el equipo—. Y eso de que los embajadores mandan más que los *patreis*… —Hizo una pausa y me besó. Un beso largo, intenso—. Olvídate». «Ya veremos, chico», le susurré yo. Trató de sonreír. La preocupación era cada vez más intensa.

Nos dirigimos hacia la entrada trasera cargados con el equipo. Parecíamos un ejército túnel abajo. Éramos un equipo de ocho: Wren y Synové habían sido las primeras voluntarias. Imara, Mason, Priya y Samuel llevaban cuatro lanzadores. Los otros cuatro se había quedado atrás, con Titus, Gunner, Aram y Aleski, para guardar la entrada principal de la cripta si llegaba el momento de abrirla.

En el sendero que llevaba a la cascada, Priya caminó conmigo para explicarme la distribución de las habitaciones en la Atalaya de Tor, aunque pronto cayó en la cuenta.

—Pero…, claro, ya lo conoces todo, ¿no?

Era inútil tratar de ocultar lo evidente.

—Sí. Hasta el último rincón, incluso tu despacho y los adornos de las paredes. Era mi trabajo, Priya.

Se quedó boquiabierta un segundo antes de asentir.

—Por suerte para nosotros.

Eso era innegable, por incómodo que le resultara. Había sido una suerte.

Pero formar parte de una familia podía ser de las cosas más difíciles que había hecho en mi vida.

No llegamos a la cascada que salía al bosque porque, justo antes, había otro camino que llevaba por la montaña hasta Punta de Cueva. Era una ruta agotadora que, en algunos puntos, exigía que nos ayudáramos unos a otros a subir por rocas escarpadas, a cambiar de manos las bolsas y las armas. Las patrullas de soldados no nos verían por ese camino, pero aun así llevábamos las capas de camuflaje con las que me habían rescatado.

Wren iba armada con sus *ziethes* y Synové portaba el arco y un carcaj lleno de flechas a la espalda. También tenían los cuchillos de Imara, de los que hablaban con tanto cariño como si fueran animalitos de compañía. *Ra mézhans.* Mis hermanas. Qué bueno era volver a caminar con ellas. Las esposas kbaakis de Jase. Casi valía la pena aquella pesadilla con tal de escuchar las historias demenciales que me contaron, aunque sabía que Synové había añadido una buena dosis de adornos.

Llegamos a un tramo llano, y me di cuenta de que Synové lanzaba miradas a Mason, que caminaba por delante de nosotras. Recordé las amenazas crueles que les habían gritado a Wren y a ella.

—¿Os está tratando bien la familia? —pregunté.

—Bien, sí —respondió Wren—. Vairlyn es muy amable.

—¿Y Samuel? Me sorprende que Jase lo haya elegido para la expedición, con esa mano.

Wren se encogió de hombros.

—Samuel camina ligero, sabe guardar silencio y obedecer órdenes, cualidades que nunca se valoran suficiente. Esos lanzadores no son precisamente armas de precisión. Además, se las arregla muy bien con la otra mano.

—Vaya —dijo Synové, y se lamió los labios—. ¿Se las arregla muy bien para qué?

Wren lanzó un gemido.

—No empieces —le advirtió.

—¿Y tú y Mason, qué? —pregunté—. ¿Qué ocurre aquí? Me he enterado de que pasasteis la noche a solas entre unas ruinas.

Synové meneó la cabeza y puso cara de sorpresa.

—¡Me sorprende viniendo de ti! —respondió—. ¿Ahora te dedicas a hacer preguntas íntimas? ¿Eso te ha enseñado tu esposo?

Sonreí.

—Es posible. Ahora se me da mejor hablar y compartir.

—No sé qué decirte. Yo también soy su esposa, y su conversación me resulta un tanto aburrida. No hacía más que hablar de ti.

—Es cierto —corroboró Wren.

Miré a Synové.

—Estás esquivando la pregunta —le dije—. Venga, di algo.

No me dio una respuesta rápida. La sonrisa traviesa se le borró de la cara.

—Se acabó —dijo al final—. Mason es cortés. Me guardó las espaldas, claro. Pero perdona menos que la lengua de un soldado borracho. Parece que mis mentiras fueron como puñaladas. De pronto, es tan apasionado como el pan duro. Así que nada. Es el fin. Me alegro de quitármelo de encima. Además, qué mal bailaba.

Se encogió de hombros como si no le importara. Tal vez no le importaba. Synové había ido dejando a muchos hombres por el camino, como Eben, y otros antes que él. Pero, mientras caminábamos, me fijé en que, cuando Mason hablaba, mi amiga aguzaba el oído y guardaba silencio.

Allí afuera se oían más las explosiones. De cuando en cuando llovían trozos de roca. Calculamos que el rey estaba volando una zona sobre la cripta, no lejos del Túnel de Greyson.

—Dame la mano —dijo Jase. Había llegado a un punto más alto y nos fue ayudando a uno tras otro a subir—. Bajad la voz. Estamos a menos de diez minutos —avisó. Habíamos llegado a una zona llana con abundantes árboles y vegetación—. Quedaos detrás de mí —nos fue avisando al tiempo que señalaba hacia el centro del bosquecillo—, o acabaréis en el invernadero. Y está muy abajo.

Desde aquel punto, Jase me cogió la mano y no me volvió a soltar, ni yo lo hubiera querido. «Estamos juntos y así vamos a seguir pase lo que pase».

El corazón me martilleaba en el pecho. La última vez que me había acercado con Jase a la Atalaya de Tor...

—Alto —dije a los otros. Me llevé a Jase detrás de un árbol—. Sé que no es el momento adecuado, pero...

—¿Qué pasa?

—Te quiero, Jase. Pase lo que pase. Quiero que sean las últimas palabras que te diga. Te quiero.

Me acarició la mejilla.

—Oye, que vamos a envejecer juntos, no te olvides.

Asentí.

—Y mi madre ha encendido una vela por ti esta mañana. Ahora eres la ladrona protectora de la Atalaya de Tor. Poco menos que una santa.

—Me han llamado muchas cosas, pero eso nunca.

Hizo una mueca.

—Sí, es verdad. Se ha pasado un poco.

Le di un puñetazo en el hombro, y él me abrazó.

—Te quiero, Kazi de Brumaluz, y te prometo que no serán las últimas palabras que te diga. Ni las que tú me digas a mí.

Me besó con labios cálidos, plenos, sinceros.

—¡Venga, vosotros, no seáis pelmas! —bufó Synové—. El mundo se va a acabar, no es momento para eso.

Tenía razón. Nunca era momento para las últimas palabras.

Nos tumbamos de bruces en un risco desde donde se dominaba casi toda la Atalaya de Tor. Desde allí se veía Punta de Cueva, la casa principal, la Casa Rae, la zona de trabajo ante el Túnel de Greyson, los jardines… Era una vista de pájaro casi perfecta. Las otras tres casas quedaban casi ocultas por el saliente de granito de Punta de Cueva. Solo alcancé a ver una esquina de la Casaoscura. Desde abajo, nunca me había imaginado que existiera aquel risco: parecía una pared de granito que ocupaba toda la parte trasera de la fortaleza.

Desde allí se veían también las puertas de entrada. Paxton había estado en lo cierto. Allí había algo valioso, así que el número de soldados se había multiplicado por tres. ¿Dónde tenían oculto el tesoro? Examiné el terreno para analizar dónde estaban apostados los guardias.

—He contado a veinte patrullando los muros —susurró Jase—. Que yo vea, catorce a nivel de suelo.

Sonrió. Su familia conocía aquel risco, que era un punto débil de su seguridad. Siempre tenían un arquero apostado en un muro interior, sobre la zona de trabajo ante el túnel, para vigilar esa parte de la montaña. Pero Banques no había asignado vigilancia a la muralla interior, solo a la exterior.

—Con lo fácil que sería acertar desde aquí —gimió Synové.

Casi todos los guardias nos daban la espalda. Esperaban que cualquier intruso se acercara desde fuera de las murallas, no que ya estuviera prácticamente dentro.

—Calma, muchacha —le susurró Wren—. Así solo conseguiríamos que nos cayeran encima como un enjambre.

El plan consistía en registrar primero el Túnel de Greyson. Yo ya había conseguido entrar más de una vez sin que me vieran, y era el lugar ideal para almacenar algo. La entrada trasera, donde habían estado los perros venenosos, estaba justo bajo nosotros: veinte metros de pendiente rocosa empinada. Jase nos había dicho que bajáramos arrastrándonos y que no hiciéramos ruido al caer. Dicho así, parecía fácil. Recordé mi descenso en el cañón. Había hecho mucho ruido.

—¿Listos? —susurró Jase.

Asentí. Priya iba a bajar la primera. Por lo visto, los pequeños Ballenger habían bajado por allí más de una vez.

—Pero por aquel entonces no tenía pecho —se quejó Priya, nerviosa.

La curva de la montaña la ocultó a los ojos de los guardias del muro durante casi todo el trayecto. Mason, Imara y Samuel fueron tras ella, cada uno cuando Jase daba la señal para indicar que los guardias estaban de espaldas.

Pero en aquel momento, mientras miraba a los guardias, divisé algo al otro lado del muro. Un brillo momentáneo entre los árboles. ¿Un árbol? Entonces, detecté movimiento. En el bosque, más allá de las puertas traseras, había más soldados. Muchos. En cuanto los vi, me resultó obvio. Estaban vigilando el camino. Pero ¿por qué no el camino principal, el que llevaba a la entrada de la fortaleza?

Volví a mirar la Atalaya de Tor con más atención. En los jardines, ante la Casaoscura, había cuatro soldados que no paseaban ante el edificio. Estaban apostados. Estudié la distribución de los demás. En la zona de trabajo solo había uno. En las puertas de entrada, dos. Punta de Cueva tenía asignados cuatro solo para un corto tramo de muro, dos a la sombra del porche de entrada, y más al otro lado del camino. De repente, recordé a Montegue cuando se palmeaba el bolsillo del chaleco, el interior, donde guardaba su tesoro. Tenía lógica. Un bolsillo interior, pequeño, seguro.

Capítulo cincuenta y ocho

Jase

Otra explosión retumbó en el aire.

Me obligué a concentrarme en lo que me tenía que concentrar y no en lo que pudiera estar pasando en la cripta.

—Kazi, te toca —susurré. Me aseguré de que todos los guardias estaban mirando hacia otro lado—. Ya —dije.

Se deslizó por la roca fría con las manos muy abiertas para frenar el descenso, tal como le había dicho. Hacía demasiado poco que había caído por un precipicio rocoso y aún llevaba las marcas por todo el cuerpo, pero se deslizó con calma y habilidad, tan ligera como una hoja. Cuando llegó a la base, la seguí. Apenas cabíamos todos en el angosto espacio fuera de la vista de los guardias. Mi plan era correr a abrir la puerta del túnel y hacerles señas para que me siguieran, y con suerte sería antes de que un guardia se volviera y nos viera.

—No —susurró Kazi—. No hace falta registrar el Túnel de Greyson. La munición está aquí.

Kazi escudriñó las sombras de la pared interior, los árboles, el techo de la cueva. Visualizó el trayecto antes de moverse. Cuando se puso en marcha, cambió de paso y de ritmo. Era una sombra cambiante en el paisaje. Llegó al otro lado, y seguí sus pasos. Dijimos a los demás que esperaran hasta que los llamáramos desde el otro lado.

Nos colamos en una habitación con balcón donde se veía a las claras que la habían registrado: cojines tirados por el suelo, mesas volcadas... Desde allí, observamos a los dos guardias que vigilaban un tramo muy concreto del muro: el tramo donde había una puerta que casi pasaba desapercibida en la piedra. Era la puerta oculta que tanto me había fascinado de niño. Zane debía de haberles hablado de ella, o no la habrían encontrado. Los guardias tenían los lanzadores amartillados y preparados para disparar, y la espalda contra la piedra, atentos, firmes. No había manera de pasar inadvertidos.

—¿Cómo sabes que está ahí? —susurré a Kazi.

—Está en el corazón de la Atalaya de Tor —respondió con seguridad—. Lejos de los muros exteriores, fácil de vigilar, a gran profundidad, imposible de volar como el depósito de hielo... Ya estaba vacío y no hacían falta más preparativos. Como un bolsillito en un chaleco.

Estudié a los guardias. ¿Cómo íbamos a pasar ante ellos? Fuera como fuese, no podía ser nada que atrajera la atención de los otros vigilantes. Tenían los lanzadores amartillados, lo que era preocupante. Una simple caída podía provocar el disparo. Cualquier forcejeo lo haría sin duda.

Kazi se apartó de la ranura entre las cortinas por la que estábamos mirando. Se detuvo ante un tapiz colgado de la pared y lo examinó.

—Tengo una idea —dijo, y se quitó la capa.

Descolgó el tapiz y se puso la seda de colores en torno a la cintura.

—¿Qué vas a...?

Pero ya se había puesto en marcha. Era obvio que estaba ideando un plan. Cogió un mantel rojo alargado de una mesa y se envolvió el pelo mientras me lo contaba.

—No hay mejor distracción que el color —dijo al tiempo que cogía tres copas de plata—. O cualquier cosa que brille. Todo lo demás deja de tener sentido al menos durante unos segundos.

—Esto va a ser entrar como si tal cosa, literalmente, Jase. Confía en mí.

Tenía tensos todos los músculos del cuello, pero asentí porque sabía que no había manera de detenerla, y porque las explosiones constantes que sonaban en torno a nosotros indicaban a las claras que no había tiempo para discutir.

Salió al vestíbulo mientras se reía sin parar, con dos copas en una mano al tiempo que fingía beber de la que llevaba en la otra. Su aparición sobresaltó a los guardias, que apuntaron con los lanzadores. Kazi se siguió riendo de manera incontrolable.

—Ay, a saber dónde me he metido —susurró como si compartieran un secreto.

La observé, incapaz de respirar. Los guardias la seguían apuntando mientras ella sonreía y arriesgaba la vida para salvar a unas personas a las que apenas conocía.

—¿Habéis visto a Zane por aquí? —preguntó.

Sabía que ese nombre iba a captar la atención de los guardias. Era un teniente, tenía habitaciones en la Atalaya, y probablemente una reputación a la altura, tal como indicaba que hubiera encontrado allí una prenda femenina.

Los guardias intercambiaron una mirada. Uno puso los ojos en blanco.

—Me dijo que nos veríamos aquí —dijo Kazi con una risita—. Me he adelantado un poco a él. —Alzó una copa a modo de prueba—. ¿Queréis?

Se alejaron de la puerta para acercarse a ella. Yo tenía el pulso acelerado. Los lanzadores seguían amartillados.

—¿Cómo has llegado aquí? —gruñó uno—. ¿Te ha…?

Kazi tropezó y una copa se le escurrió con precisión de la mano, pero consiguió atraparla con habilidad. Los soldados no dejaban de mirarla.

—Uuuf, menos mal, qué suerte —dijo. Fingió apurar el contenido de la copa—. Esto se me da bien, ¿sabéis? A Zane le encanta. ¿Queréis verlo?

—No, no. Tienes que…

Uno desamartilló el lanzador y lo apoyó contra la columna para dirigirse hacia ella.

En ese momento, Kazi empezó a hacer girar las copas en el aire, en un arco cada vez más alto al tiempo que retrocedía… y los hombres avanzaban hacia ella sin apartar los ojos de la plata centelleante. Me pareció de lo más conveniente que fueran más o menos de la misma estatura. Así sería más sencillo. «Solo un poco más». Kazi lanzó las copas un poco más alto, y a uno se le escapó una exclamación admirada. Ya estaban lejos de la puerta. El soldado que aún tenía el lanzador lo llevaba en la mano, bajo, como si se hubiera olvidado de él.

Ya era suficiente. Le hice una seña.

Kazi dejó de hacer malabarismos y cogió las copas.

—¡Ah, Zane, por fin has llegado! —dijo mientras me miraba detrás de ellos.

Los dos se volvieron, y en ese momento les corté el cuello con la espada. Kazi cogió el lanzador de la mano del soldado antes de que se desplomaran en el suelo.

Arrastramos los cadáveres a la habitación del balcón e indiqué a los demás que se fueran acercando cuando les dijera. La primera fue Imara. Le pedí que montara guardia mientras registrábamos el sótano.

—Cuando lleguen los demás, que nos esperen aquí.

Abrí una rendija en la puerta del túnel que llevaba a la Casaoscura. No había soldados allí, y nos deslizamos con sigilo hasta la otra punta. Había tres barriles cerca de la puerta del pasadizo, como si los tuvieran reservados para algo. Tal vez suministros, para sustituir los que habíamos volado. O para volar la cripta.

Me detuve un segundo y los miré.

—Ni se te ocurra, *patrei* —susurró Kazi—. Ya sé que es tentador, pero no podemos permitirnos nada que nos demore. Si intentas correr con eso, estamos muertos.

—Háblame de las estrellas —me pide Nisa.

No se refiere solo a las del cielo.

Sino a las que cayeron.

Aaron Ballenger dijo que solo dos cayeron de los cielos.

Las demás las lanzó la ira de los hombres.

¿Cómo era eso posible?

De todos modos, yo no recordaba la caída de las estrellas.

Solo las tormentas que llegaron después.

El humo en el aire.

Los temblores del suelo.

Los cielos en llamas.

Las montañas que se hincharon.

Los mares que hirvieron.

Los gritos de la gente, y los gritos de quienes les daban caza.

Así que, en lugar de eso, le cuento a Nisa la historia que me contaron a mí.

—Érase una vez, hace mucho mucho tiempo,

antes de que hubiera monstruos en la tierra,

las estrellas estaban tranquilas en el cielo

y había ciudades grandes hechas de luz

tan altas que llegaban hasta el cielo.

Pero entonces los dioses lanzaron una estrella contra la tierra

para destruir a los malvados…

Oíamos aullar a los carroñeros al final del túnel.
Golpean la puerta con barrotes de hierro.
—¡Os vamos a matar! —gritan.
Rugen como animales.
—Volvamos a la cripta —le digo a Nisa—. Y te contaré el resto de la historia.

Miandre, 18 años

Capítulo cincuenta y nueve

Kazi

Sentí la misma ansiedad que la primera vez que había bajado por aquel túnel sin saber lo que iba a encontrar al final. Pegué la oreja a la puerta del pasadizo para oír cualquier ruido. No lo hubo, así que la abrí con cautela.

La única luz de la bodega era una antorcha solitaria colgada de una pared. Salí del pasadizo oculto y miré desde la cima de las escaleras de la bodega. La puerta estaba cerrada. Llamé a Jase con un ademán y me adentré más. La primera vez que había estado allí, había registrado el lugar en la oscuridad más absoluta. No llegué a ver lo grande que era, la altura de los techos. Y de repente estaba llena con hileras e hileras de toneles que llegaban hasta las vigas, toneles que aún apestaban a vino y a vinagre.

«¿No te parece una belleza? ¿Te imaginas las posibilidades?».

Aquello era lo que estábamos buscando, nuestra razón para estar allí, pero la realidad nos dejó mudos. No sabía qué estaba pensando Jase. Tal vez en todos los meses que Beaufort lo había estado engañando, en las falsas esperanzas de una cura para la fiebre que había alimentado gracias a que el rey conocía el punto débil de su familia. Tal vez en su hogar, en su historia, en siglos enteros que podían desaparecer en una nube abrasadora. Tal vez en que la cripta no resistiría la explosión.

443

Yo veía una acumulación de sueños. Los sueños de Karsen Ballenger, los de Vairlyn, los de Montegue. Sueños diferentes. Todos habían salido mal.

—Manos a la obra —dijo Jase por fin.

Empezó a verter queroseno por el suelo. Me saqué de la bolsa que llevaba a la espalda un cordel empapado en combustible y lo fui pasando entre las hileras de toneles. Jase vertió más queroseno en dirección al túnel, y yo tiré el cordel hasta diez metros más allá.

Entonces, me di la vuelta.

—Jase —susurré—. Deja el queroseno.

Él también se dio la vuelta para mirar hacia el otro extremo del túnel. Un soldado nos estaba apuntando con el lanzador. Él mismo sabía que no podía disparar o todos volaríamos por los aires. Detrás de él, nuestro grupo estaba atrapado entre seis alabardas muy puntiagudas.

—¡Salid! —ordenó el soldado.

Jase no se movió. Yo, tampoco.

—Sería un error por nuestra parte —dijo Jase con ojos fríos como la piedra—. ¿Por qué no venís vosotros a cogernos?

Los soldados se miraron, furiosos.

—¡Salid ahora mismo! —volvió a ordenar el primero.

Jase siguió impasible.

—No.

—Tengo algo que os sacará de ahí —replicó, y se apartó a un lado.

Otro hombre ocupó su lugar. El cuidador que había visto hacía pocos días, con los mismos demonios de ojos amarillos tirando de las correas que llevaba en la mano. Tenían el pelaje negro erizado en el cuello.

—¡Último aviso! —gritó el encargado de los perros.

Me pegué a la pared, dominada por las náuseas. Y soltó a los perros, que corrieron hacia nosotros.

Jase se colocó delante de mí.

—¡*Vaster itza!* —les gritó justo cuando iban a llegar a su altura.

Los perros se detuvieron al instante. Lloriquearon y se sentaron delante de él.

Conseguí respirar.

Conocían la voz de su amo.

Jase se inclinó hacia ellos y les rascó detrás de las orejas. Luego, señaló a los soldados. Con la mirada aún gélida, apuntó a cada uno para que los perros lo vieran.

—¡*Hinta! ¡Hinta! ¡Hinta!* —Se irguió—. *¡Yah!*

Hizo un gesto decidido con la última orden.

Y los perros corrieron en dirección contraria.

Fue un caos inesperado, macabro, sangriento. Los soldados retrocedieron. Los que Jase no había señalado también se vieron envueltos en el tumulto, y Wren le cortó la cabeza a uno con el *ziethe*. En cuestión de segundos, los seis soldados y el cuidador estaban muertos. Pero el alboroto había atraído la atención de los guardias de la fortaleza. Los oímos gritar para pedir refuerzos.

—¡Ahora! —grité a Synové.

Dio un paso adelante y lanzó una andanada de flechas contra los guardias de los muros. Tres cayeron muertos al suelo. Otro saltó para ponerse a cubierto tras un edificio bajo.

Los demás corrimos a coger las armas mientras Jase prendía la yesca. Ya no era cuestión de pasar desapercibidos. Teníamos que correr si queríamos vivir.

—¡Ya! —ordenó Jase—. ¡No te molestes con la cerradura, vuélala! —dijo a Mason—. *¡Hinta, yah!* —ordenó a los perros señalando en dirección al guardia que se había escondido.

Los demás echaron a correr en dirección a la cripta, Jase volvió al túnel con la yesca encendida. Tenía el rostro tenso con una tempestad de emociones que yo apenas podía intuir. Estaba a punto de destruir su propio hogar.

—¡Corre, Kazi! —me gritó antes de agacharse para prender fuego al cordel.

—No sin ti, *patrei*. Juntos o nada.

Encendió la mecha y echamos a correr.

Mason, Priya y Samuel estaban de pie a la entrada del túnel. Dispararon los lanzadores y nos gritaron que corriéramos al tiempo que nos cubrían, porque más guardias estaban llegando por el camino de la entrada trasera. La tierra y la hierba parecían estallar a nuestro alrededor, y Jase y yo caímos al suelo.

—¡Corred! —gritó Priya.

Eso hicimos. Nos pusimos en pie y seguimos corriendo. Cada segundo era vital. No sabíamos bien cuánto tiempo teníamos. La mecha era improvisada, y nunca habíamos hecho nada semejante. ¿Cuánto tiempo tardaría en arder? ¿Un minuto? ¿Dos? Hubo más explosiones, pero las provocaban los nuestros. Los soldados se pusieron a cubierto tras el muro de la fortaleza.

Llegamos a la entrada y Jase llamó a los perros con un silbido para que nos siguieran. Vinieron corriendo junto a nosotros. Les gritó más órdenes, y se sentaron a su lado.

—Ya no te harán daño, Kazi —dijo—. No te preocupes.

La Atalaya de Tor estaba a punto de volar por los aires, así que no tenía tiempo para preocuparme. Ya me preocuparía más tarde. Imara, Wren y Synové iban las primeras con los lanzadores adicionales que les habíamos quitado a los guardias muertos. A medio camino, Mason, Priya y Samuel se detuvieron para recargar los suyos. Cada vez nos quedaba menos munición. Jase y yo íbamos los últimos, guardando la retaguardia, sin dejar de mirar hacia atrás. Tuvimos que disparar varias veces contra los soldados que se acercaban.

Samuel se detuvo al llegar a la curva del túnel por si venían más soldados de la otra dirección. Sin duda habían oído las explosiones en Punta de Cueva y querrían investigar. Se asomó al otro lado del recodo.

—¡Todo despejado! —gritó, y volvimos a correr.

El túnel me pareció el doble de largo que cuando lo había recorrido caminando. ¿Dónde estaba la intersección que llevaba a la cripta?

Jase me leyó la mente.

—Ya casi.

Pero, justo cuando llegábamos a la T que llevaba a la cripta, oímos pisadas a la carrera.

—¡Rápido! —gritó Jase—. ¡El código!

Priya e Imara iban las primeras. La enorme puerta tardaba en abrirse. Las oímos dar los golpes del código contra la puerta mientras las pisadas se acercaban más y más. Retrocedimos todos sin dejar de apuntar con las armas.

Un grupo de soldados dobló la esquina y Jason disparó. Un único disparo en el túnel estuvo a punto de dejarnos sordos. Hasta los soldados a los que no alcanzó quedaron aturdidos. Cayeron de rodillas y se llevaron las manos a la cabeza.

—¡Está abierta! —gritó Priya.

Me di la vuelta. Gunner, Aleski, Titus y Aram estaban hombro con hombro, apuntando con los lanzadores.

—¡A la cripta! —gritó Jase—. ¡A la cripta!

Les ordenó con ademanes que pasaran todos, incluso los perros, mientras él les guardaba la retirada. Pero había contado los disparos y sabía que no tenía munición, igual que yo. Y no había tiempo para recargar.

Los demás entraron en la cripta justo cuando más soldados llegaron en dirección opuesta. Tenían lanzadores.

—¡Al suelo! —gritó Gunner.

Arrastré a Jase al suelo conmigo y el túnel se iluminó con una llamarada de luz. Una explosión como un trueno retumbó sobre nosotros. Sacudí la cabeza para tratar de orientarme y vi a los soldados tirados por la tierra. Gunner y los demás habían disparado por encima de nosotros para acabar con ellos, pero ya se oían más pisadas que se acercaban. Jase y yo corrimos y gritamos que empezaran a cerrar la puerta, y nos colamos por la última rendija que quedaba. La rueda giró, la cerradura encajó, pero, cuando tratábamos de ponernos en pie, algo nos derribó de nuevo. La cripta se estremeció con violencia y el suelo se sacudió como si estuviéramos en el puño de un gigante furioso.

Capítulo sesenta

Jase

El suelo se levantó. Las luces parpadearon, los gritos resonaron contra las paredes. La tierra rugió y gruñó como un monstruo que se afilara los dientes y me derribó una y otra vez. Otros cuerpos cayeron sobre el mío, hasta que, por fin…, los temblores cesaron. No se veía nada. El polvo gris hacía el aire irrespirable, pero oí gemidos. Así que algunos aún estábamos vivos.

—¡Kazi! —grité.

Sentí una mano contra la mía.

—Aquí —me respondió—. Estoy bien.

Oí a Synové soltar un taco.

—¡Serás bestia! ¡Te has tirado sobre mi arco! ¡Me lo has roto!

Gunner tosió. Alguien más gruñó.

El temblor no lo habían provocado los soldados al disparar contra la cripta. Venía de un lugar más profundo… De los miles de kilos de munición que habían estallado en la bodega de la Casaoscura.

Me puse de pie. El polvo se fue posando. Lo primero que hice fue comprobar la puerta de la cripta. Estaba intacta, sin una simple abolladura. Me volví hacia la entrada del túnel. No había rocas caídas ni derrumbamientos. Los demás también empezaron a levantarse con el mismo asombro y admiración que yo sentía reflejados en los rostros. Corrí a la habitación de los camastros, al estudio, a la enfermería, a la cocina… Muchos objetos se habían caído, pero las paredes y los techos habían resistido. Rhea ya estaba comprobando que todo el mundo se encontrara bien. Al parecer, así era.

Había resistido.

La cripta había resistido.

Me incliné hacia delante con las manos en las rodillas y bendije a los Antiguos y a Aaron Ballenger con todas las oraciones que me sabía.

Los caballos relincharon en la sala transformada en establo, y Tamryn y Kwan fueron a calmarlos. Otros empezaron a poner en orden la cripta. Mi madre estaba en la cocina. Llegué justo cuando se ponía de pie, con Judith.

—Estamos bien —dijo. Se puso la mano sobre el vientre—. El bebé, también. ¿Habéis vuelto todos?

—Todos.

La admiración dejó paso al júbilo, y luego a un silencio solemne. Fuera de la cripta había cesado todo el ruido. El silencio era perturbador. Habíamos logrado nuestro objetivo, o eso parecía, pero todos nos hicimos la misma pregunta: ¿qué había quedado en pie? ¿Había quedado algo en pie? Seguimos escuchando unos minutos más. La puerta de la cripta bloqueaba todo el sonido, pero ni siquiera se sentían las habituales vibraciones. Nada.

Sentí que mi padre me ponía una mano en el hombro. «Deja de dudar. Sigue tus instintos, Jase».

—Tenemos que salir —dije—. Antes de que puedan reagruparse. Vamos a la ciudad a poner fin a esto.

Hicimos planes. Contamos la munición que nos quedaba, recargamos las armas y apuntamos con los lanzadores mientras abríamos de nuevo la puerta de la cripta. Chirrió contra las piedrecillas del suelo como un anciano al levantarse de la cama.

Nos recibió más silencio, un silencio escalofriante. Fui el primero en salir. El túnel estaba lleno de cadáveres de soldados, tirados por el suelo, cubiertos de polvo y ceniza. Casi parecían estatuas macabras, retorcidas. Me detuve en la intersección y miré en ambas direcciones. Por todas partes había mercenarios del rey muertos. Al parecer, habían bajado al túnel para tratar de arrollarnos con su número. Ni uno se movía. A algunos les salía sangre de la nariz, como si la explosión les hubiera destrozado las entrañas.

Miré a Gunner y asentí. «Que salgan». Si los mercenarios que defendían el túnel habían muerto en la explosión, afuera no íbamos a toparnos con resistencia.

Gunner dejó a los perros ante la puerta para que protegieran a los que tenían que quedarse en la cripta y ordenó a los demás que lo siguieran. Nadie titubeó. No querían seguir prisioneros, tal vez necesitaban sentir la luz del sol en los rostros macilentos. O tal vez querían ver qué les quedaba. Las piedras nos crujían bajo las botas. El aire estaba cargado de un humo acre. Antes de llegar al final del túnel, Kazi me cogió la mano y me la apretó como para darme fuerzas para lo que iba a ver.

Pasamos la última encrucijada y caminamos hacia el final del túnel, pero esa parte ya no existía. Todo lo que había sobresalido de la montaña había desaparecido. Rodeamos bloques gigantes de piedra, lanzados como balas de heno. No habíamos llegado al final y ya me costó reconocer lo que vi entre las piedras. El paisaje se había transformado. Faltaba Punta de Cueva. Ya no estaba en su sitio. Solo quedaba un trozo del tejado que apuntaba hacia el cielo como un colmillo afilado. El muro de la parte trasera de la fortaleza no existía. Las zonas que apenas minutos antes aún lucían algo de verde invernal estaban ahora cubiertas de polvo gris, como los mercenarios. Al principio pensé que era nieve que caía lentamente, pero luego me di cuenta de que eran cenizas. De entre los cascotes surgían columnas de humo.

Salimos del túnel y, entonces, vi el resto de la Atalaya de Tor, y lo que le había pasado.

—¿*Patrei*? ¿Estás bien? —me preguntaron casi a la vez Wren y Synové.

¿Cuánto tiempo me había quedado mirando fijamente?

Lo impresionante era la arbitrariedad de la destrucción.

Kazi se adelantó. Ella también parecía confusa. Ahora que ya no existía el enorme tejado a dos aguas de Punta de Cueva, podíamos ver toda la Atalaya de Tor.

De Casaoscura, el primer hogar de los Ballenger, ya no quedaba ni rastro. Habían desaparecido miles de toneladas de granito negro, como si una mano gigante se hubiera llevado la estructura entera por los aires. Solo había dejado atrás un cráter profundo, la bodega, donde el polvo parecía hervir.

Una nube oscura se alzaba hacia el cielo decenas de metros, como el tronco grueso de un tembris que se abría en ramas en la parte superior como lianas curvas que tapaban el sol.

Junto al cráter, Castillo Grey seguía en pie, al menos en parte. Era como si un hacha gigantesca lo hubiera partido en dos. Las habitaciones habían quedado a la vista, destapadas, algunas con sus muebles y todo, cosa que carecía de sentido. Poco más allá, Meandro no había sufrido más daños que la rotura de los cristales.

Me volví hacia la casa principal y oí a Titus sollozar detrás de mí. Otros se le unieron. Se oyeron risas. Y más sollozos. Las emociones estaban tan quebrantadas como el lugar.

El edificio principal seguía en pie. Vi por primera vez a la luz del día el boquete en la parte central, pero, en comparación con lo que la rodeaba, era un milagro que siguiera en pie. La Casa Rae, al igual que Meandro, solo tenía las ventanas rotas.

De algunos árboles no quedaban más que tocones serrados, mientras que otros conservaban las hojas. Había puntos de alegría salpicados por toda la zona, como si por allí hubiera pasado volando un ángel borracho.

Los mercenarios estaban doblados sobre los muros o inmóviles en el suelo.

—Contad los cadáveres —dije—. Tenemos que saber cuántos quedan. Y cogedles las armas.

No podía pararme a ver qué se había mantenido en pie y qué no. Ya tendría tiempo para eso más tarde. La batalla no había terminado. Tal vez aún nos quedara lo peor. Pero lo que sí sabía era que, en esta ocasión, íbamos a tomar la iniciativa. No esperaríamos a que cayeran de nuevo sobre la Atalaya de Tor, no nos obligarían a refugiarnos en la cripta otra vez. Íbamos a caer sobre ellos antes de que entendieran lo que había pasado, antes de que se recuperaran.

Todos nos pusimos a trabajar y recogimos lo que podía sernos útil. Había doscientos mercenarios muertos, así que aún nos teníamos que enfrentar a un ejército de trescientos. Los lanzadores que encontramos estaban muy dañados, era peligroso utilizarlos, pero hallamos un arsenal completo en el Túnel de Greyson.

—Cuarenta —confirmó Mason—. Pero están descargados. No tienen munición.

—Traedlos —dije—. Montegue y Banques no sabrán que no tienen munición, igual que no lo sabíamos nosotros.

───────

—¡Venga!
—¡Allí!

—¡Este!

Gunner, Priya y Kazi fueron cogiendo las armas de la parte trasera del carromato y las repartieron. Synové, Wren y Samuel ayudaron a repartir a la gente, con los más fuertes delante.

La ceniza seguía cayendo del cielo y nos cubría el pelo y los hombros. La imponente nube proyectaba sobre el paisaje una luz anaranjada.

Nuestro grupo se componía de noventa y dos personas capaces de llevar algún arma, o que se empeñaban en hacerlo, como Judith. Iba a estar en la retaguardia. En la parte de atrás de la retaguardia. Tiago juraba que sus brazos tenían la fuerza de siempre, y guiaba el carro cargado de espadas, alabardas, palas, hachas… y lanzadores descargados.

Bajamos de la montaña, y me detuve en cada recodo para mirar en dirección a la ciudad. El tembris bloqueaba buena parte de la vista, pero no se veía actividad. Kazi y yo nos miramos. Sus ojos reflejaban preocupación. ¿Se estaban reagrupando, tal como nos habíamos temido? Teníamos que darnos prisa.

Seguro que habían oído las explosiones en la Atalaya de Tor. Contaban con una cantidad limitada de munición, tal vez menos que nosotros, pero no nos interesaba que los soldados de Montegue bloquearan nuestro avance y concentraran sus recursos en nosotros.

—¡Mirad, allí!

Aram levantó el lanzador y noventa y dos armas se alzaron a la vez. Los nervios estaban a flor de piel.

—¡No hagáis nada!

Un pequeño grupo se dirigía hacia nosotros. Solté un taco.

—Es Caemus. ¿Qué hace aquí?

Alguien se apartó del grupo y corrió hacia nosotros. Era Kerry.

—¡*Patrei!* ¡Hemos venido a ayudar!

—Ahora no es buen momento, Kerry —le grité.

Caemus le dio alcance.

—¿Y Lydia y Nash? —le preguntó Kazi de inmediato—. ¿Están bien?

Caemus le garantizó que estaban perfectamente y a salvo en la colonia. Antes de que pudiera decir nada, nos contó que acababan de salir de la ciudad cuando el cielo pareció estallar. Había imaginado que se trataba de la Atalaya de Tor.

—Y, enseguida, un enjambre de demonios de esos pasó junto a nosotros.

—Calma, calma, Caemus. ¿Qué demonios?

—Los soldados. A caballo, y con todo tipo de cosas. Rollos de seda. Velas. Sacos de comida. Todo lo que han podido pillar.

—¡Vi a uno con un cochinillo que no paraba de chillar! —gritó Kerry.

—Todo eran carreras y gritos —añadió Jurga.

Los mercenarios habían saqueado la ciudad y se estaban marchando.

—¿Cuántos? —pregunté.

Caemus no estaba seguro.

—Como mínimo, doscientos.

—Ha habido descontento porque no les pagaban —dijo Paxton—. La explosión en la Atalaya de Tor ha sido la última gota. Han cortado por lo sano.

—¿Los demás soldados no los detuvieron?

—Solo se han oído unos cuantos disparos.

¿No podían ni sofocar un motín? ¿O era que los mercenarios se negaban a disparar contra los suyos? ¿O se habían quedado sin munición?

La única manera de saberlo a ciencia cierta era provocarlos para que dispararan.

Capítulo sesenta y uno

Kazi

—Están aquí —susurré—. Lo noto.

Nos escondimos tras unas ruinas, cerca de una de las avenidas principales que entraban en la ciudad. Las calles estaban desiertas, o por lo menos lo parecían.

—El abrevadero —dije.

No porque estuvieran allí, sino porque todos lo verían.

Jase asintió y echó hacia atrás la palanquita del lanzador. Al otro lado del camino, tras el tronco del tembris, Gunner hizo lo mismo. Alcé los dedos. Uno. Dos. Tres.

Sonaron explosiones simultáneas. Las astillas y el agua volaron por los aires, y el eco retumbó en las calles y los edificios. La respuesta fueron cuatro disparos. No sabían bien de dónde habían salido los nuestros. Cayó una lluvia de hojas. Al menos dos tiradores habían apuntado a las ramas altas del tembris. Jase y yo sonreímos. Seguían nerviosos por el ángel de la muerte que rondaba por las alturas. Cambiamos de posición y llegamos a un muro bajo, junto a las ruinas. Uno. Dos. Tres.

En esta ocasión, el objetivo fue la pared de un cobertizo.

La respuesta fueron dos disparos. Hicieron saltar la piedra de un pozo cercano, y las esquirlas chocaron contra el muro tras el que estábamos como una granizada. Una rama enorme del tembris cayó y estuvo a punto de acertarnos.

En el siguiente intento solo nos respondió un disparo.

Gunner me hizo una seña. Se había quedado sin munición. A Jase aún le quedaban dos disparos.

Con el siguiente, derribó la pared norte de la herrería. Hubo respuesta. Un disparo.

El último fue contra la pared del aserradero. Fragmentos de madera volaron por los aires como una bandada de pájaros sobresaltados, y cayeron como la lluvia en una tormenta repentina. Dos mercenarios salieron tambaleándose, empalados por trozos largos de madera, y cayeron al suelo, muertos. No habían respondido al fuego. Comprobamos sus lanzadores.

No tenían munición. Nosotros, tampoco.

Jase hizo una seña a nuestro pequeño ejército. Era el momento de avanzar. Al mirar hacia atrás vimos que nuestro número había aumentado. Los ciudadanos que habían huido estaban volviendo, armados con horcas, azadas y garrotes.

—Ve a la retaguardia —me dijo Jase—. Comprueba que...

—Buen intento —respondí sin apartarme de él.

—Eres testaruda como una mula, embajadora —gruñó sin dejar de mirar hacia delante en busca de posibles amenazas.

—Yo también te quiero, *patrei*.

No dejamos en ningún momento de mirar las pasarelas, los tejados, los callejones. Todo parecía desierto, pero llevábamos las armas en la mano, listas para usarlas. Synové se quejó de que se sentía desnuda sin el arco por culpa del torpe inútil que se lo había roto. Mason puso los ojos en blanco, y deduje que el torpe inútil era él. Pero, aparte de Wren, ninguno llevábamos un arma que nos resultara familiar. Nos las teníamos que arreglar. Mi espada era más larga y pesada que la habitual. Hice ajustes mentales para imaginar cómo blandirla, cómo equilibrarme para lanzar tajos y estocadas. Cuando Jase no miraba, roté un poco el hombro. Todavía lo tenía rígido de cuando se me había dislocado.

—Puede que los demás hayan huido también —dijo Priya al tiempo que escudriñaba las calles.

—Los mercenarios, tal vez —respondió Paxton—. No eran leales al rey. Solo lo seguían por el sueldo que les pagaba, que se hizo humo con la Atalaya de Tor. Además, tienen una casa a la que volver. Pero la gente de aquí que cambió de bando…, esos no tienen a dónde ir.

Igual que el rey. La Boca del Infierno era su puerta al universo, la prueba de que no era rey de nada, como el padre al que había asesinado. Al fin y al cabo, los dioses le habían entregado todo esto. No lo iba a dejar escapar. Era el legado que consideraba suyo.

Vimos también otro tipo de daños. Los escaparates estaban rotos; las tiendas, saqueadas. El rey debía dinero a los mercenarios, y se lo habían cobrado de todas las maneras posibles.

—¡Montegue! —gritó Jase.

No obtuvo respuesta.

Nos preparamos para una emboscada al aproximarnos a la plaza, pero nada sucedió. Solo más silencio, aquel silencio alarmante. La plaza parecía desierta. ¿A qué estaba jugando el rey?

Vi a Aleski y a Titus en otra avenida, con más ciudadanos armados. Nuestro número se acababa de multiplicar por dos.

Pero entonces, detrás de mí, oí un grito ahogado, y me volví. Era Imara. Miraba hacia arriba. Seguí la dirección de sus ojos, hacia las ramas del tembris.

Había una mujer ahorcada, con un vestido azul agitado por la brisa. La larga trenza plateada le brillaba al sol.

Oleez.

Sentí agujas al rojo debajo de la piel. Negué con la cabeza y me clavé el puño en el pecho como para tratar de detener el dolor que me desgarraba por dentro. «¡No!». Un coro de sollozos y gritos surgió de nuestro ejército. Maldiciones. Llanto.

Un grito muy diferente surgió del pecho de Jase. Animal, aterrador.

—¡Montegue!

Caminó con los ojos llameantes, con rabia de fuego en cada paso.

—En la posada —dijo Paxton—. Se habrán escondido en la posada.

De pronto, todos estábamos cargados con una energía demencial. Adiós al miedo, adiós a la cautela. Pasamos junto al mercado, desierto, igual que el resto de los negocios. Los saqueadores habían rajado los toldos a rayas, y los jirones ondeaban al viento. Bajo ellos, el suelo estaba lleno de patatas, junto a las cajas volcadas.

Doblamos la curva de la calle y vimos la posada Ballenger. Pensaba que nos íbamos a encontrar la avenida desierta. En lugar de eso, Banques estaba en el centro, con veinte soldados tras él. De ellos, tres, Sin Cuello, Marca en la Frente y Dientes Negros, estaban muy juntos y parecían una barrera infranqueable de ladrillo…, pero no llevaban lanzadores. Como Jase había anticipado, habían mandado las armas más potentes a la entrada de la ciudad con la esperanza de acabar con nosotros, o al menos reducir nuestro número. Los que le quedaban iban armados como nosotros, y éramos muchos más.

Zane, Garvin y Truko estaban a la derecha de Banques, y a su izquierda vi a otra docena de colaboradores del rey, traidores de la Boca del Infierno. Enfrente de ellos había tres arqueros sobre una rodilla, con los arcos tensos apuntados hacia nosotros. Podían matarnos a varios, pero los íbamos a arrollar. Y les estábamos apuntando con lanzadores. Ellos no sabían que estaban descargados.

—Te estaba esperando, Ballenger —gritó Banques—. Zane se imaginó que habías sido tú. Las artimañas de tu niñez son legendarias. Tenía razón, no estás muerto. —Miró a Paxton y meneó la cabeza como si reprendiera a un niño—. Has traicionado a quien no debías, amigo mío.

—¡Cállate, imbécil! —gritó Priya—. Tus últimos minutos en la tierra están contados.

Jase dio un paso adelante.

—¿Dónde está Montegue? —dijo—. ¡Que venga ahora mismo!

—Va a venir, va a venir —replicó Banques—. Por eso no te preocupes. Mientras, suelta el arma y ordena a los demás que hagan lo mismo. Vamos a arrestarte, Ballenger. Quedas detenido. El rey tiene el deber de mantener el orden.

Jase estaba más allá de la ira. No daba crédito a sus oídos.

—Se acabó, Banques. Estás acabado. El rey está acabado. ¿No tienes ojos en la cara? No te quedan más que unos pocos soldados desganados que saldrán corriendo de un momento a otro a poco listos que sean.

Banques asintió y frunció los labios. Por un momento, fue idéntico a su hermano.

—Sí, sí, ya veo que tienes un lanzador. Y tu gente lleva muchos, también. Dais una imagen formidable. Pero sigues siendo un criminal convicto, y el rey puede ser muy convincente.

—Están los dos como cabras —susurró Gunner.

Zane me miró directamente con la barbilla alta, confiado, como si me estuviera tomando la medida. Como si pronto fuera a estar en sus garras y me fuera a susurrar otra vez atrocidades al oído. Zane no era idiota. Estaba viendo cuántos éramos. ¿Por qué no parecía preocupado?

Miré a los soldados, los tejados, otra vez a Zane.

El corazón se me aceleró. Algo iba mal.

Muy mal.

¿El frasquito? ¿Lo había encontrado Montegue?

Jase levantó el lanzador.

Banques hizo una seña, y los soldados que había ante las puertas de la posada las abrieron de par en par.

Montegue estaba tras ellas, en las sombras. Tenía algo entre los brazos. «Puede que sí me guste apostar. Y para apostar bien siempre hay que guardarse algo en la manga. Oro para negociar».

Dio un paso adelante, hacia la luz.

No, no tenía algo en los brazos.

Tenía a alguien.

Oro.

Oro para negociar.

Se me cortó la respiración.

Cada paso de Montegue me retumbó en la cabeza. No se oía más que el crujido de los tablones bajo su peso. Ni un susurro. Nadie se movió.

Salió al centro de la calle.

—¡Está viva, Ballenger! —gritó—. A duras penas. Necesita una curandera. —Arqueó las cejas. Hagamos un trato. La cambio por ti. Aceptarás, ¿no? Te ha llamado muchas veces. A ti y a su madre. Debería estar con su madre. Tú decides. Soy un hombre de honor. ¿Y tú?

Llevaba a Jalaine en brazos, envuelta, flaca, pálida, medio muerta. Tal vez muerta. No pude ver si respiraba.

Miré a Jase. Tenía la boca abierta como si tratara de dar con las palabras.

—Entréganosla, Montegue —dijo.

Tenía la voz débil, cargada de dolor.

—La cambio por ti —repitió Montegue.

—¡Engendro del diablo! —gritó Priya—. ¡Entréganosla!

Gunner negó con la cabeza como si no se creyera lo que estaba viendo.

—¿Qué hacemos?

—¡Jalaine!

No respondió.

—¡Es un monstruo!

—¡Tenemos que recuperarla!

—¡No podemos cambiarla por Jase!

Jalaine volvió la cabeza hacia nosotros. Estaba viva.

Todos los gritos cesaron.

—¿Qué respondes, Ballenger?

Jase tomó aliente. Lo estaba sopesando.

Le agarré el brazo.

—¡No, Jase! ¡No puedes…!

—Es mi hermana, Kazi. Tengo que…

Lo vi en sus ojos. Ya se había decidido.

—¡No! —Me volví hacia Montegue—. ¿Quieres prisioneros? ¡Pues quédate conmigo!

Di un paso hacia él, pero Jase me agarró por la muñeca y tiró de mí hacia atrás.

Montegue me clavó los ojos con un hambre voraz, como si estuviera valorando mi proposición. O tal vez porque le gustaba verme suplicar. «Podrías haberlo tenido todo». Negó con la cabeza.

—Ya no tienes ningún valor —replicó—. El *patrei* es el trofeo que quiero.

—¡Encontré los papeles! —grité, frenética, para intentar convencerlo—. ¡Te los daré! ¡La magia! ¡Todo tuyo!

Sonrió.

—Vas a tener que mentir mejor. Esa desesperación no es propia de ti, soldado. Y dejarse engañar dos veces no es propio de un rey. Puede que ahora entiendas por fin que soy mejor líder. —Volvió a mirar a Jase—. El tiempo vuela. Pronto retiraré mi oferta.

—Ya voy —dijo Jase.

—¡No! —grité—. ¡No llegarás ni a la horca! ¡Te va a…!

Jase me agarró por los brazos. Tenía los ojos brillantes.

—Es mi hermana, Kazi. No quiero que su cara sea lo último que vea. ¿De verdad quieres que sea el hombre que no va a buscarla?

La respuesta era un cuchillo en el corazón. Tenía que haber otra manera.

—Jase… —El pecho se me estremecía—. Jase…

Hizo un ademán a Titus y Gunner, que me agarraron por los brazos y me apartaron de él.

Acordaron a gritos los términos del intercambio. Las promesas.

Jase soltó la espada y las dagas, y le ordenaron que descargara el lanzador. Al ver que no tenía munición, Banques sonrió, sabiendo que nosotros, tampoco. Hizo un ademán a Jase para que avanzara.

Lo vi adelantarse, manteniendo su promesa, seguido a pocos pasos por Mason.

«¡Pero Montegue no va a cumplir su promesa, Jase! ¡Lo sabes de sobra!». El pánico me dominó. Otro camino que escapaba de mi control. «Teníamos un plan, *patrei*. ¿Te acuerdas? Las cosas que ibas a hacer. Las cosas que yo iba a hacer. Las cosas que íbamos a hacer juntos. Y esto no era parte del plan. ¡Jase! ¡Para! ¡Por favor!».

—¡Montegue! —grité—. ¡Te mataré! ¡Utilizaré tu propia magia para matarte! ¡Te…!

«Shhh, Kazi».

El mundo me dio vueltas. Se hizo borroso. La locura se ralentizó. El corazón me latió más despacio.

«Hay magia en todo. Solo hay que saber buscarla. No viene de los hechizos, de las pócimas ni del cielo, ni la envían los dioses. Está a tu alrededor».

Busqué la magia, pero no la vi. Solo vi a un monstruo que iba a ganar.

«Shhh».

«Tienes que encontrar la magia que se te retuerce dentro de puro poder y no deja que te rindas».

«Escucha el idioma que no se habla, Kazi, la respiración, las pausas, los puños apretados, las miradas ausentes, los gestos y las lágrimas…».

Miré la calle como si estuviera en la *jehendra*, desesperada, hambrienta, en busca de una oportunidad. Estudié cada gesto, cada mirada, vi cómo los mercenarios se movían inquietos, impacientes por luchar, o tal vez por huir; los arqueros, nerviosos, mirándonos sin detenerse en nadie en concreto; a los traidores a la izquierda de Banques, con los hombros relajados, petulantes, hablando en susurros entre ellos; a Zane, a la derecha de Banques, tranquilo, con una sonrisa de satisfacción; a Garvin, igual, porque aquello era una transacción comercial más; pero allí estaba Truko, al final, algo apartado, con los ojos fijos, mirando a Jase sin parpadear. Llevaba dos espadas igual que lo hacía Griz, con la mano en el puño de una.

«… porque las palabras que se dicen las puede oír cualquiera, pero solo unos pocos oyen el corazón que palpita detrás de ellas».

Capítulo sesenta y dos

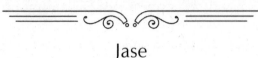

Jase

Montegue me depositó a Jalaine en los brazos. Un gemido leve le estremeció el pecho al cambiar de manos. Diez pasos de vuelta hasta Mason. Eso era todo lo que me permitían.

Me di la vuelta y la llevé por el centro de la calle, lejos de todos. Era una pluma, mi hermanita, que había sido el fuego de la familia. Sus huesos rotos ondulaban contra la piel.

—Jalaine —susurré—. Soy Jase.

Consiguió abrir los ojos. Tenía los párpados pesados, enrojecidos, pero me enfocó con la mirada. Sus labios agrietados se movieron y formaron mi nombre sin emitir sonido alguno.

Acerqué el rostro al suyo.

—Hermana. Te llevo de vuelta con nuestra madre. Con la familia.

—¿Recibiste mi nota? —susurró.

—Sí —dije—. Vine tan pronto como pude.

—Sabía que vendrías. ¿Está a salvo la familia?

Asentí. No me fiaba de mi voz.

—Bien. —Cerró los ojos un momento—. Jase…

—Estoy aquí.

—Entiérrame al lado de Sylvey.

La garganta me dolía como si me la hubieran anudado por dentro.

¿Cómo podía saberlo? La atraje hacia mí. «No digas esas cosas, hermanita. Te vas a poner bien».

465

No apartó los ojos de los míos, a la espera de una respuesta. No le podía mentir. Esta vez, no. Al final, asentí y me aclaré la garganta.

—Lo haré. Te quiero, Jalaine.

—Ya lo sé, hermano.

Su voz era frágil como una telaraña, como si una ráfaga de viento se la pudiera llevar de un momento a otro.

—¡Ya basta, Ballenger! —gritó Montegue—. Entrégala y vuelve.

Le di un largo beso en la frente y se la entregué a Mason, y lo vi alejarse con ella. Me sequé los ojos. La nariz.

«Te vas a poner bien». Algunas mentiras, tal vez todas, nos las contábamos a nosotros mismos.

Miré a Kazi. Tenía los ojos enloquecidos que iban de los soldados a los tejados, a Banques, a todas partes, como si buscara algo.

Cuando Mason hubo llegado con Jalaine junto a los otros, me volví. Todos los arqueros me apuntaban con las flechas para asegurarse de que cumplía mi parte del trato. Al lado del rey había un guardia con los grilletes preparados.

—¡*Patrei!* —me gritó Kazi.

Miré hacia atrás, en dirección a ella. Estiró el cuello. Tenía la respiración entrecortada. Esperé.

—¡El último en parpadear! —me dijo al final, y bajó la barbilla contra el pecho.

Asentí, inseguro, todavía mirándola, y luego me volví hacia Montegue.

Capítulo sesenta y tres

Kazi

—Las manos a la espalda —ordenó el rey.

Jase miró a Montegue a los ojos. Jalaine estaba fuera del alcance del rey, así que todo había cambiado. No quedaba ni rastro de la desolación, del amor que había reflejado su rostro cuando llevaba a su hermana en brazos. Solo quedaba algo ardiente y peligroso, como si una bestia hubiera cobrado vida dentro de él.

—Ahora mismo —repitió Montegue.

Se llenó el pecho de aire. Estaba respirando como si el aire fuera de oro y miel, y más aún con el desafío de Jase. Eso era lo que Montegue había deseado tanto como el control absoluto del continente. Este era el momento cumbre que tanto esperaba: tener al *patrei* a su merced.

La rabia de Jase lo espoleaba. Lo vi saborearla como néctar dulce servido en una copa. Aquello formaba parte de la historia que se había construido. La batalla dura y la victoria deslumbrante que le habían regalado los dioses. O tal vez, a aquellas alturas, Montegue ya se veía como un dios.

—Vamos a matar a ese cerdo —susurró Priya.

Todavía estaba sollozando tras ver a Jalaine en brazos de Mason cuando la llevó a la retaguardia para protegerla. Ya en primera línea, a mi lado, acarició un cuchillo de Imara que portaba a la espalda. Sus ojos pedían venganza a gritos.

Synové se dio cuenta.

467

—Veinte metros. Fuera de tu alcance —susurró—. Además, el *patrei* está en la línea de tiro.

Cada una llevábamos dos cuchillos arrojadizos de Imara en el cinturón. La primera norma de los cuchillos arrojadizos era que solo se lanzaban contra un objetivo seguro. Si no, le estabas proporcionando un arma más al enemigo.

—Los arqueros —dije.

Estaban más cerca de nosotros, y mirando a Jase.

—Quince metros. —Wren suspiró—. Sigue siendo mucho.

Synové bufó entre dientes.

—Pero no imposible.

—Siempre hay una manera de hacer posible lo imposible —susurró Priya. Era un fragmento de la historia de los Ballenger—. Daremos con esa manera.

Nos arrastramos unos centímetros hacia delante, las tres a la vez.

El guardia agarró a Jase por una muñeca y le puso un grillete. Jase volvió un poco la cabeza para mirarme de reojo. Clavó la barbilla en el pecho. Nuestras miradas se conectaron como unidas por una mecha prendida. ¿Había captado mi mensaje?

—Esperad —dije a las otras.

El guardia fue a cogerle la otra muñeca, pero, en ese momento, Jase se contorsionó, y una espada voló por el aire.

Jase

«El último en parpadear». Y había clavado la barbilla en el pecho. «Mira bien. Estate atento». Había captado el mensaje de Kazi. Estaba tan concentrado en Montegue que ni siquiera se me ocurrió mirar a Truko. Pero tenía los ojos clavados en los míos, y de pronto parpadeó, y lo entendí. Era la primera vez que lo veía parpadear.

Hubo un momento de confusión cuando la espada voló por el aire para caer en mi mano. Giré describiendo un arco con la hoja. El guardia se tambaleó hacia atrás y Truko saltó para ponerse a mi lado.

Los arqueros se levantaron y se adelantaron dispuestos a disparar, pero Montegue los detuvo con un ademán. Tenía los ojos enloquecidos. Parecía un perro tras la pista de un conejo.

—¿Te crees que eres un guerrero, Ballenger? No eres más que un mercader de tres al cuarto. No tienes entrenamiento militar. ¿De verdad deseas hacer esto? ¿Quieres que todos vean cómo un guerrero de verdad, un auténtico soldado, hace pedazos a un *patrei* en medio de la calle? ¿Prefieres que acabemos así?

—Sí, Montegue, eso quiero —respondí—. Que no se derrame la sangre de todos. Solo la mía y la de… —Miré a los soldados situados tras él—. ¿Quién iba a hacerme pedazos? —Contemplé burlón las hombreras, la coraza brillante—. ¿Tú?

Se erizó como si le hubiera golpeado la cara con un guantelete… porque era precisamente lo que había hecho. Se llevó la mano a la espada y desenvainó. Respiraba a bocanadas, con las aletas de la nariz dilatadas como si la pelea hubiera empezado ya.

Banques dio un paso adelante.

—¡De ninguna manera! Eres el rey. No vas a pelear en la calle con un vulgar criminal…

—¡Soy el rey y el mejor guerrero de este continente! ¡Yo digo con quién peleo! ¡Atrás! —ordenó Montegue.

Kazi

Recordé que Montegue había presumido de las enseñanzas de Banques. «Y también se puede decir que el alumno ha superado al maestro».

¿Se había estado entrenando para esto? ¿Para el momento en que acabaría él en persona con el último *patrei* y ocuparía su lugar en la historia?

Montegue y Jase se movieron en círculos, el uno en torno al otro, las espadas amenazantes, las miradas fijas como lobos a punto de atacar.

Jase lanzó el primer golpe. De prueba. Para tantear al enemigo. Montegue era fuerte, pero el desvío fue torpe, y el rechazo, lento. Contragolpeó sin elegancia, sin afirmar la postura.

Jase dio un paso atrás. Ya sabía lo que necesitaba saber. Volvieron a moverse en círculo.

La cara de Banques era una máscara de terror: el maestro, atrapado en la mentira.

Montegue atacó a Jase con golpes implacables que lo hicieron retroceder. Tenía la cara y el cuello congestionados. La rabia enloquecida lo había incendiado.

Entonces, Jase giró y se agachó para esquivar el golpe de Montegue, que se tambaleó hacia delante. Jase describió otro arco con la espada y acertó a Montegue en una pesada hombrera, que desvió la hoja hacia arriba. La punta le hizo un rasguño en la frente. La primera sangre del combate.

Montegue se quedó aturdido un momento y se secó la sangre del ceño. Parecía hasta sorprendido. Volvió a mirar a Jase. Ya no era un rey. Era un animal herido.

Banques desenvainó la espada.

—¡Ahora! —grité.

Los cuchillos arrojadizos volaron hacia los arqueros. Luego, nosotras también desenvainamos las espadas.

Jase

Durante unos segundos peleé a la vez con Montegue y con Banques. Montegue estaba tan furioso con Banques como conmigo, y no paraba de gritarle que se apartara, que no necesitaba ayuda.

De pronto, un rugido retumbó en la calle. Los arqueros cayeron, y oí detrás de mí el retumbar de los pasos.

Wren, Synové, Kazi y Priya aparecieron a un lado y se enfrentaron a Banques y a los soldados que se habían adelantado para defender al rey. Truko, Gunner y Paxton, al otro, combatieron a Garvin y a otros soldados. Una marea de ciudadanos pasó junto a nosotros para abalanzarse sobre mercenarios y traidores por igual.

Montegue siguió descargando golpe tras golpe contra mí. Blandía la espada como si fuera un hacha, con más rabia que habilidad. Cada uno de mis tendones ardía al detener sus golpes, pero eran muy predecibles. Izquierda, derecha, izquierda, derecha. Si era cierto que se había entrenado, la rabia lo había hecho olvidarlo todo. Antes de que tomara impulso para un nuevo golpe, deslicé la hoja a lo largo de la suya para hacerle perder el equilibrio, y luego describí un arco bajo. El golpe apenas le penetró en la coraza, pero lo dejó sin aire. Se tambaleó hacia atrás, tropezó con sus propios pies, agitó los brazos en el aire y cayó.

Me dirigí hacia él. Quería matarlo. Deseaba matarlo más de lo que había querido nada en mi vida. A ser posible, con mis propias manos, para ver cómo se le escapaba la vida aliento a aliento, igual que había hecho él con tantas personas a las que yo amaba. Quería verlo sufrir. Pero recordé los documentos que había firmado. «Si las circunstancias lo permiten, ofrece al enemigo la oportunidad de rendirse».

—Ríndete, Montegue, y puede que no te mate. Es la ley de la Alianza, y la Atalaya de Tor va a convertirse en uno de los reinos. Por si no te has enterado, soy el jefe de ese reino. Siempre lo he sido.

Inhaló, ronco, y se puso en pie como pudo.

—El rey soy yo —respondió—. El único rey. Los dioses lo han ordenado.

Tenía los ojos al rojo. Todo dentro de él estaba consumido por el fuego.

Los tendones del cuello le resaltaban como hojas afiladas; el pecho se le estremecía de rabia. Y, entonces, con un grito que le nació del vientre, con los ojos brillantes de triunfo, se lanzó contra mí.

Kazi

Priya tenía su espalda contra la mía; Wren, contra la de Synové. Todas, hombro con hombro. Los golpes de Sin Cuello eran demoledores, y Synové y yo nos enfrentamos juntas a él. Era como un árbol, con un cuerpo como un tronco plantado en la tierra, inmutable pese a nuestros ataques. Pensé que la hoja de acero que esgrimía se rompería antes que él. Synové y yo nos íbamos agotando. Él, no. Ese era el ejército imparable que Montegue pretendía crear con el polvo de estrellas. Pero Sin Cuello no llevaba armadura, y hasta un toro rabioso tiene un punto vulnerable. Solo había que llegar a él.

—Desengancho —le dije a Synové para avisarla de que iba a tener que parar los próximos golpes ella sola, y rodé.

Sin Cuello no estaba preparado para aquello. Mi espada le dio un tajo en la parte baja del brazo, al tiempo que le clavaba la daga en la rodilla. Se tambaleó, gritó de dolor y se giró para golpearme, pero rodé de nuevo y la espada solo dio contra las losas del suelo. Cojeó hacia mí con la espada alzada, pero Synové estaba ya en posición de acabar con él: le clavó la hoja en la espalda, y le salió por el esternón. Se detuvo y miró el río de sangre que le brotaba del pecho, y me aparté a toda prisa cuando cayó hacia delante como un árbol talado.

Pero no hubo tiempo para disfrutar de la victoria. Tras nosotras, un grito nos hizo darnos la vuelta. Era Priya, con una herida sangrante en el brazo. Dientes Negros estaba a punto de asestarle otro golpe. Wren ya estaba girando, más cerca de Priya que nosotras, y le clavó el afilado *ziethe* en el vientre, pero Marca en la Frente ya se acercaba a ella por detrás. Syn y yo saltamos para detenerlo, ella dio un golpe bajo con la espada; yo, uno alto, y la espalda del hombre crujió bajo nuestras hojas. Se tambaleó un instante como si no le hubiéramos hecho nada. Y al final cayó hacia delante. Estaba muerto antes de que el cuerpo gigantesco llegara al suelo.

La calle era un torbellino de cuerpos, espadas y hachas, de caos y gritos. Metales de todo tipo entrechocaban a nuestro alrededor. El olor a sudor, sangre y pánico impregnaba el aire. No hallé ni rastro de Zane. Me vi separada de las demás, y de pronto me encontré de nuevo ante Banques, el verdadero espadachín, el maestro. La sangre le había salpicado el rostro como una macabra máscara de encaje, y las victorias obtenidas le brillaban en los ojos. La anticipación de una más hizo que se le iluminaran al verme. Atacó. Sus golpes eran rápidos, calculados. A diferencia de los soldados tronco, se movía deprisa. Paré todos los ataques, pero solo tenía un hombro en condiciones. El otro me ardía con la tensión y el esfuerzo. Probé sesgos, arcos, fintas, traté de hacerle perder el equilibrio, pero era implacable y se adelantaba a mis movimientos, y me obligó a retroceder una y otra vez.

—¿Todavía crees que Montegue va a hacer realidad todos tus sueños? —dije para distraerlo.

—Reconstruiremos el arsenal. Volveremos más fuertes que nunca. Esto no ha terminado.

—Mató a su padre. Os merecéis el uno al otro.

—Es un hombre que sabe lo que quiere. Igual que yo. —Sonrió y descargó tres golpes rápidos, fuertes, que hicieron que me temblara la espada. Cada vez los tenía que parar más cerca de mi rostro—. Te estás cansando, soldado —me provocó—. Ya es hora de poner fin a este...

En ese momento, un grito agudo, salvaje, rasgó el aire. Un grito de Montegue. Era el sonido de los sueños al romperse en mil pedazos.

Banques apartó la vista una fracción de segundo, pero no me hizo falta más para desviar su espada y clavarle la mía en el pecho.

Me miró con incredulidad.

—Te lo advertí. —Le saqué la espada—. Te dije que algún día te mataría.

Jase

El grito de Montegue al cargar contra mí pareció darle alas. Su espada rasgó el aire en un golpe descendente antes de llegar cerca de mí, como si luchara contra demonios alados que se interponían en su camino. Todos sus movimientos eran frenéticos. Sentí que ya no estaba luchando con un hombre, sino con un animal enloquecido, guiado solo por un instinto febril.

—¡Ballenger! —aulló, y dio un tajo en el lugar donde había estado mi cabeza.

Se giró, confuso, buscándome, y rugió al verme detrás de él. Cargó de nuevo y, en esta ocasión, arremetí contra él blandiendo la espada con las dos manos, de abajo arriba. Chocó contra la suya, que salió despedida por encima de su hombro.

No me dio tiempo a recuperar el equilibrio. Cargó contra mí y me acertó de lleno en la espalda, y yo también perdí la espada. Rodamos por tierra mientras me lanzaba zarpazos. Le asesté un puñetazo en la mandíbula. Él me dio otro en la barbilla. Me echó la cabeza hacia atrás, y durante un momento solo vi luces parpadeantes. Cuando iba a darle otro golpe, se las arregló para situarse sobre mí y volvimos a rodar. Quedé encima y lo agarré por el cuello con una mano. Trató de asir la daga que llevaba en el cinturón y le cogí la muñeca con la otra, y forcejeamos por el control del arma, él tratando de sacarla de la funda, yo de que no lo consiguiera.

—¡Ríndete, Ballenger! —La voz le temblaba de la tensión—. ¡Los dioses me han elegido…!

—¡Te han elegido para que te presentes ante ellos, Montegue! Se acabó. No volverás a aterrorizar a mi esposa, a mi familia, a mi ciudad. ¡Se acabó!

Pero no tenía la fuerza de un granjero, ni la de un soldado. Su fuerza estaba hecha de hierro, obsesión y rabia. Y tal vez polvo de estrellas. No sabía si sería capaz de detenerlo, aunque yo también estaba loco de ira. El brazo me ardía mientras intentaba evitar que subiera la mano, que sacara la daga. Los dos teníamos la piel ardiendo, sudorosa, y noté que se me escurría, pero cambié de postura y me puse más arriba, y permití que subiera la mano por fin con la daga. El triunfo brilló en sus ojos, y, antes de que reaccionara, descargué todo mi peso contra él, todavía con una mano bajo la mía. La mano de la daga. La hoja crujió al perforar el hueso, el pecho, el corazón.

Abrió mucho la boca, los ojos.

Aparté la mano, pero él no soltó el puño de la daga. La sangre brotó de la herida a borbotones palpitantes. Me miró. El fuego de sus ojos empezó a apagarse. Me acuclillé junto a él y le devolví la mirada. Una mueca le distorsionó la boca. Kazi acudió a mi lado y me puso una mano en el hombro. La batalla había terminado.

Sus ojos fueron de Kazi a mí una y otra vez, como si no supiera a quién mirar.

—Me quieren —susurró—. Tú me querías. Me recordarán. Fui un gran…

La última palabra se le detuvo en la lengua.

¿Hombre? ¿Líder? ¿Rey? Fuera cual fuese, murió creyéndolo.

Kazi

Jase y yo nos abrazamos, nos palpamos el uno al otro en busca de heridas. La sangre que teníamos encima no era nuestra, que supiéramos. Jase me presionó los labios contra la frente, mareado de alivio.

Contemplamos el campo de batalla. Todo había terminado. Algunos mercenarios habían huido. Como dijo Jase, no estaban motivados, y menos tras esfumarse la posibilidad de cobrar. Los demás estaban muertos.

Nuestros heridos recibieron los cuidados que necesitaban. Paxton arrancó tiras de tela para vendarle el brazo a Priya. Le dijo tartamudeando que no se moviera, y supe que estaba haciendo un esfuerzo consciente por no escupirle. Mason tenía una herida de alabarda en el costado, superficial, según dijo. Synové fue a ver si podía ayudarlo, pero él la rechazó con un ademán brusco.

—Ya se encarga Gunner.

Synové apretó los labios y se alejó.

Titus, arrodillado, tenía a Aleski en brazos. Aleski había sufrido las heridas más graves, y Titus no paraba de hablarle, de susurrarle palabras tranquilizadoras y pedirle que resistiera. Imara le tapaba la herida con telas y alguien corría a la botica a por medicinas mientras otros iban a buscar a la curandera.

Truko había recibido un golpe en la cabeza. Aram le estaba poniendo vendas. Jase se dirigió hacia él.

—Nunca pensé que llegaría este día.

—Ni yo —replicó Truko.

Jase extendió la mano. Truko se la estrechó.

—¿Qué tal la cabeza?

—Es solo un arañazo. Sigo siendo un cabeza dura. Esto no cambia nada, así que no te hagas ideas. Pero yo decido en qué bando juego, y nadie me da órdenes. O no mucho tiempo.

—Te llevaremos a tu casa —prometió Jase.

Truko asintió y parpadeó, y frunció los labios. Entre Jase y él, una nueva dinámica se estaba desarrollando con la lentitud y torpeza de un cordero recién nacido que tratara de levantarse sobre las patas temblorosas.

Un mercenario caído empezó a recuperarse. Trató de coger una espada, y Judith le dio un golpe en las costillas con la azada. El hombre volvió a desplomarse.

—Como te vuelvas a levantar, será permanente —le advirtió.

Recorrí con los ojos el escenario de la carnicería. Faltaba alguien. Yo sabía bien cómo escapaban los cobardes, en el fragor del combate para que nadie advirtiera su ausencia. Pero este no iba a escapar. No. Esta vez, no. Jase fue a ver cómo estaban los demás heridos, y yo, en busca de alguien muy diferente.

Capítulo sesenta y cuatro

Kazi

Detrás de la posada, el granero estaba a oscuras. Casi todas las casillas estaban vacías. Los mercenarios las habían dejado abiertas con descuido al escapar en el caos. Una paloma lanzaba su arrullo triste entre las vigas, como si se estuviera recuperando tras los disturbios. Aparte de eso, no se oía el menor ruido. El interior estaba iluminado con un farol solitario, una luz dorada titilante que me invitaba a adentrarme.

Él estaba allí. En alguna parte.

Saqué la daga de la funda.

El corazón me latía más fuerte que en lo peor de la batalla, cuando me había enfrentado a soldados antinaturales que me doblaban en tamaño. Porque me iba a enfrentar a un monstruo mucho peor.

Oí el relincho de un caballo. El golpe de la silla sobre el lomo.

Entré con sigilo. Las ranuras de luz se movían a mi paso.

«Sal», habría querido gritar. «¿Dónde estás?». Quería que supiera que iba a por él. Pero guardé silencio, como un fantasma que se deslizara por el suelo, como la sombra en la que me había convertido.

Estaba en una casilla para dos caballos, al final, de espaldas a mí. Le puso las alforjas a uno con movimientos apresurados. Tenía prisa. Claro. Sus armas estaban aún en el suelo. No las había cargado todavía.

—¿Ibas a alguna parte?

Zane se giró y siseó. Al ver que era yo, meneó la cabeza.

—No te rindes nunca, ¿eh?

—Dámelos. —Extendí la mano.

Me miró, confuso.

—¿Qué?

—Los papeles —respondí.

Sonrió.

—No sé de qué papeles hablas —replicó—. ¿Vienes por tu madre? ¿Quieres respuestas? Hablemos.

Dio un paso hacia mí.

Alcé la daga. No hacía falta que le dijera que sabía utilizarla. Ya había visto caer a los arqueros, aunque la daga de puño largo no era para lanzarla, sino para clavarla en las tripas.

—Los papeles —repetí con firmeza—. Sé que los tienes. En esas alforjas, probablemente.

Una mirada rápida de la daga a las alforjas, casi un tic de los ojos. Sí. Allí los llevaba.

—Lo deduje tras hablar con Gunner —le dije—. Por el momento. Todo encajó. Aquella noche, cuando escapaste, lo primero que hiciste fue volver a Punta de Cueva. Allí nadie te iba a buscar, y solo tú sabías que esos papeles tenían valor. Eras el intermediario del rey. Lo que no sé es por qué no se los entregaste, y siento curiosidad. Te habrías granjeado su favor. Hasta podrías haber ocupado el lugar de Banques y ser su mano derecha.

—¿Su favor? —Zane se echó a reír—. Esos papeles valen mucho más. Mi plan es hacer copias, muchas. Ya tengo a varios compradores interesados. ¿Tienes idea de lo que pagarán por ellos todos los reinos? Son la magia de las estrellas. En este mundo hay Montegues de sobra. —Se meció sobre los pies, se me fue acercando, como si no me fuera a dar cuenta—. Y no solo los reinos. Cuando era carretero previzio, conocí a muchos

480

grandes señores hambrientos de poder en todas las ciudades que visité. Cientos de ellos. Todos pagarían cantidades regias por la posibilidad de controlar el viento, la lluvia, a otros señores. Mientras intentan descifrar las fórmulas y luchan entre ellos, yo estaré en mi fortaleza contando dinero y seré más rico que todos ellos. Como diría nuestro difunto rey, ¿te imaginas las posibilidades? —Se encogió de hombros—. Así que, no, ni hablar. Los papeles son míos y lo seguirán siendo. Pero te puedo hablar de tu madre. ¿Qué detalles quieres saber? Sé muchos.

Su tono era zafio, insinuante. Me estudió para valorar mi reacción. Quería desconcentrarme, ver cómo me desmoronaba.

—De inmediato —dije—. Por orden de la reina de Venda y la Alianza de Reinos.

Se echó a reír y se apartó el pelo grasiento de los ojos.

—¿Te crees que me impresionas con tus credenciales del rahtan? No cambian lo que eres de verdad: la basura sucia, iletrada, que yo recogía de las calles de Venda. El día que aparecí fue un alivio para tu madre. Para empezar, se alegró de librarse de ti. Me dijo que...

Se lanzó contra mí y giré, y la punta de la daga le dio un tajo a la altura de la cintura mientras yo me desplazaba hacia el otro lado de la casilla. La herida no era profunda y no afectaba a nada vital, pero así conseguí que me prestara atención. Retrocedió tambaleante hasta dar de espaldas contra la pared y se sujetó el vientre. Miró con incredulidad la sangre de la mano. Luego, alzó su vista hacia mí.

—¡Maldita zorra!

—Aparta. Tengo órdenes de recuperar los papeles. Y lo voy a hacer.

Cogió un garfio para el heno que había colgado de un poste y describió arcos con él, acercándose más y más hasta que me arrinconó. Tenía los brazos más largos que yo.

—¿Esto? ¿Esto es lo que quieres? —se burló al tiempo que lanzaba un golpe con el garfio—. Te di una oportunidad. Te podrías haber marchado.

Miré la mano con la que blandía el arma, los nudillos peludos, la verruga en la muñeca, el rostro distorsionado en las sombras, la voz cargada de soberbia y amenaza, igual que hacía once años. Solo que yo ya no era una niña de seis. Otro arco con el garfio, pasos torpes, la punta que silbó cerca de mi cabeza. Me agaché y me lancé hacia el otro lado a ras de suelo, pero al pasar por debajo de él le lancé otro tajo, este contra el muslo, más profundo. Gritó y me miró con ojos enloquecidos, incrédulos. Estaba contratacando. Estaba ganándole. La sangre le corrió por la pierna. Ya tenía los pantalones empapados. Se abalanzó hacia mí, tambaleante, el garfio alzado, pero me puse en pie y chocamos de frente. Abrió mucho los ojos, con las pupilas como puntas de alfiler. El garfio cayó al suelo. Se quedó allí, parado, con la daga clavada en el vientre. La arranqué, y Zane se desplomó como si no tuviera huesos.

Se quedó tendido de espaldas, jadeante, con la respiración cada vez más superficial, y se buscó la herida con manos temblorosas.

—¿Qué has hecho? —sollozó.

«Lo que querría haber hecho hace once años».

—¿Dónde está? —pregunté—. ¿Dónde te llevaste a mi madre?

Su pecho se agitó con algo parecido a una carcajada.

—Dímelo —supliqué.

Sabía que solo le quedaban segundos.

—En la granja del viejo rey. En las tierras altas. Allí está… —Tosió. Una sonrisa débil le torció la boca—. Pero no llegarás a tiempo.

Capítulo sesenta y cinco

Kazi

—Está por aquí.

Una mujer con el rostro curtido por el sol nos guio entre la hierba crecida por un camino que se alejaba serpenteante del edificio de la granja. Le miré las trenzas bien recogidas en la parte de atrás de la cabeza mientras trataba de asimilar la certidumbre. Sus ojos me habían respondido. Lo supe en cuanto le pregunté: «¿Dónde está mi madre?». Bajó la vista y me confirmó lo que siempre había sabido. Jase caminaba junto a mí. Estaba muy callado, afectado por la verdad, aunque no había conocido a mi madre.

En un risco que dominaba el valle, más abajo, la mujer se detuvo ante una piedra grande, plana, blanca.

Jasé contempló el sencillo indicador.

—¿Aquí?

La mujer asintió.

—¿Cuándo fue? —pregunté.

—Hace años. Antes de que viniera yo.

Calculaba que hacía diez años, poco después de la llegada de mi madre. La vieja cocinera le había contado la historia y le había hecho prometer que conservaría la piedra de la tumba.

—¿Cómo murió?

—Se la llevó una enfermedad rápida, pero la vieja cocinera siempre dijo que había sido porque le habían roto el corazón. Sabía que aquella chica tenía una tristeza insuperable, pero no hablaba el idioma de la tierra, y en la granja nadie entendía el suyo. A veces se echaba a llorar, a veces gritaba. Tuvieron que pasar años para que la cocinera se enterara de que el rey se había hecho con su nueva esposa a través de un carretero previzio.

—¿Su nueva esposa? —dijo Jase.

—Para eso la trajeron. El viejo rey era un hombre callado y difícil, pero quería más hijos. Decía que un granjero debía tener hijos. Su esposa había muerto, y el hijo que tenía lo había decepcionado.

Nos contó que el joven Montegue no mostraba el menor interés por la granja. En todos los años que llevaba ella allí, no había puesto un pie en la de las tierras altas.

—¿Se enteró de lo que había hecho su padre? —preguntó Jase.

La mujer meneó la cabeza.

—Creo que quería llevarlo con discreción hasta que tuviera otro heredero, pero no llegó.

Por eso había elegido Zane a mi madre. Sabía que ya había tenido una hija, así que podía engendrar más.

—Siento tu pérdida —me dijo la mujer. Miró la piedra—. Es muy sencilla, ya lo sé. ¿Quieres que pongamos su nombre? Tengo tinte del que usamos para marcar a las ovejas.

Asentí.

—Lo haré yo.

Fue a la casa a buscar la pintura y una brocha. Jase se marchó con ella para dejarme a solas un momento.

Contemplé el montículo de tierra y la piedra sencilla. No había podido despedirme. Nunca llegué a llorar su pérdida. Mis instintos me decían que estaba muerta, pero nunca lo había sabido a ciencia cierta, y, sin hechos, siempre quedaba la duda, las preguntas. ¿Y si…?

Pero ya estaba todo cerrado.

Me di la vuelta y contemplé el valle, las vistas desde el lugar de su descanso eterno. Era muy hermoso. A ella le habría gustado.

—Pero no descansaste, ¿verdad, mamá? —susurré al viento.

Me arrodillé junto a la tumba y pasé la mano por el montículo. «A veces se echaba a llorar, a veces gritaba».

—Fuiste tú, ¿verdad? Te negaste a dejarme. —Hablaba como si me pudiera oír. Estaba segura de que me oía—. ¿Hiciste un trato con la Muerte? ¿Te rebelaste? ¿Te enfrentaste a ella? ¿Le pediste que velara por mí, que me impulsara a seguir con vida?

Yo había sufrido, pero ¿cuánto más había sufrido ella? Toda su vida había intentado protegerme, y de pronto ya no podía hacerlo.

Cogí unos tallos de hierba alta y empecé a tejerlos como ella me había enseñado.

«Así, Kazi. Pasa uno por encima del otro». Se inclinó sobre mí.

«Vamos a meter también hierbadeseo».

«¿Los deseos se hacen realidad, mamá?».

«Claro que sí».

«Piensa un deseo, Kazi. Piensa un deseo para mañana, para pasado y para el otro. Uno se hará realidad».

Até las hierbas en forma de corona y la deposité sobre la tumba.

—Deseo que descanses en paz, mamá.

Jase volvió con el tinte y la brocha, y escribí sobre la lápida.

Mamá
Mi chiadrah
Querida mía

Iban a pasar meses antes de que se reconstruyera el templo, pero Vairlyn se empeñó en celebrar otra ceremonia, tal como había augurado Jase. No porque no bastara con la ceremonia vendana, sino porque había que celebrarlo.

Hubo cinta.

Hubo sacerdote.

Hubo una ciudad entera de testigos.

Estábamos rodeados de escombros y teníamos el cielo como techo, pero el altar seguía en pie.

El sacerdote terminó su parte. Nos tocaba a nosotros.

—¿Recuerdas lo que dijiste? —pregunté.

—Hasta la última palabra.

—No te vas a atragantar otra vez, espero.

Jase sonrió.

—Nah. Ya tengo experiencia.

Pero, cuando empezó a atarme la cinta en torno a la muñeca y me ayudó a hacer el nudo, tragó saliva, y la voz le salió ahogada, como la primera vez. Le apreté la mano.

—Tú puedes, *patrei* —susurré—. Además, recuerda que tenemos que repetirlo cien veces más.

Asintió y fue a besarme, pero Wren le dio un manotazo.

—Eso, luego —lo reprendió.

El resto de los testigos que estaban junto a nosotros, Synové y todo el clan Ballenger, asintieron entre susurros.

Jase me miró a los ojos y empezó de nuevo.

> Kazi de Brumaluz, eres el amor que no sabía que necesitaba.
> Eres la mano que me guía por el páramo,
> el sol que me caldea el rostro.

Tú me haces más fuerte, más inteligente, más sabio.
Eres la brújula que me hace mejor hombre.
Si estás a mi lado, ningún desafío me detendrá.
Juro honrarte, Kazi, y hacer todo lo posible por ser
digno de tu amor.
La devoción que siento por ti es inquebrantable, y
juro protegerte para siempre.
Mi familia es tu familia. Tu familia es mi familia.
No me has robado el corazón; te lo he entregado,
y, ante estos testigos, te tomo por esposa.

Me apretó la mano. Sus ojos marrones danzaban, como la
primera vez que me recitó sus votos. Luego llegó mi turno.
Respiré hondo. No había palabras que fueran suficientes. Pero
dije las que me nacieron del corazón, las mismas que había pronunciado en el páramo, las que había repetido cada día en la celda oscura, sin saber dónde estaba Jase, pero desesperada por
creer que volvería a verlo.

Te quiero, Jase Ballenger, y te querré hasta el fin de
mis días.
Me has dado plenitud donde antes solo tenía hambre.
Me has dado un universo de estrellas e historias
donde antes solo había vacío.
Has liberado una parte de mí en la que me daba miedo creer,
y has hecho realidad la magia de la hierbadeseo.
Juro cuidar de ti, protegerte, proteger todo lo que es
tuyo.
Tu hogar es mi hogar; tu familia, mi familia.
Estaré a tu lado pase lo que pase,
y estando contigo nunca me faltará la alegría.

Sé de los giros de la vida, sé de las pérdidas,
pero, sigamos el camino que sigamos, estaré contigo
a cada paso.
Quiero envejecer contigo, Jase.
Todos mis mañanas son tuyos,
y, ante estos testigos, te tomo por esposo.

Nos volvimos, alzamos las manos hacia el cielo con la cinta ondeando al viento, y miramos a los testigos que nos aclamaban. Synové sorbió por la nariz y se secó los ojos con el dorso de la mano. Al lado de Vairlyn, Lydia y Nash sonreían de oreja a oreja. El resto de los Ballenger, Paxton incluido, aplaudieron al tiempo que conspiraban en susurros. Probablemente ya estaban planeando tirar a Jase a la fuente de la plaza, tal como era tradicional en la Boca del Infierno. Era obvio que no nos iban a dejar refugiarnos a solas entre unas ruinas. Al menos, con una familia así, la vida nunca iba a ser aburrida.

Miramos a los otros testigos que estaban de pie más allá de los muros derrumbados del templo y también aplaudían. Como había dicho Vairlyn, les hacía falta aquella celebración. Vi al carnicero, al fabricante de velas, a Beata, a Imara. Y también vi a los dos testigos, aparte de la multitud. Dos testigos a los que nadie más podía ver. El más alto me apuntó con un dedo huesudo. «Todavía no. Hoy, no», me dijo. Se volvió hacia la mujer que llevaba del brazo. Ella lucía una corona de hierba entrelazada. Me sonrió con un último adiós. Memoricé su rostro, las líneas en torno a sus ojos ambarinos, las pestañas espesas, la calidez de su piel, su expresión tranquila, descansada. Pero lo que vi en su rostro fue, sobre todo, amor. Asintió, y luego los dos se dieron media vuelta y desaparecieron.

«Adiós, mamá. Adiós».

La fiesta continuó con montañas de pastel de celebración, tal como Jase había prometido. Todo el mundo trajo alguno, todos diferentes, con sorpresas en el sabor. Ninguno era como el pastel de celebración de Venda, pero tal vez por eso eran incluso mejores. Celebramos de cien maneras diferentes. Y, cuando comimos el último pastel y bailamos los últimos pasos de baile, cada uno cogimos una piedra caída y empezamos la labor de reconstrucción.

Apilamos rocas en el lugar donde mi abuelo había caído. Sus huesos ya no están. Tal vez se los llevara alguna fiera. Pero allí fue donde me puso el mapa en las manos y exhaló su último aliento.

«La Atalaya de Tor. Ahora depende de ti. Protégelos».

Hasta ahora, he cumplido la promesa que le hice.

Doy un paso atrás y contemplo el memorial. Nunca dejaremos que se pierda.

Cuando Fujiko recita una oración en honor de mi abuelo y de sus últimas acciones como comandante, dando su vida para salvarnos, Emi trata de repetir las palabras, pero hay una larga que no le sale, «presidente», y la convierte en otra. Me aprieta la mano y la repite. Miandre asiente con aprobación, y desde ese momento, como líder de la Atalaya de Tor, todos me llaman *patrei*.

Greyson Ballenger, 23 años

Capítulo sesenta y seis

Jase

Año y medio más tarde

La barriga del embajador candorio había crecido y su túnica roja se elevaba sobre la mesa como la marea alta. Sus hebillas y cadenas enjoyadas brillaban a la luz temblorosa de la lámpara de bronce y tintineaban con cada respiración sibilante. Sus *strazas* estaban de pie, tras él. Los nuestros, detrás de nosotros.

Parecía como si nada hubiera cambiado, pero todo lo había hecho. El embajador, pese a todas las pruebas en contra, acababa de rematar una larga perorata en la que se quejaba amargamente de los malos tiempos que corrían para él por culpa de nuestras nuevas prácticas comerciales.

—Ha pasado año y medio. No hay nada nuevo, y todo indica que te va muy bien.

Eso era cierto. Por lo visto se le había olvidado que nosotros procesábamos todo el inventario de entrada y salida.

Lukas gateó bajo le mesita, al parecer fascinado con el embajador, sus hebillas y cadenas. Apretó un dedito contra su barriga como si fuera un pastel tentador.

El embajador arqueó las cejas pojadas.

—¿Y esto qué es? —gruñó al tiempo que apuntaba a Lukas con el dedo—. ¿Ahora traes bebés a las reuniones?

—Mi hermano tiene que aprender el negocio.

—¡No es más que un cachorrito!

—Nunca es demasiado pronto para empezar.

El embajador dio una larga calada a la pipa de agua con el ceño fruncido. Se sacó una baratija brillante del bolsillo y se la dio a Lukas para que jugara.

—Hay otros lugares para comerciar, por si no lo sabes.

Gunner se puso tenso. Le di un toque por debajo de la mesa para que cerrara la boca. En ciertos aspectos, Gunner no iba a cambiar jamás.

—Tengo cosas importantes que hacer —dije—. Acepta nuestra oferta o recházala. Hoy vamos a despejar terreno para la ampliación de la colonia y tenemos invitados muy especiales.

—¿Más especiales que un embajador de Candora?

—Mucho más.

Entrelazó los dedos gruesos sobre el vientre.

—¡Kazimyrah! Es un nombre candorio. ¡Igual debería negociar con tu esposa!

—Igual sí. Es más dura que yo negociando. Por suerte para ti, no ha venido. —Me levanté y cogí a Lukas en brazos—. ¿Listos, hermanos?

—¡Anda, siéntate! —bufó el embajador.

Arqueé las cejas y me quedé esperando. Se frotó los dientes con los labios regordetes.

—Tu padre siempre me envolvía los tratos con algo grato. ¿No eres digno hijo de tu padre?

Lo miré y dejé pasar los segundos como habría hecho mi padre. Sí, lo era en muchos sentidos. En aquel, también. Los candorios eran buenos vecinos y también buenos clientes.

—Un establo nuevo en los pastos de atrás para tus nuevas yeguas de tiro.

Sopló en la pipa y se levantó, y una sonrisa llena de dientes le brilló en la cara. Probablemente me había excedido.

—Siempre es un placer hacer negocios contigo, *patrei*. —Le revolvió al pelo a Lukas—. Y con este pequeño.

Una vez fuera de sus estancias, Titus se llevó las manos a la cabeza.

—¿Un establo nuevo? ¿Por qué no le has ofrecido un palacio, ya que estabas?

—Deja de contar calderilla, Titus.

Le recordé que teníamos madera de sobra. Habíamos puesto el aserradero a funcionar sin descanso para la reconstrucción de la ciudad y los almacenes estaban abarrotados.

—Además, las yeguas de tiro de los campamentos se están haciendo viejas. Cuando llegue el momento de negociar otro trato con Candora, utilizaremos como palanca el establo que tan generosamente les hemos dado.

Gunner asintió. Aprobaba la estrategia. Titus soltó un gruñido.

—Si se acuerda para entonces.

—Se acordará.

Era un perro astuto que no olvidaba ningún detalle, como el nombre completo de Kazi.

Yo la echaba de menos con desesperación. Hacía dos semanas que no la veía. Habíamos centrado todos los esfuerzos en reconstruir primero la ciudad, y había llegado la hora de las últimas reparaciones en la Atalaya de Tor, que requerían muchas decisiones por mi parte. Yo había tenido que quedarme mientras ella iba a la colonia para hacer los preparativos para la llegada de la caravana. En esta ocasión todo era más complicado, y había mucho que hacer antes de despejar el terreno.

En la Atalaya de Tor, habíamos podido salvar la mitad que quedaba del Castillo Grey, y la otra mitad la estábamos reconstruyendo con el granito negro de la Casaoscura. Habían aparecido bloques a más de un kilómetro de distancia. El Castillo

Grey era ahora una casa de dos colores, y así empezaron a llamarlo Lydia y Nash.

El edificio principal ya estaba terminado, aunque el interior aún requería muchas obras…, menos las habitaciones que compartía con Kazi. Había adelantado los trabajos para darle una sorpresa cuando volviera. Las paredes y el suelo eran oscuros, como a ella le gustaba, e hice pintar constelaciones en el techo para tener siempre las estrellas sobre nosotros. Por suerte, mi biblioteca estaba casi intacta. Kerry me había ayudado a organizar el caos, y ya le había leído algunos libros, como le había prometido. Las habitaciones nuevas tenían muchos estantes vacíos que iríamos llenando con nuestra historia. Solo con los últimos meses íbamos a tener para muchos volúmenes. En cambio, la biblioteca de Priya, la que había transcrito desde niña, igual que yo, había desaparecido por completo. No se lo tomó bien, pero luego descubrió que la de Jalaine estaba intacta. Se quedó con ella, cosa que también sirvió para reconfortarla.

Enterré a Jalaine al lado de Sylvey, tal como me había pedido. Pero, en esta ocasión, la familia lo supo, aunque no se lo dijimos a nadie más. En aquella zona, no se acostumbraba a enterrar a nadie en los bosques, y no queríamos que un lugar de descanso se convirtiera en un interés que atrajera a curiosos que acabarían con la paz de la montaña. Así que, tras «enterrar» a Jalaine en el mausoleo, celebramos otra ceremonia, solo la familia, al pie de las Lágrimas de Breda. Seguía sin saber cómo había sabido Jalaine lo de Sylvey. Kazi me había dicho que, a veces, los mensajes conseguían llegar a las personas, y Jalaine estuvo semanas en la fina raya que separa la línea de la muerte antes de pasar al otro lado.

—¿Qué pasa, hay algún incendio? —bromeó Gunner, que a duras penas conseguía seguirme el paso—. Cualquiera diría que tienes ganas de llegar a alguna parte.

—No te lo estaba ocultando, hermano. Hace dos semanas que no veo a mi esposa.

Abrió la puerta a nuestras estancias y fuimos a cambiarnos y a prepararnos. Casi toda la familia se alojaba allí mientras terminaban las obras en la casa. Ya habíamos limpiado todo rastro de la presencia de Montegue.

—¿Dónde os habíais metido? —preguntó Mason en cuanto entramos.

—Tenía que cerrar un trato con Candora —respondí mientras ponía a Lukas en brazos de la tía Dolise.

Se había recuperado, y Trey y Bradach habían vuelto a su casa, pero Lukas fue un regalo de los dioses para ayudarla a superar la pena, porque el tío Cazwin no sobrevivió.

Gunner vio a Mason que me seguía a toda velocidad.

—Ya veo que hay alguien más con prisa —masculló entre dientes.

Mason fue conmigo hasta mi dormitorio.

—Vamos a llegar tarde.

—¿Por qué estás tan impaciente? —pregunté.

—Nos están esperando.

—Kazi ha mandado un mensaje —le dije—. Wren y Synové estarán allí. Ahora ya tienes algo por lo que impacientarte. Las he echado de menos. ¿Y tú?

Las habían convocado a Venda hacía meses para que acompañaran a la nueva caravana de colonos. Mason se encogió de hombros como para desechar la idea.

—Yo hablaba de la reina.

Tal vez.

Cogió una camisa de mi armario y me la tiró para que me diera prisa.

—Cuesta creer que al final vaya a venir —dijo—. Y el rey. Ojalá lo pudiera ver nuestro padre.

—Tal vez lo sepa —respondí—. También viene el custodio.

—¿Quién es el custodio?

—Según Kazi, el hombre más poderoso de Venda, la mano derecha de la reina. Antes era el asesino oficial del komizar. Yo que tú sería amable con él.

—¿Por qué no lo iba a ser?

—No lo sé, hermano. A veces eres un tanto brusco. Tú, sé amable con todo el mundo. No te costará nada, solo un poco de orgullo.

Capítulo sesenta y siete

Kazi

—Respira—susurré a Jase—. Ya no es un asesino.

Pero yo también estaba nerviosa. Hacía dos años que no veía a Kaden. Me sentía como una novata a la que fuera a inspeccionar.

Kaden saltó del caballo y ayudó a Pauline a desmontar. Sus tres hijos iban en un carromato tras ellos. Griz los bajó. A Rhys, el mayor, lo sujetó por los pies, fingiendo que no sabía distinguir entre los pies y la cabeza, pese a las protestas del niño.

Lydia y Nash chillaron de alegría, pero no rompieron filas. El clan Ballenger al completo estaba en línea para recibir al custodio de Venda, su familia y el resto de la caravana.

Kaden se acercó. Parecía más alto e imponente de lo que recordaba, o tal vez era por la expresión severa de su rostro. Me miró, y luego contempló a Jase.

—Así que tú eres el alborotador que nos la ha robado.

—En cuanto lo vi por primera vez supe que no era de fiar —añadió Griz mientras se situaba junto a Kaden.

Intercambiaron chanzas sobre Jase como si no estuviera delante.

—Yo creo que es por los ojos huidizos.

Griz chasqueó la lengua.

—Kazi debería haberlo arrestado en cuanto lo vio.

—Me parece que lo hizo. Luego se…

Pauline le dio un codazo a Kaden en las costillas. Kaden hizo una mueca.

—Solo nos estábamos riendo un ratito.

Una sonrisa cálida le iluminó los ojos. A nadie le sonreían los ojos como al custodio. Todo lo bueno que había en su vida lo había conseguido luchando, poco a poco, y la alegría le nacía de lo más hondo, de saber lo que era no tenerla. Estrechó la mano de Jase con entusiasmo.

—Felicidades, *patrei*.

Hizo una seña a los niños para que se adelantaran. Rhys, Cataryn y Kit tenían el pelo rubio, casi blanco, como su padre. Les dijo que presentaran sus respetos al *patrei* de la más reciente nación, la Atalaya de Tor. Pauline y él miraron con orgullo a los niños que se adelantaron. Era obvio que habían practicado mucho para aquel momento. Jase se arrodilló y fue estrechando las manitas. Aceptó sus buenos deseos y les susurró a cada uno que, al final de la fila, les esperaban golosinas. Eso le granjeó su amor al instante.

Luego, el custodio alzó la mano ante mí, un saludo de soldado a soldado. Choqué la palma contra la suya, y él me la apretó.

—Buen trabajo, *kadravé*. Estamos orgullosos de ti. ¿O ahora debo llamarte embajadora?

—Rahtan para siempre —respondí—. Sigo siendo tu camarada. Y siempre lo seré.

Pauline fue la siguiente en dar un paso al frente y me estrechó entre sus brazos con fuerza.

—He echado de menos a mi mejor alumna.

Noté una caricia cálida por dentro. Yo también la había echado de menos. Valoré como nunca su testarudez, todas las veces que no me dejó rendirme cuando los garabatos de una página me frustraban y me distraía.

—Creía que tu mejor alumna era Wren.

Se echó a reír.

—Todas —dijo.

—Gracias, Pauline. No sé si llegué a decírtelo. La verdad es que soy consciente de que me porté fatal, pero ahora escribo todos los días, y me encanta.

—No necesito más agradecimiento que ese.

Me dio un beso en la frente y siguió a Kaden, que se había adelantado en la fila. Oí a todos los Ballenger darles la bienvenida y declarar su gratitud. Y oí la alegría en sus voces. Habíamos perdido mucho, pero era mucho lo que recuperábamos ese día.

—Vaya, mira quién ha venido. —Jase me dio un codazo—. Si son mis cocineros.

Eran Eben y Natiya.

Natiya se contoneó hacia nosotros seguida por Eben. Tenía los ojos llenos de risa cuando nos miró.

—Casados —dijo, y meneó la cabeza.

—Dos veces —respondió Jase—. Boda Ballenger y boda vendana. Esto ya no hay manera de romperlo.

—Oh, siempre hay manera —dijo Even con una sonrisa traviesa.

—Bueno, ¿qué hay hoy para cenar? —preguntó Natiya al tiempo que se daba unas palmaditas en el estómago.

Jase se echó a reír.

—¿Otra vez tienes que comer por dos?

Eben y ella se miraron, y entonces me fijé que tenía la cintura más amplia.

—¿De verdad? —pregunté.

—De verdad —confirmó Eben.

Nos abrazamos, los felicité, y Natiya nos dio un paquetito de pastelillos de salvia. Nos dijo que así también podíamos celebrar una boda vagabunda oficial. En cuanto abrí el paquete, el aroma intenso se escapó; Natiya se llevó la mano a la boca y salió corriendo. Eben nos explicó que estaba teniendo muchas náuseas, y corrió tras ella.

—Así no tenemos que repartirlos —dijo Jase, y dio un buen mordisco a uno.

Un silencio repentino se hizo en el campamento, y nos dimos la vuelta. La reina de Venda y el rey de Dalbreck acababan de llegar. Los vimos desmontar de los caballos. Vairlyn carraspeó para aclararse la garganta. Gunner y Priya, también. Era como si se les hubiera atravesado alguna cosa, o tal vez intentaban contener algo. La emoción del momento también me embargaba a mí. Aquel día era el broche de mucha historia, pasada y reciente.

«Que venga ella».

Jase me había dicho que el último deseo de su padre fue que la reina más poderosa del continente diera su reconocimiento a la Atalaya de Tor. Y allí estaba, en esas tierras. Para despejar el terreno para una colonia en expansión, sí, pero también para que Jase firmara los últimos papeles, los que convertirían la Atalaya de Tor en un nuevo reino de manera oficial.

—Kazimyrah —dijo la reina, y me abrazó primero a mí. Las sonrisas del custodio eran especiales, igual que los abrazos de la reina. Los notabas en los huesos. Arqueó una ceja e hizo un ademán en dirección a Jase—. ¿Lo tienes bien controlado?

—Con mano de hierro, majestad. Es implacable —respondió Jase.

Se había dado cuenta de que aquello no iba a ser una ocasión formal, sino algo mucho más familiar.

—¡Bien! —declaró la reina, y también abrazó a Jase antes de saludar al resto de la familia y sacarse del bolsillo regalos para Lydia y Nash, unas flautitas de madera fabricadas por los artesanos de Venda.

El rey Jaxon llevaba en brazos a Aster, dormida, y habló con Jase en voz baja para no despertar a su hija. Le dijo que ningún reino se había opuesto a la entrada de la Atalaya de Tor en la Alianza. Solo Eislandia, cuya opinión no tuvo peso porque aún no había nadie que sucediera a Montegue. Los custodios estaban dirigiéndolo todo mientras se elegía al nuevo rey. Lo felicitó, también en susurros, y le estrechó la mano.

Kerry se adelantó corriendo, deseoso de conocer al rey, y Jase lo presentó.

—Este es Kerry de Traganiebla. Se le da muy bien romper rodillas. ¿Hay sitio para él en tu ejército?

—Siempre andamos faltos de buenos romperrodillas —asintió el rey Jaxon.

Jase atrajo a Kerry hacia él.

—También es el jovencito que contribuyó a salvarme la vida. Sin él, yo no estaría aquí.

—Es un honor conocerte, Kerry de Traganiebla —dijo el rey, y le estrechó la mano—. Valora la posibilidad de unirte al ejército de Dalbreck.

Kerry asintió sin dejar de mirar al rey, maravillado.

Una vez terminados los saludos, se firmaron los papeles y sonaron los aplausos. El sonido retumbó por todo el valle, puro, sagrado, feliz, casi como música en un templo. El grito repetido me resonó en las venas, y los ojos de Jase, su manera de tragar saliva y asentir mientras trataba de asimilar todo aquello me derritieron por dentro. Era un momento que no olvidaría jamás. Tras las aclamaciones llegaron las lágrimas, las risas, las plegarias, infinitos abrazos, y al final nos dispersamos para dar la bienvenida a los nuevos colonos.

Caemus los miró sonriente cuando bajaron de los carromatos y contemplaron los alrededores para empaparse de la belleza de su nuevo hogar. Sus rostros reflejaban tanta admiración como el suyo al ver por primera vez el valle. Le mostramos a la reina toda la colonia y los generosos campos de cultivo. Los hijos de los recién llegados corrieron hacia el roble gigante del centro y se turnaron para mecerse en el columpio.

Los últimos meses quedaban atrás, con los momentos más duros y las alegrías más intensas, con la esperanza que me había mantenido en pie, una esperanza perdida, luego recuperada, la esperanza de Lydia, Nash, Jase, la esperanza de una cripta llena de gente, la esperanza que a menudo pendió de un hilo muy frágil.

—¡Señora Brumaluz! ¡Qué prodigiosa jornada nos es dado vivir!

Era Mustafier, el mercader de la arena. Había traído regalos y ropas para los recién llegados, y se había ofrecido voluntario para colaborar con los detalles de su instalación.

—Sí, Mustafier. De una esplendidez exquisita —asentí.

Se echó a reír, encantado de que recordara su florida manera de expresarse.

—¿Has pensado un acertijo para conmemorar este día prodigioso?

Arqueó las cejas pobladas, expectante.

Sonreí y escuché los sonidos de un comienzo, de las sierras al cortar madera, de los martillos contra los clavos, de la imaginación que florecía.

—Es posible, es posible —respondí.

Me senté en un montón de troncos y contemplé el ajetreo del campamento. La emoción había calado en todos como una lluvia de verano. Mustafier aguardó con paciencia.

—A ver qué te parece —dije, y empecé:

Tengo las alas amplias,
habito en el corazón,

y cuando galopo libre
soy del alma una canción.

Yo vivo para el mañana,
pero doy consuelo hoy.
Cuando me pierdes, te rompes.
Si me recuperas, voy.

Soy una soga sin fin,
soy escudo, soy espada.
El ejército más fuerte
contra mí no puede nada.

A veces puedes perderme,
a veces existo en vano,
a veces soy derrotada,
me atan de pies y manos.

Pero un grito, una caricia,
una sonrisa, un remanso,
un dulce, un sorbo de vino,
una noche de descanso,
un columpio en una rama,
una naranja, una oración.
De veras, con poca cosa
vuelvo a tu corazón.

El expresivo mercader se quedó muy callado. Contempló el
campamento bullicioso, a los niños que jugaban, a Jase que hablaba con los colonos, y se secó una lágrima.

—Esplendoroso —susurró al final.

Jase fue a marcar la situación de las nuevas casas con Caemus y Leanndra, la representante de los colonos. Estaba muy animado y tenía grandes planes para aquella expansión. Además de construir diez casas nuevas, había enviado madera para otros dos graneros, un cobertizo, un molino y una escuela grande.

Tras la destrucción, los Ballenger habían tenido unos fondos muy limitados, pero los colonos se arremangaron y contribuyeron. La cosecha había sido excelente, y cocinaron y sirvieron comida a todos los trabajadores que Jase contrató para ayudar a reconstruir la ciudad. Los Ballenger les estaban muy agradecidos. Pero, además, las semanas que Jase había pasado en la bodega mientras los colonos lo cuidaban y lo arrancaban de las garras de la muerte habían servido para cimentar una relación mucho más estrecha. Eran su familia. Llevaba una sarta de huesos, como ellos. *Meunter ijotande.* Nunca olvidamos. Sentía aquella colonia en la sangre, y quería a toda costa verla florecer.

Suspiré cuando Jase desapareció tras un montículo. No habíamos tenido ni dos minutos para hablar, y era dudoso que los tuviéramos en todo el día.

Me fijé en Mason, que había estado mirando los caballos y luego a la gente como si echara algo en falta.

—¿Buscas a alguien? —le pregunté.

—Jase me había dicho que Wren y Synové iban a venir también. Priya las está esperando.

—¿Priya? Acabo de verla en la tienda de la comida. Voy a hablar con ella...

—No, ya iba yo. Le daré el recado —dijo, expectante.

—Wren y Synové llegarán pronto. Iban en la retaguardia de la caravana, pero a un carromato se le rompió una rueda y se han quedado atrás hasta que lo reparen.

—¿Mandamos a alguien a ayudar?

—¿A ti, por ejemplo?

—No —se apresuró a responder—. Tengo mucho que hacer aquí. Pero hay gente…

—Lo tienen todo controlado, hermano. Gracias.

Hermano. Todos eran diferentes hasta el punto de resultar irritantes, pero también muy parecidos. Mason tenía demasiado orgullo. Por otra parte, Gunner, el hermano al que pensaba que iba a detestar para siempre, me había empezado a caer bien. «Sí, a caer bien, como desde mucha altura», fue el comentario de Synové antes de marcharse. Ella no le había cogido ningún cariño, pero al menos había dejado de llamarlo «el antipático». Yo las extrañaba muchísimo a las dos. Habían partido hacía seis meses, y solo iban a quedarse una semana, porque tenían que escoltar a los reyes a Morrighan para asistir a la boda del hermano de la reina.

⁂

El sol descendió hacia las copas de los árboles y la luz dorada empezó a teñirse con los tonos del ocaso. Pronto empezaría a anochecer. Dije a los cocineros del campamento que llamaran ya para la cena. Había que alimentar a mucha gente. Entre los treinta y cinco recién llegados, el séquito de la reina y el grupo de los Ballenger, éramos más de cien, el doble que cuando instalamos la primera colonia. Ya me había asegurado de que la cena fuera guiso de buey, sin rastro de venado ni puerros, y con abundantes patatas para Priya.

Durante más de un año, los días habían sido un ajetreo constante y agotador. La ciudad ya estaba reconstruida, floreciente, y la noticia de que la Atalaya de Tor se iba a convertir en una nación reconocida por las demás hizo que la arena tuviera más actividad que nunca. Aún quedaba mucho que hacer en la casa de la familia. Vairlyn se había despedido sin el menor pesar de la Casaoscura, y nos dijo que le encantaba el espacio despejado que había dejado Punta de Cueva. Vairlyn siempre miraba hacia delante, y yo quería ser como ella. En aquel espacio se plantaron árboles y un nuevo jardín con un invernadero, porque a Jalaine le habría encantado cuidar de las plantas. La llegada de Lukas llenó nuestras vidas, pero no el agujero que había dejado Jalaine. Hablábamos de ella a menudo como si siguiera entre nosotros. Recordábamos su sacrificio por salvar a la familia. Cometió errores, sí, igual que todos. Todos habíamos hecho cosas que no podíamos deshacer.

Destruí los papeles de Phineas que encontré en las alforjas de Zane. Los quemé antes incluso de buscar a mi madre. «Nunca se acabará. Y menos ahora. Una puerta se ha abierto». Beaufort había sido ejecutado, pero sus palabras me perseguían. La puerta volvía a estar cerrada, al menos de momento. No conseguí recuperar el frasquito que había escondido en el cañón. Eso me preocupaba, pero las rocas se habían movido con la explosión de la Atalaya de Tor. La grieta se había hecho mucho más grande, y di por supuesto que el frasquito había caído a las profundidades de la tierra, tal vez hasta el infierno, engullido por las piedras. «Una persona como Phineas solo se presenta una vez cada muchas generaciones».

Y una persona como Montegue, igual.

Recé por que fueran muchas muchas generaciones.

Recé por que el dragón hambriento se quedara para siempre en su guarida oscura.

—¡Por fin te encontramos! ¿Te estabas escondiendo de nosotras?

Me di la vuelta. Wren y Synové estaban bajando por la ladera que llevaba al río. Salí del agua y corrí a abrazarlas. Las dos estaban tostadas por el sol del verano y olían a camino, a brezo, a grasa para las ruedas.

—Vale, vale. —Wren me apartó para mirarme bien. Asintió con gesto aprobador—. ¿El *patrei* te ha guardado las espaldas?

—Siempre —respondí.

Se encogió de hombros.

—Mejor lo haríamos nosotras.

—Bueno, qué —intervino Synové—, ¿te lo ha contado?

—¿Quién me tiene que contar qué?

Se miraron entre ellas.

—¡No lo sabe! —dijeron casi a la vez.

—¿El qué? —insistí.

Se encogieron de hombros con indiferencia, como si de repente no tuviera la menor importancia.

—La reina te lo contará cuando ella elija.

—Elijo ahora.

Nos dimos la vuelta y miramos hacia arriba. La reina estaba en la ladera… con Berdi.

Lancé un grito y corrí ladera arriba para abrazar a Berdi. Todo en ella era suave y cálido; pese al largo viaje, seguía oliendo a pan y a guiso de pescado… O tal vez lo que me llenaba la nariz eran los recuerdos.

—¡Sorpresa! —exclamó Synové.

—¡Pero qué bien estás! —rio Berdi. Se palpó los bolsillos, y frunció el ceño, fingiendo confusión—. Qué raro, no me ha desaparecido ninguna cuchara —dijo. Me cogió por la barbilla y me miró bien—. ¿Quién eres tú y qué has hecho con Diez?

Nos reímos. Los abrazos nunca habían sido parte de mi repertorio de trucos.

Berdi había tenido una paciencia infinita conmigo cuando llegué al Santuario. La cocina era su reino y nadie osaba entrar en ella sin permiso, así que, por supuesto, lo hice incontables veces, le cambié de lugar las cazuelas y le robé las cucharas de madera solo para fastidiarla. Empezó a ponerme las cucharas a plena vista para facilitarme las cosas, con lo que dejó de ser divertido. Las noches en que me negaba a ir a cenar, me reservaba un plato con comida en la mesita de la cocina. Me comprendió cuando no me comprendía ni yo.

Me miró, sorprendida por mi exhibición de afecto. No lo había derrochado en el pasado. Ni mucho menos. Ni siquiera con Wren y Synové. El afecto, como el amor, tenía que estar oculto para no acostumbrarme a él. O al menos eso pensaba antes.

Berdi me contó que iba a Morrighan a la boda, y luego a Terravin para ver su taberna. Quería verla una vez más. Los años iban pasando, se sentía más vieja, no sabía si podría hacer de nuevo un viaje tan largo.

La reina soltó un bufido y declaró que Berdi nos iba a enterrar a todos. Dijo que el motivo real de ir a Terravin era que el rey Jaxon le había prometido que volverían algún día y ella lo estaba obligando a cumplir la promesa. Era el momento ideal.

—Será una escapada romántica, y reviviremos los días que pasamos juntos allí, cuando nos enamoramos. —Ese mismo amor que aún le brillaba en los ojos—. Nosotros también echamos de menos la taberna, claro. Allí empezó todo.

Miré a Berdi. Los años se le estaban acumulando. Había envejecido, sí. El tiempo corría para ella. Pero a cualquiera se nos podía acabar el tiempo en cualquier momento, a cualquier edad. Tal vez por eso…

La abracé de nuevo.

—Vamos, te voy a llevar a la tienda de la cocina. Les vendrá bien tu experiencia.

—¡Espera! —gritó Synové—. Eso no es lo que te tenía que decir la reina.

La reina sonrió.

—Mejor decídselo vosotras.

Se marchó con Berdi, que de pronto estaba deseosa de ir a la tienda de la cocina y compartir su experiencia.

Wren y Synové me contaron las noticias de manera atropellada, terminando cada una las frases de la otra.

—Tenemos otra misión, un destino nuevo.

—Será para varios meses, como mínimo.

—Pero puede ser permanente.

—Nos vamos a quedar aquí como enlaces.

—Por lo de los nuevos colonos y todo eso.

—Bueno, a lo mejor, aquí no. A lo mejor, en la ciudad.

—Lo de Parsuss está aún sin decidir y los custodios necesitan ayuda.

—La reina dice que no te puede cargar a ti con todo.

—Así que nos manda…

—O sea, que…

Por fin se les agotó el torrente de palabras.

—En el fondo, creo que sabe que echábamos de menos esto —dijo Synové.

—Y a ti —añadió Wren.

—Y a algunos Ballanger —dijo Synové—. Al antipático, no, claro.

«El antipático» ahora era Mason, por supuesto.

———◦◦◦———

Mi corazón cantaba cuando paseé con un cuenco de guiso y cebada. Era como un valsprey en las nubes, un ave que llevara el mejor mensaje. Me daba miedo hasta pensar en ello. Wren y Synové. Allí. El día perfecto. ¿Me estaban oyendo los dioses?

Alcé la vista hacia el cielo y me quité la idea de la cabeza.

Entre los árboles no había ya frontera alguna entre los Ballenger y los vendanos. Todos se habían dispersado y mezclado, y estaban cenando en cualquier asiento que hubieran encontrado, en pilas de tablones, en los laterales de los carromatos, en cubos del revés, en los pocos bancos que habían traído. Lydia y Nash ya habían engullido la cena a toda prisa y estaban junto al roble del centro con Kerry, que intentaba enseñarles a tocar *Luna de lobos* con la flauta. Gunner estaba un poco aparte con Jurga y comía despacio sin dejar de mirarla. Busqué a Jase con los ojos. Estaba sentado en un cajón y conversaba con el rey Jaxon, los dos arremangados y con las botas llenas de polvo. Kerry me contó que habían estado clavando postes juntos.

Mientras comía, observé la expresión de Jase. Estaba animado y gesticulaba con las manos al explicarle algo al rey, que asentía. Sonreí. Recordé la pasión con la que había hecho ademanes cuando me negué a firmar la carta hasta que no hicieran compensaciones. Ya entonces creía en Jase, pero nunca me imaginé que llegaría un momento como aquel. Los giros y vericuetos del destino eran sorprendentes.

Wren, Synové, Priya y una recién llegada vendana ocupaban un banco y estaban terminando su comida mientras charlaban muy juntas, como viejas amigas. Mason se acercó a ellas para hablar sobre todo con Priya. Synové bajó la vista y se dedicó a juguetear con su trenza de pelo rojo, haciendo como si no lo viera. Los ojos oscuros de Mason le lanzaron una mirada tras otra.

Un chico mayor fue con Lydia, Nash y Kerry, y marcó el ritmo de la melodía. El sonido de las flautas llenó el campamento como un humo hipnótico. Todos se volvieron hacia ellos.

El rey cogió de la mano a la reina para sacarla a bailar.

Kaden y Pauline los siguieron con los niños agarrados a la falda de ella y a los pantalones de él. Kaden besó a Pauline por encima de las cabezas de los pequeños. Kit alzó los brazos para que su padre lo cogiera.

Varios recién llegados unieron las manos y tiraron de Paxton, Titus, Priya y Aleski para enseñarles los pasos sencillos del baile vendano.

Eridine y Hélder rodearon a Vairlyn con los brazos, mientras que Aram y Samuel cogieron de las manos a Wren para que se uniera a ellos.

Caemus, sentado en un tocón de árbol, asintió y marcó con el pie el ritmo de la melodía.

«Mira bien y verás la magia, Kazi. Está a tu alrededor».

—¿Bailas?

Me volví para encontrarme con unos ojos marrones, cálidos.

—Vaya, *patrei*, ya empezaba a pensar que no íbamos a tener ni un momento a solas.

—Eso es que no me conoces bien.

—Vaya si te conozco. Te veo venir de lejos. Esto es por guardar las apariencias, ¿no?

—Desde luego.

Jase me tomó entre sus brazos.

Apoyé la cabeza en su hombro y sentí su pecho musculoso contra la mejilla. Inhalé su olor, el aroma de la leña recién cortada que aún le impregnaba la ropa.

—Cuéntame el acertijo, Jase —susurró.

—Solo lo dices para equivocarte y poder besarme.

Chasqueé la lengua.

—Me has pillado, *patrei*.

Me estrechó con más fuerza.

—Un placer, embajadora —respondió, y me susurró el acertijo con una voz que era una manta cálida y suave sobre mis hombros.

Me perdí en su magia.
Me perdí en aquel milagro.

Me perdí en la gratitud.

«Es un delirio, pierdo la razón.

¿Qué es esto que noto en el corazón?».

Aventuré respuestas erróneas, como él sabía que iba a hacer, y con cada una me dio un beso. El páramo nos rodeó, la hierbadeseo nos llenó los bolsillos, una cadena tintineó entre nuestros tobillos. Los giros y vericuetos que nunca habría imaginado, los pasos que nos habían llevado hasta allí, me danzaron en la cabeza, en un torbellino maravilloso.

Perdí la noción del tiempo hasta que Jase me apretó el brazo.

—Mira eso —susurró.

Abrí los ojos y vi a Mason salvando la distancia que lo separaba de Synové. Le dijo unas palabras. Ella respondió. Luego, Mason la cogió de la mano y la llevó al claro para bailar. Sus pasos fueron titubeantes, pero, muy pronto, el espacio entre ellos se cerró, y Synové le puso la cabeza en el hombro.

En cierta ocasión, la reina me dijo que había cientos de maneras de enamorarse. Tal vez también hubiera cientos de maneras de dar y recibir el perdón. Yo ya había descubierto unas cuantas.

Garabateé las últimas palabras en el diario para dejar constancia de todos los detalles de la firma final de los documentos, de la cara de Jase, de lo que yo había sentido. Recordé en ellas el olor de las hogueras, de los prados, de la esperanza, a los que estuvieron allí y lo que dijeron, y pensé que la historia se hacía día a día, que la hacían todo tipo de personas, que cada acto creaba un destino nuevo, incluso el acto de dar nombre a un pueblo pequeño. Nuevo Traganiebla. Por fin se había elegido el nombre de la colonia. Caemus y Jase lo propusieron, y Kerry asintió con entusiasmo junto con el resto del campamento. Un poco del pasado, un poco del futuro. La primera ciudad nueva en la Atalaya de Tor.

Jase entró en la tienda.

—Mije y Tigone ya están ensillados y listos.

Era hora de volver a casa. El granero y el molino estaban terminados. Los hogares, bien encarrilados, porque los albañiles ya habían puesto los cimientos.

Jase se inclinó sobre el escritorio ante el que estaba escribiendo, me apartó el pelo y me besó el cuello.

—Cuando lleguemos, tengo una sorpresa para ti.

—Cada día contigo es una sorpresa, Jase Ballenger.

Miró lo que estaba escribiendo.

—¿Lo has anotado todo?

—Hasta la última palabra.

—Bien —susurró—. Tenemos que llenar muchos estantes.

Cerré el libro, lo metí en las alforjas y partimos hacia casa.

«¿Y nosotros qué, Jase? ¿Alguien escribirá nuestra historia?».

«La escribiremos tú y yo, Kazi. Escribiremos nuestra historia».

Y eso hacemos, hombro con hombro, día tras día.

Capítulo sesenta y ocho

El nido estaba abandonado. El arrendajo había muerto hacía ya mucho. Las briznas de paja y los palitos habían ido cayendo del hueco del árbol, estación tras estación. «Ladrones miserables —pensó el cuervo—. Los arrendajos no son más que unos ladrones». Pero un destello le llamó la atención. Describió un círculo. ¿Qué había robado aquel arrendajo? Algo brillante, colorido.

Era demasiado bueno para dejarlo escapar. Iba a quedar de maravilla en su nido. Lo sacó con el pico de entre las ramitas y lo atrapó con las garras antes de que cayera al suelo. Salió volando sin darse cuenta de que el tapón estaba suelto. Tampoco habría importado. No tenía manera de ponerlo en su sitio. Ni él era un cuervo tan listo.

El polvo fue cayendo del frasquito en una estela centelleante. Una parte flotó hasta la tierra; el viento se llevó otra parte hacia las nubes. Las corrientes se llevaron algunas partículas lejos de la Atalaya de Tor.

El polvo brillante quedó atrás y el cuervo no tardó en olvidarlo. No hacía más que pensar en lo maravilloso que quedaría aquel objeto nuevo y brillante en su nido.

Agradecimientos

Lo primero de todo, mi gratitud infinita para los lectores, libreros, bibliotecarios y todos los que han comprado, comprendido y comunicado de mil maneras el universo del Remanente. Sin vosotros, este mundo no habría existido más allá del primer libro. Vuestra imaginación y entusiasmo han hecho que llegara a la Boca del Infierno… e incluso más allá.

Mi sensacional agente, Rosemary Stimola, es única en su especie. Gracias, Ro, por ser tan indómita y por dirigir ese equipo maravilloso de Studio: Pete, Adriana, Allison, Erica y Debra, gracias a los que puedo moverme en esta industria.

Mil gracias al grupo de gente de Macmillan y Henry Holt, que hacen magia con los libros: Jean Feiwel, Laura Godwin, Angus Killick, Jon Yaged, Christian Trimmer, Morgan Dubin, Brittany Pearlman, Ashley Woodfolk, Teresa Ferraiolo, Gaby Salpeter, Allison Verost, Lucy Del Priore, Katie Halata, Mariel Dawson, Robert Brown, Molly Ellis, Jennifer Gonzalez, Jennifer Edwards, Jess Brigman, Rebecca Schmidt, Mark Von Bargen y Sofrina Hinton. Y, por supuesto, a todos los que trabajan de manera incansable entre bambalinas. Os debo mucho por vuestra dedicación y por vuestro increíble talento.

Estoy segura de que Starr Baer, Ana Deboo y Rachel Murray tienen superpoderes. Todas leyeron las primeras versiones, casi borradores, de *Palabra de ladrones*, y aun así entendieron el libro y me pudieron dar consejos inteligentes. Os debo una capa nueva a cada una.

Rich Deas, lo ha logrado de nuevo. ¿Cómo ha podido mejorar la maravillosa cubierta de *Baile de ladrones*? Era imposible, pero Rich siempre se las arregla para ir un paso más allá. El toque de elegancia de Mike Burroughs con los detalles de diseño ha contribuido a convertir el libro en una obra de arte. Muchas muchas gracias a los dos.

Lo que voy a decir ahora es un hecho: Kate Farrell, mi directora editorial, es una diosa. Es paciente, alentadora, increíblemente creativa, y tiene una capacidad de anticipación sin par. Siempre ha creído en esta historia, y sus sabios consejos me han ayudado a recuperar el camino cada vez que me perdía. Se merece que pongan su nombre a una constelación.

Gracias a mis editores extranjeros, que han creado libros tan hermosos y los han puesto en manos de lectores de todo el mundo de manera tan espectacular. ¡Ojalá algún día pueda decíroslo en persona!

Siempre estaré en deuda con colegas como Alyson Noël, Marlene Perez, Melissa Wyatt, Jodi Meadows, Robin LaFevers, Stephanie Garber y Jill Rubalcaba, que me han dado consejos, momentos de risas, ánimos, perspectiva y conocimientos en los altibajos de este trabajo.

Me pasa como a Jase Ballenger: mi familia es mi piedra angular y mi fuerza, aunque la mía se porta mucho mejor que la suya… casi siempre. Ben, Karen, Jessica, Dan, Ava, Emily, Leah, y Riley, la última incorporación. Siempre me hacéis sonreír. Sois mi fuente de inspiración, sois mi alegría.

Y una vez más, mi eterna gratitud a Dennis, que me guarda las espaldas y el corazón de manera literal. Lo necesito más que el aire que respiro.

ESTE LIBRO SE TERMINÓ DE IMPRIMIR
EN EL MES DE ENERO DE 2023.